Knaur.

Knaur.

Im Knaur Taschenbuch Verlag sind bereits folgende Bücher des Autors erschienen:
Nackte Seelen
Ins blanke Messer
Totenspur

Über den Autor:
Luc Deflo ist der meistverkaufte Thrillerautor Belgiens und mit seiner Reihe um Untersuchungsrichter Jos Bosmans und Kommissar Dirk Deleu auf die Top Ten der Bestsellerliste abonniert. Für *Pitbull*, den neunten Band der Reihe, wurde er kürzlich mit dem renommierten Hercule-Poirot-Preis ausgezeichnet. Luc Deflo lebt mit seiner Familie in Brüssel.

Luc Deflo

SCHNITZELJAGD

Thriller

Aus dem Flämischen von
Franca Fritz und Heinrich Koop

Knaur Taschenbuch Verlag

Die flämische Originalausgabe erschien 2003
unter dem Titel »Sluipend Gif«
bei Uitgeverij Manteau/Standaard Uitgeverij nv, Antwerpen.

Besuchen Sie uns im Internet:
www.knaur.de

Deutsche Erstausgabe September 2010

Redaktion: Ilse Wagner
Umschlaggestaltung: ZERO Werbeagentur, München
Umschlagabbildung: FinePic®, München
Satz: Adobe InDesign im Verlag
Druck und Bindung: CPI – Clausen & Bosse, Leck
Printed in Germany
ISBN 978-3-426-50693-6

2 4 5 3 1

Für Marie, meine Großmutter.
Danke, Oma. Danke für alles.

Ingrid, Danny und Luc,
deine Enkel.

Vielen Dank an meine Testleser:
Linda Cloostermans, Josette Verheyden,
Dirk Agten, Willem Deflo, Patrick De Bruyn und
Johan Herings

»Something we were withholding made us weak,
until we found it was ourselves.«

Robert Frost, The Gift Outright

1

Hilde Plaetinck wischte sich eine Träne von der Wange, während sie auf dem Parkplatz des Kinocenters an den Reihen geparkter Wagen vorbeiging. *Dancer in the Dark* mit der eigenwilligen Björk in der Hauptrolle hatte in ihr eine sentimentale Saite zum Klingen gebracht.

Erst als ein Passant sie etwas zu lange musterte, steckte sie ihr Taschentuch wieder in die Handtasche und schaute verlegen in eine andere Richtung. Manchmal fühlte sie sich noch immer wie das kleine Mädchen, das in Großmutters Bett heimlich Süßigkeiten naschte, mitten in der Nacht plötzlich hochschreckte und verzweifelt nach seinem Teddybär suchte. Dabei war sie alles andere als das zarte Püppchen oder die dumme Blondine, für die sie gern gehalten wurde. Sie konnte sehr beherrscht und manchmal so sachlich und selbständig auftreten, dass es fast schon arrogant wirkte.

Doch heute fühlte sie sich verwundbar. Sie spürte, wie die Unsicherheit an ihr nagte. Sie hatte sich einen Tag freigenommen und einen Psychologen aufgesucht, um mehr Klarheit in ihr Leben zu bringen. Aber außer rasenden Kopfschmerzen war nicht viel dabei herausgekommen. Der Mann, dieser Doktor … wie hieß er noch gleich? …, hatte ihr zugehört, mehr aber auch nicht. Stattdessen war er in einem moralinsauren Sermon zu dem Schluss gekommen, dass sie ihre Beziehung mit Stefaan am besten so schnell wie möglich beenden sollte. Einfach unfassbar: Es kam ihr vor, als hätte sie mit ihrem Vater ein Beratungsgespräch geführt, allerdings zu einem Stundenhonorar von vierzig Euro. Darum hatte sie beschlossen, am Nachmittag ins Kino zu gehen, um auf andere Gedanken zu kommen.

Sie seufzte. Vielleicht hatte dieser Moralapostel, dieser Dr. Beherman, ja doch recht – schließlich hatte sie heute schon wieder nichts von Stefaan, ihrem Liebhaber, gehört.

Wahrscheinlich war er wieder ganz in seiner Rolle als treusorgender Familienvater aufgegangen. Drei Tage zuvor hatte sie ihn kurz getroffen, auf dem Weg zur Arbeit. In einer Imbissbude hatten sie zusammen einen Kaffee getrunken.

»Ach, Stefaan.«

Plötzlich hielt sie inne.

Moment mal, wo steht mein Auto?

Der Panikanfall schnürte ihr die Kehle zu und trieb ihr das Blut in die Wangen.

Der Wagen hat doch hier gestanden, oder nicht?

Hilde Plaetinck aus Vilvoorde, vierundzwanzig Jahre alt und Single, schaute sich verblüfft um. Dann setzte sie sich langsam in Bewegung und lief mit steifen Beinen an der endlosen Reihe geparkter Autos vorbei, erst langsam, dann immer schneller. Sie wühlte in ihrer Handtasche und schloss erleichtert die Augen, als ihre Finger den Schlüsselbund ertasteten.

Ihr grasgrüner Opel Corsa stand doch noch auf dem Parkplatz! Die junge Frau atmete auf und lief auf den Wagen zu. Doch nach etwa fünf Metern blieb sie abrupt stehen und beugte sich vor, als wollte sie durch ein Schlüsselloch schauen. Plötzlich brach ihr der Schweiß aus.

Dieser schwarze Fleck … das ist kein Schatten. Da sitzt jemand auf der Rückbank.

Hilde Plaetinck ging langsam auf den Wagen zu. Erst zögernd, mit klopfendem Herzen, dann mit geballten Fäusten, fest entschlossen, sich ihr sauer verdientes Kleinod nicht widerstandslos stehlen zu lassen. Die Absätze ihrer modischen Schuhe klackten nervös über das Pflaster.

Auf der Rückbank des Corsa saß eine Frau, zusammengekauert, mit einem grobgewebten Tuch über dem Kopf. Sie zitterte, und als Hilde gegen die Fensterscheibe klopfte, zuckten ihre Schultern. Erschrocken schaute sie auf, zog das Tuch noch fester ums Gesicht und krümmte sich wieder zusammen.

Hilde Plaetinck riss die Tür auf und wich gleichzeitig einen Schritt zurück. »Wie … Was machen Sie in meinem Auto?«

Die Frau zuckte die Achseln, zitterte und zog züchtig ihr Kleid nach unten. Ihre Worte kamen zögerlich, zurückhaltend, mit einer tiefen, fast männlichen Stimme. »Entschuldigen Sie bitte. Tut mir leid, aber ich war so furchtbar müde und …«

Der Rest des Satzes ging im Brausen eines vorbeifahren-

den Wagens unter. Hilde Plaetinck spürte, wie ihr Selbstvertrauen wuchs. »Was, zum Teufel, tun Sie in meinem Auto? Ich werde die Polizei rufen!«
»Die … die Tür war nicht verschlossen, und mir war so kalt, und ich leide unter hohem Blutdruck. Ich hab mich verirrt, und mein Schwiegersohn ist fort. Ich konnte einfach nicht mehr weiter. Da wollte ich mich bloß einen Moment ausruhen. Tut mir leid, ich werde … Ich …«
Die alte Frau griff nach den Handgriffen einer großen Ledertasche, die neben ihr auf dem Boden stand.
»Würden Sie jetzt endlich aus meinem Wagen steigen!« Rote Flecken zeichneten sich auf Hildes Wangen ab. »Und zwar sofort! Ich will nach Hause.«
Ein sensationslüsternes Ehepaar mittleren Alters machte einen kleinen Umweg, um das Schauspiel besser verfolgen zu können. Hilde Plaetinck bemerkte ihr Manöver, und es machte sie furchtbar nervös.
Die alte Frau nickte, rutschte ergeben über die Rückbank und stieg aus dem Auto aus. Schwerfällig beugte sie sich ins Heck, zog die anscheinend zentnerschwere Tasche mühsam aus dem Wagen und murmelte: »Entschuldigen Sie. Ich wollte Ihnen keine Unannehmlichkeiten bereiten.« Dann drehte sie sich um und schlurfte davon. Dabei schleifte sie die Tasche mit beiden Händen hinter sich her, als befänden sich all ihre Habseligkeiten darin.
Ein paar Meter weiter kam sie ins Straucheln, konnte sich aber wieder fangen.
Hilde Plaetinck, die sich von ihrem größten Schreck erholt hatte, runzelte die Stirn. Der Anblick erinnerte sie an ihre Großmutter, die damals auch sehr schlecht auf

den Beinen gewesen war. Bis ihre Eltern schließlich beschlossen, sie in ein Pflegeheim einweisen zu lassen, weil sie nicht mehr in der Lage war, für sich selbst zu sorgen. Diese Entscheidung hatte für entsprechende Spannungen in der Familie gesorgt. Der Gedanke daran jagte ihr einen Schauer über den Rücken, und während sie sich die durchgefrorenen Hände rieb, rief sie: »Äh ... warten Sie!«

Die Frau drehte sich um. Sie hatte das Tuch tief ins Gesicht gezogen und unter dem Kinn zusammengeknotet, so dass nur ihre Augen zu sehen waren. Sie wirkten traurig und leer, als hätten sie sämtliches Leid dieser Welt gesehen. Dann wandte sie den Blick ab und schaute zu Boden, wodurch ihr Buckel fast groteske Dimensionen annahm.

»Müssen Sie noch weit?«

Als die Frau bestätigend nickte, sah Hilde die karierten Stoffpantoffeln. Sie waren völlig durchnässt.

»Wohnen Sie hier in der Gegend?«

Die Frau murmelte etwas Unverständliches und zog ihre dicken Wollsocken hoch. Ihre Handschuhe waren löchrig und ausgefranst. Langsam kam sie näher. »Würden Sie mich tatsächlich nach Hause bringen? Das wäre wirklich sehr freundlich von Ihnen.« In der heiseren Stimme schwang ein Funken Hoffnung mit. »Ich wohne in der Damartstraat in Mechelen.«

Hilde Plaetinck fuhr sich mit der Hand durch die Pagenfrisur und zögerte. Dann warf sie einen Blick auf ihre elegante Rodania-Armbanduhr, ein Geschenk von Stefaan.

»Ich weiß den Weg.«
»Also gut, steigen Sie ein. Ich bring Sie schnell nach Hause, ich muss sowieso in diese Richtung.«
Die Frau schaute auf, erleichtert und dankbar – was Hilde Plaetinck mit Freude erfüllte. Und während ihre ungebetene Mitfahrerin wieder auf der Rückbank Platz nahm, glaubte sie sogar, ein Lächeln um ihre Lippen bemerkt zu haben.
»War die Autotür wirklich nicht abgeschlossen?«
»Danke. Vielen, vielen Dank. Das ist sehr lieb von Ihnen. Wenn Sie wollen, lade ich Sie zu einer Tasse Kaffee ein. Bei mir zu Hause. Zu Kaffee und Keksen. Natürlich nur, wenn Sie wollen. Oder möchten Sie lieber Benzingeld? Nochmals danke.«
Hilde Plaetinck rutschte hinters Steuer und drehte lächelnd den Schlüssel im Zündschloss.
Das wird mir jetzt doch etwas zu persönlich.
Mit Vollgas fuhr sie auf den Brusselse Ring. Während sie den Wagen über die Autobahn rund um Brüssel steuerte, fiel kein einziges Wort zwischen ihr und der alten Frau. An der Ausfahrt Mechelen-Zuid zögerte sie und drehte sich kurz um. »Sie müssen mir jetzt sagen, wie ich fahren soll, weil ich die Damartstraat nicht kenne.«
»Hier abfahren und dann immer geradeaus, bis ich es sage«, kam es nun resolut von der Rückbank.
Zwei Kilometer später, an einer dicht befahrenen Kreuzung in der Innenstadt von Mechelen, warf Hilde einen Blick nach hinten und zuckte erschrocken zusammen, als sie eine schwere Hand auf der Schulter spürte.
»Stört es Sie, wenn ich rauche?«

Hilde Plaetinck schaute wieder nach vorn und dann erneut zur Rückbank. »Äh, nein«, stotterte sie. »Aber drehen Sie bitte die Scheibe ein Stück herunter. In welche Richtung jetzt?«
»Immer geradeaus.«
»Eigentlich rauche ich nicht im Wagen.«
Als aus dem Heck keine Antwort kam, fühlte Hilde sich in der darauffolgenden Stille zunehmend unbehaglich. Verstohlen schaute sie in den Rückspiegel und sah, wie die Frau ihre Handschuhe auszog und sich eine Zigarette anzündete, die sie Gott weiß woher hervorgezaubert hatte. Mit tiefen, gierigen Zügen sog sie daran wie eine Kettenraucherin, und blies den Rauch durch das geöffnete Fenster. Sie hatte wulstige Lippen und ein kräftiges Kinn, stellte Hilde fest und rümpfte die Nase, als sie die Trauerränder unter den kurz geschnittenen Fingernägeln bemerkte.
Missmutig schaute Hilde Plaetinck auf ihren Kilometerzähler. Sie fuhr jetzt schon fünf Kilometer durch die Innenstadt von Mechelen, und ihr wurde langsam unbehaglich. »Ist es noch weit?«
»Die dritte Straße rechts. Hinter der nächsten Ampel. Bei der Metzgerei«, kam es kurzangebunden von hinten.
Als die junge Frau aufs Gaspedal drückte und gerade noch bei Gelb über die Kreuzung raste, zeichnete sich ein besorgter Ausdruck auf ihrem Gesicht ab. Auf ihrer Stirn erschien eine tiefe Falte, während sie erneut auf den Kilometerzähler schaute.
Was hatte die Alte in Gottes Namen vor dem Kinocenter

zu suchen gehabt? Wahrscheinlich gebettelt. Aber sie hat behauptet, sie wäre zu Fuß! Zu Fuß?

»Hier rechts abbiegen. Wir sind gleich da.«

Als Hilde Plaetinck sich dankbar umdrehte – inzwischen wusste sie nämlich überhaupt nicht mehr, wo sie war –, traf sie der Zigarettenqualm mitten ins Gesicht. Sie hustete und blinzelte, um den Schmerz in den Augen zu lindern. Doch sie beschloss, ihre aufsteigende Verärgerung zu ignorieren und sich nichts anmerken zu lassen.

Die arme Alte.

Bei der Metzgerei »Zum fetten Ochsen« bog sie rechts ab, in eine triste Gasse, die immer schmaler wurde. Nach einhundert Metern musste sie über den Gehweg fahren, weil ein falsch geparkter Wagen die Straße versperrte. Mit angehaltenem Atem gelang es ihr, das schwierige Fahrmanöver zu bewältigen.

»Jetzt links.«

Meine Güte, wie soll ich hier jemals wenden, ohne Spuren am Auto zu hinterlassen?

Hilde Plaetincks Körper verkrampfte sich, als sie auf die Bremse treten musste, um einer quer über die Straße laufenden Katze auszuweichen. Dann drehte sie sich um. »Ist es noch weit?«

Die Frau schaute auf. Ihr Kopftuch war ein Stück nach hinten gerutscht. Ihre linke Wange wirkte bleich und glänzte unnatürlich, als wäre sie poliert. »Nein, nur noch drei Straßen. Entschuldigen Sie bitte die Unannehmlichkeiten. Ich hoffe, dass ich Sie zu einer Tasse Kaffee einladen kann.« Die Stimme klang nun nicht mehr heiser, sondern eher neutral, vielleicht sogar ein wenig aufgeregt.

Hilde Plaetinck schaute stur geradeaus und schauderte. Die trostlosen Fassaden mit der abblätternden Wandfarbe verstärkten ihr Gefühl des Unbehagens. Diese Häuser. Hoch und schmal. Und kahl. Hier und dort hingen ausgeblichene Tücher statt Vorhängen vor den Fenstern.

Als sie das Klicken des Feuerzeugs hörte, blickte sie verärgert in den Rückspiegel. Doch ihre Wut schlug schlagartig in Angst, in blinde Panik um, als sie unter den hochgerutschten Ärmeln des Kleides die Arme der Frau sah – kurze, kräftige Unterarme, mit Muskeln so dick wie Kabelstränge. Auf der rauhen Haut wuchsen störrische schwarze Haare. Genau wie auf den Fingern, die die Frau nun rhythmisch öffnete und schloss. Und dann fiel Hilde Plaetincks Blick auf die Augen der Frau. Schwarz und unergründlich. Blanker Hass blitzte darin auf.

Hilde Plaetinck erstarrte. Sie hatte das Gefühl, als würde ein Stahlband um ihre Brust gelegt und zugezogen. Ihre klammen Hände rutschten vom Lenkrad. Sämtliche Sinne schienen wie tot, gelähmt.

Ein Mann!

Während die junge Frau sich in Todesangst die Lunge aus dem Leib schrie und aufs Gaspedal trat, bog ein roter Lieferwagen um die Ecke. In heller Panik riss Hilde Plaetinck das Steuer nach rechts, und der Corsa rammte die Stoßstange des Postautos.

Als ihr Wagen ruckartig zum Stehen kam, schlug sie mit der Stirn auf der Hupe auf und riss in einem Reflex die Arme schützend über den Kopf. Noch bevor der verblüffte Postbeamte wusste, wie ihm geschah, flog die

hintere Tür auf, und eine in Lumpen gekleidete Frau stürmte in Richtung Vrijbroekpark davon.
Eric van Lierde schob seine Dienstmütze aus der Stirn und kratzte sich am Kopf. Dann hievte er seinen plumpen Körper aus dem Transporter, betrachtete ungläubig grinsend den Schaden und blies sich verstohlen in die Hand. Der Geruch war einigermaßen okay – Jenever roch wesentlich schlimmer. Aber das gellende Gehupe ging ihm nun doch auf die Nerven, und sein von Natur aus freundliches Gesicht verzog sich verärgert. »Tja, Frolleinchen«, sagte er, seufzte und drehte sich um. »Da brauchst du gar nicht so dumm zu tun. Ist so oder so deine Schuld.«
Van Lierde rieb sich die Augen und trat näher an den Wagen heran. Das Mädchen in dem grünen Opel bewegte sich nicht; sie starrte auf einen unbestimmten Punkt an der Hauswand.
»Alles in Ordnung, Mevrouw?« Besorgt öffnete Eric van Lierde die Fahrertür und rüttelte die junge Frau an der Schulter. Das schrille Geräusch hörte zwar sofort auf, doch sie rührte sich noch immer nicht.
Hilde Plaetinck sah und hörte alles, konnte aber nicht reagieren. Sie war vollkommen verkrampft vor Panik.

*

Knapp dreihundert Meter entfernt riss sich ein Mann ein zerfranstes Tuch vom Kopf. Mit großen Schritten lief er die Treppe hinauf, strich mit der Hand über das Lederetui und öffnete es. Während seine Finger hastig die Unterlagen durchblätterten, breitete sich ein nervöser

Ausdruck auf seinem Gesicht aus. Prospekte, eine Bedienungsanleitung, Wartungsbelege. Kein Kraftfahrzeugbrief, keine Personendaten. Er zog die Tür hinter sich zu, lehnte sich mit dem Rücken dagegen und versuchte, wieder zu Atem zu kommen. Die Haut unter seinem rechten Auge zuckte. Seine Finger blätterten immer schneller. Plötzlich hielt er inne. Das nervöse Zucken verschwand. Er warf die Papiere auf den Schreibtisch, ging ins Bad und drehte den Wasserhahn auf.

Dann kehrte er zu seinem Schreibtisch zurück und setzte sich breit grinsend hin. Er nahm einen Kugelschreiber aus dem Stiftbehälter und betrachtete das grüne Blatt Papier, das vor ihm auf dem Tisch lag. Langsam faltete er die Versicherungsbescheinigung auseinander und studierte sie eingehend. Träge und mit genau bemessenen Kugelschreiberstrichen markierte er die Adresse. Danach betrachtete er das Foto auf dem Führerschein.

Nach einer Weile stand er auf, und der Saum des langen Zigeunerrocks strich über den Löwenfuß des Schreibtischs, als er sich mit einem Ruck umdrehte und kerzengerade zum Bad ging. Als er die Tür öffnete, schlug ihm eine heiße Dampfwolke entgegen.

Einen Moment starrte er reglos auf sein in Nebel gehülltes Spiegelbild. Manchmal jagte ihm sein eigener Anblick Angst ein.

»Versagt.«

Er knurrte und machte eine wedelnde Handbewegung, als wollte er sein Spiegelbild wegwischen. »Aber noch ist es nicht vorbei.«

Plötzlich lächelte er und hob langsam die Arme. Das

ohrenbetäubende Rauschen des Wasserhahns, die weißen Nebelschwaden, die von seinem Körper aufzusteigen schienen. Erhaben. Himmlisch.
Er packte den Kragen mit den Zähnen und riss wie ein tollwütiger Hund ein Stück Stoff ab. Dann presste er seine starken Hände auf die Brust, zog ruckartig an dem Kleid und zerrte es sich vom Leib.
Ohne Zögern drehte er sich um und stieg in die Badewanne. Als seine Nervenenden auf das heiße Wasser gereizt reagierten, rief das bei ihm nur eine flüchtige Grimasse hervor. Seine Haut färbte sich rot.
Mit zusammengebissenen Zähnen ließ er sich langsam in das Wasser sinken. Der Schmerz war unerträglich – Tausende glühend heißer Nadeln stachen ihm in die Haut, doch es schien ihn nicht zu kümmern. Die Läuterung musste sein. Jeden Tag aufs Neue. Nur durch Selbstläuterung kann der Mensch sich von seinen irdischen Beschränkungen befreien. Bis kein Schmerz mehr übrig bleibt und auch kein menschliches Versagen. Nur noch absolute Reinheit, von der gewöhnliche Sterbliche nicht die geringste Ahnung haben.
Der Mann starrte durch das Fenster, hinauf zu den dahinjagenden Wolken, immer schneller, ein wilder Strudel.
Ich und du. Wir allein.
Ganz langsam glitt sein Kopf unter die dampfende Wasseroberfläche.
Im Zustand der Reglosigkeit und weit entfernt von jeder irdischen Mühsal gelang es ihm meistens, tief in sich hineinzuschauen.

Unter Wasser öffnete er die Augen und ließ eine Luftblase zwischen den Lippen entweichen. Nur eine einzige. Kräuselnd suchte sie sich einen Weg nach oben und zerplatzte an der Wasseroberfläche.

Mit offenen Augen ließ er die Ereignisse des Tages Revue passieren und erkannte, dass er viel zu impulsiv gewesen war. Und dass die Göttlichkeit weiter entfernt war denn je. Allmählich geriet er in Atemnot.

Ruckartig tauchte sein Kopf aus dem Wasser auf. Geballte Fäuste schlugen wütend auf die Wasseroberfläche. Aus den blutunterlaufenen Augen schienen Funken zu sprühen. Der Mann warf den Kopf in den Nacken, und ein rauher Schrei drang tief aus seiner Kehle. Er stieß die Hände mit den krampfhaft zuckenden Fingern in die Luft.

»Ich weiß, dass ich versagt habe!«

Sein Zeigefinger bebte, als er auf die schwarze Wolkenmasse deutete. »Du bist nicht besser als ich. Kein Haar besser. Nichts, nichts hast du getan. Also mach mir keine Vorwürfe. Dazu hast du kein Recht. Du hast mich im Stich gelassen. Aber ich habe gekämpft. Ich allein!«

Das Geräusch wurde leiser, ein Zischen.

»Eines Tages werde ich dir das heimzahlen. Du feiger Hund. Warum bist du nicht selbst gekommen? Nein, *du* hast Jesus geschickt, deinen halbgaren Sohn. Feigling. Du hast ihn benutzt. So wie du nun mich zu benutzen versuchst. Aber ich kenne dich. Ich weiß, wie du tickst. Ich hab dich durchschaut!«

Das wahnsinnige Lachen schien das ganze Bad zu füllen. Wie ein tosender Orkan wirbelte es durch den Raum,

hallte von den glatten Wänden wider und riss alles mit sich.
Plötzlich war es totenstill.
Vor dem Haus, weit entfernt, rauschte vage der Wind.
Doch auch in der Stille ebbte das Gefühl der Bedrohung nicht ab – im Gegenteil, es blieb bestehen, verstärkte sich langsam. Geballter Hass. Das Auge des Orkans. Die Stimme klang nun beherrscht, die Worte gemessen.
»Weißt du, was ich damals begriffen habe? Als ich allein war in diesem stinkenden Schuppen? Schmerz und Demütigung. Weißt du es? Weißt du, was mir da klargeworden ist?«
Der Mann schaute zu den Wolken, und seine Stimme wurde noch leiser. »Natürlich weißt du es. Aber du willst es nicht aussprechen. Du traust dich nicht, es auszusprechen.«
Das Lachen, das diesen Worten folgte, schien aus einer anderen Dimension zu kommen. »Ich werde es dir verraten. In dieser stinkenden Höhle ist mir klargeworden, dass ich dich nicht brauche. Ich brauche dich nicht.«
Er stocherte in seinem Ohr herum und betrachtete dann seinen Zeigefinger. »Du brauchst *mich*.«
Der Mann drückte sich, die Hände auf den Oberschenkeln, nach oben, bis sein kräftiger Rumpf sich langsam aus dem Wasser erhob. Von einer Sekunde auf die nächste hatte sich sein Gemütszustand um hundertachtzig Grad geändert. Ein Bild der Ruhe und Heiterkeit. Ein Buddha. Aber nicht träge, nicht verträumt – ein muskulöser Buddha, der Kraft und Vitalität ausstrahlte. »Was meinst du?«

»Du antwortest nicht? Natürlich nicht. Die Wahrheit tut weh.« Mit geschlossenen Augen ließ er seinen muskulösen Körper wieder zurücksinken, bis nur noch Nase und Mund aus dem Wasser ragten.

»Ich tue es auf meine Weise. Ich hole sie mir. Und all die anderen auch. Ich habe einen Job. Ein Haus. Einen Plan. Einen meisterhaften Plan. Mein Spiel. Nicht deines. Die Welt ist meine Spielwiese. Ich hab dich …« Die letzten Worte waren unverständlich. Sie gingen im brodelnden Zischen unter, als der Kopf unter der Wasseroberfläche versank.

2

Kriminalbeamter Dirk Deleu wälzte sich ruhelos in seinem Bett. Bilder tauchten auf und verschwanden wieder. Sein Verhältnis mit Nadia Mendonck. Barbara, seine Frau, von der er getrennt lebte. Die Geburt von Charlotte, seiner fünfzehn Monate alten Tochter. Frank Tack, Nadias toter Geliebter, der wie ein rachsüchtiger Gott über ihnen schwebte und ihn auslachte.

Schlaftrunken stieß Deleu ein Glas Wasser um und musste zweimal nach seinem Mobiltelefon greifen, bis er es endlich in der Hand hielt. »Deleu.«

»Dirk, hier ist Jos.«

»Jos?«

»Hey, Deleu, hier ist Bosmans … *remember?* Jos Bosmans, in zweiter Ehe mit Maud van Riel verheiratet. Großvater mit zu Hause wohnenden Enkelkindern. In seiner Freizeit Untersuchungsrichter. Jos Bosmans.«

»'tschuldigung, Jos, hab schlecht geschlafen.«

»Ich brauch dich im Büro, Dirk. Ich hab hier eine merkwürdige Geschichte auf dem Tisch.«

Am anderen Ende der Leitung herrschte Stille. Bosmans dachte an den Fall Herman Verbist – der schizophrene Mann, der ein Baby entführt hatte. Der Fall, der erst vor-

gestern Abend ein dramatisches Ende genommen hatte. Mit Deleu in einer wenig beneidenswerten Hauptrolle.
»Dirk?«
»Ja?«
»Bleib einfach liegen und komm heute Nachmittag mal vorbei.« *Klick.*
Dirk Deleu rieb sich den Schlaf aus den Augen und fuhr sich mit der Zunge über die Lippen. Sie fühlte sich an wie Schmirgelpapier. Während er sich mühsam aufrichtete, konnte er nur an eines denken: *Nicht geschieden von Barbara und vermutlich der Vater von Nadias Baby.*
Er zog die Jalousien hoch, erschauderte und tastete nach dem gusseisernen Heizkörper.
Dieses verdammte Thermostat ist kaputt.
Deleu ging ins Bad und streifte seinen Bademantel über. Dann schaute er lange in den Spiegel. Obwohl er über zwölf Stunden geschlafen hatte, lagen dunkle Schatten unter seinen Augen. Sein Gesicht war aufgequollen, und die Haut um die Wangenknochen wirkte rauh, war schuppig und mit roten Flecken übersät.
Lustlos drückte er den letzten Rest Zahnpasta aus der Tube und putzte sich die Zähne, bis sein Zahnfleisch glühte.

*

Als Deleu Bosmans' Büro betrat, gab er dem Untersuchungsrichter, auf dessen Schreibtisch eine verschlissene Ledertasche stand, einen schlaffen Händedruck und zog sich einen Stuhl heran.
Der verblüffte Blick des Kollegen Vanderkuylen, der in

eine Tasche starrte, ihn aber nicht einmal bemerkte, ließ seine Müdigkeit verschwinden. Seine Neugier war geweckt.
Deleu gab Vanderkuylen einen leichten Schubs und sah eine kurze, kräftige Eisensäge, einen Hammer, die Umrisse eines Fleischermessers und zwei Seilknäuel. Er schaute von Vanderkuylen zu Bosmans, der stoisch blieb, dann zurück zu Vanderkuylen und schließlich erneut in die Tasche. »Welchen Schlachter habt ihr festgenommen?« Ein entschlossener Zug zeichnete sich um seinen Mund ab, und seine Augen funkelten.
Bosmans seufzte. »Niemanden. Wir haben das ganze Viertel durchgekämmt.«
»Komm schon, Jos. Die ganze Geschichte.«
Nachdem Bosmans die Fakten zusammengefasst hatte, drückte er seinen Körper hoch und setzte sich träge in Bewegung. Als er Deleu bedeutete, ihm zu folgen, war dieser hellwach.
Die junge Frau schaute kurz auf, als Bosmans und Deleu das muffige Hinterzimmer betraten.
»Mevrouw Plaetinck?«
Die hübsche Blondine nippte zuerst an ihrer Cola und warf ihnen dann einen Blick zu. Sie nickte und stellte das Glas wieder auf den Tisch.
»Guten Tag, Mevrouw Plaetinck, ich bin Untersuchungsrichter Jos Bosmans, und dies ist Kriminalkommissar Dirk Deleu. Fühlen Sie sich in der Lage, uns ein paar Fragen …«
»Schießen Sie los«, unterbrach Hilde Plaetinck ihn, doch als sie erneut von ihrer Cola trank, zitterte ihre Hand.

»Haben Sie jemanden, der sich um Sie kümmern kann? Zumindest für eine Weile?«, fragte Deleu.

»Kümmern?«

»Ja, jemand, der für Sie da ist, bis Sie wieder vollständig ...«

»Nicht nötig«, unterbrach sie Deleus gut gemeinte Frage. »Ich bin es gewohnt, allein zu sein.«

»Sind Ihre Eltern denn schon unterrichtet?«, fragte Bosmans bedächtig.

»Warum?«, fragte sie hart. Hilde Plaetinck ballte die Fäuste. »Ich lebe allein. Außerdem bin ich Organisationsberaterin bei einer großen Bank. Ich habe schon Schlimmeres durchgemacht, meine Herren. Ich bin es gewöhnt, allein zurechtzukommen.«

Weder Bosmans noch Deleu fühlten sich berufen, dem etwas hinzuzufügen. Bosmans stützte sich auf die Ellbogen, und Deleu lehnte sich zurück und streckte die Beine aus.

Die junge Frau wusste nicht, wohin mit ihren Händen. Von Sekunde zu Sekunde wurde sie unsicherer, und als irgendwo im Gebäude eine Tür zuknallte, warf sie einen erschrockenen Blick über die Schulter. Dann sah sie Bosmans an, der bedächtig auf einem Zahnstocher kaute, und der fragende Ausdruck in ihrem Gesicht verwandelte sich erneut in grimmige Entschlossenheit.

»Was mir passiert ist, geht niemanden etwas an ... niemanden. Ich brauche kein Mitleid. Ich will einfach wieder ich selbst sein. Ich will das alles vergessen.« Sie schaute abwechselnd zu Bosmans und dann zu Deleu. Keiner von beiden reagierte. Hilde Plaetinck faltete die

Hände im Schoß. Als sie wieder aufblickte, wirkten ihre hellblauen Augen traurig und trüb.

»Was haben Sie an jenem Tag genau gemacht, Mevrouw Plaetinck?«

Die junge Frau sah Deleu an und fummelte an ihrem Rock herum. »Warum? Hab ich irgendwas verbrochen? Steh jetzt etwa *ich* unter Anklage? Brauche ich einen Anwalt? Das ist jetzt schon das zweite Mal, dass ich verhört werde.«

Deleu ging auf diese Provokation nicht ein. »Es ist sehr wichtig, dass wir Ihren Tagesablauf genau rekonstruieren. Jede einzelne Stunde, am liebsten jede Minute. Diese Person ist Ihnen möglicherweise gefolgt. Verstehen Sie?«

»Nichts«, kam die schroffe Antwort. »Ich hab nichts Besonderes gemacht. Lange geschlafen, meine Wohnung aufgeräumt und am Nachmittag ins Kino. Das ist auch schon alles.«

»Ist Ihnen im Lauf des Tages irgendetwas Verdächtiges aufgefallen? Vielleicht auf dem Weg zum Kino? Oder im Kino?«

»Ich wollte doch nur etwas Gutes tun ... helfen«, erwiderte sie hilflos. Doch dann richtete sie sich plötzlich auf, und ihr Tonfall wurde wieder scharf. »Und ich will nicht, dass irgendwas darüber in der Zeitung erscheint. Es ist nichts passiert. Ich habe einen Verkehrsunfall gehabt. Das ist alles. Ich kann mich an nichts mehr erinnern. Und jetzt fahre ich nach Hause.« Hilde Plaetinck erhob sich und ging entschlossen zur Tür.

Deleu sprang auf und lief ihr nach. Jos Bosmans starrte

auf seinen Schoß, legte die großen Hände auf seine Oberschenkel und erhob sich.

Posttraumatischer Schock.

Er schloss die Augen und sah in Gedanken Eva, seine ältere Tochter. Sie hatte genau die gleiche Reaktion gezeigt, nachdem sie ihren Mann verlassen hatte und mitten in der Nacht bei ihm zu Hause aufgetaucht war. Bosmans nahm das Protokoll vom Tisch und begann zu lesen. Eine verworrene Geschichte ohne jede Struktur.

Die Person, vermutlich ein Mann, den Hilde Plaetinck nicht näher beschreiben konnte, war von ihr auf dem Parkplatz des Brüsseler Kinocenters aufgegabelt worden. Sie hatte ihn mit dem Wagen nach Mechelen gebracht, bis zum Vrijbroekpark, wo die gesamte Gegend inzwischen gründlich durchsucht worden war. Aber ohne Personenbeschreibung war das vollkommen sinnlos gewesen – Kriminalbeamte, die nicht einmal wussten, nach wem sie suchten. Unter dem Protokoll stand mit Bleistift: »Es gibt keine Damartstraat in Mechelen.«

Bosmans erkannte Vanderkuylens Krakelschrift und seufzte. Bleistiftvermerke auf einem offiziellen Protokoll … Aber er brachte einfach nicht mehr die Kraft auf, sich darüber aufzuregen, und ging Deleu nach.

3

Nach dem zweiten Gespräch mit Hilde Plaetinck war Deleu auch nicht viel schlauer. Obwohl sie sich tapfer hielt, hatte sie sich noch immer nicht von ihrer Angst erholt, und er hatte kein vernünftiges Wort aus ihr herausbekommen. Genau genommen war eigentlich nichts Strafbares passiert – abgesehen von der Tatsache, dass ihre Versicherungsbescheinigung und ihr Führerschein verschwunden waren. Und Bosmans war auch nicht gerade scharf darauf gewesen, die ganze Maschinerie anzuwerfen. Von seinem Standpunkt aus durchaus verständlich: Eine Mitfahrgelegenheit, ein Auffahrunfall, eine Tasche mit Stichwaffen und Schneidewerkzeug – nichts davon reichte aus, um eine Akte anzulegen.

Stell dir nur mal vor, das Ganze ist ein ausgeuferter Scherz. Ein paar Kollegen, die diese Karnevalsmaskerade eingefädelt haben.

Letztendlich hatte Hilde Plaetinck zwar einem Gespräch mit einem Polizeipsychologen zugestimmt, war aber zu dem vereinbarten Termin nicht erschienen.

Inzwischen wurde ihre Geschichte mit der nötigen Skepsis betrachtet. Dabei hatte das Ganze etwas Faszinierendes, Unerklärliches, das Deleu keine Ruhe ließ. Aber trotz des verdächtigen Inhalts der Tasche würde dieser Vorfall zweifellos bald in der Versenkung verschwinden. Oder ein Eigenleben führen.

Dirk Deleu musste unwillkürlich an die beiden abgeschlachteten Familien in Eppegem denken und schauderte. Seine Intuition sagte ihm, dass in dieser Sache etwas unternommen werden musste. Ein als Frau vermummter Mann, der noch dazu ein ganzes Arsenal von Fleischerwerkzeugen durch die Gegend schleppte?

Wir müssen der Sache schnell auf den Grund gehen. Wenn es nicht schon zu spät ist.

Der letzte Gedanke ließ ihm das Blut in die Wangen schießen.

Zu spät. Verdammt. Für mich ebenfalls. Nadia ist schwanger. Wo steckst du, Nadia? Ich hab dich seit Tagen nicht zu Gesicht bekommen. Das sieht dir gar nicht ähnlich. Und was soll ich dir sagen, wenn du wieder auftauchst? Lassen wir einen DNA-Test machen? Oder was?

Deleu schüttelte die trüben Gedanken förmlich von sich ab und nahm einen Schluck Milchkaffee. Seit die Kollegin Wiesmans für den Kaffee zuständig war, tranken sie nicht länger den Mist aus der Kantine. Aufreizend langsam leerte er seine Tasse und trat dann widerstrebend auf den Flur hinaus. Dort blieb er stehen, schaute unentschlossen nach links und rechts und marschierte schließlich zum Büro der Spurensicherung.

Als er ein schleifendes Geräusch hörte, drehte Walter Vereecken, zum Abteilungsleiter ernannt und für die Verwaltung offener Fälle verantwortlich, den Kopf in Richtung Tür. Er quittierte die soundsovielte Störung des Tages mit einem kurzen, mürrischen Nicken, doch als er Deleus sorgenvollen Blick sah, entspannten sich seine Züge ein wenig. »Dirk. Was ist los? Du schaust so ...«

Deleu verzog den Mund zu einem matten Grinsen. »Walter, sind bei den offenen Fällen blonde Frauen betroffen?«

Vereecken zog die Augenbrauen hoch.

»Ermordet, Walter. Junge, blonde Frauen, die auf unerklärliche Weise ums Leben gekommen sind.«

»Und am liebsten in der Gegend um den Vrijbroekpark?«, erwiderte Vereecken.

»Ja, wenn möglich in Stücke gesägt.« Deleu grinste.

Walter Vereecken rollte seinen Stuhl etwas näher heran und musterte Deleu mit prüfendem Blick. Dann rückte er die Metallbügel seiner Lesebrille hinter den Ohren zurecht.

»Geht's einigermaßen?«

»Was?«, fragte Vereecken und schob die rechteckigen Gläser höher.

»Äh, die neue Stelle. Du bist doch ...«

»Ich denke, dass ich hier etwas für dich habe. Ich hab schon ein paar Unterlagen zusammengestellt«, unterbrach Vereecken Deleus Versuch, ein paar freundschaftliche Worte zu wechseln.

Unbehaglich strich Deleu sich über den Stoppelbart.

»'tschuldigung, Dirk. Ja, es geht einigermaßen.«

»Aber du wärst lieber im Außendienst?«

Walter Vereecken kniff in die Reifen seines Rollstuhls. Seine Augen funkelten.

»Undercover im Rollstuhl. Solltest du mir je so einen Job verschaffen können …«

»Und wie läuft's zu Hause?«

»Na ja, so lala. Nichts Besonderes. Letzte Woche war ich mit dem schielenden Pierre bei den Meisterschaften im Bogenschießen. Im *De Rozelaar*, seiner Stammkneipe. Der gute Pierre ist ein echter Könner im Umgang mit dem Bogen.« Vereecken grinste wie ein Junge, der gerade einen Streich ausgeheckt hat. »Um halb drei morgens waren wir erst wieder zu Hause. Meine Göttergattin hat sich tierisch aufgeregt.« Vereecken reckte sich genüsslich. »O Mann, das hat echt gutgetan!«

Deleu nickte ihm ermutigend zu. Mitfühlend, ohne recht zu wissen, was er darauf antworten sollte.

Walter Vereecken spürte Deleus Unbehagen. Er rieb sich die Augen. »Es ist Scheiße, Dirk. Das Leben im Rollstuhl ist Scheiße.«

Deleu schwieg.

Vereecken rieb sich erneut ausgiebig die Augen.

»Ich weiß, Walter.«

Statt einem verständnisvollen Nicken verdüsterte sich Vereeckens Miene wieder. »Du weißt gar nichts, Dirk. Nicht die Bohne. Ich träume noch immer jede Nacht von diesem verfluchten Abend. Jede Nacht sehe ich die Visage von diesem Dreckskerl wieder vor mir. Jede Nacht halte ich sein Foto in meinen zitternden Fingern. Jede Nacht frage ich mich, warum ich ihn nicht kommen gespürt habe. Die Katze! Diese verdammte Katze hat mich abgelenkt.« Vereecken zitterte nun am ganzen Körper. »Man hat ihn immer noch nicht geschnappt, Dirk.

Und niemand sucht noch nach ihm. Er ist wie vom Erdboden verschluckt.« Vereecken ballte krampfartig die Hände zu Fäusten, und sein Kinn sank auf die Brust.
Deleu stand sprachlos daneben. Auch er sah das Monster wieder vor sich.
Bert Hermans, alias Jozef Hermans. Seine Ausstrahlung, die gespielte Nonchalance, der kalte, stechende Blick. Der Mann, der kaltblütig seinen Bruder, einen Priester, ermordet, dessen Platz eingenommen und eine mörderische Jagd begonnen hatte. »Er ist tot, Walter. Er hat den Sturz in den Kanal nicht überlebt.«
»Seine Leiche wurde aber nicht gefunden, Deleu. Dieser Dreckskerl lacht uns einfach aus. Wir werden ihn nie kriegen … und alles nur wegen diesem Scheißunfall.«
»Komm schon, Walter, das Auto war ein Wrack. Und wir haben tage- und nächtelang den Willebroek-Kanal abgesucht.« Die Worte klangen unaufrichtig und schwach, und Deleu verfluchte sich selbst. »Wenn du willst, kann ich dich ja mal abholen. Um ein Bier trinken zu gehen.«
»Meine Germaine ist eine starke Frau, Dirk.« Walter Vereecken biss sich auf die Lippe. »Tut mir leid.«
»Wie geht's deinen Jungs? Gert und …«
»Tom. Gert ist schon aus dem Haus. Verheiratet, seit letztem Jahr. Und Tom … der studiert Kriminologie.«
»Echt? Meiner auch. Und wo?«
»In Gent.«
»Mein Rob ist in Leuven. Wie kommen die Jungs bloß auf so eine Idee?« Deleu zwang sich zu einem matten Lächeln.
»Ist schon okay. Verschwinde ruhig wieder.«

Deleu warf einen Blick auf den Rücken seines Kollegen, drehte sich dann um und ging zur Tür.

»Warte mal, Dirk.« Vereecken wühlte in einer Schublade. »Hier, lies dir das mal durch. Hab ich von unseren Kollegen in Brüssel. Ist nur eine Kopie. Kannst du ruhig mitnehmen. Ich hoffe, dass es dir was nützt.«

»Von den Brüsselern? Da hast du aber tief in die Trickkiste greifen müssen, oder?«

Vereecken grinste.

»Worum geht's dabei?« Deleu strich über das schwere Aktenbündel und schaute seinen Kollegen an. »Wieso glaubst du …?«

Vereecken tippte sich mit dem Zeigefinger an die Nase.

»Kannst du mir irgendetwas …«

Doch Vereecken machte eine abwehrende Handbewegung. »Lies es einfach, wenn du Zeit hast. Und dann sag mir, was du davon hältst.«

4

Die hochgewachsene Frau konnte höchstens fünfundvierzig Jahre alt sein, aber mit den streng hochgesteckten Haaren und dem schwarzen knöchellangen Kleid, das bis oben zugeknöpft war, wirkte sie bedeutend älter.

Betty Vernimmen, einzige Tochter des verstorbenen Notars Willem Vernimmen, hielt einen Staubwedel vor sich ausgestreckt, an dem ein Slip ihres Mannes baumelte.

Das Stück Baumwolle hatte sie mit spitzen Fingern über den Stiel des Besens gelegt. Eine benutzte Unterhose sollte man besser nicht anfassen und schon gar nicht im Schritt, der Quelle von Übel und Verdruss. Die Frau handelte weniger aus puritanischen Gründen als aus alter Gewohnheit. Männer waren schließlich böswillige Wesen und trotz aller historischen Entwicklungen immer noch minderwertig, nur von ihren krankhaften Instinkten getrieben. Den eindeutigen Beweis dafür stellte dieser Slip dar, den sie noch immer weit von sich hielt und der unbestreitbar mit Flecken besudelt war. Harte, eingetrocknete Flecken. Alles andere als Urinflecken.

Sie erschauderte angeekelt. Anfangs hatte sie ihn noch als Beischläfer geduldet, ihren Ehemann Jozef. Aber jetzt nicht mehr. Seit eineinhalb Jahren schlief er im Hinterzimmer, in Tante Eufrasias altem Bett. Die Gute würde sich im Grabe umdrehen, wenn sie wüsste … Nacht für Nacht. Und Tag für Tag, denn manchmal lag er auch tagsüber stundenlang im Bett: Jozef Van Cleynenbreughel – mit großem V, weil alles andere als von adliger Herkunft –, ihr untreuer, abgeschlaffter Nichtsnutz von Mann.

Als die Hintertür aufging, rief sie herablassend: »Schuhe nicht vergessen, Jozef!«

Wie so oft reagierte Jozef Van Cleynenbreughel nicht. Er schlüpfte in den Keller, wo seine Frau ihn einst vorgefunden hatte, ein Tuch über dem Kopf und am ganzen Körper zitternd, die schlammigen Hände schützend vor sich ausgestreckt. Seitdem kümmerte sie sich nicht mehr um seine Eskapaden. Hauptsache, das Haus blieb sauber …

Dieses Mal war Van Cleynenbreughel auffallend ruhig, während er die Stufen hinabstieg. Allerdings jagte ihm ein Schauer über den Rücken, als zum zweiten Mal die Worte »Schuhe nicht vergessen, Jozef« durch den Flur hallten.

Jozef Van Cleynenbreughel ging durch den weiß gekalkten Gewölbekeller zum hintersten Raum, seinem Privatheiligtum. Schweigend betrachtete er sein Spiegelbild in dem rissigen Spiegel über der Werkbank und schüttelte sich, als er an die subtilen Beleidigungen, die unausgesprochenen Demütigungen und die auslaugenden Unterstellungen dachte, die sich in ihm wie ein schleichendes Gift langsam, aber unerbittlich angesammelt hatten.

Wie Nitroglyzerin – bis die tödliche Erschütterung erfolgte.

Deleu hockte auf dem Bett, die Beine übereinandergeschlagen. Auf seinen Oberschenkeln lag die Akte über ein enthauptetes blondes Mädchen. Immer wieder wanderte sein Blick von den Unterlagen zum Spiegel, weil er gleichzeitig versuchte, sich mit einer Nagelschere ungeschickt ein Haarbüschel über dem Ohr zu stutzen. Er drehte den Kopf ein Stück, betrachtete sein Spiegelbild und seufzte – von Symmetrie konnte noch lange nicht die Rede sein.

Als er ein Knarren zu hören glaubte, warf er einen raschen Blick auf die Tür und lauschte. Doch außer dem monotonen Klatschen des Regens, der von der Dachrinne auf den Fenstersims tropfte, war nichts zu hören. Ein plötzlicher Windstoß ließ die Fensterscheiben klappern. Deleu stand auf und ging zum Fenster, wo er lustlos in den Innenhof der alten Kaserne schaute.

Der Anblick der Abenddämmerung, die düstere Schatten auf die Mauern mit den schmalen, hohen Fenstern warf, konnte seine Laune ebenso wenig verbessern wie die kleine Speckrolle, die er zwischen den Fingern spürte.

Er ging zur Kaffeemaschine, und als er den letzten Rest Kaffeepulver direkt aus der Dose in die Filtertüte kippte, klopfte es an der Tür.

Deleu schaute auf seine Uhr und kratzte sich im Nacken, wo er an einer Seite noch lange Haare fühlte.

»Ist offen!«

Nadia Mendonck blieb in der Türöffnung stehen. Sie lehnte sich gegen den Rahmen, wischte einen Wassertropfen von der Nasenspitze und warf einen Blick auf den staubigen Kronleuchter.

Nadia sah zehn Jahre älter aus, als sie eigentlich war. Ihr Gesicht hatte eine graue Farbe angenommen, und ihre von Natur aus lebendigen Augen wirkten matt.

»Komm rein. Kaffee?«

Nadia nickte, zog sich einen Stuhl heran und setzte sich an den Küchentisch. Bis Deleu mit einer Tasse Kaffee neben ihr stand, hatte sie noch kein Wort gesagt. Und nun sah sie ihren Kollegen, der sich wie ein von der Feldarbeit erschöpfter Bauer auf einen Stuhl sacken ließ, geistesabwesend an.

Auch Deleu blieb stumm. Er schlug die Beine übereinander und wippte mit seinem Fuß. Dann bot er Mendonck eine Zigarette an, die jedoch müde den Kopf schüttelte.

Deleu rauchte mit tiefen, gleichmäßigen Zügen. Plötzlich kamen die Worte, zögernd wie der Regen, der von der Dachrinne tropfte. »Weißt du, was das Schwierigste war?« Deleu sog den Rauch tief in seine Lunge und starrte auf einen unbestimmten Punkt an der Tapete. Die Regentropfen verwandelten sich in einen rauschenden Wasserfall. »Barbara war immer für mich da. Unmerklich, unbewusst, aber sie war immer da. Für mich. So selbstverständlich, so beängstigend selbstverständlich. Manchmal rede ich noch mit ihr, auch wenn sie gar nicht da ist. Also nicht wirklich. Leer, Nadia. Ich bin innerlich vollkommen leer. Ich hab dir nichts zu bieten.«

Dirk Deleu stand auf und ging steif zu einem Schrank an der gegenüberliegenden Wand, wo er einen Plüschbär unter einem Kleiderstapel hervorzog und ihn auf das Sofa warf. Das Stofftier hüpfte zweimal hoch und landete dann auf dem Boden.

Mendonck warf einen Blick auf den Bären, schwieg aber. Sie konnte Deleus Schmerz fühlen und krümmte sich bei seinen nächsten Worten innerlich zusammen.

»Nimm ihn mit. Ist für das Baby. Das neue Baby.« Der grimmige Zug um seinen Mund stand in krassem Gegensatz zur Sanftheit seiner Worte. »Ich hab ihn für Charlotte gekauft. Heulend hab ich im Spielwarenladen gestanden. Aber ich hab ihn ihr nicht schenken können. Zu viel Leid. Selbstmitleid. Und das ist die Sorte von Vater, die ich bin.« Deleu lachte vage und drückte die Zigarette aus. »Tut mir leid, Nadia.« Er berührte seine Kollegin und Geliebte an der Schulter, doch sie entzog sich ihm.

Die Stille war mit Händen zu greifen.

Nadia Mendonck strich den groben Wollrock glatt, stand auf und drehte sich um. Dann lief sie auf Deleu zu und umarmte ihn. Unbeholfen löste er sich aus der Umklammerung und starrte seine Kollegin an.

»Quäl dich nicht so, Dirk. Du bist ein guter Mensch. Akzeptier dich so, wie du bist.« Sie küsste ihn auf die Wange und ging zur Tür, wo sie sich noch einmal umdrehte. »Letzte Nacht hab ich an unser erstes Mal gedacht, in diesem Hotelzimmer. Wir beide im selben Bett.«

Deleu schaute sie lange an. »Ich auch. Ich hab diese Nacht in Gedanken auch noch mal erlebt. Mehrmals sogar. Als ob es ein Traum war. Ein schöner Traum.«

»Ja, ein schöner Traum. Ich hab mich oft gefragt, was du von mir gehalten hast. Warum wir uns nach dieser ersten Nacht so verbunden fühlten. Was du wirklich gefühlt hast, als wir das erste Mal intim waren.«

»Gott, Nadia, ich weiß es nicht.« Deleu zog mit den Zähnen eine Zigarette aus der Schachtel. »Ich weiß es wirklich nicht. Ich weiß nur, dass ich Dinge gefühlt habe, die ich nie zuvor gekannt hatte. Ich habe oft darüber nachgedacht. Objektiv. Gedanken wie: ›Herrje, es war viel zu früh, miteinander ins Bett zu gehen. Wir hätten uns zuerst besser kennenlernen müssen. Hätten uns die Zeit nehmen müssen, um einander besser einschätzen zu können anstatt …‹« Deleu seufzte. »Solche Gedanken eben. Verrückt, oder?«

Als er aufschaute, blickte seine Kollegin versonnen in Richtung Treppenabsatz. Sie reagierte nicht.

»Nun ja, es ist nun mal passiert. Und ich kann dir versichern, dass das überhaupt nicht mein Stil ist. Aber es hat mich trotzdem meine Ehe gekostet. Und ich liebe sie noch immer. Barbara. Gott, was ist nur in uns gefahren? Bestimmt war es Chemie. Ich finde jedenfalls keine andere vernünftige Erklärung. Chemie – oder Alchemie. Und das Merkwürdige daran ist, dass ich danach keinerlei Schuldgefühle hatte. Übrigens noch immer nicht. Das kann ich dir versichern. Barbara und ich, wir haben uns aus den Augen verloren. Die klassische Geschichte, oder? Wir hatten nur noch Augen für Charlotte. Ich hätte darüber reden müssen, Alarm schlagen müssen. Ach, was weiß ich …« Deleu schwieg einen Moment, schaute Nadia Mendonck an und schien zu zögern.

»Vor Jahren war ich mal bei den Nutten. Am Nordbahnhof. Aber viel weiter als bis zur Eingangstür bin ich nicht gekommen. Und wieso nicht? Schuldgefühle. Jede Menge Schuldgefühle. Aber mit dir …? Nein. Da hab ich nichts außer purem Glück gefühlt. Ein unbeschreibliches Glücksgefühl. Wahnsinnig verliebt. Vielleicht wird es nie wieder dasselbe sein. Nie mehr so wie beim ersten Mal.« Deleu zögerte und sog kräftig an seiner Zigarette. Dann schaute er dem Rauch nach, bis dieser sich vollständig aufgelöst hatte.
»Aber ich versichere dir, Nadia, ich wollte mehr als nur eine heiße Nacht. Ich wollte eine zweite Chance. Ich hab dich geliebt. Wirklich, Nadia. Wahre Liebe. Wir waren verliebt, total verliebt. Ganz klar. Aber es war mehr als das. Viel mehr, Nadia, bis Frank …«
»Kleiner Punker.«
»Hm?« Deleu schaute auf. Die Zigarette klebte noch immer an seiner Unterlippe.
»Deine Haare. Kleiner Punker. Du siehst zehn Jahre jünger aus.« Mendonck drehte sich um und lief die steile Treppe hinunter. »Wir sollten uns mal wieder treffen«, glaubte sie zu verstehen. Liebkosend streichelte sie ihren Bauch, und auf dem Weg nach unten umspielte ein flüchtiges, melancholisches Lächeln ihren Mund.
Deleu schloss die Tür und kehrte zu seinem Schreibtisch zurück. Er drehte den Rasierspiegel ein Stück und konzentrierte sich wieder auf die Akte, die er von Vereecken bekommen hatte.

Das Mädchen hieß Muriel Vandergoten. Dreiundzwanzig Jahre alt, blond und Studentin. Ihr enthaupteter Leichnam wurde in den Zennegat-Schleusen gefunden. Mit siebenundzwanzig Messerstichen ermordet, davon dreizehn tödlich. Deleu schauderte. Ihr Kopf wurde erst vierzehn Tage später gefunden – in Rijsel, in einem Graben entlang der Autobahn. Ein Spaziergänger, der mit seinem Hund unterwegs war, hatte ihn zufällig entdeckt. Verpackt in einen grauen Müllsack, dessen Herkunft sich zwar nicht zurückverfolgen ließ, der aber vermutlich aus Belgien stammte. Der Kopf war mit Salz bestreut. Im Müllsack fanden sich außerdem eine Kerze und Weihrauchstäbchen.
Der Fall war inzwischen zu den Akten gelegt worden. Die damalige Spur hatte zum Ex-Freund des Mädchens geführt. Aber der hatte ein Alibi.
Deleu blätterte mutlos durch den Stapel mit Protokollen.
Der Obduktionsbericht. Während seine Finger über das glatte Papier strichen, zeichnete sich eine tiefe Falte auf seiner Stirn ab. Mit zunehmender Verwunderung las er, dass der Kieferknochen an zwei Stellen gebrochen war – vermutlich, weil der Täter den Kopf aus dem Fenster eines fahrenden Autos geworfen hatte.
Wie schafft man es, einen Sack aus einem fahrenden Auto bis in den Graben zu werfen?
Deleu schlug den Bericht willkürlich an irgendeiner Stelle auf.
Die thanatologischen und biologischen Zeichen für Tod durch Ertrinken können aufgrund der Dekapitation

nicht eindeutig festgestellt werden. Der Leichnam ist kalt und nass, und auf den Brüsten befinden sich Totenflecken. Außerdem weist die sichtbare Mazeration der Haut an Händen und Füßen auf möglichen Ertrinkungstod hin. Cutis anserina an Armen und Beinen. Leichnam hat Gras zwischen den Fingern, was einerseits auf Ertrinken deuten kann, aber auch diese Spur verliert jeden differenziell-diagnostischen Wert, weil diese Zeichen auch bei Leichnamen auftreten können, die nach Eintreten des Todes im Wasser gelandet sind.
Lunge balloniert. Vordere mediale Lungenränder bedecken einander. Lungenalveolen sind aufgebläht, emphysematisch und mit Wasser gefüllt. Paltauf-Flecken an der Pleura visceralis. Keine Lungenflüssigkeit in den Pleurahöhlen und wenig Flüssigkeit in den Pleurae. Kein Schlamm, Entengrün oder Wasser im Magen. Keine Beschädigung oder Ruptur der vaskularisierten Alveolenwände. Keine Grün- oder Braunalgen in der Lunge.
Schlussfolgerung: Trotz des wenig informativen Charakters der anatomo-pathologischen Befunde versetzen uns die gebündelten Fakten der Leichenöffnung in die Lage, unumstößlich nachzuweisen, dass der Corpus nach Eintreten des Todes im Wasser gelandet ist.
Deleu schlug den Bericht zu und trank den letzten Schluck Kaffee. Dann nahm er sich eine Zigarette und blätterte die Protokolle durch. Ganz am Schluss fand er ein Foto des ermordeten Mädchens. Während er das Foto betrachtete, durchsuchte er gewohnheitsmäßig seine Hosentaschen. Dann entzündete er mit bebenden Händen ein Streichholz.

Das Mädchen glich Hilde Plaetinck wie ein Ei dem anderen. Sie hätte ihre Zwillingsschwester sein können.
Dirk Deleu fluchte und hustete röchelnd, als er den beißenden Rauch in seiner Kehle spürte. Da erst fiel ihm auf, dass er seine letzte Belga am Filter angezündet hatte.

Auch in dem weiß gekalkten Kellerraum ertönte ein heiserer Fluch, als Jozef Van Cleynenbreughel mit den Fingern über seine Wange strich und die feuerrote Schramme am Hals entdeckte.
»Verdammt. Diese Scheißdornen. Das bringt sie bestimmt wieder auf irgendwelche Ideen«, murmelte er vor sich hin.
»Jozeeef!«, drang es gedehnt von oben in den Keller. Van Cleynenbreughel, ein attraktiver Mann mit südländischen Zügen und einer klassisch-griechischen Nase, drückte seinen Zeigefinger auf den Mund und schaute sich gehetzt um wie eine Ratte in der Falle.
»Jozeeef! Das Essen wird kalt!«
»Blöde Kuh«, zischte er, während er hastig die durchnässten Sachen auszog und in seinen Overall stieg. Dann kickte er seine Schuhe in die Ecke, zog die Socken aus und schob die Füße in die Pantoffeln.
»Ja, Liebes. Ich komme«, rief er lustlos.
Van Cleynenbreughel warf die nassen Sachen in einen Karton und bedeckte das Ganze mit einem Stapel alter Zeitschriften. Dann klappte er den Kragen seines Overalls hoch und hielt den Kopf leicht schräg, um die Schramme verbergen zu können.

Schwitzend machte er sich daran, die steile Treppe hinaufzusteigen. Anschließend ging er in das geräumige Wohnzimmer, das trotz der pompösen Louis-quatorze-Möbel ein Gefühl der Leere verströmte, und setzte sich an den Esstisch, wo seine Frau aus einer Tasse Suppe löffelte. Sie schaute kaum auf, als er schweigend ihrem Vorbild folgte.

Das Bild hatte etwas Beklemmendes – die Leere des Lebens in all ihrer trüben Pracht.

»Wo bist du gewesen?«

»Joggen.«

»Du musst dir mal die Nägel säubern.«

Stille.

Van Cleynenbreughel löffelte anscheinend unerschütterlich weiter.

Jetzt kommt es.

»Oder gibst du dir für mich nicht mehr so viel Mühe? Ich bin mir ziemlich sicher, dass *sie* das nicht geduldet hätte. Oder?« Das letzte Wort klang ausgesprochen scharf und vorwurfsvoll.

Van Cleynenbreughel biss die Zähne aufeinander und schwieg. Obwohl kein einziges Wort fiel, stieg die Spannung im Raum zusehends wie in einem Wasserkessel auf kleiner Flamme – langsam, aber unerbittlich.

Betty Vernimmen schob ihren Stuhl zurück und wartete, bis ihr Mann die Tasse leergelöffelt hatte. Langsam schaukelte sie vor und zurück, und obwohl sie keine Miene verzog, tippte sie mit der Schuhspitze nervös auf den frisch gebohnerten Parkettboden, der wie ein Spiegel glänzte. »Wo bist du nun wirklich gewesen? Deine

Haare sind noch ganz nass. Hast du gerade erst geduscht?«

Ohne aufzuschauen, schob Van Cleynenbreughel die leere Suppentasse in ihre Richtung.

»Die Mühe machst du dir für mich ja auch nicht mehr.«

Jozef Van Cleynenbreughel schloss die Augen und zuckte schwerfällig die Achseln.

»Was ist los?«

Der Mann öffnete träge die Lider. »Hm«, kam es matt und gleichgültig.

»Dein Kopf wächst noch schief.«

»Steifer Nacken.« Van Cleynenbreughel verzog den Mund. Sein erster Satz war zweifellos einer zu viel.

Seine Frau warf ihm einen verächtlichen Blick zu, drehte sich ruckartig um und stampfte in die Küche, wo sie die Kochtöpfe klappernd auf die Spüle stellte, ein Geschirrtuch um die Handgriffe wickelte und den Rosenkohl abschüttete. Sie spürte, wie tief in ihr die Wut hochkochte, als sie an ihren letzten Besuch bei Hedwige zurückdachte.

Hedwige hatte keinen Zweifel daran gelassen: Jozef hatte ein Verhältnis. Ihr Jozef ging mit einem jungen Mädchen fremd. Einer jungen blonden Hure. Der Feigling hatte es zuerst rundheraus geleugnet. Doch als er es endlich zugab, war der Ausbruch umso heftiger gewesen.

Eine Träne erschien in Betty Vernimmens Augenwinkel, als sie die Schüssel auf den Esstisch stellte und in die Küche zurückhastete. Dort stützte sie sich an der Spüle ab und rang heftig atmend um Fassung.

Die Bilder waren wieder da, so wie jeden Tag. Ihr Mann,

der endlich gesteht – Hedwiges Karten logen nie –, dann wie ein Wahnsinniger von seinem Stuhl aufspringt, eine Vase zertrümmert und mit hassverzerrtem Gesicht schreit, dass er Muriel nicht aufgeben wird. Niemals! Von einem Fuß auf den anderen springend wie ein Wahnsinniger.

Vernimmens Magen verkrampfte sich, als sie die Vorwürfe wieder hörte. *»Frigide Kuh. Betschwester.«* Jetzt strömten ihr die Tränen über die Wangen. Sie holte ein Taschentuch aus dem Ärmel ihres Samtkleids und wischte sich die Augen ab.

Als sie mit kerzengeradem Rücken und gemessenen Schrittes ins Wohnzimmer zurückkehrte, bemerkte sie, wie ihr Mann hastig ein Stück Papier in seine Hosentasche stopfte. Sie plazierte den Bratentopf auf den schmiedeeisernen Untersetzer und warf einen gebieterischen Blick auf das Fleischermesser.

Van Cleynenbreughel rollte mit den Schultern und begann, das Fleisch zu schneiden, während seine Frau routiniert die Kartoffeln und den Rosenkohl auf die Teller verteilte. Zwei gleichgroße Häufchen, auf beiden Tellern identisch angerichtet. Ohne aufzuschauen, klopfte Van Cleynenbreughel mit der Sägeklinge des Messers gegen den Rand der Stielkasserolle, und als er das gleichmäßige Schmatzen seiner Frau hörte, kochte der Hass wieder in ihm hoch. Unaufhaltsam.

Muriels Bild blitzte vor seinem inneren Auge auf. Ihre sinnlichen Lippen, ihre blonden Haare, die seine Nase streichelten, während sie ihren schlanken Mädchenkörper an seinen Rumpf drängte. Ihre lieben, hungrigen Augen, die die seinen suchten, als sie bebend kam. Er presste die Lippen aufeinander. Dieses Foto in der Zeitung. Muriels enthaupteter Leichnam. Ein dreckiger, klebriger Haufen am Wegesrand. Ihre milchweißen Schenkel – immer noch wunderschön, sogar auf diesem schrecklichen Zeitungsausschnitt.

Wie lange ist das her? Vierzehn Monate. Nichts. Nichts ist mehr davon übrig. Nur noch verwesendes Fleisch unter einer Lage Erde.

Das Messer klopfte stakkatoartig gegen den Rand der Kasserolle.

Erst die Worte »Willst du mich umbringen, oder kriege ich auch ein Stück Fleisch?« holten ihn aus seinem fast katatonischen Zustand. Van Cleynenbreughel schaute verwirrt auf und ließ das Messer auf den Tisch gleiten.

»Was hast du da eben in deiner Tasche versteckt?«

Van Cleynenbreughel spießte mit der Fleischgabel eine rosa Bratenscheibe auf und legte diese auf den Teller seiner Frau. »In meiner Tasche?«

»Ja, in deiner Tasche. Deiner Hosentasche.«

»Ach, nur mein Taschentuch.«

»Aus Papier«, murmelte Betty Vernimmen, während sie weiteraß. »Aus grünem Papier.«

Keine Antwort.

»Blind. Blind, Jozef. Ich habe dir blind vertraut.«

Das Geschluchze machte Van Cleynenbreughel rasend vor Wut, aber er beherrschte sich mühsam.

»Und dieses Vertrauen ist jetzt weg …« Dann folgte eine lange Pause.

Für immer, Jozef.

»Für immer, Jozef.«
Der gequälte Ehemann ließ den Kopf auf den Rand des Esstischs sinken. »Tut mir leid, Betty«, sagte er monoton.
»Tut mir leid, sagt er«, wiederholte Betty Vernimmen die Worte ihres Mannes, während sie ihren Stuhl ungestüm zurückschob und in die Küche lief.
»Dreckige Hexe!«, hallte es durch das Wohnzimmer. Und während sein Stuhl zu Boden kippte, stürmte Jozef Van Cleynenbreughel in den Flur hinaus und die Kellertreppe hinunter. Auf der Suche nach Ruhe, nach Seelenfrieden. Und nach Muriels Foto, das er zwischen seinen bebenden Fingern hielt, während er ihre Lippen küsste. Dann ließ er das Foto sinken, wischte es an seinem Schritt sauber und murmelte: »Büßen. Das wirst du büßen, Hedwige. Büßen.«
Er holte das grüne Blatt Papier, eine Versicherungsbescheinigung, aus seiner Hosentasche. Und als er »Hilde Plaetinck, Vrouwvlietstraat 25, B-2800 Mechelen« las, veränderte sich der grimmige Zug um seinen Mund in ein sanftes, fast seliges Lächeln. Dann betrachtete er das Foto auf dem Führerschein. »Schön. Du bist so schön.« Nervös fuhr er sich durch die kurzgeschnittenen Haare, schaute rasch über die Schulter und presste die Lippen aufeinander.

Jos Bosmans zog eine bedenkliche Miene, als Deleu die beiden Fotos auf seinen Schreibtisch legte. Sie waren tatsächlich nahezu identisch – Hilde Plaetinck und Muriel Vandergoten hätten Zwillingsschwestern sein können.

»Wie kommt es, dass ich bei diesem Fall nicht hinzugezogen wurde?«, fragte Deleu vorwurfsvoll.

Bosmans schaute irritiert auf und spielte mit seiner Brille. »Hoppla. Soll ich mich jetzt etwa auf die Knie werfen oder was?«

»'tschuldigung, Jos.« Deleu klang nun umgänglicher. Sein Gesicht wirkte bleich und gefasst, aber seine Augen sprühten noch immer Funken.

Bosmans nahm sein Tatar-Brötchen vom Tisch und biss kräftig hinein. »Brüssel«, sagte er, als er den Mund fast leergekaut hatte. »Die Akte ist nach Brüssel gegangen.«

»Warum?«

»Weil das Mädchen in Evere wohnte und ihr Freund in Elsene. Bei Brüssel. *Simple comme de l'eau de pompe, mon ami Le Lion.*« Bosmans grinste selbstzufrieden.

»Und?«

»Und *was?* Nichts. Der Fall hat damals Schlagzeilen gemacht. Aber Lenorme und seine Kumpane haben nichts gefunden. Keine einzige brauchbare Spur. Der Freund hatte ein wasserdichtes Alibi. Das Mädchen wohnte noch zu Hause, und die beiden führten eine lockere Beziehung. Das ist schon alles. Die Eltern wussten nicht mal, dass ihre Tochter einen Freund hatte. Dann wurde noch schnell der Freundeskreis vernommen. Akte geschlossen.«

»Wirst du die Akte wieder öffnen?«

Bosmans lächelte, als er Deleus sehnsüchtigen Blick sah. »Die Ähnlichkeit ist zumindest frappierend«, erwiderte er ausweichend.

Deleu betrachtete seinen Freund, den Untersuchungsrichter. Er sah gut aus und war ausnahmsweise mal tadellos gekleidet: eine messerscharfe Bügelfalte in der Hose und ein sorgfältig gestärktes Hemd, zwar mit aufgekrempelten Ärmeln, aber blütenweiß.

Deleu dachte an Eva, Bosmans' Tochter, die mit ihren beiden Kindern wieder zu ihren Eltern gezogen war. Zu Jos und Maud. »Wie geht es Eva und den Kleinen?«

Bosmans, der tief in Gedanken versunken war, erwachte ruckartig aus seinen Tagträumen. Er zuckte die Achseln, und als er Deleu eine Zigarette anbot, sprach aus seinen Augen leise Resignation. »Sie reden noch miteinander.« Mehr sagte er nicht dazu.

»Hm«, brummte Deleu, während er seine Zigarette anzündete und seinem Freund Feuer gab. Dieser inhalierte tief und drückte die Zigarette dann in die Rille des Glasaschenbechers. Er bemühte sich, sie waagerecht darin zu plazieren, doch die glühende Spitze fiel immer wieder in den Aschenbecher.

»Es ist nicht leicht für Maud. Wir werden sehen.« Bosmans nahm noch einen tiefen Zug und blies den Rauch durch die Nasenlöcher. »Eva schafft das schon. So schnell kriegt man eine Bosmans nicht unter«, sagte er kämpferisch. Und dann deutlich sanfter: »Ein Jammer, dass sie wieder bei uns wohnt. Ich denke, dass Bas, ihr Mann, Angst vor mir hat. Das macht die Sache nicht unbedingt leichter.«

Deleu klopfte seinem Chef aufmunternd auf die Schulter und grinste. »Angst … vor dir? Ist das denn die Möglichkeit?«

Bosmans schaute seinen Freund verwirrt an, doch dann entspannten sich seine Gesichtszüge. »Blödmann.«

»Jos, du musst …«

»Ja ja. Schon gut. Du bist wirklich der Letzte, der anderen Ratschläge zur Regelung ihres Privatlebens geben sollte, oder etwa nicht?«

Betreten schaute Deleu zur Seite. »Ja schon. Ich meinte ja bloß …«

»Ist schon gut. Tut mir leid.«

»Dann wirst du die Akte also wieder öffnen?«

Bosmans schüttelte mitfühlend den Kopf und nahm Deleu an der Schulter. »Komm, wir gehen im *De Cirque* einen trinken. Beinah hätte ich dich schon wieder falsch eingeschätzt.«

Deleu folgte seinem Freund zur Tür und lächelte, als er den Kaffeefleck auf Bosmans' Ärmel sah.

Der morsche Holzboden knarrte, als die beiden zur Wendeltreppe gingen. Das vertraute Bild gab Deleu ein angenehmes Gefühl, während er an die einsamen Stunden als Privatdetektiv in seinem heruntergekommenen Büro zurückdachte. Dennoch spürte er einen Stich der Angst im Magen. Alte, vertraute Dinge sind unbezahlbar und von unschätzbarem Wert.

Barbara. Barbara oder Nadia? Oder alle beide?

5

Draußen war es kühl und still. Der Himmel war grau und von tiefhängenden Wolken bedeckt, die ständig ihre Gestalt veränderten.
Nadia Mendonck stieg aus dem Auto und schlug ihren Kragen hoch. Verstohlen schaute sie zu Deleu, der in seinem schwarzen Sakko und dem ebenfalls schwarzen Mantel trotz der frühen Morgenstunde gut aussah. Es schien, als würde er ihren Blick spüren, denn er drehte sich um, einen sanften, rätselhaften Ausdruck in den Augen.
Als er fragte: »Hast du schon einen Namen für …?«, ging ein Schauer durch ihren Körper, aber sie ließ sich ihre Gefühle nicht anmerken. Sie marschierte an Deleu vorbei und erwiderte: »Ja. Frank oder Dirk.«
»In dieser Reihenfolge?«, fragte Deleu und verspürte ein Gefühl der Erleichterung, das er nicht deuten konnte. Seit Nadias Beichte war dies das erste Mal, dass sie offen über die Schwangerschaft sprachen.
Nadia Mendonck lächelte und ging entschlossen zur Nummer 17, einem Reihenhaus mit Fensterläden und einer Stufe vor der pompösen Haustür, die in dieser engen, bescheidenen Straße kitschig anmutete. Sie drückte auf

die Klingel. Als sie Deleus warmen Atem über ihre Wange streichen fühlte, schob sie die Hände tief in die Manteltaschen.
Annick de Kimpe, eine fünfzigjährige Frau mit weichen Zügen und traurigen Augen, nickte ihnen stumm zu, woraufhin Deleu und Mendonck eintraten und nebeneinander durch den schmalen Flur gingen, in dem ein süßlicher, muffiger Geruch hing. Das spärliche Licht der Energiesparlampe zeichnete messerscharfe Schatten an die Wand, wo in einer Nische drei Sansevierien standen. Über der Tür zum Wohnzimmer hing ein Foto des ermordeten Mädchens. Auf der Ecke des Bilderrahmens klebte ein schwarzes Trauerband.
Muriel Vandergoten hatte große blaue Augen und lachte herausfordernd in die Kamera. Ihre Gesichtszüge machten Deleu wehmütig.
Er schluckte und ging ins Esszimmer, wo die Frau sie mit einer gemessenen Geste einlud, Platz zu nehmen. Die Stühle fühlten sich trotz des samtigen Polsterstoffs rauh an.
»Kaffee?«
Es erfolgte keine Antwort.
»Oder lieber Tee?« Annick de Kimpe hatte eine sanfte, melodiöse Stimme, und als Deleu sie eingehend betrachtete, wurde ihm bewusst, wie attraktiv sie war – trotz ihres Alters und des Schicksalsschlags, der sie getroffen hatte. Die Ähnlichkeit mit ihrer Tochter war frappierend: die hohen Wangenknochen und die tiefliegenden, eindringlichen Augen, in denen eine gewisse Melancholie lag.

»Kaffee, bitte. Vielen Dank, Mevrouw Vandergoten«, erwiderte Mendonck.
»Für mich bitte auch«, sagte Deleu, doch der Nachsatz »Sie wohnen hier wirklich schön« geriet ihm alles andere als aufrichtig.
Die Frau lächelte. »Nennen Sie mich ruhig Annick, das ist nicht so förmlich«, sagte sie und ging in die Küche.
Trotz der entspannten Atmosphäre spürte Deleu den Schmerz und den unerträglichen Kummer, der das ganze Haus zu erfüllen schien. Ohnmacht und Wut stritten um die Vorherrschaft, während er nervös in seiner Hosentasche herumsuchte. Er schaute sich um, zögerte, und als er nirgends einen Aschenbecher entdecken konnte, zerknüllte er das Päckchen Belga in seiner Tasche. Mendonck schnalzte mit der Zunge und lächelte. Deleu schaute sie verwirrt an. Die Art und Weise, in der Nadia seine Gedanken las, erzeugte ein seltsames Gefühl in seiner Brust – warm und vertraut, aber zugleich verzweifelt.
Muriel Vandergotens Mutter stellte routiniert das Kaffeeservice auf den Tisch und füllte mit kurzen, beherrschten Handbewegungen drei Goldrandtassen. Dann nippte sie an ihrer Tasse und schob sich mit dem Ellbogen ein Kissen in den Rücken. »Schießen Sie ruhig los, Kommissar Wellens. Ich bin bereit.«
Erstaunt warf Mendonck einen Blick über die Schulter, als erwarte sie noch eine dritte Person in der Türöffnung. Dann schaute sie fragend zu Deleu. Doch der hatte nur Augen für seine gefalteten Hände. Ein knappes Lächeln umspielte seine Lippen.

»Ist Ihr Mann …«

»Mein Mann ist nicht zu Hause«, sagte die Frau und schob sich eine blondierte Locke hinters Ohr.

Nach einem Moment beklemmender Stille schaute Mendonck zu Deleu hinüber, der träge den Kopf hob, und dann wieder zu der Frau, die unbehaglich auf ihrem Platz hin und her rutschte und erneut an ihrem Kaffee nippte.

»Mevrouw Vandergoten …«

»Annick, Annick de Kimpe«, unterbrach die Frau Deleu, und als dieser sie eindringlich musterte, ließ sie selbst die Katze aus dem Sack: »Richard, mein Mann, wohnt nicht mehr hier. Wir haben den Tod unserer Muriel nur schwer verkraften können.« Ihr Kinn bebte, und mit einer entschuldigenden Handbewegung wandte sie den Kopf ab.

Deleu spürte, wie ihm trotz der morgendlichen Kühle im Wohnzimmer der Schweiß ausbrach und den Nacken hinablief.

Nadia Mendonck kam ihm zu Hilfe. »Mevrouw … Annick, wir haben die Akte Ihrer Tochter noch einmal gründlich analysiert.« Mendonck legte die Hände auf den Tisch und wog ihre Worte sorgfältig ab: »Bedauerlicherweise haben wir nichts Neues entdeckt – keine neue Spur, die vielleicht doch noch zu einer Lösung des Falls führen könnte.«

»Und warum sind Sie dann hier?«, fragte Annick de Kimpe überraschend scharf. »Entschuldigen Sie bitte«, murmelte sie sofort und trank einen Schluck Kaffee. Die Tasse zitterte.

»Wir würden das Zimmer Ihrer Tochter gern noch ein-

mal gründlich durchsuchen, inoffiziell … aber selbstverständlich nur mit Ihrer Zustimmung.«
Die Frau lachte leise. »Hunderte Male. Hunderte Male hab ich das bereits getan.«
Deleu räusperte sich verlegen, holte sein Taschentuch aus der Hosentasche und schneuzte sich. Das brachte wenigstens etwas Erleichterung.

Deleus Sorge erwies sich als begründet: Das Zimmer sah noch genauso aus, wie Muriel Vandergoten es an jenem Tag verlassen hatte. Nicht einmal ein Hauch Staub lag auf den Jungmädchenmöbeln. Welch eine unerträgliche Qual erlegte sich ihre Mutter hier auf – Woche für Woche nahm sie alle Sachen in die Hand, staubte sie ab und stellte sie mit einer liebevollen Geste wieder an ihren angestammten Platz zurück.
Deleu atmete tief durch und fuhr sich mit den Händen durchs Haar.
Mendonck pflückte drei Haare von seiner Schulter. »Du wirst kahl.«
Deleu ging auf diese Provokation nicht ein. Während er die Schublade des kleinen Schreibtischs aufzog, entdeckte er auf dem Fuß der Schirmlampe ein Herz, das jemand in den Ton hineingeritzt hatte. Als er näher herantrat, konnte er die Buchstaben M und J erkennen. »Wie hieß noch mal der Freund des Mädchens?«, fragte er mit einem raschen Blick über die Schulter und sah zu seiner Überraschung nur zwei Stiefel und ein Stück eines eleganten Frauenbeins.
Mendonck lag rücklings unter dem Bett.

»Dimitri.«

»Äh ... was?«

»Dimitri Poels. So hieß der Junge.« Mendonck war nun vollständig verschwunden.

Mit einer Geste der Erschöpfung ließ Deleu das rosafarbene, parfümierte Briefpapier zwischen seinen Fingern rascheln. Zwei Kugelschreiber, eine Schere und ein Brieföffner. Er drückte die Schublade wieder zu und öffnete die Tür des Schranks. Ordentlich nebeneinander standen dort drei Aktenordner mit den Etiketten »Latein«, »Französisch« und »Mathematik«.

»Was machst du da unten?«

Mendonck saß inzwischen wieder auf dem Bettrand und zupfte eine Staubflocke von ihrem Strumpf. »Geheimnisse, Deleu. Junge Mädchen haben Geheimnisse und geheime Verstecke. Davon verstehen Männer nichts.«

Deleu öffnete die Kleiderschranktür. Der Duft von Veilchen wehte ihm entgegen. »Sexy, diese Kombination aus Stiefeln, Wollstrümpfen und kurzem Faltenrock ... das find ich unglaublich sexy.« Deleu drehte sich nicht um. Er wusste auch so, dass ein verblüfftes Lächeln Nadias Lippen umspielte.

Ihre mürrische Antwort »Du kannst nicht alles haben« riss ihn aus seinen Tagträumen. Er strich mit den Fingern über eine Satinbluse mit tiefem Halsausschnitt und schwieg. Eine abgrundtiefe, alles verschlingende Woge der Angst erfasste ihn, als ihm plötzlich klar wurde, dass er sich irgendwann entscheiden musste, eine herzzerreißende Entscheidung treffen musste.

Wem wird das Baby ähnlich sehen? Und was ist, wenn es

Frank ähnelt? Ist es dann endlich vorbei? Was soll ich, um Himmels willen, tun? Was nur? Charlotte.

*

Im *De Cirque* am Vismarkt ließ Deleu sich an seinem gewohnten Platz in den Rattanstuhl sinken.
»Was darf's sein, die Damen?«, fragte Alain mit einem breiten Grinsen, das von Ohr zu Ohr ging.
Deleu schaute den Wirt nur stumm an.
»Was ist los? Letzte Nacht wieder ordentlich zum Zug gekommen?«
Mit zitternden Lippen ließ Mendonck sämtliche Luft aus den Lungen entweichen und starrte an die Wand, quer durch Deleu hindurch. »Mach mal zwei Kaffee, Alain«, sagte sie mit lieblicher Stimme. »Der Kollege Deleu fühlt sich nicht gut. Er muss erst noch wach werden.«
Alain schaute demonstrativ auf seine Armbanduhr. »Klar, ist ja auch gerade mal halb elf.«
Deleu hatte sich inzwischen in den Terminkalender mit dem Ledereinband vertieft. Telefonnummern und im Umschlag Visitenkarten. Langsam schaute er zu Mendonck hinüber. »Mädchengeheimnisse, was?«, meinte er spöttisch – und stolz, weil er den Kalender gefunden hatte, versteckt in einer Nische im oberen Teil des Kleiderschranks.
»Was willst du Bosmans erzählen?«, fragte sie anzüglich. »Wenn er davon erfährt, sind die Puppen am Tanzen. Hast du Mevrouw Vandergoten übrigens mitgeteilt, dass wir diesen Kalender mitgenommen haben?«

»Hab ich vergessen«, murmelte Deleu nonchalant, während er die Visitenkarten aus dem Umschlag herauszog und vor sich auf dem Tisch ausbreitete. Sorgfältig sah er sich jede Karte an und drehte sie der Reihe nach um, neugierig, ob vielleicht auf der Rückseite irgendetwas notiert stand – was aber nicht der Fall war.

Dann nahm er zwei Karten hoch und legte sie vor Nadia auf den Tisch. »Voilà.«

»Voilà *was?*«

»Hier müssen wir weitersuchen.«

»Wo?«

»Bei diesen beiden Adressen. Fitnessclub ›Body Health Center‹ in Mechelen und Hedwige, ›Tarot und Astrologie‹, in Duffel.«

»Warum?«, fragte Mendonck, die sich interessiert vorbeugte, bis sie mit der Nase fast Deleus spitzes Riechorgan berührte.

»Siehst du das denn nicht?«

Mendonck zuckte die Achseln.

»Diese Visitenkarten sind nagelneu, Nadia. Neu, aktuell, jüngeren Datums.«

»Eine Wahrsagerin«, sagte Mendonck, stützte die Ellbogen auf den Tisch und ließ ihr Kinn nachdenklich auf die Hände sinken.

Deleu schloss die Augen, lehnte sich zurück und faltete die Hände im Schoß.

»Warum will ein junges Mädchen etwas über die Zukunft erfahren? Sie hat die Härten des Lebens doch noch gar nicht zu spüren bekommen. Oder: Wen hat sie im Fitnessclub kennengelernt?«

Deleu schaute auf. »Was denkst du?«
Mendonck nickte ihm entschlossen zu und trank ihren Kaffee aus. »Komm, wir müssen los. Nach Duffel. Was hat ein junges Mädchen, das in Evere wohnt, in Duffel zu suchen? Hatte sie ein Motorrad oder so was?« Als sie sich umdrehte, sah sie, dass Deleu sie bewundernd anschaute.
»Duffel«, sagte er und nickte.

Während er in Gedanken versunken den Vismarkt überquerte, fischte er eine Visitenkarte aus der Brusttasche seines Hemds, holte sein Mobiltelefon aus der Manteltasche und gab eine Nummer ein.
»Annick de Kimpe.«
»Entschuldigen Sie die Störung, Mevrouw de Kimpe, hier ist noch mal Kommissar Wellens von der Föderalen Polizei … Ja, genau. Vom Bezirk Brüssel, Abteilung Kapitalverbrechen. Ja, ganz richtig, wir sind heute Morgen bei Ihnen gewesen … Ja … genau … Vielen Dank … Darf ich Ihnen noch eine Frage stellen?« Nervös klopfte Deleu mit dem Fuß auf den Boden. »War Ihre Tochter vielleicht abergläubisch?«
Einen Moment herrschte Stille.
»Okay. Danke … Ja, wir halten Sie auf dem Laufenden … Ja, Wellens. 0475 67 76 67.«
»Wellens?«, fragte Nadia Mendonck. Sie verzog das Gesicht und schnaubte so laut, dass ihre Oberlippe an ihre Nase stieß. »Brüssel, Abteilung Kapitalverbrechen?«
Deleu schaute sie mit jungenhafter Unschuldsmiene an. »Tja, wenn man schon schummelt, dann auch richtig.«

Mendonck seufzte und strich sich mit gemischten Gefühlen über den Bauch, wo noch nichts zu spüren war.
»Und ich? Wer bin ich dann?«, fragte sie neckisch.
Deleu, du Narr. Wenn Bosmans das jemals erfährt …
»Niemand. Einfach nur Nadia Mendonck, meine Assistentin«, erwiderte er trocken.
Abrupt schoben sich die streichelnden Finger in die Taschen des Mantels, wo sie sich zu kleinen, harten Fäusten ballten.

6

Jozef Van Cleynenbreughels Brust hob und senkte sich stoßweise, als er sich an das letzte Gespräch mit Dr. Beherman, seinem Psychotherapeuten, erinnerte. Beherman, dieser sanfte, nette Mann mit dem verunstalteten Gesicht, war ein Bekannter von John Mispelters, Van Cleynenbreughels Busenfreund. Er hatte ihn das erste Mal in einem Café gesehen: Der Doktor und John waren in eine heftige Diskussion verstrickt gewesen, und plötzlich war John aufgesprungen und nach draußen gestürmt, während der Doktor ruhig sitzen blieb. Sie kamen miteinander ins Gespräch, und nachdem das Eis gebrochen war, hatte Dr. Beherman ihm verständnisvoll zugehört. Das Gespräch erleichterte Jozef sehr, und am Ende des Abends hatte der Doktor ihm seine Visitenkarte gegeben.

John behauptet, dass er nichts mit ihm zu tun hat. Wahrscheinlich ist er bei dem Doktor ebenfalls in psychologischer Behandlung gewesen, aber viel zu stolz, das zuzugeben.

John Mispelters, Hedwiges Mann, war sein bester Freund. Eigentlich auch sein einziger Freund. Zwar ein Rohling und Saufbold, aber ein echter Freund. Ein Mann, dem er bedingungslos vertrauen konnte. Auch in schlechten Zeiten: In den Tagen nach Muriels Tod war John immer für ihn da gewesen. Wie oft hatte er sich bei ihm ausgeheult. Inzwischen hatten sie sich auseinandergelebt, und er hatte seinen Freund seit Wochen nicht gesehen. Ständig auf Achse. Ständig schwer beschäftigt. Zweimal waren sie noch was trinken gewesen, im *Au point final*, Johns Brüsseler Stammkneipe.

Van Cleynenbreughel erinnerte sich an ihr letztes Treffen. John hatte sehr bedrückt gewirkt – nervös, schweigsam und sehr reizbar. Und er hatte ihn rundweg ausgelacht, als er ihm das Foto von Muriels Halbschwester gezeigt hatte.

Daraufhin war Van Cleynenbreughel sehr wütend geworden. Furchtbar wütend. Beinahe wäre es draußen auf dem Bürgersteig zu einer Schlägerei gekommen.

John weiß nicht, was wahre Liebe ist. Aber ich muss es wissen, ich muss sie sehen. Sie gehört mir.

»Ach, John. Fuck you.«

Muriel. Meine liebe kleine Muriel.

Er zog sich am Badewannenrand hoch und trat auf die Fußmatte vor der Wanne, wo er sich sorgfältig abtrocknete. Es ging doch nichts über ein herrlich heißes Bad.

Dann zog er frische Unterwäsche an und darüber Freizeitkleidung. Eigentlich hätte er gern sein neues, buntes Hemd übergestreift, aber dann wäre Betty erst recht misstrauisch geworden. Jeans und ein schlichter Pullover, das war besser. Einen kurzen Moment zögerte er. Vielleicht sollte er doch lieber das nasse Handtuch ver-

schwinden lassen und die Wanne trockenwischen. Er schaute auf die Uhr.
Richtig … das Nähkränzchen. Die Nervensäge ist also noch mindestens eine Stunde fort.
Dennoch blieb er wachsam. Vorsichtig schaute er um die Ecke, spähte in die Küche und schlich ins Wohnzimmer. Es war totenstill im Haus.
Gut. Sie ist noch nicht zurück.
Jozef Van Cleynenbreughel lief hastig zur Garage, sprang auf sein Mountainbike und radelte los.
Als er sich unterwegs ausmalte, wie sie einander Auge in Auge gegenüberstehen würden, spürte er das Blut in seinen Fingerspitzen pulsieren. Ein Adrenalinstoß. Dieses Mal würde er sie treffen. Kein Entkommen möglich.

Van Cleynenbreughels Hände zitterten, und als er hinter einem Vorhang die Konturen eines schlanken Frauenkörpers entdeckte, krümmte sich sein muskulöser Körper zusammen.
Er holte den zerknitterten Führerschein aus der Hosentasche; die anderen Papiere hatte er weggeworfen. Ein weiteres Mal überprüfte er die mit Kugelschreiber umkringelte Adresse. Die Wohnung befand sich in der obersten Etage.
Er dachte daran, wie er stundenlang Ausschau gehalten hatte. Gegenüber von Behermans Praxis. Aber von Muriels Halbschwester war nicht die Spur zu sehen gewesen. Beherman musste ihn damals entdeckt haben, denn plötzlich hatte er vor ihm gestanden, wie aus dem Nichts aufgetaucht. Und er hatte lediglich gelächelt.

Jozef Van Cleynenbreughel lief es beim Gedanken an diese Begegnung kalt über den Rücken. Rasch sah er sich um – dem Doktor würde das hier nicht gefallen. Ganz und gar nicht.

Um sich nicht ein zweites Mal an den scharfen Dornen des Brombeerstrauchs zu verletzen, neigte er den Kopf zur Seite. Dann überquerte er mit energischen Schritten die Straße.

Vor der Haustür sah er sich zwei Mal vorsichtig um und versuchte, seine Atmung in den Griff zu bekommen.

Schließlich schwebte sein Zeigefinger über der Türklingel mit dem Namensschild »Hilde Plaetinck«.

Plötzlich tauchte der Finger nach unten wie ein Jagdflugzeug im Sturzflug. Er drückte auf die darunter liegende Klingel.

»Wer ist da?«, krächzte eine rauhe Stimme durch die Türsprechanlage.

»De Mesmaecker«, flüsterte Van Cleynenbreughel heiser. »'tschuldigung, aber ich hab meinen Schlüssel vergessen. Können Sie kurz die Haustür aufmachen?«

»... schon das zweite Mal in dieser Woche«, glaubte er dem Gemurmel zu entnehmen, als der Türöffner summte und er die Haustür aufdrückte. Rasch schlüpfte er in den Hausflur, warf einen Blick über die Schulter und schob die Tür ins Schloss.

Niemand zu sehen.

Nach zwei zögernden Schritten in Richtung Aufzug besann er sich eines Besseren und stieg langsam die Wendeltreppe hinauf. Unterwegs überlegte er sich die unmöglichsten Szenarien.

Ich klingele und frage, ob ich mal telefonieren darf. Ich habe eine Reifenpanne. Nein – warum sollte ich dann bis in den siebten Stock steigen? Es ist sonst niemand im Haus. Kann nicht sein. Dann eben auf gut Glück.
Van Cleynenbreughel stieg die Treppe hinauf. Im siebten Stock angekommen, holte er keuchend Luft und lehnte sich gegen die Wand – somit war er vor den neugierigen Blicken anderer Bewohner geschützt, die zweifellos den Aufzug nehmen würden, falls sie das Haus verlassen wollten.
Er spitzte die Ohren und spähte um die Ecke.
Siebenhundertzwölf. Da. Da wohnt sie.
Seine hungrigen Augen starrten auf die Eingangstür der Penthouse-Wohnung. Er glaubte, ein Geräusch zu hören, und strich sich mit zittriger Hand die Haare zurück.

Hinter derselben Tür ging Hilde Plaetinck mit einer Tasse koffeinfreiem Kaffee zu einem weißlackierten Nussbaumschreibtisch, auf dem ein Stapel Papiere lag. Sie betrachtete das gerahmte Foto, das sie selbst mit ihrem Patenkind Elodie auf dem Schoß zeigte, und ein mattes Lächeln umspielte ihre Lippen.

Van Cleynenbreughel schloss die Augen, strich sich erneut die Haare glatt, diesmal jedoch mit beiden Händen, roch an seiner Achsel und sog die Lungen voll Luft, was ihm ein leichtes Schwindelgefühl bereitete.
Plötzlich wich seine Erregung nackter Angst – eine eisige Angst, die seinen ganzen Körper erfasste und ihn er-

starren ließ. Als der Fahrstuhl mit einem knirschenden Geräusch im siebten Stock anhielt, trat der Eindringling einen Schritt zurück und krümmte sich zusammen, als wollte er sich auf diese Weise unsichtbar machen.

Hilde Plaetinck setzte die Tasse an einer der wenigen freien Stellen auf dem Tisch ab, streckte die Beine aus und begann, die Post zu sortieren. Ein unbehagliches Gefühl erfasste sie, und sie griff sich an den Hals, der noch immer steif war und schmerzte. Der Aufprall mit ihrem Corsa war noch nicht verarbeitet, weder körperlich noch emotional.

Abrupt drehte sie sich um.

Schritte. Da ist jemand. Im Flur.

Ein eisiger Schauer lief ihr über den Rücken, als sie zur nicht gerade soliden Wohnungstür schaute und deutliches Gepolter hörte. Sie drehte die Lautstärke ihres Transistorradios auf null, und eine Flut schauerlicher Bilder überspülte sie – Jack Nicholson in *Shining*, der mit einem wahnsinnigen Ausdruck in den Augen eine Tür mit dem Beil zersplitterte.

Gehetzt lief Hilde Plaetinck zum Telefon, das zwei Meter weiter auf einem Beistelltisch neben dem Sofa stand. Sie nahm den Hörer von der Gabel und drückte ihn ans Ohr. Dann wählte sie Stefaans Nummer.

Die Mailbox.

Sie zögerte, schaute rasch auf ihre Armbanduhr und legte den Hörer wieder auf die Gabel. Zu gut erinnerte sie sich noch an Stefaans letzte Strafpredigt.

Niemals bei mir zu Hause, Schätzchen. Niemals nach

sechs Uhr. Das sind die Spielregeln. Akzeptier es oder lass es.

Damals hatte er diese Worte in einem derart überheblichen Ton geäußert, dem Ton des eingefleischten Fremdgängers, dass Hilde sehr sorgfältig erwogen hatte, die Affäre zu beenden – so sehr war ihr bewusst, dass es mit ihnen beiden nie etwas werden würde. Doch letztlich hatte sie es nicht getan.

Oh, Stefaan.

Erneut nahm sie den Hörer ab, drückte ihn ans Ohr und zögerte. Als sie den gleichmäßigen, fast schon hypnotischen Ton hörte, holte sie tief Luft. Die Röte auf ihren Wangen verschwand. Sie besann sich wieder, legte den Hörer auf, und ihre sanften Züge verhärteten sich.

Hilde Plaetinck lief zum Küchentisch und zog die Schublade auf. Während sie zur Wohnungstür schlich, einen grimmigen und fest entschlossenen Zug um die Lippen, hielt sie das Fleischermesser in der Hand. Mit angehaltenem Atem presste sie ihr Ohr gegen die Wohnungstür.

Ja, da ist jemand. Er ist zurückgekommen. Er hat im Handschuhfach meine Adresse gefunden.

Die Angst schnürte ihr die Kehle zu, aber wie sooft bei Menschen in Todesangst tat sie das Unerwartete und riss die Tür mit einem so kräftigen Ruck auf, dass diese fast aus den morschen Angeln sprang.

Ein korpulenter Mann in einem Overall taumelte Hals über Kopf in die Wohnung. Er strauchelte über seine Werkzeugkiste und fiel rücklings auf das Linoleum. Hilde Plaetinck richtete das Messer auf die Brust des Mannes, der sie mit halboffenem Mund anstarrte. Es gelang ihm nicht, auch nur einen Ton herauszubringen, und erschrocken zog er die Knie hoch.

»Wer sind Sie?«, schrie Plaetinck mit überschlagender Stimme. »Was wollen Sie hier?«

»Ich … ich wollte gerade anklopfen und da …«, stammelte der bestürzte Vierzigjährige mit den schlaffen Wangen. Vorsichtig kroch er auf Händen und Füßen rückwärts, schien aber seine Fassung langsam wiederzufinden.

»Wer sind Sie, und warum lauschen Sie an meiner Wohnungstür?«

Die ausholende Bewegung mit dem Messer ließ den Mann erneut zusammenzucken.

Mein Gott, diese Frau ist vollkommen durchgeknallt, dachte der blonde Mann, der sich beinahe unmerklich mit hochgezogenen Knien weiter rückwärtsbewegte.

»Ihr Vermieter hat mich angerufen, um einen Wasserhahn zu reparieren. Er sagte, der würde lecken, und ich solle so schnell wie möglich …«

Der Wahnsinn in Plaetincks Augen verebbte. Sie ließ das Messer sinken. »Ich … entschuldigen Sie … ich …«

»Schon gut, ich komm ein anderes Mal wieder«, flüsterte der bestürzte Mann, während er sich schwerfällig aufrappelte und einen weiten Bogen um Hilde machte.

»Nein, tut mir leid. Sie haben vollkommen recht. Ich hatte letzte Woche den Vermieter angerufen. Kommen Sie ruhig mit. Ich zeig Ihnen, wo der Wasserhahn tropft.«

Der Mann griff nach seiner Werkzeugkiste, wobei er die Verrückte sorgfältig im Auge behielt. Er rieb sich das

Knie und folgte der jungen Frau zögernd in Richtung Bad.

Das große Messer schlenkerte rhythmisch hin und her.

»Kann ich Ihnen etwas zu trinken anbieten? Ein Bier vielleicht?«

»Ja, das wäre nicht schlecht.« Der Installateur grinste und spürte, wie sein Selbstvertrauen zurückkehrte. Er warf einen Blick auf den Wasserhahn. »Das haben wir gleich. Kein Problem.«

Während er sich an die Arbeit machte, ging Hilde in die kleine Küche, wo sie eine Flasche Bier öffnete. Sie zögerte, legte das Messer wieder in die Schublade, lief zur Wohnungstür, die einen Spalt offen stand, und drückte sie mit dem Fuß ins Schloss.

»Möchten Sie ein Glas?«

»Muss nicht sein. Ich trink aus der Flasche.« Der Mann klappte seine Werkzeugkiste zusammen. »Ich werde die Rechnung an Ihren Vermieter schicken.«

»Ist der Hahn schon repariert?«, fragte die junge Frau verblüfft.

»Ja. Musste nur die Muffe festziehen. Kein Problem.«

Der Mann stürzte das Bier hinunter, ließ den obligatorischen Rülpser des gestandenen Handwerkers erschallen und marschierte zur Tür. »Wiedersehen.«

»Ja, auf Wiedersehen. Und nochmals Entschuldigung wegen eben …« Hilde Plaetinck ging zur Wohnungstür, doch der Mann war bereits verschwunden. Sie hörte den Fahrstuhl summen, schloss die Tür und schob den Riegel vor.

Im engen Flur des Fitnesszentrums »Body Health Center« roch es nach Schweiß und Öl.

Nadia Mendonck ging zu der Tür, über der ein Neonpfeil und die Aufschrift »Cafeteria« angebracht waren. Nur ein paar Muskelprotze – der eine schlürfte ein isotonisches Getränk und der andere stürzte einen schäumenden Proteinshake hinunter.

Mendonck ignorierte die taxierenden Blicke und marschierte entschlossen zur Theke, wo eine aschblonde Dame ihren grellen, giftgrünen Nagellack betrachtete.

»Können Sie mir bitte eine Auskunft erteilen?«, fragte Mendonck, an die Blondine gewandt, die einem intensiven Muskeltraining offenbar ebenfalls nicht abgeneigt war. Die Frau rollte mit den Schultern und hob ihre epilierten Augenbrauen.

»Wie meinen?«

»Darf ich mal einen Blick in Ihre Kundendatei werfen?«, fragte Mendonck freundlich lächelnd.

Die Frau schaute zuerst verblüfft und dann misstrauisch.

»Wozu?«

»Polizei«, sagte Mendonck liebenswürdig.

Die Frau wurde noch eine Spur blasser und warf ängstliche Blicke unter die Theke.

»Keine Sorge, ich interessiere mich nicht für Anabolika.« Mendonck grinste. »Ich bin nicht beim Rauschgiftdezernat. Aber ich würde gern Ihr Mitgliederverzeichnis einsehen.«

Die Frau zögerte. Sie blickte über die Schulter und dann wieder zu Mendonck, die ein breites Grinsen aufgesetzt hatte. »Das ist im Computer. Da muss ich erst meinen

Mann fragen. Der macht die Buchhaltung. Ich hab von Computern keine Ahnung.«
Mendonck schluckte die abfällige Bemerkung hinunter, die ihr bereits auf der Zunge lag, und lächelte freundlich. Die Blondine schielte auf Mendoncks Hüften und produzierte ein ebenso freundliches Lächeln, während sie sich umdrehte und zu einer Tür ging, die in ein winziges Büro führte.
»Holen Sie Ihren Mann ruhig hierher. Ich warte solange. In der Zwischenzeit können Sie mir ein Duvel servieren.« Genüsslich schloss Mendonck einen kurzen Moment die Augen, schob die Hände in ihre Bomberjacke und schlenderte zum anderen Ende der Theke.

*

Abrupt stellte Hilde Plaetinck die leere Tasse auf den Unterteller und ging zum Sofa, fest entschlossen, ihre Mutter anzurufen. Als sie den Hörer ans Ohr hob, ertönte kein Freizeichen. Sie musterte den Hörer, ließ ihn aus der Hand gleiten und sprang von ihrem Designersofa auf. Sie war wütend – wütend auf Stefaan und seine halbherzige Reaktion. Sie hatte ihn angefaucht, dass er es nur ihr zu verdanken habe, dass sein Name heute nicht in allen Zeitungen stand.
Als er darauf erwiderte: »Danke, aber du weißt ja, dass meine Familie für mich immer an erster Stelle stehen wird«, waren ihr fast die Sicherungen durchgebrannt. Klugerweise hatte sie den Hörer auf die Gabel geknallt, ehe es zu einem offenen Streit kommen konnte. Und jetzt saß sie hier. Allein. Ohne Polizeischutz. Und dieser

Kerl war noch immer nicht gefasst. Er lungerte noch immer da draußen herum. Und er hatte ihre Adresse und ihr Foto. Die Ledermappe mit der Versicherungsbescheinigung und ihrem Führerschein war verschwunden, doch auch das hatte sie der Polizei verschwiegen. Und nun, da ihre Wut verebbt war, spürte sie eine seltsame Leere. Und Angst. Hilde Plaetinck erschauerte.

Die gespenstische Beleuchtung, die düstere Atmosphäre, die bohrenden Zweifel. Ängstlich schaute sie sich um, bis ihr Blick am Sofa hängen blieb.

Hier ist jemand in der Wohnung!

Sie schluckte. Ihre Halsmuskeln versteiften sich, und als sie sich umdrehen wollte, verweigerten ihre Beine den Dienst, als läge eine Kette um ihre Knöchel. Sie atmete tief durch und versuchte, ihre Nerven in den Griff zu bekommen. Steif machte sie einen Schritt vorwärts und schaute über die Schulter, vollkommen desorientiert.

Das Sofa. Es steht nicht mehr an der Wand. Der Typ hockt dahinter. Er hätte mich abstechen können, während ich …

Der Adrenalinstoß jagte sie geradewegs in die Küche, wo sie ohne jedes Gefühl für Raum oder Zeit eine Schublade öffnete.

Das Fleischermesser zitterte in ihrer Hand, als sie ins Wohnzimmer zurückkehrte. Mit der freien Hand wischte sie sich die brennenden Schweißtropfen aus den Augen. Die Wohnungstür, keine drei Meter entfernt, schien unerreichbar.

Hilde Plaetinck biss die Zähne zusammen.

Dies ist meine Wohnung. Mein Zuhause!

Fest entschlossen lief sie zum Sofa, wo sie erneut zögerte. Doch dann trat sie kräftig gegen das Polstermöbel.
Nichts geschah.
Hilde Plaetinck ging um das Sofa herum und sah, dass der Telefonstecker aus der Anschlussdose gerutscht war.
Dieser dämliche Installateur!
Sie drückte den Stecker in die Dose, ging zum Fenster und schaute zwischen den Vorhängen hindurch.
Draußen nieselte es noch immer, und die dahintreibenden grauen Wolken, deren Konturen immer stärker verwischten, erschienen von Minute zu Minute dunkler.

Als ein Wagen um die Ecke bog, leuchtete das Gesicht des Mannes, der halb verborgen hinter einer Buche stand, im Scheinwerferlicht kurz auf. Doch das sah Hilde nicht. Sie starrte auf die Klinge des Fleischermessers, die im Schein der Straßenlaterne funkelte. Dann ließ sie das Messer aus den Fingern gleiten und zu Boden fallen. Sie schaute auf, am ganzen Körper zitternd, einen hilflosen, wilden Blick in den Augen und wie am Boden festgenagelt.
Minutenlang starrte sie auf das Mordinstrument, als könnte es tatsächlich aus eigener Kraft zum Leben erwachen und sie grässlich verstümmeln. Zum ersten Mal drang die bittere Wahrheit zu ihr durch, bis in jede Faser ihres Körpers. Ihr Gesicht wurde kreidebleich.
Irgendjemand wollte sie ermorden.
Mit einem Ruck schloss sie die Vorhänge und sank dann auf die Knie. Überwältigt von einem intensiven Gefühl der Ohnmacht, faltete sie die Hände im Schoß.

Mein Gott. Warum? Warum ich?
Während sie sich aufrappelte, hin und her gerissen zwischen Hoffnung und Verzweiflung, schaute sie zum Telefon. Ihr Blick wanderte zum Schreibtisch, und ihre Pupillen weiteten sich ruckartig, während sie sich an die Brust griff.
Das Foto ist weg.

Jozef Van Cleynenbreughel schien aufzuwachen. Seine Haut war grau, und Schweißperlen standen auf seiner Stirn. Als das schwache Licht der Scheinwerfer über sein Gesicht streifte, drehte er sich zur Seite und drückte sich gegen den rauhen Baumstamm.
Mit der Hand wischte er sich den Schweiß von der Stirn und betrachtete sehnsüchtig Hilde Plaetincks Foto.
Dich lass ich nicht mehr gehen. Nie mehr.
Er schaute auf die Uhr und seufzte, übermannt von Schuldgefühlen. Er dachte an seine Frau und stellte sich vor, dass sie noch immer schön war und dass sie ihre Arme für ihn öffnete und er seine Wange gegen ihre drückte. Rasch schaute er über die Schulter, ein ohnmächtiges Verlangen in den dunklen Augen. Die Vorhänge waren zugezogen. Eine seltsame Mischung aus Bedauern und Erleichterung überwältigte ihn.
Wann hört das jemals auf?

Der glänzende Riesenlaster wirkte in der grauen Gegend vollkommen deplaziert. Deleu strich mit den Fingerspitzen über die verchromte Stoßstange. Dann schob er die Hände tief in die Manteltaschen und zwängte sich an

dem MAN-Sattelschlepper vorbei in Richtung Garten, der mindestens einhundert Meter lang und mit Unkraut überwuchert war.
Am Ende des Gartens stand ein geräumiger Schuppen, offensichtlich aus Schrott und anderem Abrissmaterial zusammengezimmert. Als Deleu näher kam, bemerkte er, dass dieses Gebäude, genau wie das Wohnhaus, auch schon bessere Zeiten gesehen hatte: Die Schiebetür brauchte dringend eine Schicht Farbe, und das Wellblechdach war moosbewachsen und teilweise zerbrochen. Deleu schaute sich um. Von hier aus konnte man das Wohnhaus nicht sehen.
Als er zur Straße zurückkehrte und sich zwischen toten Ginster- und Brombeersträuchern hindurch einen Weg bahnte, strauchelte er. Fluchend trat er mit dem Fuß gegen einen grasbewachsenen Haufen Bauschutt, woraufhin ein Ziegelstein ein paar Meter weiterschlitterte.

Die Vorderfront des schiefen Hauses wirkte auf Deleu eher märchenhaft als gespenstisch. Das Haus erinnerte ihn an die langen Winterabende bei seiner Großmutter – manchmal auf ihrem Schoß, die Häkeldecke um ihre und seine Schultern gelegt, gemütlich in das durchgesessene Sofa gekuschelt.
Deleu wurde melancholisch, denn diese Kindheitserinnerungen wurden wie immer vom Gedanken an den Tod seiner Mutter überschattet, mit neununddreißig Jahren dahingerafft von einer auszehrenden Krebserkrankung. Vater Deleu, ein schwer arbeitender Bauarbeiter, hatte seine beiden Söhne in die sorgenden Hände seiner

Schwiegermutter übergeben. Bis drei Monate später eine neue Liebe in sein Leben trat. Daraufhin hatte er seine Sprösslinge zurückgefordert.

Großmutter hatte sich das nicht bieten lassen. Deleu erinnerte sich noch genau an ihre Worte, die so deutlich in sein Gehirn gebrannt waren, als wäre das Ganze erst gestern geschehen:

Drei Monate. Sie ist noch nicht mal kalt.

Diese acht Wörter waren mit einem derart bitteren Unterton geäußert worden, dass Dirk Deleu sie niemals vergaß.

Der sechzehnjährige Dirk und sein neunjähriger Bruder Ben, hin und her gerissen zwischen Vater und Großmutter. Ein bis aufs Messer ausgetragener Streit, als ob sich die beiden Kinder im Zentrum eines Guerillakriegs befanden.

Deleu schüttelte den Kopf, als müsste er seine Gedanken neu ordnen, und unterdrückte den Anfall von Melancholie, indem er sich wieder auf das Haus der Hexe konzentrierte.

Die Ziegelsteine waren im Lauf der Zeit dunkler geworden, und hier und da hatte jemand die braunen Fugen amateurhaft in einem zu hellen Ton repariert.

Unter dem verzogenen Fensterrahmen befand sich ein Riss, der sich bis zur Hausecke erstreckte. Die schweren Vorhänge waren geschlossen. Deleu schaute sich um. Durch den verwahrlosten Vorgarten führte ein Weg aus Bruchsteinen, dicht mit Gras überwuchert. Als er aufschaute, glaubte er hinter einem der Vorhänge das tanzende Licht einer Kerze zu erkennen.

Langsam ging er zur Eingangstür. Eine Hausnummer existierte nicht. Deleu grinste. An der Türklinke baumelte eine Holzpuppe, eine Miniaturhexe auf einem Besenstiel. Bevor er anklopfen konnte – eine Türklingel existierte ebenso wenig –, schwang die Tür auf.
Eine Frau im Jogginganzug begrüßte ihn mit einem kurzen, freundlichen Nicken und winkte ihn mit einer einladenden Geste herein. Dabei fielen ihr lange braune Locken über die Schulter.
»Ich bin …«
»Kommen Sie herein.«
Im engen Flur roch es nach Ruß, wahrscheinlich wegen eines schlecht belüfteten Holzofens. Beim Betreten des Wohnzimmers wurde Deleu vom Schein etlicher Kerzen geblendet, die den kleinen Raum gespenstisch erhellten. Während er seinen Blick zuerst über das Bücherregal und dann zum rußschwarzen Kupferkessel im offenen Kamin schweifen ließ, betrachtete Hedwige ihren Gast leicht amüsiert.
Deleu spürte, dass sie ihn musterte.
Sie hatte einfühlsame, durchdringende grüne Augen und ein ernstes Gesicht – mitfühlend, aber kraftvoll und selbstbewusst.
Verstohlen schaute Deleu zu den Miniaturhexen, die an Nylonfäden von der Decke baumelten und im Tiefflug auf ihn herabzustürzen schienen. Er lächelte, weil er sich an seine Sammlung selbstgebastelter Kampfflugzeuge aus dem Zweiten Weltkrieg erinnert fühlte, die früher in seinem Zimmer über seinem Kopf endlos die Luftschlacht um England austrugen.

»Ich bin eine Hexe.«

»Äh, wie bitte?«

»Eine Hexe. Weiße Magie. Wicca.«

»Äh … ja.« Deleu nickte und suchte nach den passenden Worten.

»Womit kann ich Ihnen helfen?«

»Eine Hexe?«, hakte Deleu nach.

»Ja. Schon mein ganzes Leben lang.« Die Frau lachte, wobei ihr nicht mehr ganz so weißes Gebiss zum Vorschein kam. »Man steht damit auf und man geht damit schlafen.«

Deleu setzte sich an den Tisch und hörte sich fasziniert die Geschichte der Frau an. Eine Geschichte, die – so unwahrscheinlich sie manchmal auch klingen mochte – nicht eine Sekunde lang unaufrichtig wirkte. Die Frau erzählte davon, wie sie als kleines Mädchen spürte, dass sie kaum einen Bezug zum katholischen Glauben hatte, in dem sie erzogen worden war. Und dass sie sich als Teil des Universums fühlte und das Göttliche in irdischen Dingen erkannte, in der Natur. Außerdem berichtete sie ausführlich von der Hexenwaage, auf der Frauen gewogen und manchmal absichtlich für zu leicht befunden worden waren. Denn über Hexen ging das Gerücht, dass sie leichter seien als gewöhnliche Menschen – was ja logisch war, wenn man fliegen konnte. Und sie erzählte davon, dass diese unglückseligen Frauen auf dem Scheiterhaufen landeten, wo sie vor den Augen der heulenden und johlenden Menge dem verzehrenden Flammenmeer zum Opfer fielen. Voller Begeisterung berichtete sie auch von den Ritualen, die sich auf den Mond, die Sonne und andere Naturerscheinungen bezogen. Über Kräuter und Ritualmagie.

Während Deleu amüsiert den Marmoraltar bewunderte, auf dem die Tonstatue irgendeiner Göttin prangte, erzählte die Frau weiter. Neben der Statue standen eine Vase mit Rosen, eine Kerze, ein Porzellangefäß mit weißem Pulver und ein kunstvoll geschnitzter Holzigel, zwischen dessen Stacheln Weihrauchstäbchen steckten.

Der Wortschwall verebbte erst, als Deleu das Messer bemerkte. Es lag neben der Vase und besaß eine breite Doppelklinge.

Während die Umgebung wie hinter einem Schleier verschwand, sah er die Fotos des ermordeten Mädchens wieder vor sich. Siebenundzwanzig Stichwunden, davon dreizehn tödlich, verursacht durch ein breites Messer mit Doppelklinge.

Die Kerze, das weiße Pulver … das ist Salz!

Hedwige hatte inzwischen ihre Geschichte beendet und beobachtete Deleu aus großen, klaren Augen, während sie schnell und routiniert die stark abgenutzten Tarotkarten mit kreisförmigen Bewegungen vor sich auf dem Tisch ausbreitete. Und als Deleu sich umdrehte, schien es, als würde sie seine Gedanken lesen.

»Salz. Das ist Salz. Eines der vier Elemente. Wasser, Feuer, Erde und Luft.«

Einen Moment lang herrschte Stille. Konzentriert studierte Hedwige die Karten. Dann sagte sie etwas, das Deleu erschauern ließ: »Kommissar.«

Aus Deleus Augen sprach Bewunderung, doch die Worte blieben ihm im Hals stecken, als ein Mann von etwa

Mitte vierzig mit kahlem Kopf und dünnem Pferdeschwanz durch den Flur ging. Er trug ein Karohemd und eine Lederweste und schaute kaum auf, während er mit lustlosen, schweren Schritten das Wohnzimmer betrat. In der Türöffnung blieb er stehen und nickte Hedwige kurz zu. Als diese nicht sofort reagierte, machte der Mann eine abschätzige Handbewegung, drehte sich um und setzte seinen Weg fort.

Die Hexe richtete sich auf.

»Einen kleinen Moment, ich bin gleich wieder da. Mein Mann John ist Lastwagenfahrer und muss in einer halben Stunde aufbrechen.« Mit einem verächtlichen und sehr irdischen Zug um die Lippen ging sie ihrem Mann nach.

*

Hinter dem Steuer seines Golfs wurde Deleu von einer Woge der Unsicherheit erfasst. Das Gespräch hatte ihn nicht viel schlauer gemacht. Die Frau hatte ihm die Karten gelegt und tatsächlich gesehen, dass er mit Beziehungsproblemen kämpfte. Er fragte sich, wann und wie er ihr die Worte in den Mund gelegt hatte. Allerdings konnte er nicht begreifen, woher sie wusste, dass er eine Kollegin geschwängert hatte.

Komm schon, Deleu. Vernünftig denken. Wir werden einen DNA-Test durchführen lassen.

Mit beiden Händen umklammerte er das Lenkrad.

Eines Tages kehre ich zu Barbara zurück. Für immer. Und dann werde ich wieder glücklich.

Während sich der Golf in Bewegung setzte, versuchte

Deleu, sich auf die anstehenden Aufgaben zu konzentrieren. Doch es gelang ihm nicht, Hedwige und ihre Weissagungen aus seinen Gedanken zu verbannen. Die Frau hatte gespürt, dass er ein Polizist war. Und sie hatte sich strikt geweigert, irgendwelche Informationen über ihren Kundenkreis preiszugeben.

Deleu erinnerte sich besonders an einen Satz: »Ach, Herr Kommissar, es gibt sogar Menschen, die mich fragen, welche Farbe sie am besten für ihr neues Auto wählen sollten. Diese Leute wimmel ich ab – das geht mir nun wirklich viel zu weit.«

Deleu tastete nach seinem Portemonnaie in der hinteren Jeanstasche.

Vierzig Euro. Nicht schlecht für eineinhalb Stunden.

Als die Ampel auf Grün umschaltete, machte sich sein Geschäftssinn ans Rechnen.

Drei Beratungen pro Tag. Schwarz. Nicht übel.

Er öffnete das Handschuhfach, nahm Muriel Vandergotens Akte auf den Schoß, blätterte darin herum und fluchte.

Das Personenfoto … das hätte ich mitnehmen sollen. Dann hätte ich an ihrer Reaktion erkennen können, ob sie das Mädchen gekannt hat.

Sein Blick verdüsterte sich.

Im Zennegat. Wasser, Kerzen, Salz und Weihrauch. Zu viele Übereinstimmungen für einen reinen Zufall. Ist das Mädchen dort jemals zu einer Beratung gewesen? Wann? Warum? War sie verzweifelt?

Deleu wählte Jos Bosmans' Nummer.

7

Bosmans studierte die beiden Fotos eingehend und betrachtete dann seinen Freund mit unverhohlener Skepsis. Er hatte ihn bereits über dessen Aktivitäten während der vergangenen drei Tage ausgefragt, locker und beiläufig, vom Hundertsten ins Tausendste, auf seine altbekannte kameradschaftliche und etwas wirre Weise.

Deleu hatte wohlweislich geschwiegen, denn er kannte seinen Freund durch und durch und wusste nur allzu gut, dass Bosmans unauffällig herumbohrte. Die Suggestivfragen, der gelassene Gesichtsausdruck, die gespielte Nonchalance.

»Rückwirkend?«, fragte Bosmans liebenswürdig. Deleu roch den Braten bereits und schwieg. »Also?«

»Also was?« Deleu wich der Frage aus, obwohl er wusste, dass er in der Klemme steckte.

»Was habt ihr bis heute schon alles ausgefressen? Muss ich diese Akte rückwirkend wieder eröffnen, oder ist noch keine Katastrophe passiert?«

Deleu musterte seinen Freund, der eben noch so liebenswert und charmant mit ihm geplaudert hatte und nun plötzlich, ohne jede Ankündigung, den Ton abrupt geändert hatte. Er kam sich vor wie ein Fuchs in der Falle.

Bosmans blieb stoisch, und Deleu spürte, wie tief in seinem Inneren die Frustration zu brodeln begann. Aber er konnte sich nicht dazu bringen, wütend zu werden. Andererseits: dieses selbstgefällige Lächeln, arrogant und überheblich – das war der Tropfen, der das Fass zum Überlaufen brachte.

»Kennst du eigentlich den Unterschied zwischen echter Freundschaft und dem Ausnutzen von Menschen?« Deleu wartete die Antwort nicht ab und überließ den verdutzten Jos Bosmans seinem Schicksal. Wütend riss er die Bürotür auf – und machte erschrocken einen Sprung rückwärts.

»Du hast was zu verbergen, Freundchen«, sagte Mendonck und grinste, als sie Deleus ängstlichen Blick sah.

Deleu antwortete nicht. Stattdessen packte er Nadia an der Schulter und zog sie ein Stück hinaus in den Flur.

»Dann hast du also gelauscht – nicht gerade die feine englische Art.«

Lässig zuckte Mendonck die Achseln.

»Und lässt mich die Kastanien aus dem Feuer holen?«

»Meinst du, er weiß, womit wir uns beschäftigen, Dirk?«

Deleu seufzte.

»Ist mir vollkommen egal, Nadia. Es wird langsam Zeit, dass er …«

»… mal an seinen Ruhestand denkt?«, brummte Bosmans, der mit verschränkten Armen in der Türöffnung stand.

»Shit!«, fluchte Deleu und schlug die Hände vor die Augen.

»Der Menschenhändler, der Sadist, der Menschen benutzt wie Wegwerfartikel, dieser schmierige Kerl, dieser Tyrann … hat soeben die Akte Muriel Vandergoten wiedereröffnet«, erklärte der Untersuchungsrichter salbungsvoll, dessen Ton im krassen Gegensatz zum Inhalt der Aussage stand und der eine Antwort erst gar nicht abwartete.
Als Deleu Bosmans' breiten Rücken durch die Tür verschwinden sah, fluchte er leise.
Das süffisante Grinsen war Mendonck in der Zwischenzeit auf den Lippen erstorben. Sie nahm nun ihrerseits Deleu bei der Schulter und schob ihn in Richtung von Bosmans' Büro. »Zeit, zu beichten, Wellens«, sagte sie schmunzelnd.
Deleu nickte und folgte ergeben ihrer Aufforderung.

Während Deleu von ihrem Besuch bei Annick de Kimpe, Muriels Mutter, berichtete und von seinem Tête-à-Tête mit Hedwige, hatte Bosmans keinen Ton gesagt, nur geduldig zugehört und hin und wieder genickt. Nun schaute er gedankenverloren zu der verbeulten Thermoskanne.
»Im Fitnesszentrum bin ich auch nicht weitergekommen«, warf Mendonck ein. »Muriel Vandergoten war dort nie Mitglied. Einer der Muskelprotze an der Theke hat mir allerdings erzählt, dass es dort vorige Woche zu einem Tumult gekommen ist. Ein Mann soll ein Mädchen im Fitnessraum belästigt haben und ihr danach nach draußen gefolgt sein. Das Mädchen kam eine Viertelstunde später wieder hereingestürmt, vollkommen auf-

gelöst, weil der Mann sie verfolgt und zu vergewaltigen versucht hatte. Daraufhin haben sie im Fitnesszentrum eine Art Bürgerwehr auf die Beine gestellt und sich auf die Suche nach dem Angreifer gemacht, allerdings ohne Ergebnis. Viele Muskeln, wenig Hirn.«

Weder Bosmans noch Deleu schauten auf. Aber als Mendonck ihren Bericht fortsetzen wollte, fragte Bosmans: »War das Mädchen blond?«

Sein Ton klang desinteressiert, aber Mendonck sah an Bosmans' Augen, dass die Rädchen in seinem Gehirn auf Hochtouren liefen.

»Ja.«

»Und jung?«

»Ja.«

»Hübsch?«

»Hmm.«

»Sexy?«

»Na ja.«

»Hat sie Anzeige erstattet?«, unterbrach Deleu das Geplänkel.

»Keine Ahnung, ich kann nicht hellsehen«, erwiderte Mendonck. Gerade als Deleu etwas erwidern wollte, holte sie ein Stück Papier aus der Tasche und wedelte damit. »Name und Adresse«, verkündete sie selbstzufrieden.

Deleu legte einen Finger auf seine Oberlippe, als wollte er sich selbst Schweigen auferlegen.

Erstaunlich, welche Energie schwangere Frauen manchmal ausstrahlen. Barbara war genauso, als sie Charlotte erwartete. Frauen sind wirklich von einem anderen Stern.

»Können wir die Hexe vernehmen, Jos? Offiziell?«

Endlich schaute Bosmans auf.

»Komm schon, Jos – Salz, Weihrauch, der ganze Kram.«

»Warum bringst du sie nicht gleich auf den Scheiterhaufen?«, fragte Bosmans lakonisch.

Dirk Deleu betrachtete seinen Chef. Bosmans' zerfurchtes Gesicht blieb unbewegt. Er sah müde aus und alt. Deleu wollte ihn nach der Situation bei ihm zu Hause fragen, warf aber einen verstohlenen Blick auf Mendonck, die vor Energie fast überschäumte, und verkniff sich die Frage. »Komm« – er wandte sich an seine Kollegin – »wir werden dem Mädchen mal auf den Zahn fühlen.«

»Mendonck«, sagte Bosmans.

Nadia Mendonck drehte sich um.

»Sprechen Sie mal mit dieser Hexe. Versuchen Sie, ihr ein paar Informationen zu entlocken. Sie brauchen ja nicht gleich zu sagen, dass Sie ein Bulle sind.«

»Bullin«, warf Deleu ein.

Mendonck schenkte ihm einen mitleidigen Blick und zog ihn am Handgelenk hinter sich her. »Komm, du Bullette.«

»He!«

Deleu und Mendonck drehten sich gleichzeitig um, bereit, sich Jos Bosmans' allerletzte Predigt anzuhören.

»Bullshit.« Bosmans grinste, fand sich selbst unglaublich witzig und bog sich vor Lachen.

*

Nadia Mendonck warf einen letzten Blick auf das zerknitterte Stück Papier in ihrer Hand und parkte den Clio vor der Nummer 96 auf der anderen Seite der Abeelstraat. Bosmans hatte sie angerufen und gebeten, sich mit dem Ehepaar De Prins in Verbindung zu setzen, den Eltern des Mädchens, das in der Nähe des Fitnesszentrums sexuell belästigt worden war.

Inoffiziell und mit dem nötigen Taktgefühl, denn Bieke de Prins hatte keine Anzeige erstattet, und möglicherweise wussten ihre alten Herrschaften nicht einmal von dem Vorfall.

Nummer 96 war ein Haus aus den siebziger Jahren – der Archetyp eines Hauses, wie eine klassische Kinderzeichnung. Aber die rechteckige Schachtelform mit den kleinen Fenstern, einer Tür und einem Garagentor war im Laufe der Jahre zu einem moderneren Domizil umgebaut worden. Was sich an der Farbe der Fugen und am leichten Farbunterschied der Blendziegel erkennen ließ. An der Stelle, an der sich früher wahrscheinlich die Garage befunden hatte, prangte nun ein fassadenbreites Fenster. Die Jalousien waren herabgelassen.

»Hoffentlich ist jemand zu Hause«, meinte Mendonck und warf einen Blick auf die Uhr. »Wir hätten vielleicht erst anrufen sollen.« Sie schaute zu Deleu, der noch immer mit seinem Mobiltelefon beschäftigt war.

Endlich ließ er das Handy in seine Manteltasche gleiten, deren Naht teilweise aufgerissen war. »Keine Akte zu finden«, sagte Deleu und drückte auf die Klingel, woraufhin ein klassisches Ding-Dong ertönte. »Sie hat keine Anzeige erstattet. Bosmans hatte recht.«

»Vielleicht ist die Geschichte aufgebauscht worden.«
Deleu zuckte die Achseln, und im selben Moment ging die Tür einen Spalt auf. Ein Augenpaar musterte ihn misstrauisch. Und die Kette blieb vorgelegt.
»Ja?«
»Mevrouw De Prins?«
»Dürfen wir kurz reinkommen?«, fragte Mendonck und schob ihren Ausweis durch den Türspalt. »Polizei. Ist Ihre Tochter zu Hause? Wir würden gern mit ihr sprechen.«
»Sie ist nicht da«, lautete die spitze Antwort, und im nächsten Moment wurde die Tür zugeknallt.
Mendonck war zu verblüfft, um zu reagieren. Sie schaute ihren Kollegen an, große Fragezeichen in den Augen. Deleu schnalzte mit der Zunge und zuckte träge die Achseln.
»Wie eine Schildkröte, die begreift, dass sie zu früh aus ihrem Winterschlaf erwacht ist«, murmelte Mendonck.
»Hm?«, fragte Deleu.
»Nichts, Herr Kollege. Lass mal.« Nadia Mendonck drehte sich um und drückte mit dem Finger auf die Klingel.
Nach einem Moment zog Deleu ihre Hand fort. »Wir haben nichts in der Hand, Nadia.« Dann machte er auf dem Absatz kehrt und ging zum Wagen. Als Mendonck sich ebenfalls umdrehte und Deleu folgte, schwang die Tür weit auf.
»Frau Kommissarin?« Ein Mann mit lebhaften Augen und einem grauen Schnauz- und Kinnbart bat sie mit einer ausladenden Geste herein. Er trug Pantoffeln und

einen karmesinroten Morgenmantel mit Emblem. »Entschuldigen Sie bitte, aber in letzter Zeit ist in dieser Gegend ziemlich oft eingebrochen worden, und meine Frau hat einfach Angst.«

Der schwere Mann trat einen Schritt aus der Tür und deutete mit dem Kopf auf ein hohes Mietshaus – ein trister, grauer Wohnblock ein Stück die Straße hinauf. »Unfassbar, wen sie da alles zusammengepfercht haben.«

Im Wohnzimmer mit den massiven Eichenmöbeln saß die Dame des Hauses auf dem Sofa. Sie trug einen altmodischen Rock und eine protzige rosa Bluse mit Glitter – die aber nicht über die Aura des Missmuts hinwegtäuschen konnte, welche sie umgab.

Der Mann, der im Flur ununterbrochen vor sich hin geplappert hatte, redete auch jetzt ständig weiter: »Alles Sozialhilfeempfänger. Menschenskinder noch mal. Und dagegen kann ein ehrlicher Bürger nichts ausrichten. Das muss man sich mal vorstellen. Die Politiker pfropfen diesen Haufen hier zusammen, und innerhalb kürzester Zeit ist Ihr Haus, in das Sie jahrelang Ihr sauer verdientes Geld gesteckt haben, keinen Pfifferling mehr wert. Man hätte diesen Chaotenhaufen besser in einen dieser Freizeitparks einquartieren sollen. Aber nein – ausgerechnet hier in unserer Straße …«

»Was ist mit unserer Bieke?«, unterbrach die Frau die Tirade ihres Mannes.

Der Mann schaute sich um, und die verächtlichen Blicke sprachen Bände: In der Familie De Prins war der Lack schon lange ab.

»Ist Ihre Tochter noch in der Schule?«, fragte Deleu.

»Natürlich«, erwiderte der Vater und schaute auf die Uhr. »Wo sollte sie auch sonst sein?«
»Heute ist Mittwoch, Maurice.« Die Frau sprach die Worte so aus, als ob sie mit den Zimmerpflanzen auf der Fensterbank redete. »Bieke ist bei einer Freundin. Ich weiß nicht, wann sie zurückkommt. Auf jeden Fall vor dem Abendessen.«

Als Magda de Prins ein Fotoalbum zum Vorschein holte und willkürlich aufklappte, gefror Deleu das Blut in den Adern: Bieke de Prins war eine Kopie von Muriel Vandergoten und Hilde Plaetinck – obwohl Letztere hübscher, sinnlicher und weiblicher wirkte. Bieke de Prins kam ihm vor wie eine rauhere Version, wie ein ungeschliffener Edelstein. Klare, blaue Augen und kurze blonde Haare, die ihrem jungenhaften Gesicht einen sportlichen Look gaben.
Deleu ließ sich seine Verwunderung nicht anmerken. Er schaute zu Mendonck, die beiläufig fragte: »Und Ihre Tochter hat den Angreifer im Gesicht gekratzt? Warum haben Sie keine Anzeige erstattet?«
Die Frau nickte und warf ihrem Mann den zigsten vorwurfsvollen Blick zu. Der verhielt sich vollkommen unbeteiligt, als ob er den protzigen Krimskrams auf dem Sideboard betrachtete. Dann ließ er sämtliche Fingerknöchel der linken Hand knacken.
»Unsere Bieke kann ihren Mann stehen«, sagte er. »Das habe ich ihr beigebracht. Ein Mensch muss jederzeit auf sich selbst vertrauen können. Denn wenn es wirklich darauf ankommt, hat man schließlich …«

»Warum hat Ihre Tochter keine Anzeige erstattet?«, unterbrach Deleu die Erläuterung.
»Nicht nötig. Der Kerl ist in die Flucht geschlagen worden. Der hat seine Lektion gelernt. Wie schon gesagt: Ein Mensch muss lernen, seinen Mann zu stehen. Sowohl in der Berufswelt als auch im Alltag. Und unsere Bieke …«
»Maurice, hör auf!«, rief die Frau und umklammerte mit der Hand die Sofalehne. »Unsere Bieke ist ein Mädchen – und die Berufswelt braucht dich offensichtlich auch nicht mehr!«
Langsam ließ der Mann sämtliche Luft aus den Lungen entweichen. Er schwieg einen Moment lang, drehte sich dann abrupt um und verschwand in der Küche.
»Okay, danke«, sagte Deleu. »Vielen Dank für Ihre Hilfe. Bitten Sie Ihre Tochter, uns anzurufen, sobald sie nach Hause kommt. Und machen Sie sich keine Sorgen, wir werden dieser Sache auf den Grund gehen. Darf ich das Foto behalten?« Deleu wartete die Antwort nicht ab, drehte sich stattdessen um und marschierte zur Haustür.
Ungläubig schaute Mendonck ihm nach.
Das heilige Feuer – es brannte wieder.
Gerade in dem Moment, als Deleu losfahren wollte, lehnte ein blondes Mädchen ihr Mountainbike gegen die Hauswand.
Mendonck studierte das Foto. »Halt, Dirk!«
Erschrocken trat Deleu abrupt auf die Bremse.
Durch das unerwartete Bremsmanöver wurde Nadia Mendonck, die sich noch nicht angeschnallt hatte, nach

vorn geschleudert. Instinktiv packte Deleu sie an der Schulter, wodurch der Aufprall gegen das Armaturenbrett etwas abgemildert wurde.
Während er mit offenem Mund von ihrem Gesicht zu ihrem Bauch schaute, meinte Mendonck: »Das ist sie. Das ist das Mädchen.«

Bieke de Prins' Pupillen verengten sich, als sie sich die Personenbeschreibung anhörte, die Mendonck im Fitnesszentrum erhalten hatte. Sie starrte geradeaus und bestätigte die Beschreibung mit einem kurzen Nicken. »Ja, so hat er ausgesehen. Aber ich kenn ihn nicht.« Doch dabei blickte sie sich hastig um wie ein verschrecktes Reh.
Magda de Prins nahm ihre Tochter in die Arme, strich ihr über die kurzgeschnittenen Haare und streichelte ihren Rücken. »Ist ja gut. Alles wird gut. Du brauchst keine Angst zu haben.« Dann drehte sie sich um und wandte sich an ihren Mann: »Bringst du die Beamten bitte zur Tür, Maurice?«
Als Nadia Mendonck, die seit ihrer Schwangerschaft sanftmütiger und verletzlicher war als früher, sah, mit welcher Verzweiflung sich das Mädchen wie eine Ertrinkende an ihre Mutter klammerte, wickelte sie unbehaglich eine blonde Strähne um ihren Finger. Sie wollte helfen, fühlte sich aber machtlos. Die innige Umarmung von Mutter und Tochter brachte ihr zu Bewusstsein, welch kostbares Kleinod sie in ihrem Bauch trug. Und sie erkannte, dass sie sich ihrer Weiblichkeit noch nie so bewusst gewesen war wie jetzt.

In Gedanken versunken, begriff Dirk Deleu erst, was geschah, als Maurice de Prins ihn mit sanftem Druck zur Haustür schob. Er riss sich los und drehte sich abrupt um. »Ihre Tochter schwebt in Gefahr«, fauchte er. »Halten Sie sie vorläufig im Haus.« Dann marschierte er nach draußen, wo ihn die stille, dunkle Abendluft unheilvoll erwartete.

Hilde Plaetinck. Sie schwebt vermutlich auch in Lebensgefahr.

Mendonck zog eine erstaunte Miene und klopfte De Prins, der Deleu bestürzt nachschaute, ermutigend auf die Schulter. »Kein Grund zur Panik, Meneer De Prins. Sorgen Sie einfach dafür, dass Ihre Tochter in nächster Zeit im Haus bleibt.«

Der Mann sagte kein Wort. Plötzlich geriet sein plumper Körper in Bewegung. Er drehte sich um, lief zu Frau und Kind und schlang ergriffen die Arme um beide. Mendoncks Worte: »... und lassen Sie die Tür verriegelt. Wir schicken einen unserer Beamten vorbei ...« schien er gar nicht mehr zu hören.

Nadias melancholische Stimmung schlug um. Sie sprintete Deleu hinterher, der bereits in seinem Golf saß und auf sie wartete. Als sie den Wagen erreichte, warf sie Deleu einen Blick zu, als ob er wahnsinnig geworden wäre, doch er ignorierte sie und setzte seinen Bericht an Bosmans fort.

Wütend lief Mendonck um den Golf herum und riss die Tür auf. »In Zukunft darfst du deine Leichen selbst aufräumen, wenn du noch mal so ein Schlachtfeld hinterlässt.«

Als Deleu nicht reagierte, ließ sie sich auf den Beifahrersitz sinken und dachte seufzend nach: Eine vage Beschreibung des Angreifers – ein Mann mit buschigen Augenbrauen und breiten Händen – war die einzige echte Information, die sie erhalten hatten.
Deleu startete den Wagen und schaute sorgfältig nach links und rechts, bevor er losfuhr. »Glaubst du, dass uns das Mädchen vielleicht dabei helfen könnte, ein genaues Phantombild anzufertigen?« Als er zur Seite schaute, blickte er in das lachende Gesicht seiner Kollegin.
»Du kannst ruhig wenden, Dirk. Hier kommt kein Gegenverkehr.«
Deleu folgte ihrer Aufforderung. »Spürst du schon was?«
»Äh … was?«
»Spürst du schon was? Ich meine, das Baby.«
»Manchmal«, erwiderte Mendonck und strich sich über den Bauch. »Aber ich denke, dass ich mir das einbilde. Es ist noch zu früh. Der Gynäkologe …«
Sie unterbrach sich, als sie spürte, wie Deleus Fingerspitzen über ihren Bauch streichelten. Zögernd, zärtlich. Nadia Mendonck nahm ihren Kollegen am Handgelenk und schob seine Hand weiter nach unten. »Hier. Hier kannst du vielleicht etwas fühlen.«
Als Deleu den Rand ihres Slips spürte, zog er seine Hand zurück und griff zum Schaltknüppel. Der Motor des Golfs brachte kreischend sein Unbehagen zum Ausdruck, als Deleu den zweiten statt den vierten Gang erwischte.
»Wann sollten wir bei Bosmans sein, Nadia?«

»Vor einer Stunde.«
»Hast du das Foto von Bieke de Prins?«
»Ja.«

*

Als Deleu und Mendonck das Büro betraten, saß Bosmans zurückgelehnt auf seinem Stuhl und hörte sich den Bericht der Gerichtspsychologin Evelyne Pardieu an. Trotz seiner entspannten Haltung war er konzentriert bei der Sache.
»... und deshalb will ich auf keinen Fall die Möglichkeit ausschließen, dass wir es hier mit einem Serienmörder zu tun haben könnten, Mijnheer Bosmans.«
»Hm.«
Mit einem kurzen Kopfnicken forderte Bosmans Deleu und Mendonck auf, Platz zu nehmen. Er warf zwar einen Blick auf seine Uhr, verzichtete aber auf eine spitze Bemerkung. »Habt ihr ein Foto?«
Nadia Mendonck reichte Evelyne Pardieu das Foto. Diese runzelte die Stirn und legte es neben die Bilder von Muriel Vandergoten und Hilde Plaetinck.
Nun, da die drei Aufnahmen nebeneinanderlagen, war die Ähnlichkeit nicht mehr zu übersehen.
»Da kommen wir nur schlecht drum herum. Die äußerliche Ähnlichkeit ist wirklich nicht zu leugnen«, bemerkte Bosmans.
Evelyne Pardieu spitzte die Lippen, stützte die Hände auf die Oberschenkel und seufzte. Während der nächsten Minuten saßen die vier schweigend da und betrachteten die Fotos. Jeder in Gedanken versunken. Auf der

Suche nach Bezügen, Motiven und Übereinstimmungen.
»Geht es vielleicht nur um das Äußerliche, Evelyne?«
Evelyne Pardieu schaute auf, reagierte aber nicht.
»Gibt es Fälle von Serienmördern, die nur auf das Äußere fixiert sind?«, verdeutlichte Deleu seine Frage.
»Ted Bundy«, erwiderte Pardieu. »Der ist ein typisches Beispiel. Er war genau auf diesen Frauentyp hier fixiert. Wäre er noch am Leben, würde er sich exakt so eine Frau aussuchen. Also lautet die Antwort auf Ihre Frage: Ja. Allerdings kann die ganze Geschichte auch völlig anders gestrickt sein.«
»Der Modus Operandi«, sagte Bosmans. »Wir müssen versuchen, eine mögliche Verbindung bei der Vorgehensweise zu finden.«
Evelyne Pardieu schaute den Untersuchungsrichter an und widerlegte seine Argumentation über einen Umweg.
»Der Modus Operandi hängt meistens von der Fixation ab. Von der Obsession. Erst wenn es uns gelingt, die gemeinsamen Elemente zu isolieren, können wir uns auf die Suche nach dem Modus Operandi machen.«
»Alle drei sind jung, hübsch und ledig«, sagte Mendonck.
»Richtig«, bestätigte Pardieu. »Aber wir brauchen noch mehr Informationen über diese drei Mädchen. Welche Hobbys haben sie? Was für einen Typ von Freund bevorzugen sie? Wo sind sie zur Schule gegangen? Haben sie verborgene Seiten, die wir nicht kennen? Diese Art von Fakten. Wir dürfen kein einziges Detail übersehen. Die verschiedenen Tatorte müssen miteinander verglichen

werden. Die jeweilige Uhrzeit. Das Ganze ist wie ein Puzzle – oder besser, wie mehrere Puzzles, deren Teile alle zusammen in einer Schachtel gelandet sind.«

Niemand reagierte.

»Sobald ich alle nötigen Informationen habe, werde ich versuchen, ein Täterprofil zu erstellen. Morgen besorge ich Ihnen eine umfassende Fragenliste.«

»Okay. Habt ihr noch irgendwelche Neuigkeiten?« Als erfahrener Moderator verlagerte Bosmans den Schwerpunkt des Gesprächs.

»Bieke de Prins kann sich kaum an etwas erinnern. Es ging alles zu schnell. Ich denke, dass sie den Vorfall verdrängt hat. Kurz gesagt: Der Mann ist ihr nach dem Fitnesstraining gefolgt und hat sich regelrecht auf sie gestürzt. Sie hat sich gewehrt wie ein Tiger und ihm das Gesicht zerkratzt. Von dem Schreck hat sie sich noch immer nicht erholt, und sie kann sich kaum an das Gesicht des Angreifers erinnern. Das Einzige, wovon sie immer wieder sprach, waren seine pechschwarzen Augen.«

»Habt ihr für psychologischen Beistand gesorgt?«, fragte Bosmans.

»Der Vater will keine Hilfe annehmen. Er findet, dass seine Tochter stark sein muss. Typisch.«

»Glaubt ihr, dass er was mit seiner Tochter hat?«, fragte Bosmans ziemlich unerwartet.

Niemand reagierte.

»Ich meine, könnte hier von Inzest die Rede sein?«

Deleu schüttelte verständnislos den Kopf. »Komm schon, Jos. Was hat das damit zu tun?«

»Nichts ist unmöglich«, warf Evelyne Pardieu ein, »und

ich finde diese Überlegung übrigens relevant. Überbeschützende Väter und Inzest hängen oft eng zusammen. Es ist eine Frage, die näher untersucht werden sollte.«
Bosmans lächelte und strahlte vor Stolz. Deleu schaute zur Decke und verzichtete auf eine Entschuldigung.
»Ein Phantombild«, sagte Pardieu und richtete sich auf. »Bitten Sie das Mädchen, uns bei der Erstellung eines Phantombilds zu helfen.«
»Denken Sie, dass das der Mann ist, den wir suchen, Evelyne?«, fragte Bosmans hoffnungsvoll.
»Nein«, kam die trockene Antwort.
»Wie?«
»Nein. Der Mann, den wir suchen, hätte meines Erachtens das letzte Mädchen nicht entkommen lassen. Ich denke, dass Bieke de Prins nicht richtig in diese Reihe passt. Aber das ist lediglich eine Vermutung und basiert nicht auf konkreten Hinweisen.«
»Vater de Prins will seine Tochter zu sehr beschützen, und der Vater von Muriel Vandergoten hat seine Frau nach dem Tod der Tochter verlassen. Wir müssen überprüfen, ob die beiden Herren ein Alibi haben«, überlegte Bosmans, der sich noch immer an seine Inzesttheorie zu klammern schien.
»Vater de Prins hat seine Tochter nicht belästigt. Das steht fest«, unterbrach Deleu Bosmans' Gedankengang.
»Und Hilde Plaetinck hat kaum noch Kontakt zu ihren Eltern, die übrigens glücklich verheiratet sind«, stieß Mendonck das Messer noch tiefer in die Wunde.
»Die Symbolik des ersten Mordes. Die interessiert mich noch am meisten«, sagte Evelyne Pardieu, die irgendwo

in einer Umlaufbahn um die Erde zu schweben schien. Ausdruckslos sah sie Bosmans an. »Bis auf die äußerliche Ähnlichkeit haben wir keinen anderen Anhaltspunkt. War in der Ledertasche noch irgendetwas anderes als die Fleischerutensilien?«, fragte sie.

Die drei schauten sie fragend an.

»Ich meine, Spuren von Salz oder so? Oder Weihrauch?«

Als niemand reagierte, führte Evelyne Pardieu ihren inneren Monolog laut fort: »Salz, Wasser … Weihrauch. Wicca-Elemente. Enthauptung. Satanismus. Hatten die Mädchen Verbindungen zu bestimmten Sekten oder Geheimgesellschaften oder etwas Ähnliches? Wurde das bereits überprüft?«

Evelyne Pardieu nippte an ihrem Hagebuttentee. Die Furchen auf ihrer Stirn wurden so tief, dass das reichlich aufgetragene Make-up zu bröckeln begann. Das Ganze versprach ziemlich knifflig zu werden.

»Satanismus, Inzest, Ritualmord, Hexerei, ein Psychopath, der auf blonde Frauen abfährt, ein Lustmörder … wer bietet mehr?«, fragte Bosmans.

Evelyne Pardieu nickte gedankenverloren. »Das hier wird ein harter Brocken.«

»Ritualmord«, sagte Bosmans und schaute zu Nadia Mendonck. »Haben Sie der Hexe schon auf den Zahn gefühlt, Mendonck?«

Mendonck sah ihn gekränkt an, doch sie schluckte die Kommentare, die ihr bereits auf den Lippen gelegen hatten, hinunter – dass sie die letzten beiden Tage wie ein kopfloses Huhn von hier nach dort gerast war, nur mit einem altbackenen Brötchen als Mahlzeit, dass sie schwanger war und von Bosmans weder eine Gratulation gehört noch irgendein anderes Entgegenkommen erfahren hatte und dass sie außerdem zum Wohle der Ermittlungen ihren Termin beim Gynäkologen absagen musste. Stattdessen schüttelte sie nur den Kopf.

»Darf es nun offiziell sein?«

»Inkognito.«

Bosmans, der das spöttische Funkeln in ihren Augen bemerkte, gönnte Mendonck ihren Triumph nicht. Mit unbewegtem Gesicht wandte er sich an die Psychologin: »Ich besorge alles, was Sie brauchen, Evelyne, inklusive Verstärkung. Ich will ein möglichst lückenloses Bild vom möglichen Täter – oder den Tätern.«

8

Nadia Mendonck verschwendete keine Zeit: Noch bevor die fingerfertige Hedwige die Tarotkarten ausgebreitet hatte, schob die Kriminalbeamtin Muriel Vandergotens Foto zwischen die Karten.

Hedwige warf einen Blick darauf und hielt abrupt inne. Ihr lief ein Schauer über den Rücken, während sie Mendonck prüfend musterte. Aber sie ließ sich nichts anmerken.

»Dieses Foto hab ich im Terminkalender meines Mannes gefunden.«

Hedwige starrte sie weiterhin ungläubig an. Dann schob sie das Foto ein Stück zur Seite und widmete sich wieder den Tarotkarten.

»In der letzten Zeit kommt er immer später nach Hause. Und wenn er mich ansieht, dann mit einem seltsamen, schuldigen Ausdruck in den Augen. Ich bin mir fast sicher, dass die zwei eine Affäre haben.« Mendonck setzte eine gekränkte Miene auf und machte eine abschätzige Handbewegung in Richtung des Fotos.

»Was wollen Sie eigentlich von mir?«, fragte die Hexe und spreizte die molligen Hände.

Mendonck war einen Moment lang aus dem Konzept gebracht. »Ich … ich möchte wissen, was Ihre Karten dazu sagen«, stotterte sie. »Ich weiß nicht mehr, wem oder was ich noch glauben soll. Sie sind meine letzte Hoffnung.«

»Woher haben Sie eigentlich meine Adresse?«, fragte Hedwige liebenswürdig.

Doch Mendonck roch den Braten bereits. Sie krümmte die Zehen und beschloss, alles auf eine Karte zu setzen.

»Von meinem Mann.«

Hedwige schaute verblüfft auf; dann runzelte sie die Stirn. »Von Ihrem Mann?«

Nadia Mendonck schlug die Hände vors Gesicht, presste beide kleinen Finger in die Augenwinkel, bis es schmerzte, und begann zu schluchzen.

»Erzählen Sie mir mal die ganze Geschichte, Mevrouw Vandenplas. Nehmen Sie sich ruhig Zeit.«

»Also, ich habe meinen Mann mit dem Foto konfrontiert und … und wir haben die ganze Woche gestritten. Letztendlich hat er zugeben müssen, dass er das Mädchen kennt.« Mendonck stützte zuerst das Kinn in die Hand und schneuzte sich anschließend kräftig. Die hartnäckige Erkältung, die sie schon seit Wochen plagte, kam ihr nun sehr gelegen. »Aber er hat noch immer nicht zugegeben, dass sie ein Verhältnis haben. Deswegen …«

»Deswegen *was?*«, fragte Hedwige, die allmählich wieder die Regie übernahm.

Die Polizeibeamtin erkannte die Technik, die sie selbst schon etliche Male angewendet hatte: Den Verdächtigen freundlich, aber beherzt aushorchen. Fragen stellen. Fragen und nochmals fragen. Also schwieg sie – nur so konnte man sein Gegenüber aus der Reserve locken.

Doch Hedwige war eine zähe Gegnerin, und die Stille im Raum wirkte allmählich bedrohlich.

»Ihr Mann … und weiter?«

»Ja, mein Mann. Er behauptet, dass er hier bei Ihnen gewesen ist, zusammen mit seiner Freundin. Weil er auch nicht mehr weiterwusste. Weil er sich nicht entscheiden kann!« Die letzten Worte spie Mendonck förmlich aus wie einen übersehenen Kern im Kirschkompott. »Kennen Sie dieses Mädchen nun oder nicht?«

Hedwige schien unentschlossen. »Ich spreche nicht über meine Kunden. Das ist privat. Sie selbst würden das auch nicht wollen.«

Mendonck beschloss, das Spiel zu beenden. Sie riss das Ruder herum und sagte eiskalt: »Sie ist tot. Ermordet.«

Zum zweiten Mal jagte eine Art elektrischer Stoß durch Hedwiges Körper.

»Sie ist zwei Tage vor ihrem Tod bei Ihnen gewesen.«

Hedwige starrte auf die ausgebreiteten Karten. »Sie sind schwanger, aber nicht verheiratet.« Sie schaute auf, und ihre glasigen Augen lächelten. »Und Sie haben eine Machtposition inne. Einen Beruf mit Macht.« Plötzlich verfinsterte sich ihre Miene. Sie stützte die Hände vor sich auf den Tisch und drückte ihren korpulenten Körper hoch. »Kommissarin!«

Mendonck holte ihren Ausweis hervor und legte ihn auf das Foto. »Mendonck, Nadia Mendonck. Föderale Polizei. Woran haben Sie das erkannt?«

Trotz der Enttarnung leuchtete Respekt in Mendoncks Augen.

Hedwige lächelte selbstzufrieden und deutete mit dem

Zeigefinger auf zwei Karten: Ein sich aufbäumendes Pferd und eine ovale Vase mit einem Strauß.

»Das Mädchen ist auf grausame Weise umgebracht worden«, sagte Mendonck und riss sie aus ihren Gedanken. »Wir haben keine einzige Spur. Keinen Anhaltspunkt. Nichts. Ich habe gestern mit der Mutter des Mädchens gesprochen. Die Frau ist am Boden zerstört. Ihr Mann hat sie im Stich gelassen. Ihre Tochter wurde enthauptet, verdammt noch mal! Und wenn Sie jetzt nicht freiwillig reden, werden wir so tief graben, dass Sie Ihr gesamtes Geschäft …«

Beschwörend hob Hedwige die Hände. »Schon gut. Ja, das Mädchen ist hier gewesen. Vor langer Zeit. Sie hat nur ihren Vornamen genannt – Muriel. Aber ein Gesicht, das ich ein Mal gesehen habe, vergesse ich nicht mehr.«

»Und Sie haben gewusst, dass sie ermordet wurde? Wieso haben Sie sich nicht gemeldet? Der Mord stand damals in allen Zeitungen, dick und fett auf den Titelseiten. Außerdem wurde er in den Nachrichten erwähnt.«

»Ich lese keine Zeitungen. Und ich sehe nicht fern.«

»Woher wussten Sie dann …«

»Ich hab es in den Karten gesehen.« Hedwiges Gesicht war kreidebleich, und sie wischte sich mit dem Ärmel den Schweiß von der Stirn.

Mendonck starrte sie perplex an. Ihr fehlten die Worte und sie spürte, wie ihr die Röte in die Wangen stieg. »Was haben Sie dem Mädchen gesagt?«

»Über solche Dinge spreche ich grundsätzlich nicht. Aber ich habe sie gewarnt.«

Mit wachsender Verwunderung hörte Mendonck sich

den Monolog der Hexe an: Sie redete wie ein Wasserfall über Muriel Vandergoten, die ein Verhältnis mit Jozef Van Cleynenbreughel hatte, und über Betty Vernimmen, Van Cleynenbreughels Frau, die von der Affäre Wind bekommen hatte. Und darüber, wie sie alle drei bei ihr gewesen waren. Zuerst Van Cleynenbreughel und seine Frau. Und ein paar Tage später Muriel Vandergoten, allein.

»Was haben Sie Van Cleynenbreughel gesagt?«, unterbrach Mendonck sie.

Nun musterte Hedwige sie streitlustig. Sah ihr direkt in die Augen. »Dass er bei Betty bleiben würde. Für den Rest seines Lebens. Es stand in seinen Karten. Sehr deutlich.«

Mendonck sah die Hexe direkt an. Ihre Pupillen verengten sich. »Haben Sie überhaupt eine Ahnung, was Sie bei psychisch labilen Menschen alles anrichten können?«, fragte sie vorwurfsvoll. Mit einer abschätzigen Handbewegung erhob sie sich und zog ihre Jacke an.

Plötzlich wurde der Durchgang von einem drahtigen Mann mit geilem Blick versperrt. »Probleme, Schätzchen?«, lispelte er.

Hedwige schüttelte den Kopf, und der Mann trat einen Schritt zur Seite und strich sich über den Schnurrbart.

»Und wer sind Sie?«, fragte Mendonck.

»Ihre bessere Hälfte«, erwiderte er träge und ging in das Wohnzimmer. »Der Kassierer … Schätzchen.«

Als Mendonck an der Haustür einen letzten Blick über die Schulter warf, sah sie Hedwiges angewiderte Miene. Und noch bevor sie in ihrem Clio saß, hatte sie ihr Mobiltelefon bereits in der Hand.

»Bosmans.«
»Hier ist Nadia Mendonck. Ich habe wichtige Informationen erhalten. Muriel Vandergoten hatte ein Verhältnis mit einem verheirateten Mann. Ein gewisser Jozef Van Cleynenbreughel. Der Name dieses Kerls ist in der Akte nicht ein Mal aufgetaucht.«
»Gute Arbeit, Mendonck. Kommen Sie umgehend in mein Büro. Und, äh, fahren Sie vorsichtig. Damit Ihnen nichts passiert. In Ihrem Zustand, meine ich.«
Mendonck schaute lächelnd auf ihr Mobiltelefon und fuhr mit quietschenden Reifen los.

9

Hey, Pa, nie hast du Zeit.« Der blonde junge Mann seufzte. »Es wird Zeit, dass du dir für Ma mal 'ne Stunde freischaufelst!« Die Worte klangen hart und aggressiv.

Dirk Deleu warf seinem Sohn einen verärgerten Blick zu, sparte sich aber die scharfen Worte, die ihm bereits auf der Zunge lagen. Rob Deleu hielt dem Blick seines Vaters stand und schaute ihn so lange fest und zugleich tieftraurig an, bis dieser den Blick abwandte. »Warum sagst du ihr nicht, was du vorhast, Pa? Sie geht daran kaputt.«

»Ich weiß, Junge. Ich weiß.«

»Warum, Pa?«

»Weil ich …« Deleu griff sich ans Kinn und schloss die Augen. »Weil ich es noch nicht weiß.«

»*Was* nicht weißt, Pa?«

»Was ich vorhabe.«

Rob schüttelte den Kopf, stand auf und verließ wortlos das Lokal.

Dirk Deleu reagierte nicht. Er holte einen zerknitterten Fünf-Euro-Schein aus der Hosentasche, strich ihn zögernd glatt, legte ihn in die Schale und trat ebenfalls ins Freie.

Der Himmel war grau, und als die ersten Regentropfen auf seine Stirn klatschten, zuckte Dirk Deleu nicht mal mit der Wimper. Das Einzige, an das er überhaupt noch denken konnte, war Barbara. Er rieb sich die Augen, schob sich hinter das Lenkrad seines Golfs und drehte den Zündschlüssel. Als die ersten Töne eines schnellen Songs durch das Auto dröhnten, schien es, als würden seine Sinne langsam erwachen. Er drehte den Lautstärkeregler herunter und trat die Kupplung.

Bosmans' Stimme klang heiser, als er Deleu am Handy über Mendoncks Entdeckung informierte und ihn aufforderte, sich umgehend mit dem Ehepaar Van Cleynenbreughel in Verbindung zu setzen. »Und, Dirk – sei bitte diskret. Wir haben noch keine handfesten Beweise.«

»Okay, Jos. Wie sicher ist diese Sache? Kann ich den Mann zum Verhör auf die Wache bringen?«

»Nein, noch nicht. Ich will ihn nicht verschrecken.«

»Aber dieser Kerl hatte ein Verhältnis mit Muriel Vandergoten, einem Mädchen, das bestialisch ermordet wurde!«

»Mag sein – wenn man dieser Hexe blind vertraut …«

Deleu schwieg.

»Dirk!«

»Ja, Jos. Verstanden. Diskret.«

*

Obwohl Betty Vernimmen beim Blick durch den Türspion spürte, wie ihre Kehle vor Angst austrocknete, öffnete sie die Haustür mit einer hochmütigen Miene.

Der ungepflegte Mann mit den wirren Haaren, eingefallenen Wangen und matten Augen, der die Hände tief in den Taschen seines verschlissenen Mantels vergraben hatte, flößte ihr nicht den geringsten Respekt ein.

»Guten Tag. Ich bin Dirk Deleu, Kommissar bei der Föderalen …«

»Darf ich Ihren Ausweis haben, Herr Kommissar?«, unterbrach die Frau ihn.

»Nein«, erwiderte der triefnasse Deleu, ohne mit der Wimper zu zucken.

In den Augen der herrischen Frau zeichneten sich große Fragezeichen ab. Unschlüssig spielte sie mit der Türklinke.

Deleu griff in die Mantelinnentasche. »Sie dürfen den Ausweis *sehen*. Aber nicht *haben*.«

Die Frau, die darüber nicht lachen konnte, verzog ihre blutlosen, dünnen Lippen zu einer säuerlichen Miene.

»Darf ich kurz hereinkommen?«

»Schließen Sie die Tür hinter sich, Mijnheer Kommissar.« Betty Vernimmen drehte sich ruckartig um und ging mit kerzengeradem Rücken voran.

Deleu folgte ihr durch den nach Seife riechenden Flur ins Wohnzimmer. »Ist Ihr Mann zu Hause?«

Die grimmig dreinblickende Frau setzte sich aufs Sofa und drapierte ihren Rock sittsam um die Fußknöchel. »Nein, er ist nicht da.« Statt Deleu, dem der Regen vom Mantel tropfte, zum Sitzen aufzufordern, ließ sie ihn einfach stehen. Erst als er mit dem Schuh durch die Wasserlache auf dem Boden wischte, was sie mit einem vernichtenden Blick quittierte, kam sie ihm endlich entgegen. »Nehmen Sie Platz. Und hängen Sie bitte Ihren

Mantel im Flur auf.« Dann eilte sie in die Küche, und noch bevor Deleu sich in Bewegung gesetzt hatte, war sie wieder zurück und wischte das Wasser vor seinen Füßen weg.

Während Betty Vernimmen mit einem Baumwolllappen das Bohnerwachs in den Holzboden rieb und Deleu noch immer ignorierte, ließ der Kommissar sich auf das nächste Sofa sinken. Er schniefte ein paar Mal, bis die Frau schließlich aufschaute und mit ihren Putzutensilien zur Küche marschierte. Nachdem sie verschwunden war, spielte Deleu mit seiner Zigarettenpackung, doch als ihre Schritte näher kamen, stopfte er die Packung wieder in die Tasche und zog etwas aus der Brusttasche seines Hemds. »Hier haben Sie schon mal meine Visitenkarte.«

Widerstrebend nahm Betty Vernimmen die Karte entgegen und legte sie unbesehen auf die Ecke des Couchtischs.

»Wissen Sie, wo er ist, Mevrouw Vernimmen?«

»Wer?«

»Ihr Mann. Jozef Van Cleynenbreughel. Er ist doch Ihr Mann, oder?«, fragte Deleu scharf.

»Was wollen Sie denn von meinem Mann?«

»Wissen Sie, wo er ist? Oder wann er wieder nach Hause kommt?«

»Das weiß ich nicht. Ist bestimmt spazieren. Viel macht er ja sonst nicht. Im Grunde gar nichts. Essen, schlafen und spazieren gehen. Aber warum sind Sie hier? Was hat er ausgefressen?« Die Frau spielte nervös an den Knöpfen ihres Kleids. »Ist ihm was zugestoßen?«

In dem Moment klingelte Deleus Mobiltelefon. Er schüttelte verneinend den Kopf, machte eine abwehrende Handbewegung und holte sein Handy hervor. »Deleu ... Ja, Junge. Macht nichts ... Rob, ich bin im Dienst ... Ja, ich werde deine Mutter anrufen ... Ja, Rob!« Deleu drückte so fest auf die rote Taste des Mobiltelefons, dass es fast zerbrach. Dann ließ er es wieder in seine Tasche gleiten. Verärgert warf er der arroganten Xanthippe ihm gegenüber einen Blick zu.

»Mevrouw Vernimmen, ich denke, dass Ihr Mann in Schwierigkeiten steckt. Wir vermuten, dass er indirekt in den Mord an einem Mädchen verwickelt ist, das im Herbst Zweitausendeins auf bestialische Weise umgebracht wurde ...«

Die Frau griff sich an die Brust, und die Haut um ihre Nasenflügel wurde kreidebleich. Sie schien einem Herzinfarkt nahe und nicht in der Lage, noch ein Wort hervorzubringen.

Deleu, der von dem Scharmützel mit seinem Sohn noch aufgebracht war, fuhr fort und fragte nonchalant: »Hat Ihr Mann eine Wunde am Hals?«

Als die Bilder des Nachmittags zurückkehrten und Betty Vernimmen sich erinnerte, wie ihr Mann seinen Hals krampfartig gegen den hochgeschlagenen Kragen seines Overalls gedrückt hatte, erstarrte sie und schien durch Deleu hindurchzuschauen, der daraufhin seine nonchalante Haltung sofort aufgab.

Er rückte nach vorn an die Sofakante und richtete sich aufmerksam auf. Plötzlich glaubte er Schritte und eine zuschlagende Tür zu hören und drehte den Kopf in

Richtung Küche. Als er seine Frage erneut formulieren wollte und aufstand, um in die Küche zu gehen, klingelte sein Mobiltelefon ein weiteres Mal. Mit einem kräftigen Daumendruck schaltete er das Gerät aus.

»Wissen Sie, wo er ist?«

Die Frau schien wie vom Blitz getroffen. Sie stützte den Kopf in die Hände und reagierte nicht.

»Mevrouw Vernimmen?«

Betty Vernimmen faltete ruhig die Hände im Schoß und schüttelte den Kopf. Eine totale Metamorphose. Ihre Hilflosigkeit ließ Deleu zweifeln, und er gab seine aggressive Haltung auf. »Mevrouw Vernimmen, was haben Sie? Was ist mit Ihrem Mann los?«

»Meinen Sie Muriel Vandergoten?« Die Worte kamen mühsam – vor allem den Namen des ermordeten Mädchens brachte die gepeinigte Frau kaum über die Lippen. Doch noch bevor Betty Vernimmen ihre stockend erzählte Geschichte beendet hatte, schien Deleu bereits das Interesse an ihrem Monolog verloren zu haben. Er starrte auf die überladene, mit Eichenlaub und barocken Schnörkeln versehene Tapete und schien sich auf einem anderen Planeten zu befinden.

Erst der Satz »Sie haben sich in dem Fitnessclub kennengelernt, in dem mein Mann Mitglied war« ließ bei Deleu alle Alarmglocken schrillen und ihn umgehend zum Handy greifen. Er spürte, wie die Spannung sich bis in seine Zehen ausbreitete, als er »In welchem Fitnessclub?« fragte, gleichzeitig Bosmans' Nummer eingab und feststellte, dass sein Mobiltelefon ausgeschaltet war.

»Body Health ... oder so ähnlich«, murmelte Betty Vernimmen. Tränen schossen ihr in die Augen. »Und er hat tatsächlich einen hässlichen Kratzer am Hals.«

Die Worte »Body Health« hatten auf Deleu den gleichen Effekt wie ein rotes Tuch auf einen Stier. Er sprang auf, drehte sich ruckartig um und stürmte zur Haustür.

»Herr Kommissar!«

Deleu wirbelte herum.

»Er … er ist im Garten.« Die Frau zeigte auf eine breite Fensterfront am hinteren Ende des Wohnzimmers. »Bei seinem Gemüsebeet. Glaube ich …« Sie ging zum Fenster, zog die Gardinen beiseite und spähte durch die getönte Scheibe. Dann runzelte sie die Stirn und lief zur Tür, dicht gefolgt von Deleu. Die Kellertür stand einen Spalt offen. Unten brannte Licht. Betty Vernimmen öffnete die Gartentür, warf einen Blick in den Garten und drehte sich zu Deleu um: »Er wird im Keller sein.«

Während die Frau niedergeschlagen ins Wohnzimmer zurückschlurfte, steckte Deleu den Kopf durch die Kellertür. »Meneer Van Cleynenbreughel?«, rief er und schaute um die Ecke, hinter die Tür. Dort hing an einem Haken ein blauer Overall. Die Kellertreppe war wie geleckt, und das schwache Licht einer Glühbirne spiegelte sich in den weißgekalkten Mauern.

Plötzlich verspürte Deleu ein Gefühl der Gefahr. Blitzschnell griff er zu seinem Halfter, hielt aber mitten in der Bewegung inne. Betty Vernimmen stand direkt hinter ihm. Ihre blassen, eingefallenen Wangen bebten. Sie zwängte sich an Deleu vorbei und lief die Treppe hinunter.

»Jozef? Jozef!«

Keine Reaktion.
Deleu trat einen Schritt zur Seite und warf einen Blick in den Garten. Dann drehte er sich um, hielt einen Moment inne, kehrte zum Wohnzimmer zurück und ging vor der Tür in die Hocke. Mit dem Finger strich er über eine Bodenfliese und hob einen kleinen Erdklumpen auf, den er zwischen Daumen und Zeigefinger verrieb. Die Erde war noch feucht.
Er hat hier gestanden und gelauscht.
Seufzend stieg Betty Vernimmen die Treppe hinauf und stützte sich bei jeder Stufe mit der Hand auf dem Oberschenkel auf. Als sie Deleu sah, schüttelte sie verneinend den Kopf.
»Wenn Ihr Mann nach Hause kommt, bitten Sie ihn, hier zu bleiben. Und rufen Sie mich sofort an.«

*

Als die Türsprechanlage klingelte, legte Hilde Plaetinck den Hörer auf die Gabel. Es schien, als würde sie aus einem Alptraum erwachen – nur um sich dann in einer noch unheimlicheren Dimension, der rauhen Wirklichkeit, wiederzufinden.
Sie hatte ihrer Mutter, die über den Anruf sehr überrascht war, letztendlich nichts erzählt. Ihre Mutter, die damals das Verhalten ihrer Tochter verurteilt hatte, als diese ein Verhältnis mit Stefaan Vekenaars begonnen hatte, einem verheirateten Mann und Vater von zwei Kindern.
Diese Beziehung kochte zwar momentan auf Sparflamme, aber das Verhältnis zwischen Hilde und ihrer Mut-

ter, früher ein Herz und eine Seele, hatte sich nicht wieder eingerenkt.

Hilde Plaetinck ging zur Türsprechanlage. »Hallo? Wer ist da?«

»Mevrouw Plaetinck?«

»Ja.«

»Guten Abend, Mevrouw Plaetinck. Polizei. Würden Sie bitte die Tür öffnen? Wir möchten Ihnen gern noch ein paar Fragen stellen.«

Hilde Plaetinck zögerte und stützte sich an der kahlen Wand ab. Das Herz schlug ihr bis in die Kehle, aber schließlich drückte sie auf den Türöffner.

Jozef Van Cleynenbreughel schloss die Augen und war derart außer sich, dass es einen Moment dauerte, bis er begriff, dass das Schloss der Haustür leise summte. Er drückte die Tür auf, und als er zum zweiten Mal das schmale Treppenhaus betrat, klärte sich sein trüber Blick.

*

Dirk Deleu fluchte und trat auf die Bremse. »Herrje! Nadia!«

Schlagartig wurde ihm bewusst, dass er vollkommen vergessen hatte, seine Kollegin am vereinbarten Treffpunkt abzuholen. Hinter ihm ertönte lautes Hupen. Er wendete und raste in die entgegengesetzte Richtung.

Nadia Mendonck stand durchgefroren an einer Bushaltestelle, den Rücken gegen die Glasscheibe gedrückt. Geistesabwesend starrte sie auf ihre Schuhspitzen. Deleu hupte und machte eine hektische Kopfbewegung.

Nachdem Mendonck eingestiegen war, ignorierte Deleu

seine Kollegin und informierte stattdessen Bosmans ausführlich über die neuesten Entwicklungen. Als er seinen Bericht beendet hatte, stellte er fest, dass jemand eine Nachricht für ihn hinterlassen hatte.
»Verdammt, Rob«, fluchte er und gab die Nummer zur Abfrage seiner Mailbox ein.
Die Stimme klang schleppend und gedämpft, als hätte der Mann am anderen Ende der Leitung sich ein Taschentuch vor den Mund gehalten: »Deleu. Dirk Deleu. Mann, das ist ja lange her. Wie geht's dir denn so, Dirk? Ich hab gehört, du wirst wieder Vater. Meinen Glückwunsch.«
Nach einer kurzen Pause wurde der Ton der Stimme schärfer, bissiger: »Aber nicht zusammen mit Barbara. Keuschheit war noch nie deine Stärke, Dirk.« Der letzte Satz klang salbungsvoll. »Büßen, Deleu. Das ist das Einzige, was dir noch bleibt. Bis bald.«
»Wer, zum Teufel …?«, knurrte Deleu. Er drückte auf die Taste für »Anrufe in Abwesenheit«, aber es erschien keine Telefonnummer.
»Roger Wittewrongel, du alter Narr, willst du wieder mal alles verderben?«, murmelte Deleu, der seinen Schwiegervater im Verdacht hatte. Er wollte die Nachricht gerade löschen, besann sich im letzten Moment aber eines Besseren. Er erinnerte sich an die vielen Drohanrufe, die er damals von seinem Schwiegervater erhalten hatte, als durchgesickert war, dass Barbara und er sich trennen würden.
Deleu fluchte leise, schaltete das Mobiltelefon wieder auf normale Lautstärke, drehte den Zündschlüssel und

knurrte mit gedämpfter Stimme: »Wenn du mich nicht in Ruhe lässt, bring ich dich vor den Kadi.«

Der Motor heulte auf, und die qualmenden Reifen des Golfs hinterließen zwei schwarze Streifen auf dem Asphalt.

Nadia Mendonck saß schweigend neben ihm und warf einen kurzen Blick auf die Straße. Erst als sie sich räusperte, erkannte Deleu, dass seine Kollegin ihn gespannt ansah.

»Tut mir leid, Nadia«, sagte er, bog um die Ecke und trommelte nervös mit den Fingern auf das Lenkrad. Ein paar hundert Meter weiter, als er spürte, dass sie seine Hände musterte, hörte das Trommeln auf.

»Genervt?«

»Ja, ziemlich.«

»Wegen einer Frau?«

Deleu schüttelte den Kopf.

»Wer war das?«, fragte Mendonck, sah ihn durchdringend an und deutete auf sein Mobiltelefon.

»Mein Schwiegervater, glaube ich. Mein Ex-Schwiegervater. Aber es geht um was anderes: Diese junge Frau, Hilde Plaetinck, schwebt in Gefahr.«

»Wieso?«

Dieses Mal schaute Deleu seine Kollegin verwundert an.

»He, Dirk, ich kann nicht hellsehen.«

»Nein, du nicht, aber eine …«

»… Hexe«, schnitt Mendonck ihm grinsend das Wort ab. »Was ist los? Warum bist du auf einmal so aufgedreht?«

»Nadia, Herzchen, ich hab dir erzählt, dass ich bei der

Frau von Van Cleynenbreughel war. Ich hab dir doch gerade in allen Einzelheiten geschildert, dass seine Frau tatsächlich von seiner Affäre mit Vandergoten wusste und dass die Hexe recht hatte und dass dieser Kerl wahrscheinlich durchgedreht ist und so weiter und so fort! Da ist es doch logisch, dass die beiden Frauen in Lebensgefahr sein könnten.« Deleu holte Luft und musterte seine Kollegin, die ihn gelassen ansah.

»Du hast mir gar nichts erzählt, Dirk. Du hast mich abgeholt, geflucht und gezetert und deine Mailbox abgehört. Ich hatte schon die Befürchtung, du wärst autistisch geworden.«

Deleu zog die Augenbrauen hoch.

»Schon gut«, sagte Nadia Mendonck. »Ich weiß genug. Und du hast recht. Diese Frauen könnten wirklich in Gefahr sein. Wir müssen dafür sorgen, dass sie …«

»Bosmans weiß schon Bescheid«, verkündete Deleu selbstzufrieden. »Und … noch mal Entschuldigung.«

»Wofür?«

»Für mein ungehobeltes Verhalten.«

Mendonck antwortete nicht. Schweigend betrachtete sie Deleu: Die zu lange Nase und die wirren Haare. Die jungenhaften Gesichtszüge. Sein sanfter, fast femininer Blick ließ sie verlegen zur Seite schauen. Als sie ihren Bauch streichelte, spielte ein melancholisches Lächeln um ihre Lippen.

Erst die herausgeplatzten Worte »Aber ich verspreche dir, dass ich unserem Kind ein guter und konsequenter Vater sein werde« ließen ihr Lächeln ersterben.

Deleu rutschte unbehaglich hin und her. Die tödliche

Stille trieb ihm Schweißperlen auf die Stirn. Als seine Lippen sich bewegten, drückte Mendonck ihren Zeigefinger darauf.

»Ist schon gut, Dirk. Ein anderes Mal. Bosmans wartet auf uns.«

*

Pierre Vindevogel, auch bekannt als »der schielende Pierre«, zog ein missmutiges Gesicht, als sein Freund und Kollege Walter Vereecken ihn anrief und bat, vor der Wohnung von Hilde Plaetinck Wache zu halten.

»Auftrag von Bosmans, Pierre. Superdringend.«

»Superdringend? Heutzutage ist alles superdringend. Nur Überstunden abrechnen, das ist nicht superdringend. Das finden die Herren …«

»Herrgott noch mal, Pierre, hör auf zu nörgeln! Ich meine es ernst. Die Frau schwebt in Lebensgefahr!«

Pierre Vindevogel nahm das Mobiltelefon vom Ohr und betrachtete es, als hätte es ihn gebissen. »Okay, Walter. Reg dich nicht auf. Ich werd mir unten auf der Wache das Phantombild besorgen. Keine Sorge, ich bin schon unterwegs.« Vindevogel, der nicht im Traum daran dachte, seinen Kollegen um weitere Informationen zu bitten, hievte die Füße vom Stuhl, massierte sich die schmerzenden Waden und stapfte schwerfällig hinaus auf den Flur. Auf dem Weg ins Erdgeschoss begann sein Bauch zu grummeln. Pierre rieb sich das hervorstehende Pilsgeschwür, in dem noch fünfzehn Bierchen vom Vorabend vor sich hin gärten, und beschleunigte seine Schritte.

Als nur noch zwei Meter Hilde Plaetinck von Jozef Van Cleynenbreughel trennten, der mit angehaltenem Atem vor ihrer Wohnungstür stand und derart aufgedreht war, dass seine kräftigen Hände bebten, klingelte plötzlich ihr Telefon.

Abrupt hielt sie inne und kehrte auf wackligen Beinen ins Wohnzimmer zurück. Die unterschiedlichen Signale, die gleichzeitig ihre Aufmerksamkeit verlangten, machten sie schwindelig und verwirrt. Sie beugte sich vor und nahm zögernd den Hörer von der Gabel.

»Hallo?«

»Mevrouw Plaetinck?«

»Ja?«

Die Klingel der Wohnungstür schellte.

»Augenblick.« Hilde Plaetinck legte den Hörer auf den Beistelltisch, eilte zur Tür und öffnete sie einen Spalt. Vorsichtshalber ließ sie die Sicherheitskette eingehängt. Durch den Spalt sah sie einen attraktiven, kräftig gebauten Mann um die fünfundvierzig. Er wedelte mit einem Plastikausweis und seine dunklen Augen betrachteten sie freundlich und leicht amüsiert.

»Guten Tag. Ich bin Beamter bei der Föderalen Polizei. Mein Vorgesetzter hat mich gebeten, hier vorbeizuschauen und ein wachsames Auge auf Ihre Wohnung zu haben. Darf ich hereinkommen?«

Die junge Frau musterte den Mann misstrauisch, aber sein entwaffnendes Lächeln beruhigte sie ein wenig. »Augenblick.«

Während sie verwirrt zum Telefon lief, veränderte sich der Gesichtsausdruck des Mannes. Seine Kehle war wie ausgetrocknet, und während er sich den Adamsapfel massierte, verhärteten sich seine Halsmuskeln.

»Ja, hallo?«

»Mevrouw Plaetinck?«

»Ja?«

»Hören Sie, hier ist Walter Vereecken von der Föderalen Polizei.«

»Ja?«

»Ich muss Sie dringend bitten, ab jetzt niemanden mehr in Ihre Wohnung zu lassen. Wir haben Grund zu der Annahme, dass Sie möglicherweise in Lebensgefahr schweben.«

Am anderen Ende der Leitung herrschte Stille.

»Aber Sie brauchen keine Angst zu haben. Es ist bereits einer unserer Beamten auf dem Weg zu Ihnen. Er müsste jeden Moment bei Ihnen eintreffen. Sein Name ist Vindevogel.«

»Vindevogel, sagten Sie?«, fragte sie heiser.

Vereecken spürte die ungeheure Spannung und verfluchte sich selbst dafür, weil er der Frau wahrscheinlich völlig umsonst einen höllischen Schreck eingejagt hatte. »Ja, Vindevogel. Wenn er bei Ihnen eintrifft, können Sie ihn bitten, sich auszuweisen.«

»Ja, ist in Ordnung. Okay.« Hilde Plaetinck warf einen Blick über die Schulter. »Er ist gerade angekommen. Vielen Dank.« Sie warf den Hörer auf die Gabel und eilte zur Wohnungstür. Während sie mit nervösen Fingern an der Sicherheitskette fummelte, besann sie sich plötzlich eines Besseren. »Wie heißen Sie noch mal?«

»Vindevogel«, sagte der Mann mit einem Lächeln und

schaute die junge Frau an, als würden seine Augen jeden Quadratmillimeter ihres Gesichts scannen. Sein Blick hatte etwas Beruhigendes, als wären sie alte Freunde. Aber die Frau zog ihn auch magisch an. Dafür sorgte der winzige Schönheitsfleck unter ihrem rechten Wangenknochen: Er war atemberaubend und ließ Jozefs Herz wie wild schlagen.
Als er durch die Tür trat, verspürte er den beinah unwiderstehlichen Drang, Muriels Halbschwester zu umarmen und ihre vollen, herzförmigen Lippen zu küssen.
Er war groß, mindestens ein Meter fünfundachtzig. Als er näher kam, roch sie ein würziges Parfüm und geriet kurz ins Träumen. Doch dann berührten seine Finger ihr Handgelenk, und sie zuckte instinktiv zurück.

*

Während Walter Vereecken seinen Rollstuhl in die Teeküche manövrierte, schaute er auf seine Armbanduhr. Er zögerte. Sollte er die junge Frau noch einmal anrufen oder nicht?
Er zuckte die Achseln und rollte zurück durch den Flur. Als er gewohnheitsmäßig den Kopf hob und durch das Fenster schaute, das auf den Innenhof der Polizeiwache hinausging, stockte ihm der Atem.
»Verdammt!«
Der Mann, der ruhig zu seinem Dienstwagen schlenderte und sich dabei die letzten Reste eines Hamburgers in den Mund stopfte, war Pierre Vindevogel.
Vereecken klopfte derart hart gegen die Scheibe, dass das Glas zersplitterte. Pierre hörte das Klirren und sprang

zur Seite, um dem Scherbenregen zu entgehen. Als er seinen Namen hörte, schaute er auf und sah den hochroten Kopf seines schreienden Freundes. Die Bierdose fiel ihm aus der Hand, als er Hals über Kopf zum Polizeigebäude zurückrannte.
Walter hat einen Herzanfall!

*

»Darf ich Sie bitten, mit mir zu kommen, Mevrouw Plaetinck? Wenn Sie wollen, können Sie noch schnell ein paar Sachen zusammenpacken.«
Hilde Plaetinck schaute ihn verwirrt an. »Mitkommen? Wohin?«
»Zur Polizeidienststelle. Wir haben neue Hinweise erhalten.«
»Und warum soll ich dann ein paar Sachen mitnehmen?«
»Ach, lassen Sie nur. Ich bringe Sie nachher wieder zurück. Aber es ist schon spät. Deswegen.« Der Polizeibeamte klopfte nervös mit dem Fuß auf den Boden.
Hilde Plaetinck trat noch einen Schritt zurück, und während der freundlich lächelnde Kommissar einladend die Hand ausstreckte, klingelte das Telefon erneut. Plaetinck drückte kurz die entgegengestreckte Hand und schloss die Tür. »Entschuldigen Sie bitte«, sagte sie und deutete mit einer einladenden Geste auf das Wohnzimmer. »Nehmen Sie doch bitte Platz.«
Der athletisch gebaute Mann ließ sich auf dem Sofa nieder, schlug die Beine übereinander und faltete die Hände im Schoß.

»Hallo?« Hilde Plaetincks Gesicht erblasste. »Ja.« Dieses Mal gelang es ihr nicht, das Zittern in ihrer Stimme zu verbergen. Es schien, als würde sich eine eiskalte Hand um ihr Herz legen. Sie wagte nicht, zur Seite zu schauen.

»Zu spät«, flüsterte sie mit gebrochener Stimme. Der Telefonhörer rutschte ihr aus der Hand und fiel gegen den Beistelltisch. Ein paar Sekunden lang blieb sie reglos stehen, dann stürzte sie plötzlich zur Wohnungstür.

Van Cleynenbreughel sprang auf und stürmte ihr nach. Keuchend packte er die schöne Blondine an der Kehle. Plaetincks Adrenalinspiegel erreichte ungeahnte Höhen; sie riss sich los und trat kräftig um sich. Dabei traf sie ihren Angreifer im Schritt, und Van Cleynenbreughel sank auf die Knie. Sein Mund öffnete sich, und sämtliches Blut wich aus seinem Gesicht, doch er ignorierte die messerscharfen Stiche in seinem Unterleib, rappelte sich auf und schoss wie eine Kanonenkugel durch den Raum. Mit dem ganzen Körper warf er sich gegen die Wohnungstür und breitete die Arme aus. »Aufhören. Bitte. Es ist nicht so, wie du denkst. Ich bin der Freund deiner Schwester und …«

Doch Hilde Plaetinck hatte seine letzten Worte nicht mehr gehört. Sie war bereits in der Küche und drehte den Schlüssel derart heftig im Schloss, dass er fast zerbrach. Dann wühlte sie in der Küchenschublade, hielt das Messer vor sich ausgestreckt und wich Schritt für Schritt zurück, bis ihre Schultern die Küchenwand berührten. Sie drückte sich mit dem Rücken gegen die Mauer und starrte auf die Tür – das Einzige, was sie noch

von einem schrecklichen Tod trennte. Diese dünne Tür, nicht einmal massiv, dieser banale, vollkommen unschuldige Gegenstand nahm plötzlich fast mythische Dimensionen an. Das Tor zur Unterwelt. Die dahinterliegende Welt war pechschwarz und abgrundtief böse.
Hilde Plaetinck lauschte angespannt.
Im Wohnzimmer war es totenstill.
Vielleicht ist er ja weg!

*

Vereecken, der wie ein Wahnsinniger Pierres Namen schrie, kam erst zur Besinnung, als sein Hirn endlich begriff, dass es wirklich sein Freund war, der keuchend vor ihm stand.
»Walter, Herrgott noch mal! Was ist los? Was hast du?«
Walter Vereecken schwieg und musterte seinen Freund frustriert. »Verdammt, Pierre. Er ist schon in der Wohnung. Der Dreckskerl sitzt bereits bei ihr in der Wohnung!«
Pierre Vindevogel schien plötzlich wie in Trance. Er schaute zur Tür und griff nach seinem Schulterhalfter. Sein grobgliedriger Körper kam in Bewegung.
»Trommel jeden zusammen, den du erreichen kannst, Walter. Ich rase sofort los. Schick mir Verstärkung. Ich brauche Helikopterunterstützung. Und ruf Bosmans an!« Mit großen Schritten verschwand Pierre durch die offene Tür und stürmte die Treppe hinunter.

*

Jozef Van Cleynenbreughel ging in die Hocke und versuchte, durch das Schlüsselloch zu spähen, aber der Schlüssel versperrte ihm die Sicht. »Hören Sie ... ich ... ich will Ihnen kein Leid zufügen. Ich bin nicht der, für den Sie mich halten.«

Mit Grausen lauschte Hilde Plaetinck der gebrochenen Stimme. Orientierungslos schaute sie sich um, und schließlich blieb ihr Blick am düsteren Himmel hängen. Der Regen klatschte in rhythmischen Böen laut gegen die Scheiben.

Als sie sich langsam aufrichtete, schien es, als würde jeder Knochen in ihrem Körper weh tun. Sie stolperte auf die andere Seite der Küche und öffnete vorsichtig das Kippflügelfenster. Als der erste Schlag die Tür in den Scharnieren erzittern ließ, kletterte sie auf die Anrichte und schwang das rechte Bein über das rutschige Fensterbrett.

»Hören Sie. Ich will nur mit Ihnen reden! Damit wir einander besser kennenlernen. Ich habe Ihre Halbschwester sehr gut gekannt. Das ist schon alles.«

Die Worte klangen aufrichtig. Jozef Van Cleynenbreughel spürte die Unsicherheit in sich nagen. Die leisen Schritte und die quietschenden Fensterangeln waren ihm nicht entgangen. Er schloss die Augen, drehte sich um, wankte ein paar Schritte in Richtung Wohnungstür, biss sich in den Handballen und zögerte.

Plötzlich wirbelte er herum und trat in blinder Panik gegen das Schloss. Die Küchentür krachte in den Angeln, gab aber nicht nach. In dem Moment verhärteten sich Van Cleynenbreughels Züge zu einer emotionslosen

Maske. Er ging einen Schritt zurück, warf sich mit der Schulter gegen die Tür und stürzte in die Küche.

Während er sich benommen aufrappelte, sah er ein Frauenbein über dem Fensterbrett schweben. Mit rudernden Armen lief er zum geöffneten Kippflügelfenster.

Von der Dachrinne einen Meter unter ihm starrte Hilde Plaetinck ihm entgegen. Das große Küchenmesser zwischen die Zähne geklemmt, versuchte sie, auf dem schmalen Sims das Gleichgewicht zu halten, während sie sich Schritt für Schritt von ihrem Angreifer wegschob. Fort von seinen vorgestreckten Händen, fort von seinen mordlustigen Augen.

»Was wollen Sie von mir? Verschwinden Sie. Was hab ich Ihnen denn getan?«, schrie sie mit überschlagender Stimme und lehnte sich mit den Ellbogen gegen die glatten Dachpfannen. Tränen strömten ihr über die Wangen.

Der Mann beugte sich aus dem Fenster. »Nimm meine Hand. Komm. Du brauchst keine Angst zu haben. Bitte, nimm meine Hand. Du wirst noch abrutschen. Das will ich nicht. Ich möchte dir helfen. Ich will dir wirklich kein Leid zufügen. Ich werde auch verschwinden – versprochen! Ich habe deinen Führerschein gefunden!«

Die junge Frau, seine Muse, reagierte nicht auf seine flehentlichen Bitten. Ihre zierlichen Schultern zuckten unkontrolliert. Jozef Van Cleynenbreughel drehte sich ängstlich um.

Mein Gott. Ich hätte das nicht tun dürfen. Ich hätte hier nicht so eindringen dürfen.

Van Cleynenbreughel griff sich an die Schläfe. Er hatte stechende Kopfschmerzen. Die Ereignisse der vergangenen Tage flogen mit rasender Geschwindigkeit an ihm vorbei, als ob sein ganzes Leben zurückgespult wurde. Er versuchte, den Film anzuhalten, doch es gelang ihm nicht. Fetzen seines letzten Gesprächs mit Doktor Beherman überfluteten seinen kranken Geist.

Er hätte es niemals gewagt, den Doktor, der Muriel gekannt hatte, direkt darauf anzusprechen, aber dieser hatte das heikle Thema von sich aus angeschnitten.

Als Beherman ihm erzählte, dass Muriel eine Halbschwester hatte, hatte Van Cleynenbreughel erstaunt aufgeschaut. Das hatte Muriel, sein Mädchen, nie erwähnt. Beherman kannte den Vater von Hilde Plaetinck, Muriels Halbschwester. Dieselbe Mutter, anderer Vater. Das Foto im Führerschein, den Beherman ihm gezeigt hatte, hatte ihn wie ein Blitz getroffen. Sie glichen einander wie ein Ei dem anderen. Identisch.

Doch die euphorische Stimmung war bald in Angst umgeschlagen, als Beherman ihm mit bedrücktem Gesicht berichtete, dass auch Hilde Plaetinck den Tod ihrer Halbschwester nicht hatte verarbeiten können und dass sie vom rechten Pfad abgekommen sei. Es war das erste und einzige Mal, dass er Beherman wirklich erzürnt gesehen hatte. Er war regelrecht wütend geworden.

Van Cleynenbreughel knirschte mit den Zähnen, als die verletzenden Worte des Doktors in seinem Kopf widerhallten: »Sie hat einen Liebhaber. Einen verheirateten Mann. Mit zwei Kindern. Sie lebt in Sünde. Genau wie Sie.«

Jozef Van Cleynenbreughel hörte wieder seine eigene gepresste Stimme, als er Beherman fragte: »Kann ich sie kennenlernen? Vielleicht kann ich sie ja trösten, können wir einander trösten.« Und er erinnerte sich an das brennende Verlangen. Sein Schoß stand in Flammen. Der Doktor hatte ihn daraufhin sehr lange angesehen. Und dann gelächelt. Und eine Schublade seines großen Schreibtischs geöffnet. Und seinem Patienten die Mappe mit den Unterlagen gegeben.

Vor seinem inneren Auge sah Van Cleynenbreughel die graue Kunststoffmappe vor sich, mit dem grünen Papierbogen – die Versicherungsbescheinigung für Hilde Plaetincks Wagen – und ihrem Führerschein. »Hier, bring ihr diese Mappe«, hatte Beherman gesagt, mit einem amüsierten Lachen. »Die hat sie bei ihrem letzten Besuch vergessen. Aber sie kommt nicht mehr – sie denkt, sie sei geheilt.«

Van Cleynenbreughel hatte Beherman bezahlt und war gegangen. Der Doktor hatte ihm zum Abschied sogar noch nachgewunken. Das war das letzte Mal gewesen, dass er ihn gesehen hatte. Bei Nacht und Nebel verschwunden. Bei seinem nächsten Termin war niemand mehr da gewesen. Eine Putzfrau behauptete, der Doktor sei fortgezogen und seine Praxis stünde zum Verkauf. Daraufhin hatte Van Cleynenbreughel seinen Freund John Mispelters angerufen, aber auch der beteuerte, dass er die neue Adresse nicht wisse und dass er außerdem mit diesem Beherman nichts mehr zu tun haben wolle. Aber John log. John hatte Angst vor ihm. Todesangst.

Daraufhin war er sofort zu der umkringelten Adresse gefahren. Hierher. Zu dieser Wohnung. Hier isst sie. Hier schläft sie. Hier atmet sie. Hier …

Ein lautes Dröhnen riss ihn aus seinen Gedanken. Jozef Van Cleynenbreughel schüttelte den Kopf und schien aufzuwachen. Er drehte sich um und lehnte sich erneut aus dem Fenster. »Liebes. Komm. Gib mir deine Hand.«

Hilde Plaetinck sah, dass die Finger langsam näher kamen wie die haarigen Beine einer Vogelspinne. Der Mörder hing mit dem Oberkörper aus dem Fenster, und seine Hand kroch über die glatten Dachpfannen. Plaetinck presste die Schulter gegen das Dach und schleuderte laut kreischend das große Küchenmesser durch die Luft.

Van Cleynenbreughel stieß einen heiseren Schrei aus und betrachtete ungläubig die blutige Kerbe in seinem Handgelenk. Dicke rote Blutstropfen fielen auf den verzinkten Rand der Regenrinne.

Hilde Plaetinck schrie sich die Lunge aus dem Leib. Das Messer schlug gegen die Dachpfannen, schien einen Moment am Rand eines Dachziegels festzuhängen und sauste dann in die Tiefe.

Van Cleynenbreughel presste sein verwundetes Handgelenk an die Lippen. Der Geschmack des Blutes ließ helle Panik in ihm aufsteigen. Aggression. Blinde Wut.

In der Zwischenzeit schob Hilde Plaetinck sich mit geschlossenen Augen immer weiter über die Dachrinne. Den Verstand ausgeschaltet. Schritt für Schritt, ängstlich, weg von den greifenden Händen. Die schmale Dachrinne knackte und bog sich bei jeder kleinen Bewegung gefährlich durch.

Van Cleynenbreughel riss ein Geschirrtuch vom Haken, wickelte es um die Wunde und zog den Knoten mit den

Zähnen zu. Während er die Küchendecke fixierte – durch die Reflexion des strömenden Regens schienen schwarze Rinnsale über die weiße Fläche zu fließen –, überkam ihn plötzlich eine seltsame Ruhe.

Sie sitzt fest. Ein Entkommen ist nicht möglich. Sie gehört mir. Mir und niemand anderem. Muriel. Hilde.

Eine gellende Sirene riss ihn zum zweiten Mal aus seinen Gedanken.

Plötzlich waren überall Autos und Menschen, die im Halbdunkel bizarre Schatten auf die kahlen Mauern warfen.

Jozef Van Cleynenbreughel schnappte nach Luft und rannte zur Wohnungstür.

Im Hausflur zögerte er. Aufzug oder Treppe? Er drückte auf den Fahrstuhlknopf und trommelte sich ängstlich mit den Fingern auf die Wange.

Was, wenn die Bullen bereits im Fahrstuhl sind?

Grell flackernde Blitzlichter, psychedelische Lichtspiele, verkrampfte Sinnesorgane, glänzende Polizeiuniformen.

Jozef Van Cleynenbreughel schnappte keuchend nach Luft, und als dröhnende Schritte durch das enge Treppenhaus hallten, rannte er wie ein aufgescheuchtes Reh die Stufen hinunter. Seine Lunge brannte, als er die fünfte Etage erreichte. Rechts von ihm schwang eine Tür auf.

Eine mollige, rothaarige Frau mit einer riesigen Einkaufstasche trat in den Flur. Sie warf ihm einen Blick zu und schaute dann zurück zu ihrer Tür. Sie zögerte, schluckte hörbar, und als Van Cleynenbreughel sich in Bewegung setzte, hielt sie die Einkaufstasche schützend vor die Brust. Ihr üppiges Doppelkinn zitterte.

»Er läuft nach unten!«, schrie Deleu und stürmte in Hilde Plaetincks Wohnung.
Draußen ertönte eine Stimme durch ein Megafon: »Nicht bewegen. Wir holen Sie da runter. Lehnen Sie sich mit dem Körper auf die Dachpfannen. Nicht mehr bewegen!«
Als Deleu den Kopf durch das offene Fenster steckte und Anstalten machte, über das Fensterbrett zu klettern, ertönte die Stimme zum zweiten Mal durch das Megafon: »Halt! Nicht! Stopp! Die Dachrinne kann das zusätzliche Gewicht nicht tragen.«
Dirk Deleu blickte verzweifelt zum nächtlichen Himmel hinauf, als ob dort jeden Moment eine helfende Hand erscheinen würde. Dann schaute er zu der zitternden, aufgelösten jungen Frau, die ihn mit blutunterlaufenen Augen ansah. Während der Regen ihm ins Gesicht peitschte, erinnerte ein zischendes Geräusch ihn daran, dass zwischen seinen Lippen noch immer eine Belga hing, deren glühende Spitze ihm fast die Nase versengte. Deleu spuckte die Zigarette aus und konzentrierte sich auf die Frau, deren Finger bereits blau angelaufen waren. Er zögerte, aber als die Feuerwehrleiter in seine Richtung schwenkte – mit zwei Feuerwehrmännern, die sich bereit machten, die Frau aufzufangen –, hielt er sich am Fensterrahmen fest und verfolgte mit angehaltenem Atem die dramatische Rettungsaktion.
Die Leiter stieß gegen den Dachrand, und ein Stück einer Dachpfanne sauste in die Tiefe.
Dirk Deleu befürchtete das Schlimmste und wagte erst wieder aufzuatmen, als einer der Männer, ein kurzer,

stämmiger Kerl, vorsichtig einen Fuß auf die Regenrinne plazierte und einen Arm um Hilde Plaetincks Hüfte schlang. Ein Zittern ging durch ihren gepeinigten Körper, und aus ihren Augen strahlte eine Mischung aus enormer Erleichterung und Todesangst.

»Ganz ruhig, junge Frau. Nicht bewegen. Ich hab Sie sicher im Griff. Sie brauchen keine Angst mehr zu haben.«

Der Feuerwehrmann stützte sich mit der Schulter am Dach ab und hievte die Frau mit einer fließenden Bewegung über seine andere Schulter. Die Regenrinne ächzte. Dirk Deleu stieß erleichtert die Luft aus; dann rannte er durch die Wohnung in den Hausflur. Auf dem Treppenabsatz der sechsten Etage sah er den flatternden Mantel von Pierre Vindevogel. Zwei Stufen auf einmal nehmend, lief er seinem Kollegen hinterher. »Pierre. Warte. Ich komme mit!«

Auf der Hälfte der Treppe zur fünften Etage blieb Pierre stehen und schnappte keuchend nach Luft. Deleu legte einen Arm um seine Schultern.

»Sind die Fahrstühle blockiert?«, fragte er gedämpft.

Pierre, der noch immer versuchte, wieder zu Atem zu kommen, nickte kurz. »Wir haben ihn, Dirk. Der Dreckskerl sitzt in der Falle. Komm.«

»Wo steckt er?« Deleu packte seinen Kollegen zum zweiten Mal an der Schulter. »Vorsicht, Pierre. Dieser Kerl wird bis zum Äußersten gehen. Wie sieht die Situation unten aus? Sind die Jungs vom Sonderkommando schon auf Position?«

»Keine Ahnung. Komm, wir schnappen ihn uns.«

»Wie viele Etagen hat dieses Gebäude?«

Pierre Vindevogel zuckte die Achseln, aber als er um die Ecke bog, erstarrte er mitten in der Bewegung. »Verdammt!«
Deleu sah, dass Pierre nach seinem Schulterhalfter griff, und zückte ebenfalls seine Pistole.
»Runter mit der Waffe, oder ich schneide ihr die Kehle durch!«
Während Pierre zurückwich, schlich Deleu langsam die Treppe zur fünften Etage hinunter, den Rücken gegen die Wand gepresst. Vorsichtig beugte er sich vor, überprüfte rasch die Trommel seines Revolvers und schloss sie geräuschlos. Als er Pierres Stimme hörte, hielt er den Atem an.
»Ganz ruhig, mein Freund.« Es klang entschlossen und selbstsicher. Deleu hörte die zögernden Schritte seines Kollegen.
Ist er bewaffnet?, schoss es ihm durch den Kopf. Der Schweiß brach ihm aus, und es kostete ihn enorme Beherrschung, nicht mit gezückter Waffe vorzustürmen.
»Weg mit dem Revolver.«
Pierre Vindevogel zögerte. Seine Muskeln verkrampften sich, als das scharfe Fleischermesser in den Hals der zappelnden Frau schnitt. Während Blutstropfen ihren hellen Mantel beschmierten, hing sie wie eine Lumpenpuppe in den Armen des Angreifers.
Vindevogel beschloss, kein Risiko einzugehen, warf seine Walther PPK ins Treppenhaus und wich mit erhobenen Händen zurück.
Deleu konnte den Schweiß seines Kollegen riechen.
»Komm schon, mein Freund. Lass die Frau gehen. Noch

ist nichts passiert. Nichts Schlimmes.« Doch als Pierre die Augen des Mannes sah, erkannte er, dass seine Worte keinen Erfolg haben würden: Der Angreifer war vollkommen außer sich. Das durchnässte Hemd klebte ihm am Körper, und er hatte die Zähne fest aufeinandergepresst und einen Arm wie einen Schraubstock um den Hals der unglückseligen Frau gelegt, wobei seine Muskulatur vor Anspannung zitterte.

Plötzlich riss er ihren Kopf nach hinten, so dass ihre Kehle freigelegt wurde. Schritt für Schritt stieg er nach oben.

Pierre wich zurück, stolperte über die letzte Stufe, fing sich wieder und bewegte sich mit erhobenen Armen langsam in Richtung Flur. »Können wir nicht darüber reden? Jozef, leg das Messer weg. Ich bin unbewaffnet. Glaub mir. Es wird dir nichts passieren, wenn du nur das Messer fallen lässt.«

»Schnauze! Wie viele Bullen sind hier im Haus?«, schrie Van Cleynenbreughel vollkommen durchgedreht und riss an den Haaren der Frau. Ihr Gesicht war aschgrau, und sie sah aus, als würde sie jeden Moment das Bewusstsein verlieren.

»Jozef, lass die Dame los. Du drückst ihr die Luft ab. Lass …«

»Schick sämtliche Bullen weg. Jetzt sofort! Ich will einen Wagen. Draußen vor der Haustür. Sofort, verdammt noch mal!«

»Okay. Wir gehen einfach nach unten. Und bleib ganz ruhig. Du kannst meinen Dienstwagen haben. Der Schlüssel steckt.« Pierres Augen suchten Dirk Deleu, der dicht an die Wand gepresst alles verfolgte. Der Revolver in seiner Hand bebte.

Als er den Arm hob, hätte Pierre am liebsten verneinend den Kopf geschüttelt, doch er behielt die Nerven und warf einen Blick über die Schulter, damit der Mörder sich nicht umschaute. Aber der menschliche Instinkt unterscheidet sich kaum von dem eines Tiers – vor allem dann nicht, wenn einem das Wasser bis zum Hals steht.

Van Cleynenbreughel drehte den Kopf eine Vierteldrehung.

Deleu, der seinen Revolver am Lauf gepackt hatte, um Van Cleynenbreughel mit dem Kolben auf den Hinterkopf zu schlagen, erstarrte mitten in der Bewegung.

»Ihr Schweine«, zischte Van Cleynenbreughel. Schaum stand ihm vorm Mund. Die Frau hatte inzwischen das Bewusstsein verloren.

Als Deleu das Gesicht der Frau sah, fauchte er: »Du Feigling. Ich leg dich um!«

Jozef Van Cleynenbreughel blieb stocksteif stehen. Dann fuhr er sich mit der Zunge über die Lippe und begann, die ohnmächtige Frau die Treppe hinaufzuschleifen.

Dirk Deleu umfasste den Kolben und spannte den Abzug.

Van Cleynenbreughel erstarrte, als er das laute Klicken hörte. Der Beamte vor ihm richtete die Waffe direkt auf seine Stirn. Als er in die drohende schwarze Öffnung des kurzen, klobigen Laufs schaute, krümmte er sich zusammen und duckte sich hinter den Kopf der Frau.

Deleu stand da wie eine Statue aus Granit. Er bewegte sich keinen Millimeter.

Ratlos blickte Van Cleynenbreughel zu Pierre und dann wieder zu Deleu, der nicht die geringste Regung zeigte. Als die Worte »Ich puste dir den hässlichen Schädel weg« durch den Flur schallten, hielt Pierre es nicht mehr aus.

»Dirk, hör auf! Tu das nicht!«, brüllte er.

»Halt die Klappe, Pierre. Dieses Schwein ist zu weit gegangen. Wenn er noch einen Fuß rührt, schieß ich ihm den dreckigen Schädel vom Körper.«

»Dirk, nicht! Bitte! Tu das nicht! Man wird dir deine Polizeimarke abnehmen«, rief Pierre atemlos.

Das melodramatische Schauspiel verfehlte seine Wirkung nicht. Pierre war sich der Tatsache bewusst, dass Van Cleynenbreughel am Ende seines Lateins war, und als das Messer gegen das Treppengeländer traf, stürmte er die Treppe hinauf.

Er schlug Van Cleynenbreughel in den Magen und versuchte, ihn in den Schwitzkasten zu nehmen. Als das misslang, packte er den Arm des zappelnden Mannes, drehte ihn in einer fließenden Bewegung auf den Rücken und riss das Handgelenk hoch. Van Cleynenbreughel stöhnte. »Vorwärts, du Mistkerl! Ab mit dir.«

Während Deleu die bewusstlose Frau vorsichtig hochhob und in den Fahrstuhl hievte, schob Pierre das Häufchen Elend vor sich die Treppe hinunter. Geräuschlos schlossen sich die Aufzugtüren. Das Letzte, was Deleu sah, waren zwei gestreckte Finger, die sein Kollege zum Victory-Zeichen erhoben hatte … und Van Cleynenbreughels Rumpf, der plötzlich eine Drehung machte.

Das darauffolgende Dröhnen, als Pierre rücklings drei Treppen hinunterstürzte, hörte Deleu zwar nicht mehr, aber er hämmerte trotzdem mit beiden Fäusten auf die Knöpfe des Aufzugs, der langsam nach unten glitt.

»Pierre, du Vollidiot!« Deleu riss sein Sprechfunkgerät aus der Tasche und schrie: »Dritter Stock! Beamter am Boden!«

Letzteres hätte er besser nicht tun sollen, denn in dem Moment, in dem Van Cleynenbreughel mit dem Fleischmesser in der Hand im Treppenhaus auf der dritten Etage um die Ecke bog, zersplitterte das Glas der Flurfensterscheibe. Der Einschlag der Kugeln war verheerend. Der große Körper zuckte, und Blutspritzer färbten die Wand, als Van Cleynenbreughel rücklings gegen das Mauerwerk prallte und zusammensackte.

Pierre, der die Salve gehört hatte, presste sich stöhnend die rechte Hand in den Rücken und lief gekrümmt die Treppe hinunter. Als er Van Cleynenbreughel, der auf die Knie gesunken war, sah, hielt er abrupt inne. Sein Kinn ruhte auf seiner Brust. Ein Fuß zeigte in die verkehrte Richtung. Sein rechter Arm, der nach vorn ragte, als ob er nicht zum Rest des Körpers gehörte, zuckte noch einmal. Dann ging das Zucken in ein leises Beben über – und dann nichts mehr.

»O mein Gott. Verdammter Mist!«, schrie Pierre, als er die beiden Löcher im Rücken des Mannes sah.

Während Deleu im Erdgeschoss die bewusstlose Frau einem kräftigen Sanitäter in die Arme drückte, stürmte Nadia Mendonck auf ihn zu.

»Dirk, was ist passiert?« Sie klammerte sich an seine Schulter. Deleu drehte sich um und schaute sie aus leeren Augen an.

»Dirk?«

Plötzlich wirbelte Deleu herum und folgte den fünf schwarz gekleideten Sonderkommando-Beamten, die in Gefechtsformation die Treppe hinaufstürmten.

»Pierre ist oben allein mit dem Mörder«, keuchte Deleu. »Bleib unten, Nadia.«

Mendonck machte Anstalten, ihrem Kollegen zu folgen.

»Bleib, verdammt noch mal, unten!«

Zu verblüfft für eine Reaktion, schaute Mendonck Deleu mit gemischten Gefühlen nach, bis er um die Ecke verschwand. »Sei vorsichtig, Dirk«, murmelte sie.

*

Mendonck und Deleu gingen Seite an Seite über den Bürgersteig. Schweigend. Jeder in seine eigene Welt versunken.

»O mein Gott.«

»Was?« Deleu erwachte ruckartig aus seinen Gedanken.

Mendonck schloss die Augen und schüttelte den Kopf.

Auf dem Bürgersteig lief ein etwa drei Jahre alter marokkanischer Junge.

Deleu blieb stehen und schaute sich um. Dann fasste er den kleinen Jungen unter den Achseln und drückte ihm einen Kuss auf die Stirn. Der Junge sah den Beamten mit großen Augen an. Erstaunt. Deleu setzte ihn auf die Fensterbank und hob mahnend den Finger, während der Kleine wieder ins Zimmer kletterte.

Beide Beamten gingen schweigend weiter.

»Die Presse wird sich auf die Sache stürzen.«

»Hm.«

»Ich möchte jetzt nicht in Bosmans' Haut stecken.«
»Eine Tasse Kaffee, Kollegin?«
»Hm.«
»Ja oder nein?«
»Hm.«
»Also ja.«
»Ich bin noch immer nicht darüber hinweg. Glaubst du, dass dieser Mann sie ermordet hätte, wenn wir nicht …«
»Oder lieber ein Pils?«
»Ich darf keinen Alkohol trinken.« Das Wort »Vater«, das Mendonck schon auf der Zunge lag, blieb jedoch an ihren Lippen haften.
Doch es schien, als würde Deleu Nadias Gedanken intuitiv erfassen. Ein seltsames Gefühl breitete sich in seinem Bauch aus – eine Mischung aus Wärme und Schmerz.
Nadia Mendonck, die es ebenfalls spürte, schaute geradeaus.
»Ich geb's zu, Nadia. Ich liebe Kinder.«
Nadia Mendonck nickte nur, doch dieses Mal lächelte sie. »Zeit für einen Kaffee, Dirk.«

10

Staatsanwalt Diederik Bauwens, ein hagerer Sechzigjähriger mit energischem Blick und den Armen eines Dockarbeiters, wedelte aufgebracht mit der Sonderausgabe der Tageszeitung »Het Volk«, als Jos Bosmans sein Büro betrat.

Der Untersuchungsrichter, der trotz der frühen Morgenstunde frisch und munter wirkte, räusperte sich. »Diederik?«

Bauwens musterte Bosmans von Kopf bis Fuß, als würde er ihn zum ersten Mal sehen und nun einzuschätzen versuchen, wen er da vor sich hatte. Er seufzte.

»Diederik?«

»Beweise, Bosmans. Wir haben keine eindeutigen Beweise.«

»Nein, nicht einmal zweideutige«, erwiderte Bosmans lakonisch, zog linkisch an einem Hemdzipfel in seinem Hosenbund und stopfte ihn mit jungenhafter Nonchalance zurück.

Bauwens warf einen Blick auf seine Armbanduhr und hielt Bosmans stirnrunzelnd die Zeitung entgegen. »Eine Tasse Kaffee?«

Bosmans schüttelte den Kopf. Als er die Zeitung auseinanderfaltete und die Titelseite studierte, zeichnete sich

ein grimmiger Zug um seinen Mund ab. Dort stand in riesigen Buchstaben:
Unschuldiger Bürger stirbt im Kugelhagel der Polizei!
»Unschuldiger Bürger …?«, murmelte Bosmans und schüttelte ungläubig den Kopf.
»Bis zum Beweis des Gegenteils«, unterbrach Bauwens ihn. »Wurde er etwa jemals wegen eines Gewaltverbrechens verurteilt?« Der letzte Satz klang alles andere als fragend.
»Nein. Das nicht.«
»*Voilà.*« Bauwens nahm die Brille ab, putzte sie und warf Jos Bosmans einen mürrischen Blick zu.
»Mach dir keine Sorgen, Diederik.« Lässig warf Bosmans die Zeitung in den Papierkorb. »Wir haben genügend Beweise, um Hinz und Kunz davon zu überzeugen, dass Van Cleynenbreughel eine mordlustige Bestie war. Heute schreien sie noch Zeter und Mordio, und morgen sind sie froh und glücklich, dass die Gerechtigkeit doch gesiegt und das Monster seine verdiente Strafe bekommen hat. Du weißt ja, wie so was läuft – vorzeitige Haftentlassung und so weiter. Darauf reagieren sie äußerst empfindlich.«
Der Staatsanwalt schnappte nach Luft.
»Womit ich natürlich nicht sagen will, dass der Tod von Van Cleynenbreughel nicht hätte vermieden werden müssen.« Bosmans schien über seine eigenen Worte verwundert. Fast vierzig Jahre im Beruf, das hinterließ seine Spuren.
»Sammel genügend Beweise und geh damit meinetwegen zur Presse, Jos. Aber möglichst schnell.«

Dieses Mal schaute Bosmans verblüfft auf.

Bauwens zupfte einen Fussel von seiner Hose und betrachtete ihn ausgiebig, als handelte es sich um ein außerordentlich wichtiges Beweisstück. »Wir sitzen in der Tinte, Bosmans. Ist dir das klar? Die Justiz wird mit Argusaugen beobachtet. Der Zustand ist kritisch. Ich hab in dieser bedauernswerten Angelegenheit einen Anruf vom Justizminister persönlich erhalten.«

Der Untersuchungsrichter, der nur mit halbem Ohr zuhörte, hatte die Zeitung inzwischen wieder aus dem Papierkorb gefischt. »Hm. Na und, Diederik?«

»Er gab mir klipp und klar zu verstehen, dass Vandurme, *sein* Föderaler Staatsanwalt, sich gegebenenfalls genötigt sehen werde, die Akte anzufordern. Das waren seine genauen Worte, Jos: ›… gegebenenfalls genötigt sehen werde, die Akte anzufordern‹.«

Bosmans schaute seinen Kollegen mit großen Augen an und stieß aufreizend langsam die Luft aus. »Na, das ist ja ein fabelhaftes Beispiel für Politikjargon«, kommentierte er leichthin. Doch dann verfinsterte sich seine Miene. »Ist es schon so weit, Diederik? Haben die widerlichen Spielchen bereits begonnen? Ich hätte es wissen müssen.«

»Ja, und ich habe nichts in der Hand. Dieser Fall betrifft verschiedene Justizbezirke.«

»Diese ganze Octopus-Reform ist eine Riesenfarce, Diederik. Dabei dreht sich doch alles nur noch um die Politik.«

»Der Zug ist längst abgefahren, werter Kollege. Der Gesetzesentwurf zum neuen Föderalen Staatsanwalt wurde angenommen, und das Los fiel auf Vandurme. Damit müssen wir uns nun mal abfinden.«

»Ja, Vandurme. Und der ist so regierungstreu wie nur was. Wenn wir nicht aufpassen, muss ein Opfer bald erst seinen Parteiausweis zeigen, ehe die Justiz aktiv wird«, brummte Bosmans. »Vor kurzem hatte ich einen potenziellen Mafia-Kronzeugen bei mir im Büro. Dieser Mann hätte einen wichtigen Fall knacken können. Aber ich musste ihn gehen lassen. Ich konnte ihm keine vernünftigen Zusicherungen machen. Wo bleiben sie denn mit *diesem* Gesetzesentwurf? Hast du das den Minister schon mal gefragt? Octopus? Lass mich bloß in Ruhe damit.« Bosmans wedelte abschätzig mit der Zeitung. Als er aufschaute, sah er, dass Bauwens ihn anstarrte. »'tschuldigung, Diederik. Tut mir leid. Du kannst ja auch nichts daran ändern. Wir stehen auf derselben Seite.«

»Ich kämpfe für meine Leute, Jos.«

»Ich weiß, Diederik.« Bosmans warf erneut einen Blick auf den Zeitungsartikel, und die Krähenfüße unter seinen Augen strafften sich. *»Ein Exklusiv-Interview mit Hilde Plaetinck* steht hier. Denen lass ich den Laden dichtmachen, verdammt noch mal! Woher haben die diese Informationen …?«

»Der Journalist hat sich offensichtlich als Pfleger verkleidet«, kam es trocken von der anderen Seite des Schreibtischs.

Wütend zerknüllte Jos Bosmans die Zeitung.

»Dies ist das einundzwanzigste Jahrhundert, Jos. Da ist jedes Mittel recht. Für eine Schlagzeile auf der Titelseite legt ein Paparazzo seine Schwiegermutter in Salz ein und behauptet, sie habe wohl etwas zu viel Salz gegessen, sei aber eines natürlichen Todes gestorben.«

Bosmans konnte Bauwens' bemühte Metapher kaum genießen.

»Van Cleynenbreughel hat der jungen Frau keine körperliche Gewalt angetan. Sie geriet in Panik und versuchte, durch das Fenster zu flüchten. Er hat ihr kein Haar gekrümmt. Es besteht immer noch die Möglichkeit, dass er sie vielleicht tatsächlich retten wollte.«

»Was hatte dieser Mann dort zu suchen, Diederik?«

»Keine Ahnung. Vielleicht ein nettes Gespräch?«

»In seiner Hosentasche steckten die Versicherungsbescheinigung von Plaetincks Wagen und ihr Führerschein. Wie ist er daran gekommen?«

»Woher soll ich das wissen? Vielleicht gefunden. Vielleicht wollte er ihr die Unterlagen zurückbringen. Haben wir handfeste Beweise, dass Van Cleynenbreughel an jenem Tag in Hilde Plaetincks Corsa gesessen hat? Habt ihr bei der Hausdurchsuchung Frauenkleider gefunden?«

»Noch nicht.«

»Also nein. *Bon.* Du bist selbst lange genug in diesem Beruf …«

Bosmans, dem völlig klar war, dass er keinerlei handfeste Beweise hatte, schwieg. Jeder Verdächtige galt so lange als unschuldig, bis das Gegenteil bewiesen war. Glücklicherweise. »Aber er hat eine Frau als Geisel genommen. Warum? Wenn er doch unschuldig war.«

»Beweise, Jos. Ich brauch Beweise, und zwar dringend.«

Bauwens klappte den umfangreichen Bericht der Spurensicherung zu und betrachtete das Gespräch als beendet. »Du kannst auf mich zählen, Diederik.«
»Die Akte Muriel Vandergoten ist offiziell wiedereröffnet worden. Über die Bezirksgrenzen hinweg. Sie beobachten uns mit Argusaugen, Jos. Schließlich haben sie dem Minister einen Tipp gegeben. *Nos collègues à Bruxelles.*«
»*Je sais, Diederique. Je sais.*« An der Tür drehte Bosmans sich noch mal um.
Der Staatsanwalt sah ihn an und nahm seine Frage vorweg: »Okay, Jos. Ich sorge für eine Nachrichtensperre. Aber bring mir bald Beweise. Auch ein Staatsanwalt hat gern einen sicheren Arbeitsplatz.«
»Manchmal weiß ich selbst nicht mehr, wer der Feind ist, Diederik.«

*

In Bosmans' Büro herrschte eine noch gedrücktere Stimmung als beim Staatsanwalt. Darüber hinaus stank es hier nach Zigarettenqualm und ungewaschenen Männern.
Pierre Vindevogel rülpste laut und dachte gar nicht daran, sich die Hand vor den Mund zu halten.
»Ja, Pierre«, sagte Bosmans und klang dabei weder vorwurfsvoll noch ironisch, sondern der Stimmung entsprechend matt und uninspiriert. Handfeste Beweise gegen Van Cleynenbreughel gab es nicht. Zumindest noch nicht. »Die Fingerabdrücke in Hilde Plaetincks Wagen stammen nicht von dem Verdächtigen.« Wie ein eifriges

Kleinkind zählte Bosmans an seinen Fingern ab: »Genauso wenig wie die Fingerabdrücke auf den Fleischerutensilien in der Ledertasche oder die Abdrücke in Muriel Vandergotens Akte. Es bleibt uns nichts anderes übrig als …«

»Das Herz, das in Muriel Vandergotens Lampenfuß gekratzt war«, unterbrach Deleu seinen Vorgesetzten. »Ein ›M‹ und ein ›J‹. Das ›J‹ von Jozef. Außerdem war Van Cleynenbreughel Mitglied in dem Fitnessclub, von dem Muriel Vandergoten eine Visitenkarte bei sich hatte – derselbe Fitnessclub, in dem Bieke de Prins belästigt wurde. Das sind zu viele Zufälle auf ein Mal.«

»Muriel Vandergoten hatte eine Beziehung mit Van Cleynenbreughel. Da kommt es schon mal vor, dass Leute denselben Fitnessclub besuchen. Die gleichen Interessen und so weiter. Und hat Bieke de Prins Van Cleynenbreughel als ihren Angreifer identifiziert? Oder hat Hilde Plaetinck ihn als das ›alte Weib‹ wiedererkannt, das ihr im Corsa nach dem Leben getrachtet hat?« Bosmans wartete die Antwort erst gar nicht ab. »Nein. Handfeste Beweise, Dirk. Die brauchen wir. Aber wir haben nichts.«

Als Walter Vereecken mit seinem Rollstuhl ins Büro gefahren kam, eine dicke Akte auf dem Schoß, richteten sich alle Augen auf ihn. Doch an seinem Gesicht war nichts abzulesen.

Vereecken seufzte. »Van Cleynenbreughel war manischdepressiv. Mehr hab ich nicht. Der Psychotherapeut, bei dem er eine Weile in Behandlung war, will keine Form von Psychose oder andere mentale Erkrankung welcher

Art auch immer bei ihm festgestellt haben. Nach Van Cleynenbreughels Geständnis hat diese Hexe ihm offenbar einen derartigen Schreck eingejagt, dass er wieder bei seiner Frau eingezogen ist. Was er laut diesem Psychotherapeuten besser nicht getan hätte, denn so geriet er vom Regen in die Traufe. Die Beziehung war bereits so vergiftet, dass es nur noch schlimmer wurde. Van Cleynenbreughel begann damit, jungen Mädchen nachzustellen, die Ähnlichkeit mit Vandergoten besaßen und …«

»Sein psychologisches Profil interessiert mich, ehrlich gesagt, nur mäßig«, warf Bosmans verärgert ein. »Das nützt uns jetzt auch nichts mehr. Ich will viel lieber wissen, ob Van Cleynenbreughel derjenige war, der in Plaetincks Wagen gesessen hat. Dieser Kerl hat jungen Mädchen jedenfalls nicht nur nachgestellt – der wollte junge Mädchen in Streifen schneiden. Und Gott allein weiß, wer oder was sonst noch auf seiner perfiden Wunschliste gestanden hat. Steht, meine ich.«

»Ist Van Cleynenbreughels Freundeskreis bereits unter die Lupe genommen worden?«, fragte Deleu.

»Es gibt keinen Freundeskreis. Nicht mal einen Bekanntenkreis. Der Mann war ein Einzelgänger. Auch seine Kollegen wussten nicht viel über ihn zu berichten«, erwiderte Pierre und zündete sich mit seinem glimmenden Zigarettenstummel gleich die nächste Zigarette an. Gierig sog er den Rauch in die Lungen. »Und auch in diesem Fitnessclub gibt es niemanden, der ihn näher kennt.«

»Aber er hat doch ein Abo!«

»Wie man's nimmt. Er ist irgendwann – im Oktober

Neunundneunzig, um genau zu sein – dort Mitglied geworden, und danach wurde der Beitrag einfach abgebucht. Der Club führt kein Monatsregister. Zu viel Aufwand, meint der Betreiber. Und da kann ich ihm eigentlich nur recht geben und …«

»Okay, okay«, unterbrach Bosmans ihn mit einer ausladenden Geste. Wie ein Feldherr, der seine Truppen inspiziert, spreizte er die Arme. »Lasst uns mal versuchen, alle Fakten systematisch durchzugehen.«

»Dieser Psychotherapeut, Dr. Beherman, meinte auch noch, dass Van Cleynenbreughel nicht in der Lage wäre, einen Mord zu begehen«, sagte Walter Vereecken, ohne aufzuschauen, und studierte seinen Daumennagel.

»Wann haben Sie den denn befragt?«, hakte Bosmans nach. »Ich kann mich an keinen Bericht erinnern.«

»Ich hatte ihn am Draht. Er rief von einer Telefonzelle aus an. In seiner Praxis war immer nur der Anrufbeantworter dran.«

Bosmans musterte Vereecken skeptisch.

»Ich … dieser Mann ist wahnsinnig beschäftigt«, stammelte Walter Vereecken in dem Versuch, einem Verweis zuvorzukommen. »Er war bereit …«

»Worauf basiert seine Aussage?«, fragte Mendonck, die die ganze Zeit zwischen zwei verkümmerten Sansevierien auf der Fensterbank gesessen hatte, ohne viel Interesse an der Geschichte zu zeigen.

»Auf der Kohle, die ihm der ein oder andere Medienmogul in den Rachen wirft«, erwiderte Deleu unwirsch. »In nicht allzu ferner Zukunft dürfen wir Van Cleynenbreughels Biografie in den Schaufenstern unserer Buchhandlungen erwarten. Eine Biografie, verfasst von seinem Psychologen.«

»Ich weiß ja, dass du leicht paranoid bist«, brummte Bosmans. »Aber jetzt gehst du wirklich zu weit. Hat die Hausdurchsuchung bei Van Cleynenbreughel noch irgendetwas gebracht?« Bosmans schaute erwartungsvoll zu Vereecken, der jedoch den Kopf schüttelte.

»Nein, nichts. Dieser Psychotherapeut äußerte allerdings die Vermutung, dass Van Cleynenbreughel ein Alkoholproblem hatte. Vielleicht gab es ja eine Stammkneipe oder so was. Aber ich denke nur laut. Keine versteckten Mordwaffen. Keine Frauenkleider. Nichts Außergewöhnliches. Und diesen Zusteller ... den haben wir ebenfalls mit einem Foto von Van Cleynenbreughel konfrontiert, und er ...«

»Dieser wer?«, warf Pierre Vindevogel träge ein.

»Na ja, Van Lierde – der Briefzusteller, dessen Dienstwagen von Plaetincks Wagen gerammt wurde.«

»Ach, der Postbote! Sag das doch gleich.«

Bosmans klopfte mit seinem Ehering auf die Schreibtischplatte. Das genügte, um das Geplänkel zu beenden.

»Hatte er eine Waffe bei sich, als er in die Wohnung der jungen Frau eindrang?«, fragte Deleu rhetorisch.

»Wer?«, fragte Vereecken zerstreut.

»Der Postbote«, murmelte Vindevogel.

Jos Bosmans stützte sich auf der Schreibtischplatte ab, schob seinen Stuhl nach hinten und richtete sich mühsam auf. Seine Kniescheiben knackten, und als Mendonck bemerkte, dass die Naht seiner zu engen Hose ihm zwischen die Pobacken gerutscht war, bemühte sie sich angestrengt, einen hysterischen Lachanfall zu unterdrücken.

Bosmans, der das Kichern hörte, wirbelte herum. »Was ist so lustig, Mendonck? Da gibt es nichts zu lachen. Wenn die Knie knacken, heißt das nur, dass man noch genügend Knorpel in den Gelenken hat. Mit anderen Worten: Dass man noch gut in Form ist.« Er wartete ihre Reaktion nicht ab, sondern drehte sich energisch um und musterte die Mitglieder seines Teams der Reihe nach. Keiner der Männer verzog auch nur eine Miene. *»Bon.* Es gibt also nicht den geringsten Beweis, dass Van Cleynenbreughel Muriel Vandergoten ermordet hat. Genau genommen hat er bei Hilde Plaetinck keinerlei Gewalt angewendet, und Bieke de Prins hat er beim Fitnesszentrum auf stümperhafte Weise entkommen lassen«, fasste er zusammen.

»Und seine Frau hat ihm posthum für den Mord an Vandergoten ein Alibi verschafft: Zum vermutlichen Todeszeitpunkt waren die verliebten Eheleute außer Landes. Auf zweiter, übrigens misslungener Hochzeitsreise nach Venedig.«

Ein vernehmliches »Shit« war das Einzige, das Bosmans über die Lippen brachte.

Deleu nahm den Faden wieder auf. »Wer wusste von diesem Verhältnis? Seine Frau und diese Hexe. Muriel Vandergotens Mutter hatte keine Ahnung.«

»Und der Vater?«

»Auch nicht«, erwiderte Deleu. »Wir haben ihn befragt.«

»Richtig«, pflichtete Bosmans ihm bei. »Und diese Hexe

war der Katalysator. Der Tropfen, der das Fass zum Überlaufen brachte. Glaubst du, dass Van Cleynenbreughels Frau und die Hexe diesen grausamen Mord auf dem Gewissen haben könnten? Schließlich deuten einige Spuren, unter anderem der Weihrauch und das Salz, auf Hedwige.«

»Sie ist aus allen Wolken gefallen«, warf Mendonck von der Fensterbank aus ein. »Sie wusste wirklich nicht, dass das Mädchen ermordet worden war. Diese Frau ist vor allem weltfremd. Aber es stimmt schon: Es deuten wirklich einige Spuren in ihre Richtung.«

»Vielleicht zu viele«, murmelte Deleu, während er zu seinem brummenden Mobiltelefon griff. »Hallo? Deleu.«

»Dirk. Wie viele unschuldige Menschen müssen noch sterben?«

»Wer ... wer, zum Teufel, ist da?« Deleu zog den Kopf zwischen die Schultern und schaute seine Kollegen an. »Hallo?«

Doch die Verbindung wurde abrupt unterbrochen.

»Ein Durcheinander. Was für ein Durcheinander«, murmelte Bosmans und starrte auf den Rest kalten Kaffee in seiner Tasse.

*

Der Mann am anderen Ende der Leitung hatte störrische, kurz geschnittene Haare. Spielerisch drückte er auf die Taste mit dem roten Telefonsymbol und legte das Mobiltelefon mit Prepaidkarte auf die Platte seines Schreibtischs.

Den Schreibtisch, zwei Meter lang und fast zwei Meter breit, hatte er für gerade mal zweihundertfünfzig Euro von einem jungen Anwalt kaufen können, dessen Mietvertrag er übernommen hatte.
Dieser Loser, ein verwöhnter Sohn reicher Eltern mit mehr Schulden als Haaren auf dem Kopf, hatte das Statussymbol allerdings nicht aus reiner Menschenliebe für einen Apfel und ein Ei veräußert. Das Ding war für einen Umzug einfach zu groß gewesen. Wie es jemals in das Büro hineingekommen war, würde wohl immer ein Rätsel bleiben.
Während sein Blick träumerisch durch den Raum schweifte, streichelte Bert Hermans mit einem fast verliebten Ausdruck im Gesicht über das glattpolierte Mahagoniholz. Er war überaus zufrieden mit der schlichten Einrichtung seiner Praxis. Ein Wandschrank, der als Aktenschrank diente, ein Liegestuhl für therapeutische Gespräche und eine Sitzgruppe. Und nicht zu vergessen: Ein luxuriöses Bad direkt neben seiner Praxis.
Vollkommen ausreichend für den Empfang seiner Patienten. Schlichtheit gereicht einem Menschen zur Ehre. Bescheidenes Glück im engen Familienkreis. Zusammenleben in vollkommener Harmonie. Die uralten, traditionellen Werte – die einzigen Werte, die wirklich zählten.
Sein träumerischer Blick blieb an der Holzfurnierplatte und den dazugehörenden vernickelten Stützböcken hängen, die er sich ein wenig voreilig angeschafft hatte und die noch immer in einer Ecke des Raums herumstanden. Sie waren ihm ein Dorn im Auge. Erst jetzt wurde ihm

ihre Nutzlosigkeit klar. Sie waren vollkommen sinnlos. Genau wie viele Menschen ein vollkommen sinnloses Dasein führten. Ein ausschweifendes Leben der Unzucht und Schamlosigkeit.

Hermans schaute auf, ließ die Ellbogen auf den Lehnen des Schreibtischstuhls ruhen und betrachtete amüsiert sein Spiegelbild in der Fensterscheibe. Die Brandwunden waren verheilt. Fachkundig entfernt von einem renommierten Schönheitschirurgen, den er mit den Ersparnissen des seligen Küsters Marcel de Corte bezahlt hatte.

Mit einem schweren Seufzer drückte er den Hinterkopf gegen die weiche, kalbslederne Kopfstütze des Klubsessels und schloss die Augen. Die Bilder kehrten zurück. Zuerst fragmentarisch und zusammenhangslos wie aufflackernde Flammen, dann voller und wärmer wie eine wohltuende Herbstsonne. Wie eine Symphonie aus Licht und Wärme.

Ein zufriedenes Lächeln umspielte Hermans' Lippen, als er sich selbst sah. Das weiße Priestergewand. Seine erhobenen Arme. Über seinem Haupt Gott, der ihm zuhörte, ihm wohlwollend zuschaute. Und dann seine Gemeindemitglieder, seine Schäfchen, Stück für Stück brave, schlichte Gemüter, an seinen Lippen hängend im Bann seiner feurigen Predigt. Über Sodom und Gomorrha. Über die verhängnisvollen Folgen von Zügellosigkeit und Trunkenheit und Ehebruch und Unzucht.

Bert Hermans wusste genau, wovon er sprach – denn die Dinge, über die er predigte, hatte er vor über dreißig Jahren am eigenen Leib erfahren, als sein Vater die Familie im Stich gelassen hatte und sturzbetrunken mit dem Wagen gegen einen Baum gerast war.

Das einst so glückliche Familienleben verwandelte sich in einen Alptraum. Es wurde immer schlimmer. Ein Strudel des Elends und Verderbens. Zu allem Überfluss verlor er auch noch seine Mutter, die es nach ein paar Monaten nicht mehr schaffte, mit dem Geld auszukommen.

Sie war zu stolz, um sich hilfesuchend an seine puritanische Großmutter zu wenden, welche ihre Tochter schon immer davor gewarnt hatte, dass ihr Mann ein Trinker und Nichtsnutz sei.

Die Familienfehde loderte hoch auf. Sein Bruder Jozef, dieser feige Hund, floh aus freien Stücken zur Großmutter. Eines Morgens war er weg. Einfach verschwunden. In nichts aufgelöst. Nach langem Hin und Her hatte Mama schließlich nachgegeben. Ihr blieb nichts anderes übrig. Er war achtzehn Jahre alt, da durfte man selbst entscheiden.

Doch weiter geschah nichts.

Im Gegenteil: Das Leben wurde wieder angenehmer. Er, Bert, erhielt nun sämtliche Zuwendung. Und es kam wieder gutes Essen auf den Tisch. Reisbrei und Blutwurst mit Apfelmus und Kekse und Milch mit Brotstückchen. Und es kamen immer mehr fremde Männer zu Besuch. Manche waren lustig, aber die meisten wirkten scheu und verlegen. Bert hatte oft gelauscht, das Ohr an das Schlüsselloch des Elternschlafzimmers gelegt, aus dem seltsame Geräusche drangen. Manchmal auch beängstigende Geräusche, als würde Mama gefoltert wer-

den. Und laute Schreie, als würde sie geschlagen werden. Aber es ging jedes Mal gut aus.
Bis zu jenem unglückseligen Tag. Der Tag, an dem Großmutter kam. Daraufhin entbrannte ein hitziger Streit. Es wurde geschrien und gekämpft. Gläser zersplitterten, und Stühle fielen um. Großmutter tobte wie eine rasende Hexe.
Bert war vor Angst unter den Kleiderschrank gekrochen und schließlich in den Kohlenkeller geflohen.
Der Polizist, dieser große Kerl mit der Boxernase und dem schwarzen Schnurrbart, hatte ihn dort gefunden und zwischen den Kohlen hervorgezerrt. Verzweifelt hatte er sich an die Rockzipfel seiner Mutter geklammert, aber es hatte nichts genutzt. Zu zweit schleiften sie ihn nach draußen. Mama hockte weinend auf den Knien. Bert Hermans, der nicht verstand, was los war, trat wild um sich, doch er war nicht stark genug. Sie trugen ihn ins Freie, wo ein strenger Herr im Maßanzug dastand und zusah. Und wütende Nachbarn. Sie setzten sich zwar für seine Mutter ein, doch es half alles nichts.
Die Demütigung war immens. Im Heck des Streifenwagens stieß er – heulend und pechschwarz – so lange mit dem Kopf gegen die Metalltrennwand, bis er blutete. Großmutter, die steif neben ihm saß, rührte keinen Finger. Sie hatte lediglich diesen verbitterten Zug um die schmalen Lippen. Diesen Zug, mit dem sie schon auf die Welt gekommen war.
Erst viel später erfuhr Bert, woher der Wind wehte. Der Amtsrichter hatte Großmutter das Sorgerecht übertragen.

Damals in dem Streifenwagen … damals hätte er ihr die Kehle durchbeißen sollen.

Großmutter war streng und hart. Jeder Fehltritt wurde bestraft … noch bevor er ihn begangen hatte. Sie schloss ihn im Schuppen ein. Allein. Zwischen den Spinnen. Im Dunkeln. Vollkommen verängstigt hockte er da, zusammengekrümmt, und wartete auf die haarigen Monster, die ihn bei der kleinsten Bewegung anfallen würden.

Sein großer Bruder, der nur am Wochenende kam, lachte ihn aus. Der Feigling war im Internat. In einem Gymnasium für Priesteramtskandidaten.

Aber Bert Hermans überlebte. Er überwand seine Angst vor Spinnen. Und auch die Angst vor seiner Großmutter und seinem Bruder. Und schließlich fürchtete er sich nur noch vor sich selbst.

Als Großmutter endlich tot war, suchte er seinen Bruder auf, der ihm aus Scham Obdach bot. Er machte Bert zum Diakon in seiner Gemeinde. In Sint-Truiden. Bert war stolz auf seinen neuen Status und nahm eifrig an allen Eucharistiefeiern teil. Und er vertiefte sich in die Bibel.

Viele Jahre lang. Aber dieses ganze halbgare Getue widerte ihn immer mehr an, denn so viel und so feurig sein Bruder auch predigen mochte, seine Worte klangen stets wie hohle Phrasen.

Ehebruch und Lust, die Waffen des Teufels. Sie gediehen prächtig wie wilder Wein, der jede Nutzpflanze überwuchert und erwürgt.

Bert Hermans kannte die Schuldigen, denn er hatte ein paar Mal heimlich den Platz seines Bruders eingenommen. Als Beichtvater. Das war erregend gewesen. Aber

die Erregung wich erst der Scham und mündete schließlich in purer Raserei.
Fooike, der Metzger, spazierte noch immer ungestraft durch die Straßen, mit diesem falschen Lächeln auf den wulstigen Lippen und seine schwangere Frau an der Hand. Und Marcel mit seinem großen, glänzenden Lastwagen hatte ein Mädchen geschwängert und sie dann im Stich gelassen. Irgendwo auf einer seiner Auslandsreisen. Er hatte einen falschen Namen und eine falsche Adresse angegeben.
Im Beichtstuhl hatte es Bert größte Mühe gekostet, zu schweigen. Letztendlich hatte er vor Frustration seinen Bruder informiert. Und dieser Feigling … der war daraufhin furchtbar wütend geworden und hatte gedroht, ihn vor die Tür zu setzen. Sein großer Bruder, der für das Seelenheil all seiner Gemeindemitglieder Sorge zu tragen hatte. Sein großer Bruder, der ihn zum zweiten Mal verleugnete. Sein Bruder, der wusste, wohin Unzucht führen konnte. Er ließ sie gewähren und griff nicht ein.
Und Bert Hermans sonderte sich ab. Immer mehr. Das Einzige, was ihn noch begeistern konnte, waren Kinder – das einzig Reine und Unverdorbene in dieser ganzen verkommenen Drecksgemeinde.
Eines schönen Tages teilte ihm sein Bruder, Schaum vor dem Mund, mit, dass er sich von den Kindern fernzuhalten habe. Und er jagte ihn aus dem Haus und bat um Versetzung in eine andere Gemeinde. Aus Scham wegen Bert, sein Fleisch und Blut, sein einziger Bruder.
Das war der Tropfen, der das Fass zum Überlaufen brachte. Bert Hermans ermordete seinen Bruder, ver-

kaufte dessen Wagen und nahm seinen Platz ein. In Sint-Jozef, in Mechelen. Das war keine Kunst gewesen. Und von da an ging es bergauf. Von da an wurde wirklich etwas unternommen gegen die Verwahrlosung der Sitten. Von da an nahm er das Recht in die eigene Hand. Und wer trotz der feurigen Predigten doch noch der Unzucht verfiel und dies bei ihm beichten kam, dem verhalf der neue Jozef Hermans eigenhändig ins Jenseits. Denn es gab schon genug unglückliche Geschöpfe auf der Welt. Alles lief prima. Er war im Reinen mit Gott, der beifällig zuschaute. Bis … bis …

Bert Hermans atmete schwer und öffnete die Augen. Er drückte sich aus dem Sessel hoch, ging zum Fenster, schob die Vorhänge beiseite und schaute nach draußen. Obwohl er das Sonnenlicht scheute, war seine linke Gesichtshälfte einen Hauch dunkler als die rechte Seite, die an Pergament erinnerte.

Mit dem Zeigefinger strich er sich über die rechte Wange, und sein Blick verfinsterte sich. Die straff über den Wangenknochen gespannte Haut war gefühllos. Tot und kalt. Und zu straff – wodurch der Eindruck entstand, er habe ein halbes Facelifting durchführen lassen.

Als er sich streckte und in die andere Richtung schaute, sah er, dass die Nachbarn gegenüber, ein kinderloses Paar Mitte dreißig, beim Kaffeeklatsch saßen. Flüchtig winkte er ihnen, drehte sich dann um und zog die Vorhänge wieder zu.

Nachdem er das Licht eingeschaltet hatte, fiel sein Blick auf sein Mobiltelefon. Es lag noch immer auf der Titelseite von »Het Volk«. Er griff nach der Zeitung, schaute kurz darauf und warf sie dann achtlos in den Weidenkorb in der Ecke. Anschließend kehrte er zum Schreibtisch zurück, setzte sich und nahm das Mobiltelefon. Er schloss die Augen und zischte mit bebenden Nasenflügeln: »Deleu. Dirk Deleu.«

Bert Hermans spürte, wie der Hass in ihm aufloderte. Er presste die Hände auf die Schläfen und wimmerte wie ein verwundetes Tier. Heiser und verängstigt. Und als die Bilder zurückkehrten, zuckten seine Lider in einem irrsinnigen Rhythmus. *Rapid eye movements*, wie in der Tiefschlafphase.

Hermans ballte die Fäuste mit einer derartigen Kraft, dass sich die Unterarmsehnen deutlich unter der Haut abzeichneten. Sein Mund verzog sich zu einer grotesken Grimasse, als er die Fäuste gegen die Schläfen presste und wild mit den Knöcheln die Augen rieb.

Die Bilder kamen und gingen. Sie schienen sich auf seiner Regenbogenhaut widerzuspiegeln, aus der Vergangenheit heraufbeschworen.

Und er sah sich selbst: Am Steuer seines Golfs, der langsam aus der Garage rollte, bereit für ein anderes Leben. Für eine neue Mission.

Seine Atmung beruhigte sich, doch als die gellenden Sirenen ihm durchs Hirn schnitten, verwandelte sich sein Wimmern in heiseres Röcheln.

Der Golf fährt mit Standlicht weiter. Am Ende des schmalen Stegs überall Blaulichter.

Sie kommen von allen Seiten, tauchen auf wie aus dem Nichts.

Hermans tritt aufs Gas. Der Golf beschleunigt. Mechelen Noord. Die Auffahrt zur E19.
Weg. Weg hier. Weg aus diesem verfluchten, undankbaren Land.
Der Golf prescht mit Vollgas auf die Autobahn. Die Tachonadel klettert auf hundertachtzig Stundenkilometer. Das kleine Auto klappert. Der Motor heult.
Mechelen Zuid. Ein Streifenwagen kommt ihm entgegen. Geisterfahrende Bullen. Der schlingernde Polizeiwagen stellt sich quer, und der Golf quetscht sich haarscharf an ihm vorbei.
Weg. Weg von der Autobahn.
Zwei, drei Salven.

Bert Hermans krümmte sich zusammen. Seine Hand krallte sich in die Stuhllehne, die knackte, als er wieder das MG-Feuer hörte. Seine kräftigen Schultern zuckten.

Qualmende Reifen. Die Leitplanke kommt näher. Rasend schnell. Das Auto gerät ins Schleudern. Keine Kontrolle mehr. Ein harter Schlag.
Der Golf schießt auf die Abfahrt Zemst. Unter der Eisenbahnbrücke hindurch. An der ersten Tankstelle links ab. Ein schmaler, gewundener Weg. Eine beleuchtete Telefonzelle. Noch eine Kurve. Stockfinstere Dunkelheit.
Ein gewaltiger Schlag, als der Golf aus der Kurve fliegt und den Stamm einer Kopfweide seitlich rammt. Das Einweckglas mit den Fötusresten knallt gegen das Armaturenbrett und zersplittert. Ein Regen von Glasscherben. Die Frontscheibe ist zersprungen.

Die Bilder waren so lebensecht, dass Hermans die Arme hochriss, um sein Gesicht zu schützen.

Er rammt den Ellbogen durch die Glasscheibe und tritt aufs Gaspedal. Der Motor heult, aber die Reifen finden keinen Halt. Geduckt springt er aus dem Wagen, lässt sich in den Bach hinab, stemmt die Schultern unter die Heckstoßstange und drückt den Wagen zurück auf den Weg. Der Scanner ist weg. Unauffindbar. Verschwunden.

Hermans öffnet das Handschuhfach, fummelt am Deckel der Geldkassette, wobei er sich einen Nagel abbricht, und schiebt sich die Geldscheine – die Ersparnisse von Küster De Corte, dessen sterbliche Überreste in der Kirche Sint-Jozef noch schwelen – nervös unter das durchgeschwitzte Hemd.

Mit Standlicht geht es über den Zennedijk.

Die Autobahn? Wie komm ich wieder auf die verdammte Autobahn? Die Straßenkarte. Es ist zu dunkel. Kein Licht machen. Sirenen. Überall. Wo steckt dieses Pack?

Als der Golf in den Brusselsesteenweg biegt, ist die gesamte Gegend plötzlich in gleißendes Licht getaucht.

Hermans schaut hoch.

Der Polizeihelikopter schwebt dicht über den Hausdächern. Aus Richtung Brüssel kommen zwei Streifenwagen angerast. Er lenkt den ramponierten Golf in eine Seitenstraße und rast in Richtung Willebroek-Kanal, die ganze Zeit verfolgt von den Suchscheinwerfern des Polizeihelikopters.

Über die Verbrande Brug.

Als der Wagen die Brücke zur Hälfte überquert hat, taucht plötzlich die Straßensperre auf. Stacheldraht. Und Neptunhaken.
Hermans tritt auf die Bremse und reißt das Lenkrad herum. Vergebens. Zu spät. Ein Hinterreifen explodiert. Der Golf gerät ins Schleudern. Die Reifen holpern und prallen über den Feldrand, mit etwa hundert Stundenkilometern. Die Vorderachse bricht. Der Betonpfeiler kommt beängstigend schnell näher.
Ein fürchterlicher Schlag und grellrote Stichflammen, als der Wagen gegen den armierten Beton rast, sich überschlägt und in das tiefschwarze Wasser eintaucht.

Hermans' Körper zuckte unkontrolliert, bis seine Bewegungen erstarrten. Seine Finger hörten auf zu zittern, bebten nur noch einmal kurz wie die Beine eines zerquetschten Insekts. Um ihn herum wurde alles schwarz. Eine tiefschwarze Finsternis. Und kalt, eiskalt, als ob ihm Eiszapfen in die Haut gerammt würden. Diese Demütigung. Tief. Heftig. Unerträglich.

*

»Ich liebe dich, Nadia. Ich hab dich schon immer geliebt. Von Anfang an.«
Nadia Mendonck verschluckte sich und prustete den Kaffee teilweise in ihre Tasse und teilweise auf den Tisch. Ohne aufzuschauen, holte sie ein Taschentuch aus ihrer Handtasche und tupfte die Tischfläche trocken.
Während sie sich verlegen umsah, fuhr Deleu einfach fort: »Ich möchte mich entschuldigen.«

Nadia Mendonck blinzelte durch ihre seidigen Wimpern. Ausnahmsweise mal sprachlos. Zwar erfolgte kein »Warum?«, aber ihre fragenden Augen forderten Deleu förmlich auf, ohne Scheu über seine intimsten Gefühle zu reden.

»Weil ich dich von Anfang an wie meine Geliebte behandelt habe. Wie meine Liebschaft. Wie ein fünftes Rad am Wagen. Die ganze Zeit über bin ich nur mit mir selbst beschäftigt gewesen. Ich habe dir nicht die Liebe und Zuneigung gegeben, die du, verdammt noch mal, verdient hättest.«

Ein paar Stammgäste im *De Kleine Keizer* schauten in ihre Richtung. Auf dem Gesicht der alten Dame am Fenster zeichnete sich ein glückseliges Lächeln ab, während sie still ihren Zitronentee genoss. Aber das kümmerte Deleu nicht im Geringsten – er sah und hörte nichts anderes mehr.

»Ich liebe dich, Nadia. Aber ich konnte von Barbara nicht loskommen. Und du musst das die ganze Zeit gespürt haben. Doch du hast nie einen Ton gesagt. Was für eine schreckliche Tortur. Was bin ich doch nur für ein unverzeihlicher Egoist gewesen! Zwischen Barbara und mir ist es aus. Aus und vorbei, Nadia. Und ich empfinde nichts als Erleichterung. Warum hab ich unsere Beziehung in die Brüche gehen lassen? Warum konnte ich keine Entscheidung treffen? Alles ... alles hab ich kaputt gemacht. Aber ich liebe dich wirklich. Du hast mich geliebt. Du hast dich hundertprozentig hingegeben. Mit Leib und Seele. Du hast mir die Geborgenheit geschenkt, nach der ich mich so gesehnt habe. Du ... du allein ...

und ich … ich hab dich wie ein Stiefkind behandelt. Zu beschämt, um deine Hand zu halten. Ich schäme mich so …«

»Stopp.«

Deleu schaute verstört auf und stieß beinahe sein Bierglas um. Dann sah er Nadia an, und in seinem Blick lag so viel Gefühl, dass sie das Schreien seiner Seele zu hören glaubte. Doch sie schwieg.

»… und es ist mir egal, ob Frank der Vater ist. Es interessiert mich nicht die Bohne. Ich liebe dich. Und wenn du willst, werde ich dich anflehen. Gib mir …«

Nadia legte eine Hand auf seine Lippen, und als Deleu sie anschaute, schloss sie die Augen. Sie schluckte. Zunächst heftig, dann langsamer. Schließlich legte sie eine Hand auf ihre Augen und schüttelte den Kopf. Ihre Stimme klang rauh, als sie erwiderte: »Ich will das nicht noch mal durchmachen, Dirk Deleu. Ich kann das nicht mehr. Mein Leben muss irgendwann auch mal weitergehen.«

Sie stand auf, strich bedächtig ihren Rock glatt und sah Deleu an. Mit festem Blick. Dann schluckte sie und lief zur Tür.

Deleu sprang auf und wollte ihr nachgehen. Doch dann zögerte er, schüttelte den Kopf und setzte sich wieder. Er fühlte eine Leere in seinem Kopf, eine seltsame Mischung aus Erleichterung und Angst.

*

In seinem Büro in der alten Polizeikaserne trommelte Bosmans mit einem Stift auf die Schreibtischplatte und

wartete darauf, dass Deleu das Mobiltelefon vom Ohr nahm.
»Was ist?«
»Das ist jetzt schon der dritte Anruf.« Jos Bosmans musterte Deleu mit einem unergründlichen Blick. Seine leicht geröteten Wangen schimmerten feucht. Mit einer angestrengten Handbewegung wischte er sich den Schweiß von der Stirn. »Schalt das Ding aus!«, befahl er scharf.
»Es ist ausgeschaltet. Das war die Mailbox. Zuerst dachte ich, dass mein Schwiegervater dahintersteckt«, erwiderte Deleu, in Gedanken versunken. Er fixierte die gegenüberliegende Wand, und ein vages, beinahe beschämtes Lächeln zeichnete sich auf seinem Gesicht ab.
»Muss ich ihn hinter Schloss und Riegel bringen?«, warf Pierre Vindevogel ein, der mit hängenden Schultern dasaß. Gelangweilt nahm er eine weitere Zigarette aus der Packung und zündete sie an. Die blauen Rauchwolken ließen das stickige Büro noch klaustrophobischer erscheinen. Doch Deleu hörte die Worte nur mit halbem Ohr – sie schienen aus einem weit entfernten Raum zu kommen.
Diese Stimme!
»Dirk? Dirk!«
»'tschuldigung, Jos.«
»Dieser Anruf ... hat der irgendetwas mit dem Fall zu tun?«
»Nein, aber ...«
»Dann schalte dieses verdammte Handy ab und hör mir zu. Wir werden uns in drei Gruppen aufteilen. Drei *Task forces.*«

Als Pierre sah, wie Bosmans sich das Brustbein massierte, verzichtete er auf die Frage: »Task *was?*«

»Deleu, du kümmerst dich um Hedwige. Vindevogel wird mit seinem Team in der Vergangenheit der beiden jungen Frauen herumgraben, und Mendonck und der Rest konzentrieren sich auf diesen Psychotherapeuten.«

Sofort machten sich sämtliche Angesprochenen auf den Weg, nur Deleu blieb auf der Fensterbank sitzen. Bosmans nahm seine Lesebrille ab.

Als Deleu aufschaute, bemerkte er, dass Bosmans unruhig auf seinem Stuhl hin und her rutschte und ziemlich blass wirkte. »Was hast du, Jos?«

»Nichts. Warum?«

»Du verhältst dich so merkwürdig.« Deleu holte sein Päckchen Belga aus der Hosentasche, schüttelte eine Zigarette heraus und präsentierte sie seinem Chef. Der winkte jedoch ab und zog ein Gesicht, als hätte er gerade ein Kilo Zitronen schlucken müssen. »Aufgehört?«

Bosmans nickte.

»Kaum zu glauben.« Zögernd nahm Deleu seine eigene Zigarette von den Lippen und steckte sie wieder in die Packung. »*Bon*, dann bin ich solidarisch.«

Bosmans gab keine Antwort. Stattdessen holte er seine angeschlagene Thermoskanne hervor und schenkte sich einen Kaffee ein.

»Was ist los, Jos?«

»Ich bin beim Arzt gewesen. Ich muss mit dem Rauchen aufhören. Jetzt. *Voilà.*«

Deleu, der seinen Freund durch und durch kannte, reagierte nicht sofort. Wenn es um persönliche Dinge ging,

musste man Jos Zeit lassen – Zeit, die er benötigte, um seine Gedanken zu ordnen und zu formulieren.
»Früher hab ich nie darüber nachgedacht. Aber jetzt schon.«
»Worüber?«
»Wer zuerst gehen würde. Ich oder Maud.«
»Ist es so schlimm?«
Bosmans imitierte den belehrenden Tonfall des Kardiologen, der ihn untersucht hatte. »Meneer Bosmans, ich will kein Blatt vor den Mund nehmen. Sie sind eine wandelnde Zeitbombe. Ein Herzinfarkt auf zwei Beinen.« Bosmans unterstrich die Worte mit einer ausladenden Geste und stieß dabei fast seine Tasse um. »Das waren die wortwörtlichen Worte dieses Kerls.« Mühsam streckte Bosmans die Beine.
»Wortwörtliche Worte ... Ist das nicht eine Kontamination? Oder wie nennt man so was?«
»Dirk. Früher hab ich nie darüber nachgedacht, wann ich sterben und ob ich oder Maud zuerst abtreten würde. Ich hab immer gehofft, dass ich zuerst gehen darf. Aber inzwischen sieht die Situation ganz anders aus. Die Ärmste hat jetzt unsere Eva und die Kinder am Hals. Und ich bin nie da.«
Deleu nickte und streckte einladend eine Hand aus. »Komm. Wir gehen eine Runde spazieren. Frische Luft schnappen.«
»Was glaubst du, Dirk? Ich fürchte, dass Van Cleynenbreughel unschuldig war. Er war kein Mörder. Ich denke, dass wir die beiden Frauen, Plaetinck und De Prins, nicht beschatten, sondern eher bewachen sollten.« Bos-

mans schaute seinen Freund hoffnungsvoll, fast flehentlich an. »Was sagt dir deine Intuition? Darauf vertraue ich noch am meisten. Mehr als auf Evelynes Profil-Blabla.«
Ein warmes Gefühl breitete sich in Deleus Brust aus, aber er ließ sich nichts anmerken. Nachdenklich strich er sich über den Stoppelbart. »Ich denke, dass du recht hast, Jos.«

*

Bert Hermans streckte die steifen Beine und hob den Kopf. Träge fuhr er sich mit der Zunge über die trockenen Lippen, die sich wie Schmirgelpapier anfühlten.
Sein Blick fiel auf sein Mobiltelefon. Und im nächsten Moment schoss ihm der Name Deleu wieder durch den Kopf. »Deleu. Deleu.«
Der Name, den er aus seinem Gedächtnis zu streichen versucht hatte. Aber es war ihm nicht gelungen. Dieser Name erinnerte ihn an all die einsamen Stunden, teilnahmslos und vollgepumpt mit Schmerzmitteln. Und an die alles verzehrende Angst.
Hermans schloss die Augen.

Das schwarze Wasser ist eiskalt. Kalt und stechend wie Nadelspitzen. Überall Schmerzen. Ein Arm will nicht mehr. Schwimmen. Ans gegenüberliegende Ufer. Weg, weg, weg.
Höllische Stiche in seinem gepeinigten Körper. Durchhalten. Nicht aufgeben. Nicht jetzt. Tanzende Lichtpunkte lassen die Wasseroberfläche gespenstisch glänzen.

Hermans krallt sich mit den Fingern in den Schlamm, versteckt zwischen Schilf und Rohr. Der schneidende Wind reißt ihm die Haut von der Wange. Sein rechtes Auge ist zugeschwollen.
Er streicht mit den Fingern über den Wangenknochen. Der Schmerz ist so heftig, dass er sich zusammenkrümmt. Haut. Herabhängende Haut. Glitschiges Muskelgewebe.
Zwei Lichtkegel durchschneiden die Dunkelheit.
Bullen!
Nein. Ein Lastwagen.
Das Ufer ist glatt. Sein Standbein rutscht weg. Kriechen. Auf Händen und Füßen. Seine Schultern schmerzen höllisch. Mit rudernden Armen torkelt er über den Weg, taumelt von links nach rechts.
Quietschende Bremsen. Das riesige Fahrzeug hält an. Ein Mann steigt aus und mustert verwundert und mit offenem Mund den knienden Verletzten.
Als Hermans mit beiden Händen in sein Hemd greift und ein Bündel Geldscheine zum Vorschein holt, wirft der Mann seinen Pferdeschwanz in den Nacken und schaut rasch von links nach rechts.
»Hilf mir.«
»Komm mit, Kumpel.« Der Trucker öffnet die Beifahrertür und schiebt ihn in die Kabine. Hermans zittert und droht das Bewusstsein zu verlieren. Der LKW-Fahrer, eine drahtige, wettergegerbte Ratte, schielt begierig nach den Geldscheinen.
Kämpfen. Nicht das Bewusstsein verlieren. Nicht jetzt.
»Ich hab noch mehr. Viel mehr. Aber du musst mir hel-

fen. Ich brauch medizinische Versorgung und einen Unterschlupf.«

»Wie viel mehr?«

Ihre Blicke kreuzen sich. Hass und Verachtung.

Der Trucker kneift prüfend in die durchnässten Geldscheine. »Du bist der Kerl, der auf der Flucht ist. Dieser Mörder. Ich hab im Polizeifunk davon gehört«, zischt er.

»Wie viel mehr?«

»Viel. Wenn du die Schnauze hältst.«

»Gib mir das, was du hast. Alles.«

Hermans schiebt eine Hand in sein Hemd, und die Geldscheine flattern auf die dreckige Fußmatte.

Als er wieder zu sich kommt, liegt er auf einem Feldbett. In einem feuchtkalten Schuppen. Seine Sinne registrieren tausend Dinge gleichzeitig. Sein ganzer Körper scheint in Flammen zu stehen. Über ihm ragt ein großer, blasser Mann auf; sein ausdrucksloses Gesicht schimmert grau unter dem Wellblechdach des Schuppens.

Hermans fühlt sich schwindlig. Das Blut pocht in seinen Schläfen.

Betäubt. Seine Haut prickelt. Sein linker Arm zuckt unkontrolliert. Aus den Augenwinkeln sieht er eine Gestalt: Ein paar Schritte weiter hockt sein Retter auf einem Holzschemel, die Hände gefaltet, und schaut reglos zu.

Er öffnet den Mund. Er stellt eine Frage. Hermans kann ihn nicht verstehen. Das Rauschen in seinem Kopf dämpft alle anderen Geräusche. Pochende Schläfen. Rasende Kopfschmerzen. Der Mann mit dem bleichen Gesicht, ein Arzt, reagiert mit einem kurzen, unpersönlichen Nicken.

Er drückt seine Tasche zu und setzt sich schwerfällig in Bewegung.
Der andere Mann steht auf und folgt ihm schweigend, ohne sich noch einmal umzudrehen.

Die Erinnerung war verschwommen, wahrscheinlich aufgrund der hohen Dosis Morphin und anderer Schmerzmittel.

Stunden, Tage, Nächte, Wochen lag er dort. Hin- und hergerissen zwischen Euphorie und abgrundtiefer Verzweiflung.
Meistens starrte er auf die tanzenden Lichtpunkte an den morschen, wurmstichigen Balken. Wie ein krummes Labyrinth.
Der brennende Schmerz ebbte langsam ab. Die lichten Momente wurden zahlreicher, und in seinem perversen Geist begannen neue Pläne zu gären. Die degenerierten Hirngespinste erzeugten ein seltsames Gefühl der Erregung.
»Büßen. Büßen sollst du, Deleu.«

11

Hedwige warf einen flüchtigen Blick über die Schulter und betrat dann den Laden. Dirk Deleu schaute sich verzweifelt nach einer freien Parklücke um, fuhr schließlich quer über die Straße und manövrierte seinen Golf auf einen leeren Busparkplatz.

Hastig stieg er aus, sprintete zur anderen Straßenseite und stellte sich in den Hauseingang eines großen Stadthauses, um aus diesem Versteck das Schaufenster des Esoterikladens beobachten zu können.

Die schmuddeligen Auslagen bestanden aus Tarotkarten, Töpfen und Tiegeln mit Weihrauch und Kräutern und irgendwelchem Krimskrams. Zwischen zwei Tischdecken mit eingewebten Sternbildern erkannte er den Rücken von Hedwige, die gerade mit einem Althippie mit John-Lennon-Nickelbrille sprach.

Der Mann wedelte mit einem Blatt Papier und nickte begeistert. Dann schüttelte er den Kopf so heftig, dass ihm seine fettigen Locken rechts und links gegen die Wangen flogen. Die Hexe deutete auf ein Regalbord an der Wand, auf dem eine Reihe von Büchern von einer Kristallkugel gestützt wurde. Als ihre Hand dabei wild gestikulierte, flatterte der weite Ärmel ihrer schwarzen Pailettenbluse.

Der Hippie seufzte, und der Schatten seines bleichen, eingefallenen Gesichts zeichnete sich als kantiger schwarzer Fleck auf der Wand ab. Dann bückte er sich, verschwand kurz unter der Theke und tauchte mit einem Pappkarton in den Armen wieder auf. Er nahm zwei farbige Zylinder aus dem Karton und legte sie zögernd auf die Theke. Die Hexe musterte die Ware – illegale Feuerwerkskörper – und holte ihr Portemonnaie hervor. Während sie bezahlte, bekam Deleu plötzlich einen betäubenden Schlag in den Rücken. Er taumelte vorwärts, drehte sich um und blickte in das hagere, blasse Gesicht eines Mannes mittleren Alters. Seine kleinen Augen waren zusammengekniffen, und auf seiner glänzenden Stirn klebten zwei zerzauste Haarsträhnen.

»Deleu. Dirk Deleu!« Ein breites Grinsen, kleine, spitze Zähne und ein Atem, der nach Alkohol und Fisch roch. »Was, zum Teufel, treibt dich denn hierher? Wohnst du nicht mehr in Mechelen?«

»Marcel? Celle? Marcel Colpin?«

Die Augen des Mannes nahmen einen verträumten, fast schon verliebten Ausdruck an. Dann umarmte er Deleu so fest, dass dessen Wirbelsäule knackte.

Im selben Moment ging die Tür des Lädchens mit einem lauten Bimmeln auf. Deleu löste sich aus der Umarmung, packte seinen Jugendfreund am Arm und zog ihn in die nächste Seitenstraße. »Mensch, Celle, was machst du denn hier? Ist das lange her!«

Noch während er sprach, blickte Deleu sich über die Schulter nach Hedwige um, doch sie war anscheinend in die andere Richtung gegangen. Er zögerte, aber ihm fiel auf die Schnelle keine plausible Ausrede ein; außerdem war es jetzt sowieso schon zu spät.

Marcel Colpin alias »Celle« hatte sich kein bisschen verändert: Er war immer noch dieselbe fröhliche Quasselstrippe wie früher. Hier gab es kein Entkommen.

Celle begann sofort zu erzählen. Er lebte inzwischen in Schiplaken und war nur hergekommen, um seine Mutter zu besuchen, die immer noch in ihrem Häuschen in der Eenheidsstraat wohnte. Und er hatte noch einmal im Café Breughelhof ein Bierchen trinken wollen, ihrer ehemaligen Stammkneipe, wo früher die Karikaturen ihrer Kumpels, die Deleu immer auf Bierdeckel gekritzelt hatte, gerahmt an der Wand hingen. Aber die Kneipe gab es nicht mehr; inzwischen hatte dort eine Frittenbude aufgemacht. Außerdem war er verheiratet und hatte zwei Kinder, einen siebzehnjährigen Sohn und eine zwölf Jahre alte Tochter, und obwohl sie jetzt in Schiplaken wohnten, gingen seine Kinder in Mechelen auf das Scheppersinstituut, wo Bruder Torre noch immer Geschichte unterrichtete.

Dirk Deleu hörte ihm mit halbem Ohr zu und schaute gelegentlich unschlüssig über Celles Schulter – schließlich sollte er eigentlich Hedwige beschatten.

Heute war Vollmond, die Nacht, in der Hexen traditionsgemäß ihre Rituale abhielten. Das war allgemein bekannt; mancherorts wurde sogar öffentlich Werbung dafür gemacht.

»Die Rockabilly Shitbags«, meinte Celle grinsend, und Deleu bekam zum wiederholten Mal einen Schlag zwischen die Schulterblätter. Er gab seinen inneren Widerstand auf, nickte und musste ebenfalls grinsen, als er an die alten Zeiten zurückdachte.

Die Terrasse vor dem Café Breughelhof. Vier junge Kerle auf ihren frisierten Mopeds. Celle, mit dichtem schwarzem Haar, eine bildschöne giftgrüne Suzuki zwischen den Beinen, daneben Dirk Deleu auf seiner Puch mit Chopperlenker und Fuchsschwanz an der Antenne. Und Bert und Sanderke Rigaux, beide auf einer Honda Dax. Bert, beängstigend groß und unförmig, aber immer zum Lachen aufgelegt, und Sanderke, sein jüngerer Bruder, das glatte Gegenteil, hager, mit glühenden Augen in einem Mausgesicht. Sanderke Rigaux hatte schon mit sechzehn Jahren Haare auf der Brust gehabt.

Deleu schaute seinen Jugendfreund an, tippte ihm mit dem Zeigefinger auf die Brust und fuhr dann mit der Hand über dessen kahl werdenden Schädel. »Was ist mit deinen Haaren passiert? Celle. Celle Colpin. Ich glaub's ja nicht.«

Die beiden ließen ihren Gefühlen freien Lauf. Sie schlugen einander abwechselnd auf die Schultern und zauberten mit so viel Begeisterung und Detailbesessenheit eine tolle Geschichte nach der anderen aus dem Hut, dass es schien, als wäre das alles erst gestern passiert.

Motorradgang »Rockabilly Shitbags« – der Schrecken der Abeelstraat und Umgebung. Ihr Abzeichen, ein kunststoffbeschichtetes A4-Blatt mit einem dampfenden Hundehaufen und darüber dem Schriftzug »Rockabilly Shitbags Mechelen« in Copperplate Gothic, prangte stolz auf dem Rücken ihrer schwarzen Jacken.

Celle Colpin – sein Vater war ein wohlhabender Unternehmer – trug eine Jacke aus echtem Leder; die anderen Gangmitglieder mussten sich mit einem Exemplar aus Kunstleder begnügen. Aber das tat der Begeisterung keinen Abbruch: Sie waren die »Rockabilly Shitbags«, die berüchtigtste Motorradgang von Mechelen und Umgebung.

»Hast du was von den Rigaux' gehört, Dirk? Das waren echte Kumpels, die zwei. Die besten.« Marcel Colpins Augen glänzten feucht, fast schon erregt, während er Deleu geradewegs ins Gesicht starrte.

Er hatte ihn noch immer, diesen intensiven Blick – ein warmes Strahlen, das einem das Gefühl gab, man sei der einzige Mensch auf der Welt. Dieser Blick hatte zahllose Mädchenherzen höher schlagen lassen. Und die Grübchen in seinen Wangen, die immer dann auftauchten, wenn er lachte, waren auch noch da.

Auf Deleus Stirn erschien eine tiefe Falte. »Das hab ich, Celle. Im Herbst letzten Jahres bin ich Bert noch einmal begegnet, zusammen mit seiner Frau und seiner Tochter. Er hat sich kein bisschen verändert.«

»Und Sander?«

Keine Antwort.

Deleu erinnerte sich an ihre Begegnung in einem Restaurant am Fischmarkt und daran, wie Bert plötzlich die Tränen in die Augen geschossen waren, als Deleu sich nach seinem Bruder erkundigt hatte. Sander war ein Jahr zuvor bei einem Autounfall ums Leben gekommen – er, der sich nie dem bürgerlichen Leben anpassen wollte, hatte den Kampf ein für alle Mal verloren. Der vierte Crash war einer zu viel gewesen. Die zuvor so angeregte

Unterhaltung war nach dieser Nachricht sofort ins Stocken geraten, und Deleu erinnerte sich daran, wie überhastet und fast schon entschuldigend er sich verabschiedet hatte.

»Keine Ahnung. Von Sander hab ich nichts mehr gehört. Aber der ist wahrscheinlich immer noch nicht erwachsen geworden. Davon gehe ich zumindest aus.«

»Das glaube ich auch – jeder andere, aber nicht Sander. Der ist und bleibt sein Leben lang ein Rebell. Ich bin sicher, dass der nach wie vor jedes Wochenende auf die Piste geht.«

Deleu wurde es langsam mulmig. Er versuchte, dem Gespräch eine andere Wendung zu geben, geriet dabei aber vom Regen in die Traufe. Als er sich nach Celles Kindern erkundigte, zog sein Freund prompt das Portemonnaie aus der Gesäßtasche, und während er stolz die Fotos seiner Familie präsentierte, fragte er: »Du hattest doch auch ein Kind, oder? Rob, wenn ich mich recht erinnere.«

»Zwei. Rob und Charlotte.«

»Ah.«

»Rob ist neunzehn und Charlotte wird bald zwei Jahre alt.«

Diese Information musste selbst Marcel Colpin erst einmal sacken lassen. »Alle Achtung. Meinen Glückwunsch! Auch zwei Kids also. Neunzehn und zwei. Der alte Dirk! Und beide hoffentlich von derselben Frau?«

Das herzliche Lachen ließ Deleu innerlich zusammenzucken. Er konnte sich gerade noch zurückhalten, in einem Anfall von Verzweiflung »drei« hinzuzufügen, doch es gelang ihm, seine Gefühle unter Kontrolle zu bringen.

»Und wie geht's unserer Barbara? Noch genauso hübsch wie früher, nehme ich an.« Celle betonte das »unserer«, so wie sie es früher häufiger getan hatten, wenn es um ihre Chancen beim anderen Geschlecht ging. Und obwohl Deleu mit der Frage gerechnet hatte, spürte er einen Kloß im Hals.

Barbara … Sie war eine Weile mit Celle gegangen, bevor er sie seinem Freund ausgespannt hatte.

Er dachte wieder an die alten Zeiten zurück. Celle mit seinem offenen Lächeln, ein echter *Ladies Man* mit einer Braut an jedem Finger, und Barbara, die schöne, zarte Barbara, auf die Deleu schon seit Wochen ein Auge geworfen hatte, ohne bis dahin auch nur ein Wort mit ihr zu wechseln. Ganz bewusst übrigens: Schüchtern, wie er war, hatte er sich diese »Taktik« ausgedacht, um Mädchen herumzukriegen. Einfach so tun, als ob sie Luft wären und auf den ersten Schritt der Gegenseite warten.

Dirk Deleu schloss die Augen und sah sich selbst. Ein Donnerschlag holte ihn in die Gegenwart zurück, und während die ersten Tropfen auf das Pflaster klatschten, zog er Celle mit sich in die nächste Kneipe.

Nachdem sie es sich an der Theke gemütlich gemacht hatten, zog Celle sein Portemonnaie aus der Tasche, klappte es auf und fischte ein Foto aus der angelaufenen Klarsichthülle hervor.

»Und das ist Lieve, meine Frau.«

Deleu warf einen Blick auf das fröhliche, pummelige Wesen auf dem Foto und musste lächeln. »Wirklich nett. Leider hab ich keine Fotos dabei«, fuhr er fort, um möglichen Nachfragen zuvorzukommen. Aber als Celle sich zum zweiten Mal erkundigte, wie es Barbara so ging, beschloss Deleu, mit offenen Karten zu spielen, und erzählte seinem Freund mit knappen Worten, dass es zwischen ihnen aus war.

Marcel Colpin sah ihn sekundenlang überrascht, fast schon erschüttert an. Seine Finger zitterten so stark, dass es ihm nicht gelang, das Foto seiner Frau wieder in die Plastikhülle zurückzuschieben. Stattdessen schob er es zwischen die Geldscheine und steckte das Portemonnaie wieder ein. Dann griff er zu seinem Bierglas, nahm einen gewaltigen Schluck und wischte sich mit dem Handrücken den Schaum von den Lippen. Als er wieder sprechen konnte, standen Tränen in seinen sanften Augen, und er wiederholte immer wieder die Worte: »Ist das wirklich wahr? Ist das jetzt wirklich wahr?«

Und dann kam es: »Mein Gott, ihr wart das perfekte Paar.«

Nach einer Weile bedauerte Deleu es fast, dass er die Wahrheit erzählt hatte.

Ein paar Minuten saßen sie schweigend nebeneinander.

Deleu schaute als Erster auf seine Armbanduhr. Das war das Signal, das verabredete Zeichen, auf das sie beide gewartet hatten.

Als Colpin seinen Freund umarmte, war sein Blick beängstigend leer, und seine Worte kamen stockend, verhalten. »Ich hab dich immer beneidet. Um Barbara. Ich hab es mir immer vorgeworfen, dass ich sie damals habe gehen lassen. Und ich hab nie mit ihr … du weißt schon … Ich möchte, dass du das …«

»Ich weiß, Marcel. Ich weiß es, und weißt du, was …?« Deleu packte seinen Freund am Arm. »Ich fand das damals unglaublich stark von dir.«

In Celles feuchte Augen kehrte wieder etwas Leben zurück. Er grinste, trank sein Glas leer und legte einen Fünfer auf die Theke. *»See ya, pal.«* Auf dem Weg zur Tür drehte er sich noch einmal um und meinte: »Und erstens kommt es anders, und zweitens als man denkt.« Dann schüttelte er den Kopf und trat auf die Straße.

Deleu wartete geduldig, bis der Wirt das Wechselgeld auf den Tresen gelegt hatte. Er steckte die Münzen in die Hosentasche und schlenderte aus dem Lokal. Draußen hatte der Regen aufgehört, aber der Himmel war immer noch grau und bedrohlich, voll unruhiger Wolken, die einander zu verschlingen schienen.

Er fluchte. Schon halb sieben. Hastig lief er zu seinem Golf, zog mit einem unterdrückten Fluch einen durchweichten Strafzettel unter dem Scheibenwischer hervor, warf den nassen Fetzen achtlos in den Rinnstein und fuhr in Richtung Duffel.

*

Um Viertel nach acht kroch Dirk Deleu auf Händen und Knien durch das dichte Unterholz, wie ein Rekrut bei seinem ersten Manöver.

Der Himmel war grau und sternenlos, doch zwischen den Spitzen der hohen Tannen tauchte langsam der Vollmond auf, bernsteinfarben und gebieterisch.

Am Rand des Dickichts angekommen, legte Deleu sich leise keuchend auf den Bauch. Obwohl er Regenkleidung trug, durchdrang die Feuchtigkeit des Waldbodens jede Faser seines Körpers. Er schauderte, schob ein paar Zweige zur Seite und warf einen Blick auf die Lichtung vor sich, wo ein sanft flackerndes Holzfeuer bizarre Schatten auf den Moosboden warf. Der Duft von brennendem Nadelholz zog durch die niedrig hängenden Nebelschwaden.

Deleu schnupperte kurz und glaubte, noch einen weiteren Geruch ausmachen zu können. Er rieb sich die Augen und konzentrierte sich auf die offene Fläche, auf der ein flacher weißer Findling das Mondlicht reflektierte. Rund um den Felsbrocken sah er Kerzenleuchter mit abwechselnd weißen und schwarzen Kerzen. Auf einer Art Altar stieg aus einer goldfarbenen Schale Rauch auf. Daher stammte der Geruch, den er wahrgenommen hatte – Weihrauch.

Als plötzlich Gestalten vor ihm auftauchten, presste er sich hastig noch tiefer auf den Waldboden. Sie schienen aus dem Nichts zu kommen. Frauen und Mädchen in langen Gewändern. Jungen mit Schmuck um den Hals. Einer von ihnen trug ein Schwert, ein anderer hielt ein dickes Buch unter dem Arm. Dann zog der Junge mit dem Schwert einen Kreis rund um den Altar, und zwei Mädchen fegten Blätter und kleine Zweige fort.

Zwölf, nein, dreizehn Menschen fassten einander an den Händen und bildeten einen Kreis um den Altar. Dann liefen sie langsam darum herum. Im Uhrzeigersinn.

Sie flüstern etwas … nein, sie beginnen zu singen.

Monotone, klagende Laute. Jemand löste sich aus dem Kreis.

Das ist sie. Das ist Hedwige, die Hohepriesterin, die Oberhexe.

Deleu spitzte die Ohren, konnte aber nur Wortfetzen verstehen: »Ihr höchstes Idol … die Worte der Göttin der Sterne, die Schönheit der grünen Erde … Mond zwischen Sternen … und … Mysterium des Wassers.«

Die Stimme wurde lauter, gebieterischer: »Ich bin bei euch vom Beginn der Zeiten an, und ich bin es, die ihr erreicht am Ende jedes Verlangens.« Hedwige breitete die Arme aus und warf den Kopf in den Nacken. Die Pailletten auf ihren Ärmeln glitzerten im flackernden Licht der Flammen. Der Rundtanz wurde immer leidenschaftlicher.

»Wir haben die magischen Wälder durchwandert, wir sind verhext von den alten grünen Dingen, wir kennen die silberne Jungfrau des Mondlichts und das Geräusch gespaltener Hufe. Wir haben die Flöte vernommen im Dämmer der Farne, den Zauber der Fee erblickt, und die Zeit hielt ihren Atem an. Webe einen Zauber aus Worten. Knüpfe den magischen Knoten.«

Inzwischen hantierten die Teilnehmer geschäftig mit Schalen und Kelchen und Kerzen und anderen Gegenständen, die Deleu aber nicht genau erkennen konnte. Jeder spielte seine Rolle, begeistert und hingebungsvoll. Deleu schüttelte den Kopf. Sie tanzten ständig im Kreis herum. Verwirrend.

Deleu hatte eigentlich erwartet, dass zumindest irgendein Handlanger in einem Versteck das illegale Feuerwerk zünden würde – aber es geschah nichts.

Und obwohl die ganze Szenerie so unschuldig aussah

wie ein Kindergeburtstag, hing irgendetwas Bedrohliches in der Luft.

Der Rundtanz wurde immer wilder. Plötzlich fuhr es Deleu eiskalt über den Rücken: Wie aus dem Nichts erschienen lange Schatten auf der Lichtung, als ob sie aus den meterhohen Tannen steigen würden. Sie trugen Mönchskutten.

Die Tänzer blieben abrupt stehen und streckten ihre Hände aus. Dann sagte die Hohepriesterin mit funkelnden Augen und tiefer Stimme: »Axeum ahaa trividad omni solens.«

Alle Anwesenden neigten die Köpfe und knieten nieder, die Hände noch immer erhoben und ineinander verschlungen.

Deleu wich zurück und schüttelte ungläubig den Kopf. Der orangefarbene Mond nahm einen goldgelben Schimmer an, und es schien, als ob Tausende Sterne ihn umkreisten.

Plötzlich schrie jemand auf. Deleu wandte sich ab und lief mit zitternden Knien zurück in Richtung Waldrand. Er rannte, als ob sein Leben davon abhing – weiter und weiter, immer geradeaus.

Bosmans, ich hätte alles dafür gegeben, wenn du hier dabei gewesen wärst.

12

Als sein Mobiltelefon zum zweiten Mal brummte, manövrierte Stefaan Vekenaars, Consultant bei PWC, gerade seinen Audi TT in eine Parklücke. Er erkannte die Nummer, fluchte und wischte sich mit einem Taschentuch die Schweißtropfen von der flachen Stirn. Seine tief in den Höhlen liegenden Augen verdüsterten sich, und seine Stimme klang gehetzt: »Hallo? Ja, Hilde … Ja, Schätzchen, ich bin allein.«

Vekenaars fuhr sich mit einer routinierten Bewegung durch das dichte Haar, das schon manches Frauenherz hatte höher schlagen lassen, und lauschte ungeduldig.

»Hilde, hör zu. Meine Frau ruft mich zurzeit etwa jede Stunde an. Meine Tochter ist krank … Hilde, ich kann dich heute unmöglich treffen. Ruf mich morgen wieder an … Okay … Ja, am Nachmittag. Mein Meeting bei KBC ist gegen halb zwei vorbei.«

Vekenaars zögerte. Er streckte die Brust heraus und lockerte den Knoten seiner Krawatte – das tat er immer, wenn er sich in die Enge getrieben fühlte.

Zieh einen Schlussstrich, Stefaan. Und zwar jetzt. Before it's too late.

»Ja, morgen habe ich mehr Zeit. Bist du schon aus dem

Krankenhaus entlassen? … Hildeke, ich konnte dich nicht besuchen! Ich war in Genf. *Remember?* … Ja, Hilde … Sag mal, wirst du noch überwacht? … Ja, natürlich von den Bullen. Von wem denn sonst? … Ah. Richtig. Das hast du abgelehnt. Aber vielleicht beschatten dich diese Idioten ja trotzdem …«

Vekenaars schob *Tourist* von Saint-Germain in den CD-Player, lehnte sich entspannt zurück und massierte sich gedankenverloren den Nacken. Doch die nächste Antwort seiner Geliebten ließ ihn so zusammenzucken, dass sich die Motorsteuerung des Ledersitzes mit sanftem Summen neu justierte.

Der ehebrecherische Unternehmensberater klemmte sich das Mobiltelefon zwischen Wange und Schulter und ließ die Fingerknöchel seiner linken Hand knacken.

»Nein, Hildeke, Schätzchen, das geht nicht. Ich kann nicht bei dir vorbeikommen. So war das nicht vereinbart.« Genervt betrachtete Vekenaars seine manikürten Fingernägel. »Hilde, nein. So darfst du das jetzt nicht auffassen … Nein, ich will dich nicht abwimmeln … Komm schon, Schätzchen. Keine Panik. Nicht jetzt. Lass uns morgen darüber reden, auf der Zuiderterras in Antwerpen. Um halb drei … Okay … Aber pass auf, dass dir niemand folgt … Ja, Schätzchen. Natürlich liebe ich dich noch. *Don't worry* … Ja, ich weiß, Hildeke, aber erinner dich an unsere Vereinbarung. Erinner dich an das, was ich gesagt habe: Ich bin verheiratet und … Ja, ja. Okay, Schätzchen. Ich muss jetzt mal langsam los. *By the way*, ich würde es sehr begrüßen, wenn du keine unangekündigten SMS mehr schicken würdest … Wieso? Hildeke,

erst letztens hat Gwenny mich gefragt, warum das Handy auf der Fensterbank ständig vor sich hin summt … Ja, Hilde … *Bye, pussycat. See ya tomorrow*. Zuiderterras. Ich kümmere mich um eine Reservierung, oder fahren wir direkt zum Carhotel, okay?« Vekenaars' Blick bekam ein lüsternes Funkeln. »Was meinst du?« Er schaute in den Spiegel, richtete seine Krawatte mit dem Eaton-Logo und rieb sich mit dem Zeigefinger über die schimmernden Zähne.
»Nicht in der Stimmung? *Don't worry. I'll bring you in the mood.* Wir treffen uns erst mal an der Zuiderterras und essen eine Kleinigkeit. Dann sehen wir weiter.«

Während der Audi mit quietschenden Reifen aus der Parklücke schoss, überdachte Vekenaars seine Situation. Seine Affäre mit Hilde Plaetinck begann allmählich aus dem Ruder zu laufen – er hatte schon ein paar Mal erwogen, einen Schlussstrich zu ziehen.
Erneut fuhr er sich mit den Fingern durch die wehenden Haare, und als er auf die Autobahn auffuhr, überließ er sich seinen Träumereien: Die ersten wilden Nachmittage mit Hilde im Carhotel. Mannomann. Supergeil und wunderbar anonym.
Plötzlich klingelte sein Mobiltelefon erneut. *Gwenny, bitch!*
»Heelloo … Yes, honey. For sure … I am on the road, sweetie. Yeah. I will be home around six, don't worry … No, baby. No, I have not been to any pub … Okay. Seeya soon, honeypie. Take care. Kissie, kissie …«
Missmutig murmelte er: *»Life is a bitch and I married*

one«, trat aufs Gaspedal und genoss die röhrenden PS seines Sportwagens.

Wenn ich das mit Hilde beende, muss ich mich wieder auf die Suche machen. Dafür hab ich jetzt echt keine Zeit. Not now.

»*Tomorrow.* Carhotel. *Champagne, caviar and sex. Yesss! ... La vita è bella, Carolina ... La vida es bella, Manuela.*«

*

Brüssel. In der Havenlaan, gut hundert Meter vor dem Café *Au point final*, zögerte Deleu. Er parkte seinen Golf etwa zehn Meter von dem Lokal entfernt, in dem Jozef Van Cleynenbreughel Stammgast gewesen war und wo nun eine zerschlissene schwarze Flagge aus dem Fenster hing.

Als er ausstieg, schlug ihm die Kälte beißend ins Gesicht. Deleu schlug den Kragen hoch und lief eilig weiter. Ein wenig Atmosphäre schnuppern, das Lokalkolorit auf sich wirken lassen. Bosmans hatte sich nur mäßig für seinen Bericht über das Hexenritual interessiert und ihn gebeten, hier in diesem Café diskret ein paar Erkundigungen einzuziehen.

Dirk Deleu suchte den Windschutz der einst herrschaftlichen, aber dann heruntergekommenen und inzwischen zu Wohnungen umgebauten Häuser auf und verlangsamte seine Schritte. Überall das gleiche Bild: Überquellende Müllsäcke und abblätternde Fassaden.

Auf einem Stück Brachland zwischen zwei Häusern spielten drei marokkanische Jungen Fußball. Der Kleinste, ein Knirps von höchstens zehn Jahren, hielt sich ein Mobiltelefon ans Ohr. Als sie Deleu entdeckten, trat der Größte der drei, ein muskulöser Junge in einem fleckigen Pullover, den Ball hart in Deleus Richtung. Der Ball prallte gegen das Rad eines Lastwagens, der halb auf dem Gehweg geparkt war, und rollte ihm vor die Füße.

Deleu stoppte den Ball, setzte einen Fuß darauf und grinste. Der Junge mit dem übergroßen Fila-T-Shirt über dem Pullover, der den Ball in Deleus Richtung gekickt hatte, kam misstrauisch näher. Die Arme weit gespreizt. Provozierend. Verächtlich. Er zog den Schirm seiner Baseballkappe mit YSL-Logo tiefer in die Stirn, hakte die Daumen in die Trainingshose und blieb etwa zwei Meter vor Deleu stehen. »Was willst du denn hier?«

Deleu grinste weiterhin und ließ den Ball kurz auf dem Fuß tanzen. »Schon mal von Rob Rensenbrink gehört?«

»Ha!« Der Junge schüttelte mitleidig den Kopf, drehte den Kappenschirm nach hinten und kam langsam näher.

Deleu täuschte ein Dribbling nach links an und lief dann mit einem Übersteiger rechts an dem verblüfften Jungen vorbei – eine erstklassige Demonstration gekonnter Beinarbeit.

Der Junge grinste breit und versuchte, Deleu den Ball abzuluchsen. »Schon mal von Mustafa Hagi gehört?« Geschickt bemühte er sich, sein linkes Knie zwischen Deleus Beine zu zwängen, doch der hielt ihn mit der Schulter auf Abstand. »Denn der lebt noch.«

»Wer soll das sein? Doch nicht etwa dieser magere Kerl mit den langen Schwuchtellocken?«

»Doch, genau der. Der Kerl, der der gesamten belgischen

Mannschaft 'nen Knoten in die Beine spielt, wenn's sein muss.«

»Ha!« Deleu grinste, während er das Dribbling wiederholte, diesmal jedoch in entgegengesetzter Richtung. »Davon hab ich beim letzten Mal aber nichts gemerkt. Verteidigung ... darauf kommt es an. Aber davon versteht ihr nichts. Ich dribble, solange ich will. Keine große Kunst.«

Inzwischen waren die beiden anderen Jungen ebenfalls näher gekommen und stürzten sich nun voller Begeisterung auf den keuchenden Deleu, nahmen ihm mühelos den Ball ab und machten ihn mit attraktivem Kurzpassspiel unerreichbar.

Deleu beobachtete sie bewundernd. Er stemmte die Hände in die Hüften, kniff die Augen zu Schlitzen zusammen, beugte sich vor und holte keuchend Luft.

»Geht ihr eigentlich in das Café da drüben?«, fragte er, deutete in die Richtung, aus der er gekommen war, und wischte sich mit seinem Taschentuch über die Stirn. Es war zwecklos: Der Schweiß strömte ihm aus allen Poren. Mit beiden Händen stützte Deleu sich auf die Knie, gönnte sich die Zeit, wieder zu Atem zu kommen, und wiederholte dann seine Frage.

Doch als er aufschaute, waren die Jungen verschwunden. Er sah gerade noch, wie die flatternde Trainingsjacke des Jüngsten um die Ecke verschwand.

Dirk Deleu seufzte und lehnte sich gegen eine Hauswand. Nach einem Moment schlenderte er träge in Richtung Straßenecke. Der stechende Schmerz in der Brust ließ nicht nach, und Deleu musste an Bosmans' Worte denken: »Eine wandelnde Zeitbombe. Ein Herzinfarkt auf zwei Beinen.«

Café *Au point final* war ein typisches Brüsseler Lokal, dessen Fensterbank von vertrockneten Zimmerpflanzen verschönt wurde. Deleu spähte kurz durch die braune Fensterscheibe.

Buntglasfenster, was sonst. Kaum Gäste zu sehen.

Entschlossen betrat er das Lokal, nickte den zwei Grauhaarigen zu, die an der Theke vor sich hin vegetierten, und setzte sich auf einen Barhocker.

Als er Platz nahm, machte sich ein kleiner, stämmiger Kerl mit wattierter Jeansjacke hastig aus dem Staub. Bevor sein Rücken durch die Tür verschwand, sah Deleu gerade noch einen hin und her wippenden dünnen Pferdeschwanz.

»Wieder mal anschreiben?«, rief der Wirt dem Mann nach. Seine Frage klang abfällig, was offensichtlich auch so beabsichtigt war, denn er rümpfte verächtlich die Nase, während er ein Heft zückte.

Deleu achtete nicht weiter auf den Mann und beobachtete stattdessen die vier kartenspielenden Senioren in einer Ecke des Lokals. »*Patron*, ein Bier bitte.«

Der Wirt, ein Sechzigjähriger mit breiten Händen und kurzen behaarten Armen, nahm lustlos eines der unordentlich gestapelten Biergläser und hielt es schräg unter den Zapfhahn. Dann schob er das kaum schäumende Bier Deleu vor die Nase und konzentrierte sich wieder auf seine Zeitung.

Deleu trank mit großen Schlucken, stellte das Glas auf einen aufgeweichten Bierdeckel aus grauer Vorzeit und wischte sich mit dem Handrücken den Schaum von den Lippen. Anschließend drehte er sich langsam zu den Kartenspielern um, die schweigend in ihre Partie vertieft waren. Währenddessen blätterte der Wirt gelangweilt in seiner Ausgabe von »De Morgen«, und die amöbenhaften Thekengewächse starrten noch immer auf die eigene Nasenspitze.

»Noch ein Mustafa«, brummte der Wirt. »So langsam müsste es doch mal wieder klappen.«

Die Thekenleichen nickten zustimmend. Einer der beiden fummelte an seinem Fingernagel, schob dann die Hand bis zum Ellbogen in die Hosentasche und holte ein Päckchen *Ajja bleu* zum Vorschein, aus dem er einen üppigen Haufen Tabak nahm und quälend langsam zu einer prallen Zigarette rollte. Sein Nachbar konzentrierte sich noch immer auf seine Nasenspitze.

Einen Moment später ging die Tür auf, und zwei Nordafrikaner kamen wild gestikulierend herein. Der dickere der beiden Männer trug eine braune Jacke mit Hahnentrittmuster und einen karminroten Fes.

»B'jour Ali, *monsieur. Même chose?«*, fragte der Wirt, ohne aufzuschauen.

»Ja, wie immer, Constant.«

»Für mich ein Pils«, sagte der Mann mit dem Fes. Sein goldener Eckzahn funkelte, während er mit beiden Armen gestikulierte.

Der Wirt zapfte ein Pils, schenkte ein Mineralwasser ein, schlurfte zum Tisch der beiden Männer und warf einen Blick aus dem Fenster, als die Tür erneut aufging, und zwei weitere Gäste das Lokal betraten.

Einer der beiden – ein tadellos gekleideter, aber nachlässig rasierter älterer Herr – nahm an einem Tisch neben der Theke Platz. Er hängte den Mantel, den er über dem Arm getragen hatte, an die Garderobe und deponierte seinen kunstvoll verzierten Spazierstock mit Elfenbeingriff und Metallspitze vor sich auf dem Tisch.

Der andere Gast – ein Einwanderer, wie sie zu Tausenden durch Brüssel liefen – wählte einen Tisch am Fenster. Mit einem kurzen Nicken begrüßte er Ali und dessen Freund.

Im *Au point final* lag Nordafrika offenbar in der hinteren rechten Ecke.

»*C'est le beau temps hein*, Constant?«, sagte der Marokkaner und nahm einen kräftigen Schluck von seinem Mineralwasser.

»*Oui. C'est vous qui ont amené ici hein*, Ahmed.« Constant lachte breit, wobei sein einziger noch verbliebener Zahn zum Vorschein kam.

»*Quoi*, Constant?«

»Ah, le beau temps.«

Ali klopfte seinem Freund auf die Schulter und lächelte.

Deleu bestellte noch ein Pils und beschloss, einen Versuch zu wagen. »Van Cleynenbreughel«, sagte er und wandte sich an den Wirt, »Jozef Van Cleynenbreughel?«

»Was ist mit ihm?«

»Was für ein Mensch war er?«

»Wer will das wissen?«

»Ich.«

»Ah, Sie, und wozu?«

»Ich untersuche seinen Tod.«

»Ach so. Tja, was soll ich dazu sagen? Er war ein prima Kerl hier im Café, aber er hat gefunden, was er gesucht hat. Stimmt's, Gerard?«

»Und dann auch wieder nicht«, murmelte einer der Thekenhänger und kippte in einem Schluck die Hälfte seines Biers hinunter.

Deleu spitzte die Ohren, aber mehr kam nicht. Er musterte Constant, der sich mit geschlossenen Augen im tiefsitzenden Schritt kratzte. Das Dröhnen eines vorbeidonnernden Lastwagens ließ die Scheiben erbeben.

Der herausgeputzte Herr klopfte mit seinem Spazierstock auf den Fußboden. Constant seufzte und bückte sich. Deleu hörte, wie er unter der Theke herumkramte. Dann kam Constant mit einer Flasche Leffe Bruin wieder zum Vorschein.

»Ungekühlt, Meneer Cortois?«

»Naturellement«, lautete die resolute Antwort.

Der Wirt öffnete die Bierflasche, als wäre er beim Minenräumdienst tätig. Der gutgekleidete Herr beobachtete jede seiner Handbewegungen mit Argusaugen. Constant bemerkte seinen Blick und knurrte: »Ich weiß schon – keine Pfütze, Meneer Cortois.«

»War Van Cleynenbreughel hier Stammgast?«, versuchte Deleu, das Gespräch wieder in Gang zu bringen.

»Ach, was zerbrechen Sie sich darüber den Kopf? Was wollen Sie eigentlich hier? Sind Sie Journalist oder so was?« Constant brachte das Leffe an den Tisch des älteren Herrn, der ihm das passend abgezählte Geld gab. Achtlos ließ der Wirt die Münzen in die Schublade seiner Registrierkasse fallen und vertiefte sich wieder in seine

abgegriffene Zeitung. Was ihn betraf, war das Gespräch mit Deleu damit beendet.
Deleu wartete ab und sah abwechselnd vom Wirt hinter der Theke zu dem Einwanderer am Fenster, der lächelnd nach draußen schaute.
»Der trinkt nix«, sagte Constant, ohne aufzublicken. »Lebt von Luft und Liebe. Denkt, dass meine Stühle nichts kosten. Und mein Wasser auch nicht, wenn er im Klo abzieht.«
Deleu trank sein Glas aus und legte noch einen Euro auf die Theke.
»Noch eins?«
Deleu nickte und schaute aus dem Fenster.
»War kein schlechter Kerl. Der Jozef. Aber der, der da eben abgehauen ist ... sein Kumpel ... das ist 'ne linke Ratte.«
Deleu drehte sich zum Fenster. »Wer war das denn?«
»John. Ein Lastwagenfahrer.«
Deleu schaute zur Eingangstür und erinnerte sich an das kurze Bild, das sein Gehirn registriert hatte: ein breiter Rücken, ein dünner Pferdeschwanz. »Wissen Sie, wo der Mann wohnt?«
»John? Nein. Jedenfalls nicht in Brüssel. Aber ich weiß, dass er in irgendeiner kleinen, heruntergekommenen Hütte haust. Seine Frau ist 'ne Hexe. Professionell.«
Deleu spürte, wie ihm das Blut in den Kopf schoss, aber er ließ sich nichts anmerken. Während er sein Glas zur Hälfte leer trank, dachte er fieberhaft nach. Constant schaute in die andere Richtung. Deleu wartete. Er kam sich vor wie in »Warten auf Godot«.

»Danke«, sagte er schließlich und richtete sich mühsam auf. In dem Moment nahm der Wirt ein leeres De-Koninck-Glas von der Theke und bewegte es träge auf das Spülbecken zu.

Das ist sein Glas, schoss es Deleu durch den Kopf, und als er laut »Moment, nicht!« rief, erstarrte der Wirt mitten in der Bewegung. Dann drehte er träge wie eine Schildkröte den Kopf in Deleus Richtung.

»Das Glas. Kann ich das haben?«

»Dieses Glas?« Constant drehte das bauchige Bierglas, an dem noch Schaumreste klebten, am Stiel. »Und wahrscheinlich auch noch umsonst, oder was?«

Abwehrend hielt Deleu eine Hand hoch, als der Wirt das Glas wieder in Richtung Spülbecken bewegte. Mit der freien Hand zog Deleu sein Portemonnaie aus der Hosentasche und legte einen zerknitterten Fünf-Euro-Schein auf die Theke.

»Ungespült?«

»Ja, ich nehm es einfach so.«

»Wozu?«

»Das ist das einzige Glas, das mir in meiner Sammlung noch fehlt.«

»Das einzige ungespülte Glas. *Bon alla. Voilà.* Der Kunde ist König.«

Deleu nahm das Glas am Fuß und marschierte wortlos nach draußen. Er zog die schleifende Tür hinter sich zu und lief durch die enge Straße.

Der Lastwagen war verschwunden. Hastig kehrte Deleu zu seinem Golf zurück. Zuerst musste er Bosmans informieren. Und dann Rob fürs Wochenende abholen. Barbara hatte einen Anwalt eingeschaltet. Kein gemeinsames Sorgerecht, wenn es nach ihr ging. Während Deleu abgrundtief fluchte, klingelte sein Mobiltelefon. »Deleu«, meldete er sich mürrisch.

Der Mann am anderen Ende der Leitung zögerte.

»Deleu!«

»Hallo, Dirk.«

»Wer ist da?«

»Die Schuldigen müssen büßen.«

»He, wer sind Sie?«

»Die Ehe ist ein heiliges Sakrament.«

»Wer, zum Teufel ...«

»Jetzt beginnt das Spiel erst richtig. Und ich bestimme die Regeln.«

Als er ein heiseres Lachen hörte, nahm Deleu das Handy vom Ohr und betrachtete es, als hielte er ein glühendes Stück Holzkohle in der Hand.

Diese Stimme!

Der Schweiß brach ihm aus, als er das Handy langsam wieder zum Ohr hob. Aber die Verbindung war beendet worden.

Im nächsten Moment tauchte einer der drei Jungen wie aus dem Nichts auf und schoss den Ball in seine Richtung, der gegen einen Müllsack prallte und langsam unter einen geparkten Wagen rollte. Dass er Deleu »Bleichgesicht« nachrief, bekam dieser gar nicht mehr mit – Rob Rensenbrink war bereits um die Ecke gebogen.

*

Während Deleu mit Vollgas zurück zur Polizeiwache raste, saß Pierre Vindevogel in seinem Mondeo gegenüber vom Schultor des Mechelener Gymnasiums und spähte hinter seiner Zeitung hervor durch das schmale Seitenfenster.
Bieke de Prins wurde von einem Mann um die vierzig angesprochen. Eine ihrer Freundinnen, eine Jugendliche mit etwa zehn Ringen im Ohr, machte eine anzügliche Bemerkung. Anzüglich, aber gleichzeitig eifersüchtig, was Pierre daran erkennen konnte, wie sie die Stupsnase in die Luft reckte und den Kopf wegdrehte.
Der Mann war in der Tat attraktiv: ein südländischer Typ mit dem kantigen Kinn eines Comichelden und einer klassischen griechischen Nase.
Pierre warf einen raschen Blick in den Spiegel und berührte kurz seine Knollennase, ehe er sich wieder auf seine Aufgabe konzentrierte. Von seinem Platz hinter der Zeitung sah er, dass der Latin Lover das Mädchen am Handgelenk packte und beinahe schmachtend anschaute. Pierre setzte sich kerzengerade auf, zögerte aber noch. Jahrelange Erfahrung hatte ihn gelehrt, dass es sich in vielen Fällen empfahl, lieber einen Moment abzuwarten. Außerdem bestand keine große Gefahr – auf der Straße wimmelte es vor Schülern.
Bieke de Prins stieg mürrisch von ihrem Fahrrad und folgte dem Mann auf die andere Straßenseite. Dieser zog die Schultern hoch, fuhr sich mit der Hand durch die Haare und grinste breit, als er die Beifahrertür seines Lexus öffnete und eine einladende, aber entschiedene Geste machte.

Bieke de Prins schüttelte den Kopf, woraufhin ein heftiger Wortwechsel folgte. Dabei sah der Italiener sich ständig um wie ein Wiesel, das Unrat wittert.

»Bestimmt verheiratet«, murmelte Pierre und öffnete seine Tür einen Spalt, um die Diskussion verfolgen zu können. Doch sosehr er sich auch anstrengte, er konnte nur Fetzen aufschnappen.

»Nie mehr sehen …«, glaubte er zu hören, aber die Antwort des Italieners verstand er nicht.

Pierre bohrte sich mit den kleinen Fingern in den Ohren, drehte sie ein paar Mal hin und her, zog sie mit einem Ploppgeräusch wieder heraus und betrachtete seine Fingerkuppen, ehe er das Ohrenschmalz an der Unterseite seiner Jeans abstreifte.

»Du spinnst wohl …«, rief das Mädchen nun und fügte irgendetwas mit »Polizei« hinzu. Dann brach sie in Tränen aus.

Der Italiener wusste nicht, wohin mit seinen Händen, und begann ebenfalls fast zu heulen. Er versuchte, ihr beruhigend den Arm um die Schultern zu legen, aber sie wehrte ihn resolut ab. Ihre Lippen bewegten sich. Ruhiger dieses Mal.

Der Italiener scharrte unruhig mit den Füßen. Im nächsten Moment lief er wütend um seinen Wagen herum. Sein wehender Regenmantel verlieh ihm die Aura eines Revolverhelden aus einem Sergio-Leone-Western – allerdings eines betrogenen Revolverhelden. Er stieg hastig in seine Luxuslimousine, ließ die Scheibe herunter und schrie: »Wenn du es wagst, mir das anzutun, mach ich dich fertig. Ich hab eine Familie, du dumme Gans!«

Die letzten Worte waren deutlich zu verstehen. Pierre zog die Augenbrauen hoch und starrte verwundert auf das Nummernschild des Lexus. Dann holte er sein Notizbuch aus der Jackeninnentasche, fand keinen Kuli, schrieb die Nummer leise fluchend auf die beschlagene Fensterscheibe und kramte hastig im Handschuhfach. Da er noch immer keinen Kuli aufspüren konnte, hauchte er erneut gegen die Scheibe und suchte verzweifelt weiter, bis er endlich einen abgenutzten Bleistift entdeckte und »CD365« in sein Notizbuch kritzelte.

Als er wieder aufschaute, stand Bieke de Prins noch immer mit ihrem Fahrrad auf dem Gehweg. Sie zitterte. Pierre überlegte, ob er sie ansprechen sollte, verzichtete dann aber darauf und beschloss, erst einmal die Identität des Italieners festzustellen. Ein Italiener, der Van Cleynenbreughel verdammt ähnlich sah.

Pierre Vindevogel rieb sich mit der Hand über die Stirn.

Denk nach, Junge, denk nach.

»Wenn das stimmt … dann ist Van Cleynenbreughel unschuldig«, murmelte er bestürzt, als ihm bewusst wurde, dass Bieke de Prins einen Liebhaber hatte. Einen verheirateten Liebhaber.

Angenommen, es war nicht Van Cleynenbreughel, der sie in der Nähe des Fitnesszentrums belästigt hat. Angenommen, es war dieser Kerl hier. Dann …

Pierre betrachtete die Trauerränder unter seinen Fingernägeln.

Dann … ja, was dann?

Fluchend griff er zum Sprechfunkgerät und wählte die Nummer der Zentrale.

Das Mikrofon krächzte: »Notrufzentrale Bezirk Mechelen, womit kann ich …«

»Juul, hier ist Pierre … Ja, Juul, Pierre Vindevogel. Juul, Fahrzeugkennzeichen CD365. Ich brauche Name und Adresse des Halters … Was? Musst du das jetzt auch noch wissen? … Nein, ich weiß es nicht mehr. Irgend so ein fetter Japaner … Keine Ahnung. Irgendwas mit einem ›x‹ in der Mitte … Ja, genau. Plexus. Das ist es.«

Zum zweiten Mal zückte Pierre Vindevogel sein Notizbuch und schrieb »Luis Hidalgo, Oscar Van Kesbeeckstraat 26, 2800 Mechelen« hinein. Dann wählte er Bosmans' Nummer.

*

Als Deleu wild gestikulierend in sein Büro gestürmt kam, steckte Bosmans sein Mobiltelefon in die Jackeninnentasche und schaute ratlos auf. Er nickte Vereecken kurz zu, der halb aus seinem Rollstuhl hing, weil er sich zusammen mit dem Untersuchungsrichter über einen gewaltigen Aktenstapel beugte.

»Jos, in dem Café … Ich bin da wahrscheinlich auf Hedwiges Mann getroffen, John Mispelters. Als ich hereinkam, ist er Hals über Kopf abgehauen. Er muss mich erkannt haben. Der Wirt hat mir erzählt, dass er mit Van Cleynenbreughel befreundet war. Wir liegen also vollkommen falsch. Wir haben uns die ganze Zeit auf seine Frau konzentriert.« Keuchend beugte Deleu sich nach vorn und stützte sich mit den Händen auf den Knien ab.

»Setz dich, Dirk.« Bosmans strahlte eine derartige Ruhe aus, dass auch Deleu sich wieder fasste.

»Was ist los, Jos?«
»Nichts.«
»Jos, das ist eine wichtige Information. Oder interessiert dich das alles nicht mehr? Der Mann von Hedwige und Jozef Van Cleynenbreughel haben sich in diesem Café kennengelernt. Wir müssen herausfinden, was die zwei zusammen ausgeheckt haben und diesen Kerl dann …«
»Er lebt von ihr«, murmelte Bosmans, während er einen Zettel von sich wegschob und Walter Vereecken ansah.
Deleu zog sich einen Bürostuhl heran, schob den Aktenstapel mit dem Ellbogen zur Seite und schenkte sich einen lauwarmen Kaffee ein.
Bosmans schaute auf. »Erzähl mal ein bisschen mehr über dieses Hexenritual.«
»Da gibt es nichts zu erzählen«, antwortete Deleu trotzig. »Nur eine nasse Hose, eine aufkommende Erkältung und ein geschwollener Knöchel.«
»Okay, das lese ich ja dann alles in deinem Bericht.«
»Bericht?«
Bosmans grinste breit.
»Ich weiß nur eines, Jos Bosmans: Es gibt mehr zwischen Himmel und Erde …« Deleu presste seine Fingerkuppen gegeneinander und betrachtete sie. Konzentriert und fest entschlossen, sich nicht mehr kalt erwischen zu lassen. Wenn Bosmans nicht auf seine Entdeckung reagierte, dann bedeutete das, dass er wahrscheinlich über der gleichen Idee brütete. »Was hast du herausgefunden?«
»John Mispelters … Er lebt von seiner Frau.« Bosmans roch an seinen nikotingelben Fingern. »Wir haben die Bankkonten überprüfen lassen. Vor drei Jahren wurden

ihm sämtliche Vollmachten entzogen, und seitdem besitzt der Kerl keinen roten Heller mehr. Er wohnt noch bei ihr, aber das ist auch schon alles.«

»Wie etwa siebzig Prozent der männlichen Bevölkerung«, brummte Deleu. »Nichts Neues, wenn du mich fragst.«

»Dirk, dieser Kerl wollte fort von seiner Frau, von dieser Hexe«, mischte Walter Vereecken sich in die Diskussion ein. »Wir haben Van Cleynenbreughels Frau noch mal auf den Zahn gefühlt, und die wusste zu berichten, dass ihre Freundin Hedwige mit ihrem ehebrecherischen Mann genau dieselbe Geschichte durchgemacht hat wie sie.«

»Und deshalb hat Hedwige Van Cleynenbreughel wahrscheinlich einen höllischen Schreck eingejagt, als ihre Freundin Betty mit demselben Problem konfrontiert wurde.«

»Dieser Kerl weiß echt nicht mehr ein noch aus.« Vereecken setzte noch einen drauf. »Übrigens hat er vor einiger Zeit bei einer anderen Bank, der BBL, ein Konto eröffnet und fünfzigtausend Euro in bar eingezahlt. Eigenhändig. Der Bankangestellte konnte sich an den Vorgang noch gut erinnern.«

»Noch gut erinnern? Obwohl das schon so lange her ist und er den Mann noch nie zuvor gesehen hatte?«

Vereecken kniff sich in die Nasenspitze und lächelte. »Das Geld stank. Es war sogar noch feucht. Diese Bankangestellten machen manchmal echt was mit. Der betreffende Sachbearbeiter erzählte mir, dass er ganz genau sagen könne, wo manche ältere Leute ihr Bargeld aufbewahren: Manchmal riechen die Scheine nach Waschpulver und manchmal nach frischer Erde, aber wenn der Fischhändler oder der Senkgrubenentleerer …«

»Ja, ja. Ersparen Sie uns die Details«, unterbrach Bosmans seinen übereifrigen Ermittler.

Vereecken schien den Faden verloren zu haben und schaute in alle Richtungen, nur nicht zu Bosmans. »*Bon. Enfin.* Das Eigenartige an dieser Geschichte ist jedoch die Tatsache, dass er das Geld zwei Monate später wieder abgehoben hat.«

»Seltsam«, murmelte Deleu. »Wirklich seltsam. Ob der Kerl in irgendwelche krummen Dinger verwickelt ist? Vielleicht hat er ja noch weitere verborgene Konten. Geht's hier um Geldwäsche?«

»Nein. Wir haben uns bei allen Banken erkundigt, sowohl bei Privat- als auch bei Genossenschaftsbanken. Einfach überall. Der Kerl besitzt keinen roten Heller. Bei einem Notar wurde sogar ein Privatvertrag geschlossen, in dem steht, dass er alles verliert und für den Rest seines Lebens eine Unterhaltszahlung in Höhe von eintausend Euro pro Monat zu leisten hat, falls er Hedwige jemals sitzenlässt.«

»Und nun erzählst du uns, dass die beiden Männer Kneipenbrüder waren«, warf Bosmans ein. »Wenn das kein Zufall ist …«

Statt einer Antwort ließ Deleu den Kopf in die Hände sinken.

Salz, Kerzen, Weihrauch … Wicca.

Jos Bosmans schwieg. Die Körperhaltung seines Freundes war für ihn ein offenes Buch: Deleu dachte nach. Er versuchte, alle Informationen sorgfältig durchzugehen und Zusammenhänge zu erkennen, die viele Menschen einfach übersahen. Er drehte und wendete die Puzzleteile. Testete unlogische Konstruktionen. Das war seine große Stärke – seine intuitive Kraft.

»Muriel Vandergoten. Salz, Kerzen, Weihrauch. Alles Gegenstände, die bei Wicca-Ritualen verwendet werden. Außerdem verdächtige Geldtransaktionen.« Deleu schlug mit der Faust auf den Tisch. »Verdammt noch mal, es ist alles so offensichtlich, und trotzdem haben diese Brüsseler Idioten nichts damit angefangen. Und die Fingerabdrücke, Jos. Auf dem Plastikbeutel, in dem Muriel Vandergotens Kopf lag, sind doch Fingerabdrücke gefunden worden, oder nicht? Die müssen wir mit den Fingerabdrücken von Hedwige und denen ihres Mannes vergleichen.« Vorsichtig stellte Deleu das leere Bierglas auf den Tisch und deutete darauf.

»Was ist das für ein Glas?«

»John Mispelters' Fingerabdrücke«, erwiderte Deleu zerstreut.

»Ach, und ich dachte schon, dass du inzwischen dein Bier überall mit hinschleppst«, meinte Bosmans und betrachtete seinen Freund bewundernd, was Deleu jedoch völlig entging. Er war zu sehr in Gedanken versunken.

»Was haben die zwei ausgeheckt?« Deleu stand auf und stöhnte. »Er hat Muriel Vandergoten ermordet und wollte es seiner Frau in die Schuhe schieben.«

Bosmans fuhr sich durch die wenigen, noch verbliebenen Haare. »Wir schnappen uns den Kerl. Walter, lassen Sie die Fingerabdrücke mit allen Fingerabdrücken vergleichen, die wir bis jetzt haben.«

Deleu schaute sich um. »Wo ist Nadia?«
»Diesen Psychotherapeuten befragen. Diesen Beherman.«
»Beherman?«
»Ja, Van Cleynenbreughels Psychologe.« Bosmans half Deleus Gedächtnis auf die Sprünge.
»Wo wohnt der? Wozu brauchst du den? Und warum hast du Nadia dorthin geschickt?« Deleu klang verstimmt.
»Beherman? Seine Praxis liegt in der Ridder Dessainlaan. Nummer dreiundvierzig, glaube ich. Ich will ein paar zusätzliche Informationen über Van Cleynenbreughels Geisteszustand, und Nadia ist nun mal Ermittlerin. Und übrigens eine ganz hervorragende. Noch Fragen, Deleu? Anmerkungen? Bedenken? Argumente? Giftige Kommentare? Spuck es ruhig aus.«
Verwirrt schaute Deleu auf. »Tut mir leid, Jos. Ich bin einfach nur nervös.«
»Fahr los und hol Rob ab, Dirk. *By the way*, Vindevogel hat mich eben angerufen. Er vermutet, dass auch Bieke de Prins einen Liebhaber hat. Einen verheirateten Ecuadorianer. Wir durchleuchten den Mann gerade diskret.«
»Verheiratet …«, murmelte Deleu.
»Und dazu Mitglied im Fitnessclub ›Body Health Center‹ in Mechelen.« Bosmans seufzte.
»Dann war es wahrscheinlich gar nicht Van Cleynenbreughel, der Bieke de Prins beim Fitnessclub angegriffen hat?«, sagte Deleu und ging stirnrunzelnd in Richtung Tür.
»Vermutlich nicht. Wir stehen also wieder ganz am An-

fang. Und das Täterprofil, das Evelyne Pardieu aufgrund der Ähnlichkeit zwischen Muriel Vandergoten, Hilde Plaetinck und Bieke de Prins entwickelt hat, können wir ebenfalls in die Tonne werfen. Absolut wertlos.«

Deleu fluchte unterdrückt, schaute erneut auf die Uhr und hastete zur Tür, wo er sich jedoch abrupt umdrehte. »Wo ist Nadia?«

Seufzend schaute Bosmans von seiner Lektüre auf. »Das hab ich dir doch gerade erzählt.«

Deleu blieb einen Moment reglos stehen und setzte sich dann wieder in Bewegung. »Beim Gynäkologen … 'tschuldigung … Psychologen«, hallte es durch den eisigen Flur.

13

Im Flur roch es nach Schimmel. An mehreren Stellen war die Tapete von den Wänden abgeblättert, und auf den grobkörnigen Stuckarbeiten und oberhalb der Fußleisten zeichneten sich Stockflecken ab.

Das heruntergekommene Herrenhaus in de Ridder Dessainlaan hatte nichts von jenen piekfeinen, angesagten Stadtvillen, in denen Psychotherapeuten, die etwas auf sich hielten, ihre Praxis eröffneten.

Da Nadia Mendonck nirgends einen Aufzug entdecken konnte, quälte sie sich in die dritte Etage. Jeder Schritt fiel ihr schwer.

Wie soll das erst in drei Monaten werden?

Vor der massiven Eichentür blieb sie stehen und zögerte, doch bevor sie anklopfen konnte, sprang das Schloss mit einem leisen Klicken auf.

»Kommen Sie herein, Frau Kommissarin.«

Verblüfft schaute Mendonck über die Schulter, konnte aber nirgends eine Videokamera oder irgendeinen Sensor erkennen.

Sie ließ die Fingerknöchel ihrer rechten Hand knacken und drückte die Tür schließlich auf.

Die nüchterne Praxis roch nach frischem Bohnerwachs

und war im Gegensatz zum Rest des alten Hauses blitzblank.
Ein großer, fast leerer Raum. Obwohl es erst drei Uhr nachmittags war, waren die Jalousien herabgelassen.
Mit einer Hand schirmte Nadia Mendonck ihre Augen ab – die Halogenstrahler an der Decke leuchteten ihr direkt ins Gesicht.
»Nehmen Sie Platz. Kann ich Ihnen etwas anbieten?«
Mendonck zögerte. Sie hatte zwar einen trockenen Mund, aber irgendetwas hielt sie davon ab, die Einladung anzunehmen. »Nein, danke. Ich bin im Dienst. Sind Sie Meneer Beherman?«
»Genau der.«
Mendonck setzte sich und fühlte sich auf dem harten Stuhl unbehaglich. Sie gönnte ihren Augen kaum Zeit, sich an den abgedunkelten Raum zu gewöhnen.
Der Mann vor ihr drehte die Daumen umeinander und lehnte sich entspannt in seinem ausladenden Klubsessel zurück. Er war kräftig gebaut, hatte aber etwas Geschmeidiges an sich. Etwas Katzenhaftes. Vielleicht lag es an seinen Augen. Mendonck betrachtete das Stahlgestell seiner Brille, das im Schein der Halogenspots schimmerte.
»Warum ziehen Sie die Jalousien nicht hoch?«, platzte sie heraus, um die unheimliche Stille zu durchbrechen.
»Fürchten Sie sich im Dunkeln?«, fragte er jovial.
»Nein. Aber ich halte nichts von Energieverschwendung. Warum tun Sie das eigentlich? Ist das eine professionelle Gepflogenheit?«
»Jalousie. Hübsches Wort … leitet sich ab vom französi-

schen ›jalousie‹ und bedeutet ›Eifersucht‹.« Der Mann erhob sich aus dem Sessel, ging federnd zum Fenster und zog die Jalousien mit einem kräftigen Ruck hoch. »Ich habe nichts zu verbergen«, sagte er lächelnd, während er sich wieder in den Ledersessel fallen ließ. »Aber meine Augen vertragen Kunstlicht besser als Tageslicht.« Er faltete die Hände über dem Bauch. Das weiche Leder krachte leise.

Plötzlich wurde Mendonck bewusst, wie hart dagegen der schlichte Resopalstuhl war, auf dem sie saß. Sie seufzte.

»Dies ist ein denkwürdiger Tag für mich«, sagte er munter und ein wenig feierlich.

Verwundert schaute Mendonck auf. »Wie meinen Sie das?«

»Ich bekomme nicht oft Besuch von schönen Frauen.« Der Mann lachte anzüglich. Mendonck schien einen Augenblick sprachlos.

Seine Zähne glänzten weiß und funkelnd. Er wirkte durchtrainiert und besaß eine kraftvolle Ausstrahlung – imposant, gebildet und gleichzeitig animalisch. Einen kurzen Moment dachte sie daran, von ihren eigenen Problemen zu erzählen, beherrschte sich dann aber.

»Was kann ich für Sie tun, Fräulein Mendonck? Oder sollte ich sagen ›Frau …‹?«

Die Anspielung auf ihre bevorstehende Mutterschaft brachte Mendonck erneut aus dem Konzept. Unwillkürlich strichen ihre Finger über ihren Bauch, und sie schaute den Mann verlegen an.

Ein amüsiertes Lächeln spielte um seine Lippen. Nadia

konzentrierte sich nun auf sein Gesicht. Während sie die kantigen, wie aus Granit gemeißelten Züge musterte, verzog der Psychotherapeut keine Miene. Er blinzelte nicht einmal. Und seine Augen hatten etwas Gebieterisches, das ihren Blick festhielt. Mendonck fiel auf, dass die gebräunte Haut seiner linken Wange straffer war als die seiner rechten Gesichtshälfte. Faszinierend. Plastische Chirurgie. Ganz zweifellos. Wahrscheinlich ein Facelifting.

»Junge Frau?«

»Äh, entschuldigen Sie bitte«, stotterte Mendonck zerstreut, nahm die Hand vom Bauch, verschränkte die Finger und legte die gefalteten Hände vor sich auf den glänzenden Schreibtisch. »Also, ich würde Ihnen gern noch ein paar Fragen über einen Ihrer ehemaligen Patienten stellen. Ein gewisser Jozef Van Cleynenbreughel.«

Beherman runzelte die Stirn.

Schminke. Das ist Schminke. Deshalb die gebräunte Haut. Dieser eitle Fatzke, überlegte Mendonck, innerlich grinsend, als sie die winzigen Risse rund um sein linkes Auge sah. Sie genoss das Gefühl, wieder Herrin der Lage zu werden. Das Gleichgewicht wiederherzustellen.

Der Mann wandte den Blick ab. Er wusste, dass sie es wusste. Das konnte man deutlich spüren. Mendonck genoss die neue Situation.

»Wie kommen Sie eigentlich auf die Idee, dass ich freiwillig Informationen über meine Patienten preisgebe?« Obwohl er diese Frage lächelnd stellte, schwang trotz des sanften Tonfalls eine unterschwellige Drohung mit –

was Mendonck nicht entging. Sie fühlte sich von Minute zu Minute unbehaglicher, konnte aber nicht sagen, warum.

»Ich meine, von einem Kollegen gehört zu haben, dass Sie bereit waren, an der Aufklärung des Falls mitzuwirken. Oder irre ich mich da vielleicht?« Ihre Stimme klang scharf. Rebellisch.

»Von welchem Kollegen? Deleu?«

Nadia Mendonck reagierte nicht sofort. Mit der rechten Hand massierte sie sich die Schulter oberhalb des Schlüsselbeins. Seit sie sich als Schülerin beim Basketballunterricht die Schulter verrenkt hatte, war diese Stelle empfindlich geblieben.

Sie zögerte. Fühlte sich klein, schutzlos, nicht in der Lage, Entscheidungen zu treffen.

Verdammte Hormone. Mendonck atmete tief durch.

Plötzlich erhob sich der Mann, ging zu einem kleinen Tisch, auf dem eine Porzellankanne stand, und goss Kaffee in zwei elegante, hohe Tassen. »Zucker, Milch?«

»Nur Milch. Danke.«

Mit militärischer Präzision plazierte er die Tasse auf die Ecke der Schreibtischplatte.

Der Kaffee duftete vorzüglich. *Purer Arabica, daran bestand kein Zweifel.* Mendonck nippte an dem Kaffee und verbrannte sich fast den Mund.

Der Mann bemerkte ihre Reaktion, verzog aber keine Miene und meinte lediglich mit neutraler Stimme: »Ja, ganz recht. Eine Porzellankanne. Sie haben sich nicht geirrt. Ich schätze schöne Dinge.« Er betonte das letzte Wort so stark, dass er es gleichzeitig banalisierte. Subtil,

aber deutlich spürbar. »Das Innere der Kanne ist allerdings mit einer Thermoschicht ausgekleidet. Klassische Schönheit in Kombination mit moderner Technik.«
»Danke.« Mendonck nahm den Deckel vom Milchkännchen und goss sich Milch in die Tasse. Der silberne Kaffeelöffel klimperte leise gegen den Rand. »Ohne Zucker.«
In der Zwischenzeit war der Psychotherapeut aufgestanden und hatte sich mit den Schultern gegen die Wand gelehnt.

*

Walter Vereecken sauste mit seinem Rollstuhl durch den Flur und entwickelte dabei eine Geschwindigkeit, die manchem Teilnehmer der Paralympics Respekt eingeflößt hätte. Die Metallfußstütze stieß gegen Bosmans' Tür und verursachte eine Schramme im ohnehin ramponierten Holzfurnier.
Bosmans verdrehte die Augen und tippte sich mit dem Zeigefinger an die Schläfe. »Ja, Diederik. Ja, ich möchte, dass die beiden einander gegenübergestellt werden ... Ich weiß, dass Bieke de Prins und dieser Ecuadorianer nichts mit den anderen Mordfällen zu tun haben. Ja ...«
Vereecken atmete heftig.
Bosmans hielt eine Hand vor den Hörer. »Nehmen Sie Platz, Walter. Ruhen Sie sich kurz aus.« Als er Vereeckens verdutztes Gesicht sah, breitete sich ein dümmliches Grinsen auf seinem Gesicht aus. Er schaute zur Decke, machte eine drehende Bewegung mit seinem Zeigefinger und warf seinem Mitarbeiter einen fragenden Blick zu.

Doch Vereecken war noch immer so außer Atem, dass er kein Wort herausbekam.
»Staatsanwalt Bauwens«, flüsterte Bosmans, die Hand über dem Hörer. Bei der nächsten Antwort kniff er die Augen zusammen. »Ja, Diederik. Ich weiß, dass der Mann eine Familie hat. Und dass er ein hoher Beamter ist und dass unsere diplomatischen Beziehungen zu Ecuador derzeit auf Sparflamme kochen. Aber wo ist das Problem? Ich will doch gar nicht beweisen, dass er in diese Mordfälle involviert war. Im Gegenteil – ich möchte mit hundertprozentiger Sicherheit ausschließen, dass er irgendetwas damit zu tun hat. Das ist schon alles … Genau … Ja, die Brüsseler Staatsanwaltschaft ist außer sich. Vielleicht kannst du die Herren ja mal fragen, warum sie beim Fall Muriel Vandergoten so amateurhaft vorgegangen sind. Vielleicht wollten sie ja noch weitere Spitzenbeamten schützen … Ja, Diederik … Entschuldigung … Okay. Ja. Ich halt dich auf dem Laufenden.«
Einen bitteren Nachgeschmack im Mund, warf Bosmans den Hörer auf die Gabel. Dann fischte er eine Zigarette aus der Packung und schob sie über den Tisch zu Vereecken. »Tut mir leid wegen eben. Diese Aufforderung zum Platznehmen. Das war ein Scherz. Entschuldigung. Okay?«
»Nein, danke. Ist schlecht für die Durchblutung, hat mein Arzt gesagt.« Vereecken ignorierte Bosmans' Versuch, ein Pflaster auf die Wunde zu kleben. Stattdessen warf er die Akte, auf der jetzt ein schweißfeuchter Daumenabdruck glänzte, auf den Schreibtisch des Untersu-

chungsrichters. »Die Fingerabdrücke … sie stimmen überein.«

Als Bosmans die Augenbrauen hochzog, deutete Vereecken auf die Aktenmappe aus grauem Karton, aus der eine Reihe von Dokumenten unordentlich herausragten.

»John Mispelters. Die Fingerabdrücke in der Akte von Muriel Vandergoten«, erläuterte Vereecken. Unter seinen Achseln zeichneten sich Schweißringe ab.

Bosmans schlug die Mappe auf und ließ seinen Blick über das oberste Blatt Papier schweifen. Es handelte sich um die Kopie einer Tabelle mit zwei Reihen von Fingerabdrücken. Die Übereinstimmungen waren mit Pfeilen und Symbolen markiert, und weiter unten befanden sich mehrere Textzeilen.

Das DIN-A4-Blatt glitt Bosmans aus der Hand. Er warf Walter Vereecken einen langen Blick zu und brummte dann: »Hätten Sie das nicht eher sagen können? Ich will die ganze Truppe hier haben. Innerhalb der nächsten halben Stunde. Trommeln Sie alle zusammen. Und danach herrscht absolute Funkstille.« Dann kümmerte er sich nicht mehr um Vereecken, gratulierte ihm nicht mal. Stattdessen gab er auf seinem Mobiltelefon bereits die erste Nummer ein, die in der nicht alphabetisch sortierten Namensliste an erster Stelle erschien.

*

Mendonck nahm einen Schluck des aromatisch duftenden Kaffees. Als ihr Mobiltelefon klingelte, schaltete sie auf die Mailbox um und steckte das Handy in die Handtasche.

»Jozef Van Cleynenbreughel ist nicht derjenige, den Sie suchen, Frau Kommissarin.«
Fast hätte Mendonck den Kaffee zurück in die Tasse gespuckt – nur mit Mühe gelang es ihr, die glühend heiße Flüssigkeit hinunterzuschlucken. Fragend schaute sie den Psychotherapeuten an, aber der Mann schwieg.
Die unheimliche Stille schien den ganzen Raum auszufüllen. Beherman lehnte noch immer an der Wand. Er spielte mit seinem Manschettenknopf. Neben ihm ragte ein riesiges Gemälde auf. Öl auf Leinwand, mit einer gewaltigen Kirche als Motiv.
Nadia Mendonck erkannte gotische Elemente. Der Mann und die Kirche. Die Kirche und der Mann. Mendonck schüttelte den Kopf, als wollte sie ihre Gedanken sortieren.
»Sie sind alle schon mal hier gewesen. Und sie sind krank. Alle, wie sie da sind. Sie übrigens auch, junge Frau. Haben Sie das gewusst? Aber machen Sie sich deswegen keine Sorgen. Es wird alles wieder gut.«
Nadia Mendonck fühlte sich schläfrig. Die Worte drangen kaum zu ihr durch, und die Farben im Raum verschwammen, als würden sie verschmelzen. Reflexartig griff Mendonck nach ihrem Schulterhalfter, doch ihre Fingerspitzen kamen nur bis zu ihrem Schulterblatt. Dann musste sie sich mit beiden Ellbogen auf der Tischplatte abstützen. »Ich … ich fühl mich nicht gut … ich …«
Ein lautes Klicken veranlasste sie, sich umzusehen … keuchend und mit offenem Mund. Durch die rasche Bewegung schien es, als würde das Mobiliar tanzen.

Beherman stand breitbeinig vor ihr. Er spielte mit einer Fernbedienung und nahm seine Brille ab. Langsam. Er lachte. Seine Lippen bewegten sich. Sie verzogen sich, und als sie sich schließlich voneinander lösten, kam ein schwarzer Abgrund rasend schnell auf Nadia zu.

Instinktiv wollte sie die Hände hochreißen, fand aber nicht mehr die Kraft dazu. Und während sie hilflos aufschaute, gingen endgültig die Lichter aus.

Dass eine starke Hand ihr Kinn festhielt und so verhinderte, dass sie mit dem Kopf auf die Tischplatte aufschlug, bekam sie nicht mehr mit.

*

Als in Deleus Wohnung das Mobiltelefon klingelte, saß er gerade am Küchentisch, in der Hand ein Butterbrot mit einer dicken Scheibe reifem Camembert. Mit der anderen Hand fuhr er sich nachdenklich durch die Haare.

Vor ihm auf dem übervollen Küchentisch lag eine Puppe – ein sündhaft teures Spielzeug, das bei seiner Heimkehr an der Wohnungstür gebaumelt hatte.

Ihre funkelnden blauen Augen glichen Saphiren, und der Unterrock war aus reiner Seide genäht. Die blonden Haare wirkten wie echte Menschenhaare.

Deleu nahm die Puppe und drehte sie um.

Jemand hatte die Haare abgeschnitten, daran bestand kein Zweifel. Diese teuren Dinger wurden meistens mit langen Locken verkauft. Aber diese Puppe war anders, kein Fließbandprodukt. Es schien, als habe der Absender eigenhändig eine Frisur schneiden wollen – was ihm übrigens ganz gut gelungen war.

Irgendwie erinnerte ihn der Haarschnitt an Nadias Frisur, dachte Deleu, auf dessen Stirn nun tiefe Furchen erschienen.
Der Unterrock zeigte eine interessante Wölbung, als sei dieses Barbie-Lookalike schwanger. Deleu fühlte sich plötzlich unbehaglich, und er legte die Puppe auf den Tisch. Dann stand er auf und ging ins Bad, holte eine Pinzette aus seinem Kulturbeutel, setzte sich wieder an den Küchentisch und nahm die Puppe mit seinem Taschentuch auf. Vorsichtig hob er den Rock hoch.
Die Puppe fiel auf den Tisch. Sprachlos schob Deleu seinen Stuhl ein Stück zurück und starrte ungläubig auf den fleischfarbenen Bauch aus weichem Kunststoff, der aufgeschlitzt worden war und aus dem der Arm einer anderen, kleineren Puppe herausschaute.
Wie gebannt durch diesen faszinierenden und irritierenden Anblick hörte er sein Mobiltelefon nicht. Sein Blick wanderte zur Anrichte, aber seine Gedanken waren ganz woanders.
Plötzlich sprang Deleu auf und lief zur Anrichte.
Der anonyme Anrufer!
Hastig griff er nach dem Telefon.
Zu spät!
Auf dem LCD-Display leuchtete ein Symbol. Ein Telefongerät.
Deleu gab die Nummer seiner Mailbox ein, drückte sich das Handy ans Ohr und wühlte gleichzeitig mit der freien Hand in der untersten Küchenschublade, auf der Suche nach einer Plastiktüte.
Der Anruf stammte von Bosmans: Ob Deleu dringend

ins Büro kommen könne. Und ob er bitte darauf achten könne, dass die Geräte, die ihm sein Arbeitgeber zur Verfügung stellte, auch einsatzbereit wären. Und ob er in Zukunft seine Privatangelegenheiten außerhalb der Dienstzeit erledigen wolle. Und ob er bitte schön einen Zahn zulegen könne, denn sie hatten John Mispelters festgenommen. Die Fingerabdrücke stimmten überein. Dann folgte irgendetwas Gemurmeltes, als ob Bosmans sich entschuldigte, und dann Stille.

»Jos? Jos. Verdammt.« Deleu schaute erst verwirrt und dann enttäuscht auf sein Mobiltelefon. Doch im nächsten Moment kickte er die Pantoffeln von den Füßen, zog seine Jeansjacke an und wählte gleichzeitig Bosmans' Nummer.

Der Ärmel der Jacke verfing sich in der Rückenlehne des Küchenstuhls, der daraufhin krachend umfiel.

14

Nein, verdammt noch mal. Meine Frau hat nix davon gewusst. Die dumme Kuh. Die Zukunft anderer Leute vorhersagen … das kann sie. Die alte Schlampe.«

»Ihr habt das Mädchen gemeinsam ermordet, im Schuppen, hinten im Garten. Im Garten deines eigenen Hauses. Wie ist es dann möglich, dass …«

John Mispelters' Lider flatterten hektisch. Er schnappte nach Luft, und seine Stimme überschlug sich. »Ich hab das junge Ding nicht ermordet! Ich hab sie bloß gevögelt, ihr Idioten. Der andere hat das getan. Dieser Verrückte hat sie abgestochen.«

Die vier Vernehmungsbeamten – Bosmans, Deleu, Vereecken und Verrijt – schwiegen. Dies war ein entscheidender Moment. Wenn der Mann nun dichtmachte, war alles umsonst gewesen, und sämtliche vorangegangenen Bemühungen wären mit einem Schlag zunichtegemacht.

Mispelters rieb sich die stark geröteten Wangen.

Deleu schob das Glas Wasser näher zu ihm. »Vielleicht was Stärkeres, John? Ein Bier?«

Bosmans traute seinen Ohren kaum, schwieg aber. Mispelters schüttelte langsam den Kopf. Deleu bot ihm eine Belga an und gab ihm Feuer.

Gierig sog der Mann an der Zigarette, atmete den Rauch tief ein. Nach etwa einer halben Minute blies er die Luft wieder aus, die nun keinen Qualm mehr enthielt. Dann rieb er die Zigarettenspitze am Rand des Aschenbechers entlang, bis sämtliche Asche abgefallen war und nur noch der glühende Kegel übrig blieb.
Trotz der gewaltigen Spannung und dem Kribbeln in seinem Magen konnte Deleu ein – wenn auch lautloses – Gähnen nicht unterdrücken. Verstohlen schaute er auf die Uhr, aber Mispelters Stimme lenkte ihn derart ab, dass er die Uhrzeit gar nicht bewusst registrierte. Die Stimme des Mannes klang leise und monoton, als stünde er unter Beruhigungsmitteln.
»Dieses Mädchen ist bei meiner Frau aufgetaucht und hat einen Heidenterz veranstaltet. Weil sie dem Liebhaber des Mädchens, dem Jef … Jef Van Cleynenbreughel, Angst eingejagt hatte. Der Jef hatte mit ihr Schluss gemacht. Meine Alte hat mich schließlich gerufen, um die Tussi vor die Tür zu setzen, was ich dann auch getan hab.« Mispelters schwieg einen Moment und drückte die Zigarette im Aschenbecher aus; dabei presste er den Daumennagel auf den Stummel und drehte ihn so lange hin und her, bis dieser vollständig plattgedrückt war.
Obwohl den Ermittlern eine ganze Reihe drängender Fragen auf der Zunge lag, hielten sie sich zurück.
Inzwischen studierte Mispelters seine schmutzigen Fingernägel, stöhnte leise und seufzte. »Im Hof hat sie sich dann gewehrt. Sie hat mich gekratzt und mir vors Schienbein getreten. Daraufhin hab ich ihr eine gelangt. Und dann … und dann …« Mispelters schlug die Augen auf

und fuhr sich mit der Zungenspitze über die trockenen Lippen. »Und dann hab ich sie mir geschnappt.«

Die darauf folgende Stille dauerte eine halbe Ewigkeit.

»Warum, John? Sie hat dich provoziert, nicht wahr, John? Ist es nicht so?« Das war die perfekte Eröffnung.

Mispelters nickte eifrig.

»Und wo, John?«

»In meinem Lastwagen. Den parke ich immer neben dem Haus. Im Aufleger. Hinten im Hof. Sie hat mich gebissen, als ich ihr eine gelangt habe. So fest, dass ihre Zähne sich in meiner Haut abgezeichnet haben. Und dann hat sie mich ausgelacht. Mir direkt ins Gesicht gelacht. Und … und gehöhnt, dass ich ein armes Schwein wär, weil ich mit so einer hässlichen alten Hexe verheiratet wär. Und dass ich viel hässlicher wär als der Jef und dass ich niemals so eine tolle Muschi wie ihre bekommen würde. Diese verdammte Schlampe. Diese dreckige Hure. Was weiß die denn schon …« Mispelters' Augen traten aus den Höhlen. Nackter Wahnsinn. Seine Hände bebten.

»Ich hab früher viele junge Dinger in meinem Lastwagen geknallt. Viel heißere und hübschere als diese Nutte.« Er seufzte schwer. »Aber dann … meine Heidi …« Mispelters schaute auf und wischte sich mit dem Handrücken die triefende Nase. »Dann hab ich mich verliebt … Und meine Alte … meine Alte, die dreckige Fotze, ist dahintergekommen. Und …« Mispelters presste die Zähne aufeinander, blickte zu Boden und spielte mit den Druckknöpfen seiner Jeansjacke. Dann verzog er den Mund zu einer Grimasse.

Deleu und Bosmans warfen einander einen bestätigenden Blick zu. Diesen Teil der Geschichte kannten sie bereits. Der Bankdirektor, dem Pierre Vindevogel auf den Zahn gefühlt hatte, war gesprächig gewesen: Mispelters besaß keinen Cent mehr. Seine Frau hatte alles unter Kontrolle – das Barvermögen, das Haus, die Vollmachten, alles. Der Filialleiter erinnerte sich noch genau, wie das Ehepaar eines schönen Tages einen Termin gemacht hatte, um die finanziellen Angelegenheiten der Familie zu regeln. Damals hatte Mispelters wie ein geschlagener Hund neben seiner Frau gesessen. Ein braves Schoßhündchen. Er hatte keinen Ton gesagt und alles über sich ergehen lassen. Und auch der Notar, bei dem mit Hilfe des Privatvertrags bezüglich der Immobilie Nägel mit Köpfen gemacht wurden, hatte eine ähnliche Geschichte erzählt.

»Wir wissen davon, John. Das war ein echt mieser Zug. Darunter musst du wahnsinnig gelitten haben.«

»Mein Leben ist die reinste Hölle geworden«, murmelte der Mann. »Drei Bier pro Tag. Mehr nicht. Drei. Und genau abgezähltes Geld. Sie zahlt mir mein Geld ein Mal in der Woche aus. Ich hab keinen verdammten Cent in der Tasche. Nix.«

»So was darf man einem echten Mann nicht antun«, sagte Deleu leise und wunderte sich, dass seine Stimme tatsächlich aufrichtig klang. »Aber lass uns noch mal über den Abend in deinem Garten sprechen. Der Abend, an dem Muriel Vandergoten dich erst getreten, gebissen und dann verführt hat?«

Im Raum wurde es erneut still.

Deleu fing Bosmans' Blick auf, aus dem Abscheu und Bewunderung zugleich sprachen.

Mispelters saß vollkommen reglos da. Zusammengekauert. Als endlich das erste nonverbale Zeichen erfolgte und der Mann seine kräftigen Daumen umeinanderdrehte, hielt Deleu den Atem an. Und obwohl ihm die nächste Frage bereits auf der Zunge lag, hielt er sich zurück.

»Ihr Rock war hochgerutscht, und ich konnte ihren Slip sehen. Hellgrün, mit Spitze.« Als Mispelters die Szene in seiner Erinnerung ein weiteres Mal erlebte, stahl sich ein vages, dreckiges Grinsen auf seine Lippen. »Sie hat sich den Finger unter den Sliprand geschoben ... und mit ihrer Zunge die dicken Lippen geleckt. Und dann ... dann hab ich die anderen Lippen gesehen. Unter dem Spitzenhöschen. Dieselbe Farbe. Oder vielleicht etwas dunkler. Und fleischig. Sie hat ihren Finger so tief in ihren Slip geschoben, dass sie ihre Muschi berührt haben muss ...«

Mispelters schluckte, als würde er ertrinken, schnappte nach Luft und ballte seine krampfartig gespreizten Finger zu Fäusten.

»Und dann, John? Was ist dann passiert?«

»Ich hab sie am Hintern gepackt und ihr den Slip runtergerissen. Von ihrer heißen Möse gerissen. Sie hat es herausgefordert ... ich kenn die Sorte von Weibern. Erst im Gras, hinter dem Auflieger. Und dann hab ich sie unter die Wagenplane gestoßen, und im Laster hab ich sie dann ... Sie hat es genossen ... Die Hure hat es genossen ... Sie hat mir sogar am Hals rumgesabbert. Mir mit den Fingernägeln über den Rücken gekratzt. Das war zwei Tage später noch zu sehen.« Er schaute auf, und seine Augen schimmerten fiebrig. Dann fletschte er die Zähne. »Aber nach dem Superfick, den ich ihr verpasst hab, wurde sie wütend. Sie hat geflucht und geschrien, dass sie alles Jef erzählen würde und der Polizei. Und ich … ich hab Panik bekommen und ihr auf den Kopf geschlagen. Nur damit sie endlich die Schnauze hält. Nur deswegen.«

»Das wissen wir, John. Es war ein Unfall. Mit einem Knüppel. Der Knüppel, den du verwendest, um Diebe abzuschrecken, wenn du mit dem Laster unterwegs bist?«

»Nein, der Baseballschläger liegt in meiner Schlafkabine. Ich hab sie mit dem Wagenheber getroffen. Glaube ich. Ich hatte sie am Handgelenk festgehalten. Sie wollte aus dem Laster springen. Sie hat laut gekreischt. Ja, mit dem Wagenheber, denn daran hat Blut geklebt. Ihr Blut. Das hab ich später abgewaschen. Mit Seifenlauge und Bleichmittel. Und mit einem Schwamm. Mit dem großen, braunen Schwamm. Der, der immer in der Waschküche liegt. Um meine Scheinwerfer damit zu reinigen. Mit Seifenlauge.«

Mispelters schien plötzlich aufzuwachen. Ängstlich schaute er zu Deleu. Und obwohl der Kripobeamte keine Miene verzog und einen mitfühlenden Eindruck zu erwecken versuchte, riss Mispelters die Augen auf, als ob die bittere Wahrheit erst jetzt zu ihm durchdringen würde.

»Aber sie war nicht tot!« Er keuchte. »Weil ich sie nämlich nicht ermordet habe. Sie hat noch geatmet. Da bin ich ganz sicher, weil ich ihr die Zunge in den Mund gesteckt habe. Da kam noch Luft raus. Sie hat nur ein bisschen geblutet. Und sie war ohnmächtig und hatte einen blauen Fleck am Kopf. Aber sie hat noch gelebt. Sie hat noch gelebt ...« Seine gestikulierenden Hände sanken wieder auf seinen Schoß. »Sie müssen mir glauben. Ich war das nicht.«

»Wir glauben dir ja, John. Aber du musst uns schon mehr erzählen. Wir wollen die wahre Geschichte hören. Die ganze Geschichte. Was ist dann passiert? Dein Freund Van Cleynenbreughel ... Hat er sie ...«

»Der Jef war im Ausland. Mit seiner Alten. Der Blödmann wusste von nix.« Mispelters schaute sich in dem kleinen Vernehmungsraum um. Dann sah er die vier Ermittler der Reihe nach an, bis sein Blick bei Jos Bosmans hängenblieb, dessen natürliche Führungsqualitäten er unbewusst wahrgenommen hatte. »Vier gegen einen. Ich will einen Anwalt. Oder lieber gleich drei. Und bis dahin sag ich kein Wort mehr.«

Auch Jos Bosmans sagte kein Wort. Er schüttelte missbilligend den Kopf, schnalzte mit der Zunge, packte Deleu an der Schulter und zog ihn aus dem Raum.

Verwirrt und unsicher schaute John Mispelters zuerst zu Vereecken, und als der nicht reagierte, ging sein fragender Blick zu Verrijt. Doch Kurt Verrijt blieb reglos wie eine Sphinx, und Vereecken fixierte seine Oberschenkel. Mispelters hob die Hände und zuckte gleichzeitig lakonisch die Achseln. Als noch immer keine Reaktion kam, rutschte er nervös auf seinem Stuhl hin und her. »Was denn?«, stieß er arrogant hervor. »Was wollt ihr von mir, ihr Bullen?!«

Vereecken schüttelte den Kopf und zuckte gelangweilt, beinahe verlegen die Achseln.

»Was ist?«

»John, John, John. Das war nicht sehr clever.«

Mispelters schwieg. Dann schaute er von links nach rechts und wieder zur Tür. Einen Moment lang dachte er daran, die beiden Männer erneut zu beschimpfen, hielt dann aber doch den Mund.

»Weißt du, wer das war?«

Mispelters zuckte die Achseln. Die Geste sollte lässig erscheinen, wirkte aber ängstlich.

»Das war Jos Bosmans. Untersuchungsrichter Bosmans. Von dem hast du bestimmt schon gehört. Oder nicht?«

Obwohl Mispelters stoisch vor sich hin starrte, verriet die pulsierende Ader an seiner Schläfe seine innere Unruhe.

»Und Bosmans war auf deiner Seite.« Vereecken schaute lächelnd zu seinem Kollegen. »Bis jetzt … Und er ist derjenige, der entscheidenden Einfluss auf das Strafmaß ausüben kann. Verstehst du das, John? Er und nur er allein. Wenn er will. Und wenn du mitarbeitest. Konstruktiv mitarbeitest. *Ma bon.* Es ist dein Leben. Also einen Anwalt?«

Mispelters starrte auf seine Schuhspitzen.

»Konstruktiv. Das heißt, sachdienlich.« Verrijt grinste. »Positiv. Vergleichbar mit *Ein Mensch guten Willens.* Hast du die Sendung schon mal gesehen, John? Nein, wahrscheinlich nicht. Du bist mehr der Typ, der sich einen harten Porno reinzieht. Hast du *Canal Plus* zu Hause? Natürlich nur wegen der Fußballübertragungen?«

»Kurt, lass den Mann in Ruhe«, bellte Vereecken so unvermittelt, dass Mispelters zusammenzuckte.
Er wirkte nun wie das Musterbeispiel eines zweifelnden Menschen.

Im Flur, nicht weit von Bosmans' Büro entfernt, packte Deleu seinen Chef am Arm. »Jos, diese Puppe.«
»Ja, was ist damit?«
»Wir müssen ihn damit konfrontieren.«
Bosmans kehrte in sein Büro zurück, dicht gefolgt von Deleu, der wie ein Magnet an ihm haftete.
»Vielleicht sind da ja auch seine Fingerabdrücke drauf.«
»Wann hast du diese Puppe gefunden?«
»Eben. Als ich nach Hause gekommen bin.«
»Und wie lange warst du dann zu Hause?« Die Worte hatten einen unangenehmen Unterton, doch Deleu bemerkte die Anspielung überhaupt nicht – er war viel zu sehr mit dem Fall beschäftigt. Bosmans betrachtete seinen alten Freund. »Tut mir leid, Dirk. Ich hab's nicht so gemeint.«
Deleu winkte ab, als wollte er sich nicht aus seinen Gedanken reißen lassen.
Bosmans verstand und schwieg.
Nach einem Moment schaute Deleu auf. »Schieß los.«
»Mispelters kann diese Puppe nicht an deine Türklinke gehängt haben. Das ist zeitlich unmöglich. Seit dem Moment, als du mit seinen Fingerabdrücken aufgetaucht bist, haben wir ihn nicht mehr aus den Augen gelassen. Selbst sein Haus hab ich überwachen lassen. Dieser andere … ich will wissen, wer dieser andere ist. Meines Er-

achtens gibt es keinen anderen. Glaubst du, dass er sich die ganze Geschichte ausgedacht hat?«

»Wo ist Nadia, Jos?«

»Das hab ich dir doch schon gesagt«, erwiderte Bosmans gereizt. »Nadia fühlt diesem Psychotherapeuten auf den Zahn. Sie ist alt genug …«

»Schau dir das mal an.«

»Was?«

»Schau dir mal die Frisur dieser Puppe an, Jos. Und die Augen. Siehst du das denn nicht?«

»Was denn?«

»Das vierte Foto, Jos!«

Bosmans kniff die Augen zusammen und biss sich nachdenklich auf den Daumennagel. »O Gott. Ja, jetzt, wo du es sagst. Und Mendonck ist …«

»Schwanger«, ergänzte Deleu.

Die beiden Männer warfen sich einen langen Blick zu.

»Was ist eigentlich los, Jos? Seit über einer Woche bekomme ich irgendwelche kranken Telefonanrufe. Und jetzt das hier.«

»Hast du den Anrufer zurückverfolgen lassen?«

»Wie denn?«

»Mit einem Scanner.«

»Nein, ich hielt das nicht für wichtig. Ich dachte, es wäre mein Schwiegervater. Erst nach dem dritten Anruf hab ich versucht, die Nummer rauszukriegen. Aber der Anrufer hatte so ein Einweghandy benutzt. Da kann man keinen Namen herausbekommen.«

»*Merde.* Spätestens da hätte dir doch ein Licht aufgehen müssen?!«

»Ein Licht ... ein Licht ... Jetzt mach aber mal einen Punkt, Jos. Dieser Fall ... Manchmal hab ich das Gefühl, dass mein ganzer Kopf lichterloh brennt.«
»Okay. Gib die Daten deines Mobiltelefons an Dirk Maegherman durch, unserem Ass bei der Spurensicherung. Wenn der Kerl dann noch mal anruft, kann Maegherman ihn online zurückverfolgen.«
Die technische Erläuterung seines Chefs ließ Deleu erstaunt die Augenbrauen hochziehen.
»Nein, ich hab keinen Technikkurs belegt.«
Deleu musste grinsen. Es war gut, zu wissen, dass er und Jos noch immer intuitiv die Gedanken des anderen erahnen konnten. Auch Bosmans lächelte. Er wusste genau, was Deleu dachte.
Doch dann wurde Deleus Gesicht wieder ernst. Seine Pupillen verengten sich, und er fuhr sich mit der Hand über die Stirn, dann über die Wange hinab bis zum Hals.
»Und was jetzt?«
Deleu gab Mendoncks Nummer ein. Bosmans schaute ihm über die Schulter, auf das Display des Telefons.
Am anderen Ende der Leitung klingelte es vier Mal – eine halbe Ewigkeit.
»Kriminalkommissarin Mendonck. Föderale Polizei. Bitte hinterlassen Sie eine Nachricht nach dem Signalton.«
Bosmans brummte etwas Unverständliches, aber Deleu wusste, dass es dabei um die Einhaltung der Standardvorschriften ging: Nicht das Mobiltelefon ausschalten, jedenfalls nicht bei Ermittlungen dieses Kalibers.

Was im Grunde bedeutete: Niemals das Handy ausschalten. Wo steckst du, Nadia?

*

Nadia Mendonck schlug die Augen auf, als spürte sie intuitiv, dass Deleu intensiv an sie dachte.

Zunächst nahm sie nichts anderes als rasende Kopfschmerzen wahr. Rote und gelbe Blitze, die die schwarze Dunkelheit um sie herum durchschnitten.

Sie roch ihren eigenen Körpergeruch. Ihre Schulter brannte, und sie lag mit angezogenen Knien auf der linken Seite.

Meine Beine. Ein Seil.

Ruckartig riss sie die Handgelenke hoch, doch dieses Manöver verursachte einen heftigen Stich in der Leiste.

Festgebunden. An Händen und Füßen gefesselt. Fest. Ich kann nicht weg.

Der stickige Raum, die muffig-feuchte Luft. Panik erfasste sie in großen, gierigen Wogen. Mendoncks Bauch verkrampfte sich, und sie schmeckte säuerliche Magensäure im Mund.

Luft. Ich bekomm keine Luft.

Ihre Brust fühlte sich an wie zugeschnürt.

Ich ersticke.

Sie riss den Mund auf und rief um Hilfe. Der Schrei hallte in ihren Ohren, laut und sinnlos. Sie versuchte, die Beine zu strecken, was ihr aber nicht gelang. Sie schluckte.

Wo, zum Teufel, bin ich? Was ist passiert?

Sie versuchte, ihre Gedanken zu ordnen, aber die schossen in alle Richtungen, wie ein Schwarm Goldfische, die im spiegelglatten Wasser beim leichtesten Wellengang und bei der geringsten Lichtschattierung auf der Wasseroberfläche in alle Richtungen davonstoben.

In einem Koffer … ich lieg in einem Sarg. Unter der Erde. Begraben.

Mendonck schnappte hektisch nach Luft, was ihre Atemnot nur noch verstärkte. Sie spürte, wie ihr der Schweiß ausbrach. Dann trat sie mit beiden Füßen fest um sich, konzentrierte ihren gesamten Lebenswillen in diesen einen harten Tritt. Aber obwohl sie einen metallischen Hall hörte, begriff sie nicht, wo sie sich befand.

Dann versuchte sie, die Arme um die Schultern zu legen, um die beißende Kälte zu mildern, aber auch das gelang ihr nicht. Das straff gespannte Seil schnitt ihr tief in die Haut.

Ich liege irgendwo vergraben. Unter Wasser.

Ein roter Schleier vernebelte ihr die Sicht: Ihre größte Angst – lebendig begraben zu werden oder zu ertrinken.

Plötzlich ertönte ein Brummen und dann ein Dröhnen. In ihrer Todesangst blähte Mendonck die Nasenflügel, und erst, als der Wagen sich in Bewegung setzte, begriff sie, wo sie sich befand.

*

Um halb drei Uhr nachts ließ John Mispelters Widerstand nach. Nicht abrupt, eher wie ein Ballon, aus dem langsam die Luft entweicht. Sein Blick schweifte durch den kleinen Vernehmungsraum. Richtungslos, auf der

Suche nach Halt, auf der Suche nach etwas Erkennbarem. Nach einem Anhaltspunkt, nach einem rettenden Anker … was auch immer.

»Ja«, sagte Walter Vereecken, »ich höre!«

Die lauten Worte durchschnitten die klaustrophobische, rauchgeschwängerte Enge. Vereeckens bis dahin väterlicher Ton, der plötzlich in einen harten Befehlston umschlug, ließ Mispelters' letzten Widerstand bröckeln.

»Ihr könnt mir gar nix beweisen«, sagte er.

»Deine Fingerabdrücke, John. Die sind auf der Plastiktüte. Diesem dreckigen, grauen Müllsack, in den du Muriel Vandergotens Kopf gestopft hast.«

Mispelters fasste sich an den Kopf. Ihm war schwindlig. Die Stille im Raum war bedrohlich und unerbittlich, als käme der Tod langsam, aber sicher immer näher.

Plötzlich brachen die quietschenden Reifen von Vereeckens Rollstuhl den Bann. Kurt Verrijt warf seinem Kollegen einen verärgerten Blick zu, doch dieser bekam davon nichts mit. Langsam rollte er bis dicht an Mispelters heran, und seine Lippen flirteten mit dessen Ohrmuschel.

»Das ist Mord, John Mispelters. Vorsätzlicher Mord. Und das bedeutet …« Vereecken legte eine Kunstpause ein. »Das bedeutet, dass du für den Rest deines Lebens hinter Gitter gehst. Den Rest deines Lebens, John. Bei Kindermördern kennt der Staat keine Gnade. Wie alt bist du jetzt, John?«

Erneut pausierte Vereecken und strich sich müde mit einem Taschentuch über die Stirn. Als er Mispelters ansah, schlug der die Augen nieder.

»Selbst deine Mitgefangenen werden dich hassen. Glaub mir: Sie werden dich jagen, und dann werden sie dich fertigmachen, John. Und kein Hahn, der danach kräht. Niemand, der daran was ändern kann. Oder will. Ein kleiner Artikel in irgendeiner Zeitung. Vielleicht. Vielleicht aber auch nicht. Die Wahrheit, John. John? Deine letzte Chance, John.«

Mispelters starrte noch immer auf den Boden. Seine Unterlippe zitterte, und der Mann, der wenige Stunden zuvor noch selbstbewusst grinsend die Nase gerümpft und die Ermittler, ohne mit der Wimper zu zucken, freimütig angesehen und ihnen ruhig mitgeteilt hatte, sie würden einen unverzeihlichen Fehler begehen und könnten sich schon mal nach einem anderen Job umschauen, denn seine Anwälte würden Kleinholz aus ihnen machen, dieser Mann zerbrach endgültig. Wie ein Glas, das nach einem freien Fall klirrend zersplitterte.

»Ich war das nicht. Ich hab nichts getan. Nichts. Ich hatte keine Wahl. Das war dieser andere.«

»Welcher andere, John? *The Others?* Von Alejandro Amenabar? Es gibt keinen anderen, John. Wir haben deine Frau verhört. Sie hat alles gestanden, John«, log Vereecken. »Sie hat alles gesehen. Aber sie hatte zu viel Angst, um etwas zu unternehmen.«

Fahrig wischte Mispelters sich den Schweiß von der Stirn – ein sinnloses Unterfangen. Plötzlich verzog er die Oberlippe, und seine spitzen Zähne kamen zum Vorschein: »Sie lügt! Die Schlampe lügt.«

Vereecken rollte ruhig in seinem Rollstuhl zurück und schwieg.

»Ich schwöre es. Nur bewusstlos. Das Schwein hat sie abgestochen. Mit einem Fleischermesser. Als ob er ein Tier schlachtete … ein Kaninchen.« Mispelters begann, zu keuchen und zu stottern, und riss am Kragen seines verschwitzten T-Shirts. »Er … er hat ihr den Kopf abgeschnitten. Hinterher … und ich … ich …«

»John! Hierbleiben, John. Ganz ruhig.«

Mispelters schaute auf, mit flehenden Augen, aus denen grenzenlose Angst sprach.

Vereecken nickte ihm mitfühlend zu. »Wer war dieser andere? Dieses Schwein.«

»Ich hab ihren Kopf in der Plastiktüte gefunden. Morgens vor der Haustür. Um sechs Uhr morgens. Es war noch dunkel. Ich bin fast darüber gestolpert. Ich hab in den Müllsack geguckt und …« Mispelters schlug sich die Hand vor den Mund, da er würgen musste.

»Ruhig, John. Lass dir Zeit. Ganz ruhig. Du konntest ja nichts dafür.«

Mispelters kniff die Augen zusammen, und eine Träne rollte ihm über die Wange. Vereeckens verständnisvolle Haltung ließ ihn Hoffnung schöpfen. »Meinen Sie? Muss ich ins Gefängnis?«

»Was ist dann passiert, John? Wie ist die Plastiktüte im Graben gelandet?«

Mispelters' Gesicht verdüsterte sich wieder, und als er die Szene in Gedanken erneut erlebte, schwand sämtliche Hoffnung. »Ich hab den Müllsack geöffnet und … Und dann bin ich zum Schuppen gerannt, aber er war schon weg. Der Dreckskerl war weg. Alles war sorgfältig aufgeräumt, und der Kerl war verschwunden. Nur das

Messer lag noch da. Und da hab ich Angst gekriegt, man würde mir sämtliche Schuld in die Schuhe schieben. Ich stand schlotternd da. Ich … ich hab mir vor Angst in die Hose gepisst.« Mispelters wischte sich mit dem Ärmel seines T-Shirts über die Augen.

Verstohlen wechselten Vereecken und Verrijt einen Blick. Sie wussten intuitiv, dass sie der Wahrheit nun sehr nahe gekommen waren.

Im Raum breitete sich eine unangenehme Stille aus. Nur das schabende Geräusch von Mispelters' Sportschuhen war zu hören.

»Und dann, John? Was hast du dann getan?«

Die Stille dauerte an.

»Dann hast du den Müllsack mitgenommen und in Rijsel aus dem Lastwagen geworfen, nicht wahr, John? Und das Messer … was hast du mit dem Messer gemacht?«

»Das Messer hab ich schon vorher aus dem Laster geworfen. Ich weiß nicht mehr, wo. Ich wollte nur alles loswerden. Für immer. Alles.« Die folgenden Worte waren unverständlich und gingen in einem heiseren Röcheln unter. Speichel tropfte aus seinem Mundwinkel, und während er sich die Fingerknöchel tief in die Augenhöhlen drückte, zuckte sein Körper unkontrolliert.

»Und dieser andere Mann, John? Kannst du ihn beschreiben? Hast du ihn danach noch mal gesehen? Hat er je Kontakt zu Van Cleynenbreughel gehabt? Wie ist Van Cleynenbreughel an Hilde Plaetincks Adresse gekommen?«

Zu viele Fragen. Mispelters gab keine Antwort. Er saß mit geschlossenen Augen auf dem Stuhl und keuchte, als wäre er gerade einen Marathon gelaufen. Seine Lider zitterten, blieben aber geschlossen.

Die Ermittler begriffen, dass sie einen taktischen Fehler begangen hatten. Vereecken und Verrijt tauschten wortlos einen Blick. Dann hob Verrijt fragend die Augenbrauen. Vereecken nickte, woraufhin sich sein Kollege diskret zurückzog. Sobald er die Tür hinter sich geschlossen hatte, rannte Verrijt wie ein Wahnsinniger durch den Flur.

Noch bevor er Bosmans' Büro erreichte, schwang dessen Tür bereits auf: Bosmans und Deleu hatten ihn kommen hören. Sie standen nebeneinander. Wie siamesische Zwillinge. Unrasiert. Mit wirren Haaren. Einer hagerer als der andere. Zwei Augenpaare, die ihn begierig ansahen wie Kinder, die sehnsüchtig vor einem Karussell stehen. Voller Verlangen.

Kurt Verrijt grinste und streckte einen Daumen in die Höhe: »Wir haben ihn!«

15

Sie ist nun vierzig. Oder einundvierzig. Aber sie ist schön. Sehr schön. Und stolz. Mit kerzengeradem Rücken. Trotz der Brüste. Ein wenig zu schwer? Aber sie hängen nicht. Sie stehen vor. Sogar ohne BH. Die Brustwarzen. Hoch angesetzt, fragil und dennoch stolz, fast wie Menschen. Sie führen ein Eigenleben. Hellrosa Knospen wie Apfelblüten. Auch sehr empfindsam. Das weiß ich genau, denn sie wurden steif, als ein Zipfel des Badetuchs sie streifte, während sie zum Fenster ging. Sie wurden hart und dunkler. Als ich zur Seite gesprungen bin, hab ich fast einen leeren Eimer umgestoßen. Auf der Veranda.

Die Veranda mit den großen, braunen Bodenfliesen. Eine ist gebrochen, weiter hinten, vor der Tür. Ach, so simpel alles, so einfach.

Die Veranda grenzt ans Badezimmer.

Das Badezimmer ihrer Eltern. Mit grünen Kacheln, altmodisch, so wie übrigens der gesamte Bungalow. Geräumig, aber unmodern. Aber sie … sie hat daraus eine Villa gemacht. Ihre Anwesenheit erhebt dieses Haus zu einem Tempel, zu einer Kathedrale.

Gott, was ist sie schön. Auch jetzt. Auch hier. Ihre kupfer-

roten Haare glänzen. Das liegt daran, dass sie gerade an der Reihe von Lichtstrahlern vorbeigeht.

Was tut sie? Sie geht zur Theke. Knurrt der Magen? Hast du Hunger? Du bist auch nur ein irdisches Geschöpf. Du pisst und kackst. Genau wie alle anderen. Im Tod sind wir alle gleich. Du bist aus Staub und Asche, und zu Staub und Asche wirst du wieder werden.

Ihr Bauch ist schön flach. Aber diese Streifen … ein Jammer. Schwangerschaftsstreifen. An ihrer Muschi. Auf ihrem Hintern. Auf ihrem heißen Hintern. Sie schwenkt ihn, selbst wenn keine Männer in der Nähe sind. Einfach so im Bad. Aber ich weiß es. Ich hab es gesehen.

Sieh mal an – sie geht über die Hacken. Ihre Oberschenkel reiben aneinander. Sie bewegt sich. Die Seidenunterwäsche streichelt ihre Muschi. Jetzt. Sie genießt es. Den ganzen Tag. Diese raschelnde Berührung. Solche Weiber sind so. Schau, wie ihre Haare glänzen. Die Farbe ist nicht echt. Das weiß ich genau. Ich hab es gesehen. Sie hat hellbraunen Flaum auf ihrer Auster, hellbraun … fast ins Blonde gehend. Goldfarben eigentlich. Eine dünne Linie, die in einem flaumweichen Dreieck endet. Und kleine, dunkle Pickelchen auf ihren Schenkeln, da, wo das Schamhaar geschoren ist. Sie macht das sehr sorgfältig. Aber ich sehe es. Ich schon. Das flaumige Dreieck, das rasiere ich ihr weg. Daran bleibt Urin hängen. Das ist unhygienisch, das erklär ich ihr noch. Später. Denn jetzt muss ich schnell sein.

Kaffee. Sie bestellt Kaffee. Sie will sich also setzen. Sie schaut in den Kinderwagen. Wie ein Hund. Wie ein gewöhnliches Tier.

So schauen sie nach ihren Kindern. Nach der Frucht ihrer Unzucht.

Die hübsche Frau zog die kleine Wolldecke etwas höher und steckte sie unter der Matratze fest. Trotz der gemütlichen Wärme im Bahnhofscafé herrschten draußen Minusgrade, und ab und zu wehte ein eisiger Windstoß durch die Tür.

Sie drehte sich um und bestellte einen Cappuccino und ein Croissant mit Kirschen und Vanillecreme. Dann reichte sie dem Teenager hinter der Theke einen Fünfzig-Euro-Schein. Der Junge kämpfte mit der Registrierkasse, und sein Pickelgesicht lief vor Stress rot an, während er das Wechselgeld auf das Tablett legte.

Die Frau steuerte den Kinderwagen mit der rechten Hand und balancierte das Tablett auf der linken Hand. Allerdings konnte sie es kaum halten, weil ihr Handgelenk umknickte.

Ratlos sah sie sich um, und ihre Miene verdüsterte sich. Die Cafeteria war brechend voll. Plötzlich entdeckte sie einen freien Tisch. In der hintersten Ecke. Sie drehte den Kinderwagen auf den Hinterrädern und hastete auf den Tisch zu.

Dabei schaukelte ihr Körper hin und her. Ihr linker Arm schoss in die Höhe. Das Tablett schwankte. Der Unterteller rutschte nach hinten und die Kaffeetasse balancierte auf dem Rand.

Hektisch riss die Frau den Arm hoch. Die Kaffeetasse rutschte zurück, schien einen Moment aufrecht stehen zu bleiben, glitt dann aber auf die andere Seite des Untertellers und fiel um. Der heiße Kaffee ergoss sich über das Croissant.

»Verdammt.«

»Oh, Entschuldigung … tut mir schrecklich leid … entschuldigen Sie bitte vielmals …«

Der Mann war kräftig gebaut und gutaussehend. Er hatte diese besondere natürliche Ausstrahlung – eine Kombination aus Kraft, Eleganz und unterschwelliger Energie. Zurückhaltend und dennoch einladend. Obendrein charmant. Er trug einen eleganten schwarzen Anzug, hielt eine Aktentasche unter dem Arm und schaute sich betreten um. Dann holte er ein Taschentuch aus der Hosentasche, tupfte sich die Stirn trocken und sah die Frau an, das Taschentuch gezückt. »Habe ich …? Ist Ihre Kleidung …?«

Die Frau zuckte die Achseln. »Lassen Sie nur. Sie können nichts dafür. Es war nicht Ihre Schuld. Ich hatte es zu eilig, zu dem freien Tisch dort hinten zu kommen. Entschuldigen Sie bitte vielmals.«

Der Mann schwieg. Er warf einen Blick über die Schulter und entfernte sich dann mit großen Schritten. Die Frau mit dem Kinderwagen schaute ihm verwundert nach.

Kurz bevor sich ein älteres Ehepaar, ein beleibter Herr mit zu kurzer Hose und eine korpulente Dame im Pelzmantel, den freien Platz schnappen konnte, schlängelte der Mann sich hinter den Tisch. Er lächelte höflich, während das Ehepaar murrend abzog.

Er winkt mir zu.

Der Mann winkte mit einem Arm. Freundlich. Lächelnd und einladend.

Die attraktive Frau mittleren Alters nahm die Einladung zögernd an und manövrierte den Kinderwagen geschickt an plaudernden Frauen, quengelnden Kindern, ausgestreckten Beinen und überquellenden Einkaufstaschen vorbei.

Als sie sich an den Tisch setzte, nickte der Mann und stand auf. »Nochmals: Ich bitte um Entschuldigung, Mevrouw ...?«
Sie schluckte und zögerte.
Der Mann schaute in den Kinderwagen und streichelte dem Baby über den Kopf.
Verstohlen warf sie einen Blick auf seine Hand, seine Finger. Schlank, aber kräftig. Kein Ring. Auch nicht an der anderen Hand. Keinerlei Schmuck. Sie erwischte sich dabei, wie ihre Phantasie mit ihr durchging. Das war ihr früher nie passiert, solche Gedanken hatte sie nie gehabt. Jedenfalls nicht mehr, seit sie und Dirk verheiratet waren. »Barbara. Barbara Wittewrongel.«
Als sie ihre Hand ausstreckte und aufschaute, war der Mann schon wieder verschwunden. Abrupt zog sie die Hand zurück und sah seinem breiten Rücken nach. Der freundliche Mann eilte mit Riesenschritten zur Selbstbedienungstheke.
Wahrscheinlich hat er es eilig. Ein Manager. Ein Geschäftsessen oder so was.
Barbara lächelte. Dazu war sie sowieso noch nicht bereit. Jetzt noch nicht. Vielleicht niemals. Von ihrem Mann, ihrem gesetzlich angetrauten Ehemann, von Dirk Deleu, hatte sie während der letzten vierzehn Tage nichts mehr

gehört. Er war nicht einmal vorbeigekommen, um Charlotte abzuholen.

Dabei liebt er seine Kinder. Ach, Dirk, mit dir wollte ich alt werden.

Der Anblick des kaffeegetränkten Croissants vertrieb ihren Anflug von Melancholie. Barbara Wittewrongel seufzte und stellte die Tasse, in der nur noch ein Rest Kaffee schwamm, wieder aufrecht auf den Unterteller. Während sie überlegte, ob sie das Croissant in der Mitte durchbrechen und die genießbare Hälfte vielleicht doch essen sollte, tippte ihr jemand auf die Schulter. Überrascht schaute sie sich um.

Es war der Manager. Er lächelte und balancierte ein Tablett – mit zwei Tassen Kaffee und einem Teller, auf dem ein Kirsch-Croissant lag. »Hier bitte. Und nochmals meine aufrichtige Entschuldigung«, sagte er, schob das benutzte Tablett ein Stück zur Seite und stellte die Kaffeetasse und das Croissant vor ihr auf den Tisch. Dann zögerte er und schaute sich suchend um. Die Bahnhofscafeteria war noch immer brechend voll.

Barbara und der Mann sahen sich an. Seine grauen Augen hatten »das gewisse Etwas«. Sie glänzten. Sie hypnotisierten. Eiskristalle in einer kalten Winternacht. Nervös wandte sie den Blick ab und nippte an ihrer Tasse. »Setzen Sie sich doch.« Sie errötete. Die Worte waren ihr herausgerutscht, ehe sie darüber nachdenken konnte. »Wenn Sie möchten.«

»Danke. Gern.« Der Mann streckte ihr die Hand entgegen. »Ich heiße Patrick. Patrick de Bruyn. Psychologe.«

»Barbara. Barbara Wittewrongel. Äh … Hausfrau.«

Beinahe geschieden, ohne festes Einkommen, alleinerziehende Mutter von zwei Kindern und wieder bei den Eltern wohnend.

Der Psychologe lächelte und nippte an seiner Tasse.

Barbara gähnte verstohlen, nahm noch einen kräftigen Schluck Kaffee und biss zögernd in ein Ende ihres Croissants.

Sie spürt es bereits. Es geht schnell. Sie begreift es nicht. Ihre Augen verlieren ihren Glanz. Zerdrückte Rohypnol-Tabletten, vermischt mit Flunitrazepam und einem Schuss Haldol – ein gnadenloser Cocktail. Von Marc Dutroux gelernt, indirekt, aus einer Zeitungsreportage. Die Wirkung ist in der Tat verblüffend, ich hab es in meiner Praxis gründlich getestet … bis ich die perfekte Rezeptur hatte. Zuerst bei einer alten Hexe. Ein reines Experiment. Sie hat über zwölf Stunden auf der Liege gelegen. Total ausgezählt. Als sie wieder zu sich kam, konnte sie sich an nichts mehr erinnern. Sie hatte stechende Kopfschmerzen, und ihr Puls raste. Danach hab ich das Redomex weggelassen. Und die anderen Mittel höher dosiert. Ich hab gelernt, alles sorgfältig zu dosieren. Faszinierende Experimente waren das. Diese appetitliche Hilde Plaetinck hat eine halbe Stunde lang phantasiert. Sie wusste nicht mal mehr, wer sie war, als sie wieder aufwachte. Nicht mal, dass sie geschlafen hatte. Die promiskuitive Schlampe wusste nichts mehr. Sie hat alles gebeichtet. Vorbei mit den Lügen. Aus und vorbei. Sex mit einem verheirateten Mann. Ein pathologischer Manager. Gottes Wille geschehe. Ekelerregend. Sie hat mich so der-

art angewidert, dass ich nicht mehr warten konnte. Der schmähliche Fehlschlag in ihrem Auto. Vergiss es, Bert. Vergib dir selbst. Die Freude war umso größer. In diesem Zimmer des Ehebruchs und des Spermas. An diesem gottlosen Ort. Sie ist gestorben. Mit meinem Bild auf ihrer Netzhaut, da bin ich mir sicher.

Der Mann neben ihr räusperte sich, als ob er etwas im Hals hätte. Barbara schaute zur Seite. Das Gespräch war verstummt. Es gelang ihr kaum noch, den Kopf zu heben. Ihre Lider waren so schwer. Mit zitternder Hand hob sie die Tasse hoch. Der Mann sah es, reagierte aber nicht. Er lächelte lediglich. Ein rätselhaftes, undurchdringliches Lächeln.

Bert Hermans erlebte die Szene in Gedanken erneut: Wie er mit dem Wagen in die Tiefgarage des Carhotels gefahren war. Dieser anonyme Bumsschuppen für Ehebrecher.
Er sah sich selbst aus dem Auto steigen.
Ein Schiebefenster, das aufgeschoben wurde.
Ein Mikrofon.
Eine sonore Männerstimme.
Ob er das Geld bitte passend in die Schale legen wolle.
Und ob er mit den Gepflogenheiten des Hauses vertraut sei?
Sein zögerndes »Ja«.
Und ob er Champagner wünsche?
Und der Kaviar sei im Angebot – zwanzig Prozent günstiger.

Hermans erschauderte. Vorsichtig warf er einen Blick auf Barbara. Sie nickte immer wieder ein. Er versuchte, sich zusammenzureißen, aber trotz der Erregung des Augenblicks gelang es ihm nicht, seine Gedanken auf den Moment zu konzentrieren.

Er steigt vorsichtig aus dem Wagen und geht durch die Tür, die sich mit einem Summen öffnet. Keine Kameras. Trotzdem hält er sich den Mantelkragen vors Gesicht.
Eine metallische Stimme.
»Das macht dann fünfzig Euro. Bar vermutlich …?«
Eine Luke wird aufgeschoben. Grünes Filztuch, mit einer flachen Silberschale darauf. Er zögert und sucht in seinem Portemonnaie. Schließlich fischt er einen Zehn-Euro-Schein hervor. Er legt den zusammengefalteten Schein in die Schale und klopft gegen die Luke. Die Luke geht zu. Eine Tür schwingt summend auf. Er geht durch den Flur, in dem es nach Desinfektionsmitteln riecht. Wie der Korridor in einem Leichenschauhaus.
Eine Tür schwingt auf.
Er beschleunigt seine Schritte. Schaut sich um.
Ein Hotelangestellter, ein Gigolo im schwarzen Anzug.
»He, Sie! Warten Sie mal ’nen Moment.«

Ich laufe weiter. Das hier ist widerlich. Sodom und Gomorrha. Das Ende der Welt. Wo stecken sie? In welchem Zimmer? Der Kerl hält mich an der Schulter fest, ich drehe mich um und ramme ihm mein Knie in die Eier. Er klappt zusammen. Ich packe ihn bei den Haaren. Die Pomade glitscht förmlich zwischen meinen Fingern hin-

durch. Ich nehme das Rasiermesser von seiner Kehle und drücke es ihm unter die Nase.

»Die zwei, die hier eben reingekommen sind ... wo sind die? Wo?!«

Er beißt sich auf die Zunge, verdreht die Augen. Er schmeckt sein eigenes Blut, als ich ihm die Oberlippe aufschlitze. Er ächzt. Verdreht wie wild die Augen. Ich rieche Kot.

»Wo, du Stück Scheiße?«

»Siebzehn.«

Er krächzt.

»Wo?«

»Zimmer siebzehn«, wiederholt er röchelnd – ich hab ihm die Kehle durchgeschnitten. Ich lasse seine fettigen Haare los. Sein Kopf schlägt hart auf dem Boden auf. Er kriecht weg. Das Blut schießt zwischen seinen Fingern hervor. Ich trete ihm die Beine fort. Er kippt gegen die Wand. Er röchelt noch genau fünf Mal, dann sackt sein Bauernschädel auf die Knie. Er ist tot. Oder vielleicht auch nicht. Es ist mir egal, ich hab keine Zeit zu verlieren, ich löse den rasselnden Schlüsselbund von seinem Gürtel. Ich bin jetzt eiskalt. Vollkommen ruhig. Ich hole das Messer aus meinem Stiefelschaft, drehe den Schlüssel im Schloss und lass die Tür einen Spalt offen.

Hecheln und Stöhnen. Ein Tisch und zwei Sofas. Und ein Kühlschrank. Die Tür steht offen. Das Fickzimmer. Dampf dringt heraus. Sie sitzen in der Wanne. Ich schaue um die Ecke. Schwarzer Satin. Ein breites Bett. Schwarz lackiertes Nachttischchen. Asymmetrische Tischplatte. Darauf eine geöffnete Flasche Champagner in einem Eis-

kühler. Die Spiegel sind beschlagen. Alle Spiegel. Selbst das raumbreite Spiegelmosaik an der Decke. Ich wende den Kopf ab. Dieser Geruch. Irgendetwas Frisches … mit Meeresalgen. Dampf kommt aus dem Raum. Schwappendes Wasser. Hecheln und Stöhnen. Es wird lauter. Sie stöhnt am lautesten. Diese geile Fotze stöhnt so laut, als würde sie von vier Männern gleichzeitig gefickt. Ihre brünstigen Körper.

Das Blut steigt mir in den Kopf. Heiß. Hier drin ist es drückend heiß. Keine Luft, mir wird schwindlig. Sex. Schreie. Gestank. Tiere. Es sind Tiere. Vergib ihnen, Herr, denn dein ist das Himmelreich. In der Badewanne. Champagnergläser auf einem Tablett. Sie hat sein Geschlechtsteil im Mund. Monströs. Hart. Mit dicken roten Adern. Vollgepumpt mit Blut. Ihre Zunge schlängelt sich über den Schaft. Die purpurrote Eichel bebt. Glänzender Speichel und Saft. Sein Mund ist verzerrt. Seine Haare hängen ihm über die geschlossenen Augen. Er stöhnt. Ihr Hintern ragt aus dem Schaum heraus. Seine Hand! Drei Finger in ihrer fleischigen, rosa Kerbe. Sein Siegelring glitzert. Er reibt ihre Vagina. Sie glänzt. Eine glänzende Scheide. Ich schaue auf die Schneide … die scharfe Schneide meines Messers.

Ihn steche ich zuerst ab. Ramme das Messer in seinen schwammigen Bauch. Der Schaum verfärbt sich rot. Gestrampel. Drei … vier … fünf Mal. Er erschlafft. Ihr Blick. In ihre Brüste. In ihren Hintern. Ihr Blick ist himmlisch. Die Blasen blubbern nicht mehr. Ich puste den Schaum weg. Ihr Gesicht unter der Wasseroberfläche ist schön. Engelsgleich. Unschuldig. Es macht mich ra-

send. Zustechen und zustechen … und noch mal zustechen … zustechen.

»Meneer … Meneer de Bruyn …« Keuchen. »Ich … ich fühl mich nicht gut. Ich muss … Können Sie auf …«

Der Mann schaute sie weiterhin lächelnd an, unternahm aber nichts.

Barbara Wittewrongel hielt sich mit beiden Händen am Tisch fest. Es kostete sie enorme Kraft, aufzustehen. Sie wankte. Ihre Beine fühlten sich an wie Gummi. Ihr Körper schaukelte hin und her. Ihre rechte Brust streifte Hermans' Schulter, der wie versteinert zusah. Er unternahm nicht einmal den Versuch, sie aufzufangen, als ihre Wange auf den Tisch prallte und ihr erschlaffter Körper zu Boden sank.

Sie strömten herbei. Von allen Seiten. Neugierige Zuschauer. Katastrophentouristen. Sie drängten sich um ihren reglosen Körper.

»Aus dem Weg. Machen Sie doch mal Platz. Es ist nichts Ernstes. Meine Frau hat einen epileptischen Anfall.« Der Mann in dem gutgeschnittenen Anzug gestikulierte wild mit den Armen. »Bitte, Herrschaften. Lassen Sie ihr doch etwas Luft.«

Die Zuschauer wichen einen Schritt zurück, drängten dann aber wieder näher. Sensationslüstern.

Der Geschäftsführer, Anfang dreißig, mit spitz zulaufenden Koteletten, kam herbeigeeilt. Ratlos rieb er sich den Kinnbart und beugte sich zu Hermans herab. »Äh, ist alles in Ordnung? Soll ich den Notarzt rufen?«

Bert Hermans richtete sich auf. Barbara Wittewrongel

hing wie ein nasses Spültuch in seinen Armen. Mechanisch marschierte er zum Ausgang, beobachtet von etlichen neugierigen Augenpaaren. An der Tür drehte er sich um. »Könnten Sie vielleicht den Kinderwagen kurz nach draußen bringen? Vielen Dank. Ich hab die nötigen Medikamente in unserem Auto.«

Sein Ton hatte etwas Befehlsmäßiges, Militärisches. Der Geschäftsführer kam der Aufforderung sofort nach, blindlings. Als er mit aufgekrempelten Ärmeln auf dem Gehweg stand, zitterte er, folgte dem Mann aber zu dessen Wagen. Ein Toyota Corolla. Ein Kombi.

Ehe er sich's versah, lag die Frau auf der Rückbank. Der unglückselige Ehemann löste rasch und problemlos den Kinderwagen vom Untergestell und schob das Oberteil auf den Beifahrersitz. Verblüffend geschickt und kaltblütig. Offensichtlich wusste er genau, was er tat. Das Fahrgestell legte er in den Kofferraum. Das Baby schrie, ein abgehacktes, monotones Weinen. Der Corolla fuhr los, und der Geschäftsführer schaute ihm nach, bis dessen Rücklichter im dichten Verkehr untertauchten. Er zitterte, rieb sich die nackten Arme, drehte sich ruckartig um und hastete zurück zu seinem Café.

16

Dirk Deleu sah aus, als wäre er von einem Zehntonner überrollt worden. Nach dem kräftezehrenden Verhör war er nach Hause gefahren und hatte sich vollständig bekleidet aufs Bett gelegt. Zu Tode erschöpft. Trotzdem konnte er nicht einschlafen.

Seine erste Amtshandlung an diesem Morgen hatte darin bestanden, Bosmans anzurufen. Flankiert von Rechtsanwalt Devriese, einem gewieften Strafverteidiger, hatte Mispelters kein Wort mehr gesagt.

Auch Nadia Mendonck war noch immer wie vom Erdboden verschluckt. Deleu hatte sich zu ihrer Wohnung aufgemacht, aber dort niemanden angetroffen. Daraufhin hatte er Bosmans angerufen, der seine Zustimmung gab, diesen Psychotherapeuten Beherman zu kontaktieren. Doch der war unerreichbar. Nach kurzem Hin und Her hatte Bosmans Deleu dann schließlich freie Hand gegeben, den Mann in seiner Praxis an der Ridder Dessainlaan aufzusuchen.

Möglicherweise der letzte Mensch, der Nadia noch lebend gesehen hat.

Das Wort »lebend« jagte Deleu einen eisigen Schauer über den Rücken. Er beschleunigte seine Schritte.

Zu seiner Überraschung stand die Haustür einen Spalt offen. Deleu betrat den Flur. Hier war es dunkel, und ein seltsamer Geruch hing in der Luft – ein Geruch, den er zwar kannte, aber nicht sofort identifizieren konnte.
Formaldehyd … wie im Leichenschauhaus …
Deleu sog die Luft ein, ließ die Gerüche tief in seine Lungen dringen und glaubte, sogar einen Hauch von Nadias Parfüm wahrzunehmen. Oder bildete er sich das nur ein?
Hastig lief er zum Ende des Flurs, wo eine Frau in einem verblichenen Arbeitskittel sich über einen Putzeimer beugte und ein Scheuertuch auswrang. Zwischen ihren Lippen baumelte eine Zigarette.
»Äh, entschuldigen Sie bitte …?«
Die Putzfrau drehte sich um und zog das Kopftuch, das ihr über die Augen gerutscht war, nach hinten. Deleu bemerkte, dass sie derbe, rauhe Hände hatte, mit tiefen Furchen an den Fingerspitzen. Ihre Nägel kratzten über den groben Kittelstoff, als sie sich die Hüfte rieb.
»Ja?«
»Ich bin auf der Suche nach der Praxis von Dr. Beherman. Wissen Sie zufällig …?«
»Die ist ein Stockwerk höher. Aber der Doktor ist nicht da.« Damit drehte sie sich wieder um, wobei der Aschekegel in die schäumende Seifenlauge fiel. Offensichtlich betrachtete sie das Gespräch als beendet, denn sie nahm den Eimer und schlurfte auf die andere Seite des Flurs.
»Äh … ich hätte da noch eine Frage …«
Die Frau drehte sich um und musterte Deleu müde. »Mann, ich hab's doch schon gesagt: Er ist nicht da.« Sie

stellte den Eimer ab und schob sich das Kopftuch in den Nacken. »Und wenn ich Sie wär, würd ich mir 'nen anderen Psychiater suchen. Der hier ist nie da, wenn man ihn braucht. Wie oft hab ich schon Leute wegschicken müssen, das ist echt nicht mehr normal. Einen Schlüssel zu seinem Büro gibt er mir nicht, doch Sekretärin darf ich für ihn spielen. Aber ich muss auch meine Miete bezahlen. Auf den kann man sich nicht verlassen. Ich sag's Ihnen. Überhaupt nicht. Das macht mich noch ganz kirre.« Sie pflückte die Zigarette von ihren Lippen, die bis auf den Filter heruntergebrannt war, drehte den Stummel unentschlossen in der Hand und schnippte ihn schließlich in den Putzeimer.

Als Deleu eine weitere Frage stellen wollte, wandte sie sich ab und schlurfte durch den Flur. Doch dann hob sie einen Finger so ruckartig in die Luft, dass Seifenlauge aus dem Eimer schwappte. »Wenn Sie mir nicht glauben, sehen Sie doch selbst nach. Und wischen Sie sich die Füße auf der Matte ab – die Etage ist gerade erst frisch geputzt.«

Langsam stieg Deleu die Wendeltreppe hinauf. Er tastete in seinem Sakko nach seinem Mobiltelefon, zögerte dann aber. Vor der Tür mit dem Namensschild »J. Beherman – Psychotherapeut« blieb er schwer atmend stehen.

Das Schloss sprang mit einem lauten Klick auf. Deleu steckte den Dietrich wieder in die Hosentasche. Diese Vorgehensweise war alles andere als offiziell, und Jos Bosmans würde einen Anfall kriegen, wenn er davon erfuhr.

Plötzlich glaubte er, ein Poltern im Flur zu hören. Die

Treppe knarrte, und irgendwo ging eine Tür auf. Dieses Mal zögerte er nicht länger, sondern schlüpfte lautlos in die Praxis.

Der Raum lag im Dunkeln. Die Jalousien waren herabgelassen. Während sich seine Augen langsam an das Dämmerlicht gewöhnten, konnte Deleu allmählich die Umrisse eines Schranks und eines großen Schreibtischs erkennen. Die Wohnung war nur spärlich möbliert. Ein Aktenschrank, ein Schreibtisch, eine Liege und drei Stühle: ein Bürostuhl und zwei schlichte Küchenstühle.

Deleu blieb stehen. An der gegenüberliegenden Wand erkannte er einen großen schwarzen Fleck.

Ein Gemälde.

Deleu fühlte sich unbehaglich. Schon wieder diese seltsame Mischung aus Medikamenten und Parfüm.

Nadia.

Der Kripobeamte streckte einen Arm vor und tastete sich zum fluoreszierenden Lichtschalter neben der Tür. Als er das Licht einschaltete, schienen ihm drei kräftige Halogenstrahler direkt ins Gesicht. Sofort schirmte Deleu seine Augen ab, ging tastend ein paar Schritte, fluchte und lief um den Schreibtisch herum. Er rollte den Klubsessel beiseite und schaute unter den Tisch, aber er konnte keinen Dimmer entdecken. Die beiden Stühle vor dem Schreibtisch waren in grelles Licht getaucht.

Hat Nadia dort gesessen? Auf einem dieser Stühle. Total geblendet. Vielleicht scheinen einem die Spots ja nur dann in die Augen, wenn man zur Tür geht …

Deleu packte die Rückenlehne des linken Stuhls und versuchte, sich seine Kollegin in dieser Umgebung vorzustellen. Das grelle, weiße Licht, das ihren Kopf umgab wie ein Heiligenschein. Doch es gelang ihm nicht, und nach einer Weile sah er nur noch tanzende rote Flecken. Nachdenklich rieb er sich übers Kinn und schloss die Augen. Und da war sie: Nadia Mendonck, seine Kollegin, seine Geliebte, die Mutter seines ungeborenen Kindes. Nadia, mit ihren klaren, blauen Augen und ihrem animalischen Charme. Nadia, mit ihrem angeborenen Pragmatismus und ihrer nüchternen Einstellung gegenüber alltäglichen Dingen. Nadia, mit ihrer unbezähmbaren romantischen Ader, mit ihrem großen, leidenschaftlichen Herzen.

Nadia.

Dort, auf der anderen Seite, konnte sie nicht gesessen haben. Jedenfalls nicht länger als zehn Sekunden, denn Mendonck mochte zwar himmelblaue Augen und einen klaren Blick haben, aber ihr Sehvermögen war alles andere als perfekt. Eigentlich müsste sie längst eine Brille tragen, doch dafür war sie zu eitel.

Dirk Deleu strich mit den Fingern über das weiche Kalbsleder. Er konnte der Versuchung nicht widerstehen und ließ sich in den Sessel sinken. Langsam nahm er die Atmosphäre des Raums in sich auf. Er stellte sich vor, wie Nadia vor ihm saß. Mit der Fragenliste im Kopf. Das würde sie nicht aushalten. Nicht länger als zehn Sekunden. Ihre Augen scheuten das Licht.

Plötzlich überkam Deleu ein mulmiges Gefühl, als würde jemand ungebeten zuschauen.

Hinter dir – lauernde Augen in deinem Rücken.

Ruckartig drehte er sich um und betrachtete die Wand.

Der schwarze Fleck hatte sich in eine Kirche verwandelt. Gotisch. Monumental. In ein sanftes, melancholisches Licht getaucht.
Deleu schaute zur Decke, wo ein Spot auf das Gemälde ausgerichtet war. Seine Gedanken überschlugen sich. Verwirrt schüttelte er den Kopf. Er rollte den Bürosessel zurück, sprang auf, stieß sich das Knie an der Schreibtischkante und hinkte wie ein verwundetes Tier zum Fenster, wo er keuchend die Jalousien hochzog.
Während weiches Tageslicht in den Raum drang, blieb Deleu ein paar Sekunden reglos stehen, mit geschlossenen Augen. Als er sie wieder öffnete, schien plötzlich alles verändert. Das Gefühl der Bedrohung war verschwunden. Langsam schaute er sich um. Nun sah er den Raum, wie er wirklich war: Leer … ohne eine einzige Patientenakte.
Deleu blieb stocksteif stehen; der Schweiß brach ihm aus.
Nadia. Wo bist du, Nadia?
Und dann sah er ihn. Er lag auf einer Ecke der Schreibtischplatte, am Fuß der Bürolampe. Er war blau und dick. Qualitätspapier … auf dem etwas geschrieben stand.
Deleu beugte sich vor, und seine Augen fokussierten sich auf den Briefumschlag. Als er endlich begriff, an wen der Brief gerichtet war, blinzelte er heftig.

Für Dirk Deleu
Persönlich

Deleu vergaß zu atmen. Er zog ein Taschentuch aus der Hosentasche und fasste den Brief damit an der oberen rechten Ecke an. Ratlos drehte er ihn um, drehte ihn mehrmals hin und her. Kein Absender. Erneut drehte er den Brief um.

Keine Briefmarke. Natürlich nicht.

Mit der freien Hand wischte er sich den kalten Schweiß von Stirn und Nacken. Die Adresse war von Hand geschrieben und erinnerte an die Großbuchstaben einer alten Schreibmaschine.

Wieder und wieder drehte Deleu den Brief. Bis er es schließlich nicht mehr aushielt und hastig den Umschlag aufriss. Sein Taschentuch trudelte zu Boden. Mit zitternden Händen hob Deleu es wieder auf und klappte den sorgfältig zusammengefalteten Bogen Papier auseinander.

Lieber Dirk, mein Freund,

wie schade, dass du diesen Brief nun in Händen hältst. Ich hätte dich lieber persönlich getroffen. Dass sie deine Hure geworden ist, fand ich anfangs sehr schlimm. Ich habe mich ernsthaft dazu zwingen müssen, sie nicht sofort an Ort und Stelle in Stücke zu reißen.

Deleu zitterte. Die Buchstaben verschwammen vor seinen Augen. Das dicke, von Hand geschöpfte Papier raschelte und knisterte, und als der Kripobeamte die Finger öffnete, flatterte der Brief zu Boden, gefolgt von Deleus Taschentuch.

*

Dirk Deleu hockte zusammengekrümmt auf einem Stuhl. Lediglich sein keuchender Atem verriet, dass er noch lebte.
Mit einer unbewussten Bewegung schob Bosmans seine Lesebrille hoch. Seine Fingerspitzen fühlten sich klamm an.

Lieber Dirk, mein Freund,

wie schade, dass du diesen Brief nun in Händen hältst. Ich hätte dich lieber persönlich getroffen. Dass sie deine Hure geworden ist, fand ich anfangs sehr schlimm. Ich habe mich ernsthaft dazu zwingen müssen, sie nicht sofort an Ort und Stelle in Stücke zu reißen.
Aber dann hatte ich eine bessere Idee. Eigentlich eine brillante Idee. Du kennst mich doch. ☺☺☺
Ich dachte mir, ach Gottchen, die armen Teufel. Die würden noch jahrelang suchen … ich bin einfach viel zu gut.
Dirk. Hey … Kopf hoch. Machen wir das Ganze zu einem Spielchen. Für dich war das Leben doch immer schon ein Scheißspiel.
Hast du noch mehr Kinder? Oder ist dein Samen schon vertrocknet? Oder hast du eingesehen, dass du etwas falsch gemacht hast? Suchst du Vergebung … Verzeih mir, wenn ich lache.
Es tut mir leid, Dirk. Es ist zu spät.
»Nadiaaa … wo bist du …« Hörst du das, Dirk? Erkennst du den Klang meiner Stimme?
Der große, böse Wolf.

Nicht … tss … schade.

Wer ist der Hirte, Dirk? Wer ist der Hirte, und wer ist der böse Wolf?

Du wirst von mir hören.

Oh, und ehe ich's vergesse: Schöne Grüße an Meneer Bosmans.

Das Blatt Papier zitterte, als der Untersuchungsrichter es mit der Pinzette umdrehte. Nichts … auf der Rückseite stand nichts mehr.

»Bringen Sie das Ding zur Spurensicherung. Und besorgen Sie mir eine Kopie, Pierre.«

Als Pierre Vindevogel das Büro verließ, gähnte Bosmans, kratzte sich am Oberschenkel, stand auf und wanderte rastlos auf und ab. »Du kennst ihn, Dirk.«

Deleu nickte und ließ den Kopf in die Hände sinken, die Ellbogen auf die Oberschenkel gestützt. »Nadia. Ich muss Nadia … Wie kann das sein?« Hilflos schaute er zu Bosmans.

Zu Bosmans – der sich fragte, ob es sinnvoll war, Barbaras spurloses Verschwinden vorläufig zu verschweigen. Den Anruf hatte er an diesem Morgen erhalten. Von Roger Wittewrongel, Deleus Schwiegervater. Seine Tochter war nicht nach Hause gekommen. Sie war mit Charlotte im Kinderwagen in Mechelen einkaufen gewesen. Bosmans hatte sofort Verstärkung angefordert. Staatsanwalt Bauwens hatte fünfzehn Beamte der Mobilen Einheit aus Antwerpen zusammengetrommelt. Diese Truppe hatte sich direkt an die Arbeit gemacht und versucht, jeden von Barbaras Schritten nachzuvollziehen. Bisher

noch ohne Erfolg. Bosmans betrachtete seinen Freund und schluckte.
Deleu schaute auf. Sein Gesicht war kreidebleich wie ein Stück Pergament.
»Geh nach Hause, Dirk. Versuch zu schlafen. Im Moment kannst du nichts tun. Jedenfalls nichts Konkretes. Ich weiß, dass du wahrscheinlich nicht schlafen kannst, aber das macht nichts. Geh trotzdem nach Hause und versuch wenigstens, ein bisschen zur Ruhe zu kommen. Vielleicht hast du dann ja irgendeine Idee. Aber grüble nicht zu lange«, drängte Bosmans.
Deleu sah seinen Vorgesetzten fast flehentlich an. Traurig und unglücklich wie ein Schuljunge, der vor einem Stapel Bücher hockt und begreift, dass er zu müde ist, um noch irgendetwas zu lernen.
Plötzlich ging die Tür auf, und Marc Vanderkelen, Leiter der Spurensicherung, kam, ohne anzuklopfen, herein. Er schaute Deleu an, dessen Augen einen kurzen Moment aufleuchteten, aber Vanderkelen schwieg. Deleu musterte den Kollegen von Kopf bis Fuß – Vanderkelen trug Khakikleidung und Lederstiefel. Doch als Bosmans' Stuhl knarrte, wandte Deleu sich um.
»Was ist los? Was habt ihr herausgefunden?«
»Nichts. Noch nichts«, erwiderte Bosmans, während er seinen Lodenmantel überstreifte und sich den Wollschal um den Hals schlang. »Geh nach Hause. Soll ich dir ein Taxi rufen?«
Deleu schüttelte den Kopf und stand entschlossen auf.
»Ich komme mit.«
Jos Bosmans griff sich an die Stirn und seufzte. Dann

warf er Vanderkelen einen verärgerten Blick zu, der jedoch nur die Achseln zuckte. »Ich wusste es. Ich hab's, verdammt noch mal, gewusst. Geh nach Hause, Dirk. Wenn irgendetwas ist, ruf ich dich sofort an. Versprochen.«

»Aber ...«

»Das ist ein Befehl, Kommissar Deleu.« Damit wirbelte Bosmans herum, marschierte zur Tür und packte Vanderkelen am Arm. »Komm, Marc, wir müssen los.« An der Tür zögerte er einen Moment und drehte sich dann doch noch einmal um.

»Ist sie ermordet worden? Ist Nadia tot, Jos?«

Bosmans senkte den Blick. »Ich weiß es nicht. Geh nach Hause, Dirk.«

Deleu schaute auf, sah ihn mit leeren Augen an. Sein starrer Blick jagte Bosmans einen Schauer über den Rücken.

»Es geht nicht um diese jungen Frauen, Jos. Nicht mehr. Es geht um uns. Uns alle. Um mich, dich, Nadia, Barbara, Pierre, Walter. Um uns alle.« Deleu starrte an die Decke, und sein mattes Lächeln stand in schroffem Gegensatz zu seinen folgenden Worten: »Wer hasst uns so sehr? Wer?« Plötzlich suchte er Bosmans' Blick, und in seinen eigenen Augen lag eine abgrundtiefe Angst. »Maud. Und die Kinder. Sei vorsichtig, Jos. Pass auf dich auf. Er liegt auf der Lauer. Irgendjemand lauert uns allen auf. Wie schleichendes Gift.«

17

Um halb elf Uhr war es so weit. In Schiplaken, einem Ortsteil von Hever, bog der erste Polizeiwagen um eine scharfe Kurve in den Blokweg.

Der alte Mann, dessen Grundstück an den Wald angrenzte und der mit hochgekrempelten Ärmeln den Garten umgrub, sah den drei Polizeifahrzeugen mit den abgedunkelten Scheiben nach, die beinahe geräuschlos durch die Nebelschwaden in das Waldgebiet glitten. Wie Schatten. Ohne Sirene. Ohne Blaulicht.

»Bullen ... Was ist denn jetzt schon wieder passiert?« Er warf einen Blick über die Schulter in Richtung Veranda, zögerte, spuckte dann aber entschlossen in die Hände.

Ich werd's ihr nachher erzählen, wenn die Eier mit Speck auf dem Tisch stehen.

Dann drückte er den Spaten in die Erde, stellte seinen Fuß auf den Rand und rammte das Spatenblatt kräftig in den Boden.

Als der erste Wagen in den unbefestigten Waldweg einbog, begann die rote Lampe des Scanners in rasendem Tempo zu blinken. Marc Vanderkelen drehte an ein paar Knöpfen, während er Bosmans' bohrenden Blick im Nacken fühlte. »Ganz in der Nähe. Wir müssen gleich da sein ...«

Der Untersuchungsrichter starrte ihn weiterhin an. Es schien, als würden seine Augen schreien: Nein! Nein, das kann einfach nicht wahr sein! Bosmans schaute durch das Seitenfenster. Der Wald wurde immer dichter, mit bizarr gewachsenen Sträuchern und niedrigen Nadelbäumen, deren untere Zweige von dornigen Brombeersträuchern so stark überwuchert waren, dass man im Grunde auf Händen und Füßen darunter hindurchkriechen musste, um überhaupt noch vorwärtszukommen. Ein Eichhörnchen mit einer Nuss zwischen den Vorderpfoten hob ruckartig den Kopf und sprang hastig davon.

Bosmans legte eine Hand auf die Brust, aber der dumpfe Schmerz wollte nicht verschwinden. Innerlich wappnete er sich gegen das Schlimmste und malte sich aus, wie und wo sie Nadia finden würden. Ihr bleiches, blutloses Gesicht, im menschenunwürdigen Todeskampf zu einer Grimasse verzerrt. Mit angezogenen Knien, die Hände auf dem Rücken gefesselt. Verkrampfte Finger, Leichenflecken. Ihr vitaler, junger Körper erschlafft, halb bedeckt von Erde und verrottetem Laub und in einer unnatürlich krummen Haltung.

»Stopp.«

Ruckelnd kam der Wagen zum Stehen. Rechts von ihnen verlief ein Pfad, von Gebüsch überwuchert. Er war noch schmaler als der Waldweg und mit vertrockneten Gräsern und flach wachsenden Zweigen übersät.

»Links.«

Die Stimme klang entschlossen, duldete keinen Widerspruch. Bosmans warf einen Blick auf das kompakte Gerät auf Vanderkelens Schoß. Die Lampe blinkte nicht länger; ihr rotes Licht tauchte Vanderkelens Doppelkinn in rote Glut. Fragend schaute Bosmans seinen Kollegen an.

Doch Vanderkelen zuckte fast entschuldigend die Achseln. »Der Scanner lügt nie.« Bedächtig legte er einen Zeigefinger an die Lippen. »Man könnte es mit einem GPS-System vergleichen. Bis auf einen Quadratmeter genau. Das Signal wird aufgefangen und via Satellit zurückgestrahlt.«

»Technischer Fachjargon interessiert mich nicht«, erwiderte Bosmans schroff und fügte dann hinzu: »Entschuldigung, Marc.« Gebannt starrte Bosmans durch die Frontscheibe, wo die Konturen eines verfallenen Hofs auftauchten. Der Schornstein war eingestürzt, die Fensterrahmen waren verzogen und ein Teil des hinteren Anbaus war in sich zusammengebrochen. Die drei Polizeiwagen hielten an.

Vanderkelen hantierte noch immer mit dem Scanner. Fragend schaute er zu Bosmans. »Ich kann noch genauer suchen lassen«, stieß er angespannt hervor. »Wenn Sie wollen, kann ich Sie mit diesem Ding bis ganz dicht heran …«

»Nein.« Auch diese Antwort duldete keinen Widerspruch. Bosmans hob die Hand und winkte mit zwei Fingern, woraufhin der Polizeimeister auf dem Vordersitz ihm das Sprechfunkgerät gab. Der Untersuchungsrichter drückte auf den Knopf und zischte einen kurzen Befehl.

Schiebetüren öffneten sich geräuschlos. Schemenhafte

Gestalten im Nebel. Auf den ersten Blick eine Gruppe von Menschen, die ungeordnet und unkoordiniert durcheinanderliefen. Doch bei näherem Hinsehen zeigte sich die systematische Vorgehensweise der Truppe: Die neun Beamten des Sondereinsatzkommandos teilten sich in Gruppen zu je drei Mann auf. Eine Gruppe lief nach links, die andere nach rechts, während die dritte zielstrebig geradeaus hastete. In Richtung der Haustür. Wenige Sekunden später waren die Männer mit den Waffen, deren matte Oberflächen nicht glänzten, verschwunden. Wie von der Natur verschluckt.
Unbewusst kreuzte Jos Bosmans die Finger. Er konnte nichts tun. Jedenfalls nicht im Moment.
Lebst du noch, Nadia? Lebst du noch, Kindchen?

Die Männer des SEK standen vollkommen reglos da. Die meisten mit Schlamm an den Knien und Ellbogen. Bewegungslose Gestalten, dicht über den Boden gekauert, in der Deckung der Sträucher. Weiße Atemfahnen. Bedrückte Gesichter.

»Okay, Marc. Dann mal los.«
Schwerfällig setzte Vanderkelen sich in Bewegung. Das schwere Gerät hing an einem Nylongurt um seinen Nacken, und er war derart konzentriert, dass er keine Antwort gab.
Jos Bosmans lief dicht hinter ihm, bis er plötzlich vor einem alten Brunnen stehen blieb, etwa fünf Meter hinter der zusammengesackten Scheunenmauer. Breite, diagonale Risse zeichneten sich in dem alten Mauerwerk ab.

Mit der Spitze seines Lederstiefels trat Vanderkelen gegen einen Haufen moosbewachsener Steine. Sein Zeigefinger zitterte, als er mit ausgestrecktem Arm auf das schwarze Loch deutete. Inzwischen hatten sich alle um den Brunnen versammelt. Wie versteinerte Miniatursoldaten in einem Landschaftsmodell.
Bosmans setzte sich als Erster in Bewegung: Er nahm einen Kiesel und warf ihn in das schwarze Loch. Es schien eine halbe Ewigkeit zu dauern, bis sie ein Platschen hörten.
»Absuchen«, sagte Vanderkelen.
Bosmans schaute ihn an. In seinen Augen lag ein seltsames Funkeln. Dann wanderte sein Blick zum Brunnen und von dort zu einer rostigen Winde, die an zwei Holzblöcken befestigt war. Ein Seil wand sich um den Zylinder. Bosmans griff zur Kurbel, und als er vorsichtig zu drehen begann, ertönte ein leises Piepen. »Kann man das Signal empfangen, wenn das Mobiltelefon ausgeschaltet ist?«, murmelte er, wobei die Frage eher an sich selbst als an Vanderkelen gerichtet war. Dementsprechend beachtete er dessen Kopfschütteln auch nicht.
Der verbeulte Eimer war trocken. Bosmans zog ihn näher zu sich heran. Seine Augen verengten sich zu Schlitzen, als er auf dem Boden des Eimers Nadia Mendoncks kanariengelbes Handy entdeckte. Es schien, als würde das Gerät ihn angrinsen: Die Klappe war geöffnet, und das rote Auge zwinkerte ihm zu.
»Verdammt. Dieser dreckige Mistkerl!«

*

Der Schrei riss Nadia Mendonck aus ihrem tiefen, aber unruhigen Schlaf. Ihr geschundener Körper zitterte. Das Erste, was ihre langsam erwachenden Sinnesorgane wahrnahmen, war der bittere Geschmack auf ihrer Zunge. Ihrer geschwollenen Zunge. Dick und trocken.
Nadia Mendonck schlang die Arme um den Körper und zitterte, als litte sie unter einem Anfall von Gelbfieber. Ein Feldbett. Sie lag auf einem Feldbett. Während sie nach hinten rutschte und den Rücken gegen die Wand drückte, versuchte sie verzweifelt, ihre Gedanken zu ordnen, die Ereignisse in eine Reihenfolge zu bringen. Ganz allmählich drang die Realität zu ihr durch.
Die Praxis. Der Kaffee. Das Auto. Der Kofferraum.
Mit zittrigen Fingern tastete sie über die Beule auf ihrer Stirn. So groß wie ein Taubenei. Zögernd stellte sie den linken Fuß neben der Pritsche auf den Boden.
Der Schrei war verstummt. Sie konnte nur noch ein stockendes Schluchzen hören. Kurze, verzweifelte Atemzüge.
Plötzlich schrie die Frau erneut. Mendonck schauderte und blickte zu den Gitterstäben. Massiv und bedrohlich.
Ein Keller … ich bin in einem Keller.
Zitternde Beine. Nadia Mendonck erkannte, dass sie ihre Gedanken in eine andere Richtung lenken und sich beschäftigen musste. Sie stellte auch ihren rechten Fuß auf den Boden, war aber gezwungen, am Rand des Feldbetts Halt zu suchen. Instinktiv streichelte ihre Hand über ihren Bauch, und diese Geste erfüllte sie mit Angst, gab ihr gleichzeitig aber auch Kraft. Und Mut. Den Mut, aufzustehen. Als sie ein paar schwankende Schritte in Rich-

tung Eisengitter machte, ließ ein Geräusch sie abrupt innehalten.

Schritte! Sie kommen näher. Nein ... weg. Sie bewegen sich von mir weg.

Im nächsten Moment ging das Licht aus. Mendonck blieb stocksteif stehen, beide Hände auf den Bauch gepresst. Erschrocken hielt sie den Atem an. Während sich ihre Augen langsam an die Dunkelheit gewöhnten, strich ein kalter Luftzug über ihre Wange. Langsam drehte sie den Kopf. Von irgendwoher fiel Licht herein.

Ein Kellerfenster.

Und dann sah sie ihn – zumindest seine Silhouette. Neben dem Kellerfenster. Reglos in der Finsternis. Es war zu dunkel, um sein Gesicht erkennen zu können. Aber er war es. Der Psychotherapeut. Der Mann, der sie in seiner Praxis angegriffen hatte. Nadia Mendonck schauderte. Sie schloss die Finger um das rostige Eisengitter und drückte die Stirn gegen die Stäbe. Die Angst sorgte dafür, dass sich ihr Magen zusammenballte. Gedanken rasten durch ihr Hirn. Ungeordnet. Ein dumpfer Schmerz am Halsansatz erinnerte sie daran, dass sie in der Praxis zusammengebrochen und auf der Tischkante aufgeschlagen war.

Der Kaffee. Er hat irgendwas in meinen Kaffee gekippt. Der Dreckskerl.

Aus den Augenwinkeln spähte sie zum Fenster. Der Wind rauschte durch den Kellerschacht. Die Silhouette war verschwunden. Das leise, aber ununterbrochene Schluchzen ließ sie zur Seite schauen. Dann hörte sie jemanden atmen.

Nebenan. Neben mir. Hier ist noch jemand.
Schritt für Schritt tastete sich Mendonck zur Wand vor, wobei ihre Knie knackten. Plötzlich schrie die Frau neben ihr wieder, hoch und schrill wie ein abgestochenes Schwein. Mendonck spürte, wie sich ihre Nackenhaare aufrichteten, und während sie heftig schluckte, hallte ein vages Kichern durch die Dunkelheit. Es schnürte ihr die Kehle zu. Sie traute sich kaum noch, Luft zu holen. Doch plötzlich wurde sie wütend. Sämtliche angestauten Ängste und Frustrationen bahnten sich einen Weg nach draußen wie glühende Lava: »Du bist geliefert! Du Drecksack! Meine Kollegen wissen, wo ich bin!«
Ihre Worte hallten durch das Gewölbe. Schaum hing an ihren Lippen, und die Wut fuhr ihr wie ein Messer durch den geschundenen Körper.
»Hilfe. Helfen Sie mir.« Die Stimme klang leise, bedrückt, ratlos. Mendonck tastete sich in Richtung Kellerecke vor. Sekunden später strauchelte sie über irgendetwas, das laut über den Boden schepperte. Als sie nach unten schaute, konnte sie die Konturen eines Metallurinals ausmachen. Der Deckel war herabgefallen. Mendonck hastete weiter zur Kellerwand, wo sie sich mit beiden Händen festhielt. Sie presste die Augen zusammen und schnaubte wie eine trächtige Stute, die ein Rudel Wölfe riecht. »Hallo?«
Von der anderen Seite ertönte das leise Schlurfen von Schritten. Beinahe unhörbar.
»Hallo? Ist da jemand?«
»Mein Kind. Er … er hat mein Kind.« Die Stimme klang heiser und panisch.

»Wer sind Sie?«
Keine Antwort.
»Was ist passiert? Sie brauchen keine Angst zu haben, ich bin Polizeibeamtin. Ich werde Ihnen helfen.« Mendonck spürte ihre eigene Angst. Es gelang ihr kaum, ihre Stimme unter Kontrolle zu bekommen. Bei jedem Wort schwang ein starkes Zittern mit. »Sind Sie verletzt?«
»Ja. Ja.« Die Stimme der Frau verwandelte sich in ein leises Schluchzen. »Nein … Er hat …«
Nadia Mendonck umklammerte die Gitterstäbe. Dann tastete sie hektisch ihre Taschen ab.
Kein Mobiltelefon.
»Haben Sie ein Handy dabei? Hallo …?«
»Nein«, lautete schließlich die leise Antwort. Die Frau schien entkräftet zu sein. Völlig erschöpft. »Mir … mir ist so kalt.«
»Sind Sie … sind Sie nackt?«
»Nein. Schnupfen. Vielleicht Fieber.«
»Wo sind Sie? Geben Sie mir Ihre Hand.«
»Nein.«
Mendonck hörte ein schleifendes Geräusch, als würde ihre Mitgefangene, ihre Schicksalsgenossin, ihre Freundin auf der anderen Seite langsam an der Mauer herabgleiten. Die Kripobeamtin zog ihren verschwitzten Pullover aus und schob ihn durch die Gitterstäbe. »Hier. Nehmen Sie meinen Pulli.«
Es schien eine halbe Ewigkeit zu dauern. Doch dann spürte sie einen leichten Widerstand – die Wolle wurde in die Länge gezogen. Nadias Finger krochen über den weichen Pulli. Zunächst vorsichtig, wachsam wie eine

Hausspinne, die die Überquerung der Kluft zwischen Sofarückenlehne und Fensterbank erwägt.

Plötzlich schoss ihre Hand mit einem Ruck nach vorn.

Haut. Muskeln? Eine Hand. Ein Ring. Eine Frauenhand.

Ihre Finger verschränkten sich. Tastend. Drängend. Auf der Suche nach Halt. Dann reglos. Haut an Haut.

»Ganz ruhig. Halt dich an mir fest. Du bist nicht allein. Nicht mehr. Wer bist du? Was hat er dir angetan?«

Plötzlich ging das Licht wieder an. Und da war er: Beherman. Den Maßanzug hatte er abgelegt, er trug nun ein kurzärmliges Polohemd. Die Kälte schien ihm nichts anzuhaben. Die Muskeln seiner Unterarme glänzten, als er die Hände langsam zu Fäusten ballte und wieder öffnete. Er lehnte mit dem Rücken an der Wand. Entspannt. Ein bizarres Lächeln umspielte seinen Mund.

»Meine Damen ... Wie ergreifend. Gottes Wege sind wahrhaft unergründlich«, salbaderte er, gefolgt von heiserem Kichern. »Beste Freundinnen inzwischen. Ich bin gerührt.« Das sanfte Timbre seiner Stimme wurde plötzlich rauh. »Warum habt ihr daran nicht schon eher gedacht? Nadia Mendonck. Hure!«

Mendonck ächzte. Die Hand der Frau verkrampfte sich. Die Finger zuckten zurück. Mendonck versuchte noch, sie festzuhalten, doch vergebens. Sie zog ihren Arm zwischen den Gitterstäben hindurch zurück und hörte ein leises Schluchzen auf der anderen Seite der Mauer ...

Dort, wo Barbara Wittewrongel auf die Knie sank. Sie starrte auf ihre zitternden Hände und tastete nach dem Verband an ihrem Kopf. Der pochende Schmerz, das Gefühl allumfassender Verzweiflung. Plötzlich wurde ihr alles zu viel: Ein roter Schleier legte sich vor ihre Augen, und als alles um sie herum schwarz wurde, bekam sie nicht einmal mehr mit, dass sie auf den kalten Boden sank.

*

Als Dirk Deleu sich mühsam die Treppe zu seiner Wohnung hinaufschleppte, hörte er ein Baby weinen.

Haben die Nachbarn unter mir ein Kind?

Auf der zweiten Etage blieb er stehen und schaute zur Tür der Nachbarwohnung.

Sie werden den Knirps doch nicht seinem Schicksal überlassen haben? Die beiden Junkies ...?

Dirk Deleu versuchte, durch das Schlüsselloch zu spähen. Aber offenbar steckte von innen ein Schlüssel, denn die Öffnung blieb dunkel. Er zögerte, nicht vollkommen überzeugt, dass das Weinen auch wirklich aus dieser Wohnung kam. Aber woher sollte es sonst kommen? Die Wohnung im Erdgeschoss stand leer, und im ersten Stock wohnte ein älteres Ehepaar.

Deleu lehnte sich mit der Schulter gegen die Wand. Das Weinen des Babys hatte in ihm ein seltsames Gefühl geweckt. Angst. Verlustangst.

Nadia.

Der Film der vergangenen Monate zog träge an seinem inneren Auge vorbei. Sein Fehltritt mit Danielle Orolavi. Der Bruch mit Barbara. Sein Verhältnis mit Nadia. Stürmisch, als würde man plötzlich in einen Strudel gerissen und sich dem süßen Gefühl des Loslassens hingeben. Oder der Selbstverleugnung. Schwerelos schweben. Wirbeln, trudeln, kreiseln. Doch dann kommt die Atemnot. Der Sauerstoffmangel. Man schnappt nach Luft, weiß nicht mehr, wo oben oder unten ist. Was gut oder schlecht ist.

Deleu presste die Lippen aufeinander, als könnte er den Schmerz kosten. All die einsamen Stunden, ruhelos zwischen den Laken wälzend.

Nadia, bei der er sein Herz ausgeschüttet hatte und die es nun ebenfalls fühlte. Nadia, die nun auch seine Schuldgefühle auf ihren Schultern trug. Nadia, die Barbaras Freundin gewesen war.

Plötzlich sah er sie vor sich: Die junge, frische, sinnliche Nadia Mendonck. Jung und ihrer selbst vollkommen sicher. Sie trug ein gelbes Top mit passend lackierten Finger- und Fußnägeln. Jung und selbstbewusst. Blendend schön.

Wo bist du, Nadia? Ich will bei dir sein. Ich liebe dich. Nur dich allein.

Und dann sah er die Nadia von heute: Sie war schwanger. Von Frank Tack, seinem Rivalen, oder von ihm selbst. Er sah ihre Bewegungen, ihren energischen Gang. Ihre mädchenhafte Ausstrahlung, gewürzt mit einer Dosis Lebenserfahrung. Und genau in dem Moment, in dem er begriff, dass er sie unendlich liebte, heute, jetzt, hier, gellte ein durchdringendes Geschrei durch den Flur. Ein weinendes Baby.

Deleu musterte die Wohnungstür im zweiten Stock ein weiteres Mal. Das Geräusch kam nicht von dort. Er bog den Kopf in den Nacken und schaute nach oben. Mit großen, ungläubigen Augen.

Oben. Meine Wohnung!

Hastig stürmte er die Treppe hinauf, drei Stufen auf einmal nehmend. Auf dem obersten Absatz blieb er stehen. Er spürte, wie sein Blut in den Schläfen pochte, und obwohl er fast erstickte, schnappte er nicht nach Luft.

Der Kinderwagen war marineblau. Sehr dunkel, mit kleinen, in den Stoff gewebten, weißen Störchen. »Peg Perego« las er an der Seite des soliden Handgriffs aus schwarzem Kunststoff. Es handelte sich um Barbaras Kinderwagen. Und um seinen. Um Charlottes Kinderwagen.

Mit steifen Beinen ging Deleu auf den Kinderwagen zu. Wie ein Zombie. Als er die lachsrosa Decke ein Stück zur Seite zog, traute er kaum seinen Augen. Er begriff einfach nicht, was er sah.

Charlotte.

Das Baby, seine Tochter, hörte prompt auf zu weinen, und ihre Augen suchten die ihres Vaters. Ein Funken des Wiedererkennens flackerte darin auf. Doch dann schrie sie sich wieder die Lunge aus dem Leib und strampelte wild mit den Beinen. Sofort streckten sich zwei Hände in den Kinderwagen. Deleu riss seine Tochter hoch und presste sie an sich. Er musste sich zurückhalten, um sie nicht zu fest zu drücken. Es schien, als würde sein gesamtes Leben an ihm vorbeirasen. Er streichelte Charlottes Köpfchen mit den seidenweichen Locken.

Barbara! Was ist passiert?

Als ihm endlich bewusst wurde, dass sie Charlotte niemals ihrem Schicksal überlassen hätte, brach ihm der Schweiß aus, und er presste eine Hand auf den Mund.

Das Baby spürte seine Angst. Es begann wild zu strampeln und rutschte Deleu fast aus den Händen, der mit einem Ruck zu erwachen schien. Er betrachtete seine Tochter mit leeren Augen – Augen, die nichts registrierten. Nichts begriffen. Als er Charlotte wieder in den Kinderwagen legte, sah er zwischen den handbestickten Decken einen Papierfetzen. Dickes, glänzendes Papier. Der Rand war nur noch ein matschiger Brei.

Deleus Zeigefinger zwängte sich zwischen Charlottes Lippen, und während das kleine Mädchen würgte, glitt der Finger über ihre Zunge und ihren Gaumen. Deleu atmete auf. Sie hatte nichts im Mund. Erleichtert streichelte er seiner Tochter über die Wangen und nahm den Papierfetzen.

Es handelte sich um das Fragment eines Fotos, kaum zwei Zentimeter groß und zur Hälfte zerkaut. Viel ließ sich nicht mehr erkennen. Deleu glaubte, eine weiße Mauer zu sehen und die Eckstütze eines Holzbetts. Oder vielleicht eines Sofas. Unter dem Kinderwagen lagen noch mehr Papierschnipsel auf dem Boden – wahrscheinlich hatte Charlotte sie auf den Boden geworfen. Der Gedanke brachte Deleu fast zum Lachen. Er bückte sich, sammelte die Schnipsel auf und betrachtete den größten Fetzen. Dieselbe Mauer und ein Kopfkissen. Also handelte es sich tatsächlich um die Ecke eines Bettes. Als er das Bildfragment genauer studierte, sah er es plötzlich: Auf der Mauer prangten breite rote Flecken. In seinem Inneren klickte es, ein Anflug von Erkennen, tief in den Windungen seines Gehirns. Nervös betrachtete er die anderen Schnipsel. Mechanisch, wie eine Sortiermaschine.

Auf einem der Fetzen waren eine Hand und ein Oberarm zu sehen, bekleidet mit einem weißen Nachthemd. Die Hand war zur Faust geballt. Das nächste Fragment zeigte einen Teil eines Gesichts. Ein weit aufgerissenes Auge, aus dem wahnsinnige Angst sprach. Dann die Knie eines Mannes. Neben dem rechten Knie ... eine nackte Brust.

Deleu riss die Decken aus dem Kinderwagen. Noch mehr Papierschnipsel. Und ganz hinten, in einer Ecke, ein großes, weißes Rechteck. Es hob sich grell von dem blauen Matratzenschoner ab. Das Polaroidfoto zitterte, als Deleu es vorsichtig in die Hand nahm und betrachtete. Atemlos. Verwirrt. Gequält.

Schließlich drehte er das Foto um, schob es in seine Jackentasche, wollte es wieder hervorholen und bekam plötzlich keine Luft mehr. Er taumelte, besaß noch die Geistesgegenwart, nach dem Treppengeländer zu greifen, verfehlte es aber und stürzte die Stufen hinunter.

Nach dem harten Aufschlag auf dem Boden war nur noch Charlottes monotones Greinen zu hören, die nach ihrem Vater quengelte.

18

Das graue Gesicht des piekfein gekleideten Dandys kontrastierte mit seiner farbenfrohen Krawatte.

»Der Laden ist dicht«, brummte Pierre.

Dem Geschäftsführer des Carhotels gelang es nicht, auch nur ein Wort herauszubringen. Stattdessen presste er die angehaltene Luft zwischen seinen blutleeren Lippen hervor. Dies bedeutete das Ende.

Das Ende seines florierenden Geschäfts. Das Ende seines Lebenswerks.

Sein hohler Blick wanderte von Pierre Vindevogel zu dem dicken Mann, der sich keuchend das Hemd in die Hose stopfte. Der Mann blähte die Wangen auf, und seine Augen zuckten unstet umher. »Ich verlange, dass mein Wagen sof…«

»Bedaure, Herr Minister. Das geht wirklich nicht«, brummte Pierre.

»Und wer … Wer glaubt, dass er …«

»Untersuchungsrichter Jos Bosmans«, unterbrach Pierre den Politiker zum zweiten Mal. »Tut mir leid, aber wir müssen von jedem eine Aussage aufnehmen. Ohne Ausnahme.«

»Ohne meinen Wagen gehe ich hier nicht weg. Und wenn

die Presse auftauchen sollte, dann ist das hier Ihr letzter Fall. Dafür werde ich persönlich sorgen!«
»Falls du dazu überhaupt noch Gelegenheit hast, Großmaul«, hörte der Minister den schielenden Ermittler murmeln, der gerade um die Ecke verschwand.
Die Angst siegte über seinen Frust, und er stellte sich widerstrebend zu der Reihe anderer Ehebrecher. Der Geschäftsführer wollte den Dicken gerade am Arm packen, doch bevor er irgendetwas unternehmen konnte, warf Vanderkuylen ein: »Haben Sie hier irgendwo einen Raum, den wir als Vernehmungszimmer verwenden können?«
Schlagartig hatte der Mann keinen Blick mehr für seine ratlosen Gäste, die nach ihrem Coitus interruptus wie vor den Kopf geschlagen schienen. »Ja, ja, natürlich. Ich werde Ihnen jede erdenkliche Unterstützung gewähren. Solange Sie mir nur die Presse vom Hals halten. Draußen an der Tür hängt ein Schild ›Geschlossen‹, und diese Herren hier sind alle bereit, auf diskrete Weise bei Ihren Ermittlungen mitzuarbeiten.« Den Nachsatz »Nicht wahr, meine Herren?« brachte er allerdings nicht mehr über die Lippen.

Pierre Vindevogel zog den Stöpsel aus der Badewanne, und das blutrote Schaumbad verschwand mit einem gurgelnden Geräusch im Abfluss. Als zuerst die Haare und dann Stirn und Nase von Hilde Plaetinck zum Vorschein kamen, stieß er einen heiseren Fluch aus. Aus der klaffenden Wunde am Hals strömte noch ein dünnes Blutrinnsal.

Pierre rief zunächst Bosmans an und dann erst die Spurensicherung.

»Hilde Plaetinck. Verdammt!«

*

Dirk Deleu hatte einen säuerlichen Geschmack im Mund und rasende Kopfschmerzen. Er versuchte zu blinzeln, doch selbst das gelang ihm nicht, weil ein straff angelegter Verband sein rechtes Augenlid zudrückte.

Als Nächstes registrierte er, dass da jemand war. Ein Mensch. Jos Bosmans. Der Untersuchungsrichter saß auf einem Stuhl neben dem Krankenhausbett. Sein Kinn ruhte auf der Brust.

Dirk Deleu atmete schwer und klammerte sich an das Metallgestell des Betts. Ein niedergeschlagener Bosmans, der widerwärtige Krankenhausgeruch, das nichtssagende weiße Zimmer … plötzlich kehrte seine Erinnerung zurück.

Erschrocken sprang Bosmans auf, als der gellende Schrei durch das kalte Krankenhauszimmer hallte: »Charlotte …!«

Beruhigend legte der Untersuchungsrichter eine Hand auf Deleus Brust. »Ganz ruhig, Dirk. Ich bin ja da.«

Mit beiden Händen umklammerte Deleu das Handgelenk seines Chefs und schaute ihn ratlos an. »Charlotte.«

»Dirk, beruhig dich«, sagte Bosmans heiser. »Charlotte geht es gut.«

Deleus Finger krallten sich in Bosmans' Haut. »Wo …?«

»Bei deinen Schwiegereltern.«

»Die Fotos … hast du die Fotos gesehen?«

Bosmans schloss die Augen und schluckte. »Welche Fotos?«
»Und Barbara?«
Bosmans kratzte sich am Hals und biss die Zähne aufeinander. Er hatte sich noch nie mit dem Gefühl der Hilflosigkeit anfreunden können.
»Ist sie ...?«
»Sie ist verschwunden, Dirk. Genau wie Nadia. Es ist uns nicht gelungen, den Ablauf ihres letzten Tages zu rekonstruieren. Noch nicht. Tut mir leid, Dirk.«
Dirk Deleu zog sich am Handgelenk seines Chefs hoch und schwang trotz der rasenden Kopfschmerzen die Beine über die Bettkante. Er stützte die Hände auf die Oberschenkel und stemmte sich hoch. Bosmans wollte Deleu zwar am Aufstehen hindern, gab seinen Versuch aber schon bald auf.
»Meine Sachen ... Wo sind meine Sachen, verdammt noch mal?! Jetzt hilf mir doch endlich, Jos! Wir müssen los.«
Während Deleu wie eine beschwipste Ente zum Waschbecken watschelte, den Wasserhahn aufdrehte und sich eine Handvoll Wasser ins Gesicht spritzte, öffnete Bosmans, der begriff, dass er Deleu ohnehin nicht von seinem Vorhaben abbringen konnte, den klapprigen Kleiderschrank und warf eine Jeans, einen säuerlich riechenden Pullover und ein Sakko aufs Bett.
Deleu drehte sich um. Mehr tot als lebendig. »Die Fotos ... Jos, die Fotos.«
»Welche Fotos?«
Deleu nahm sein Sakko vom Bett und holte ein Foto aus der Tasche.

»Das ist doch …«, setzte Bosmans an, kam aber nicht weiter.

»Hermans. Polaroidfotos von Bert Hermans, der Frau Poulders mit einem Messer den Bauch aufschlitzt.«

Die Worte hallten einen Moment durch Bosmans' Schädel. Dann fluchte er wütend, als er sich an das schreckliche Blutbad im Haus der Familie Poulders erinnerte – angerichtet von Bert Hermans, diesem entgleisten Psychopathen, der Gott bei der Bekämpfung des allgemeinen Verfalls der Sitten gern zur Hand gehen wollte.

*

Roger Wittewrongel, Barbaras Vater, stieß einen unterdrückten Fluch aus, als er durch den Spion schaute und zwei Männer vor der Haustür stehen sah. Polizei. Ein uniformierter Beamter und ein Zivilbeamter. Sein Gesicht wurde kreidebleich, während er die Tür öffnete. »Ja?«

»Meneer Wittewrongel?«

»Ja.«

»Polizei. Mein Name ist Vindevogel, und dies ist mein Kollege Vanderkuylen. Dürfen wir einen Moment hineinkommen?«

»Haben Sie … Gibt es … Haben Sie irgendwelche Neuigkeiten?« Die Stimme des Sechzigjährigen stockte, und er fuhr sich durch das silberweiße Haar.

Pierre Vindevogel fühlte sich unbehaglich. »Nein, wir wollen nur den Kinderwagen untersuchen. Es ist sehr wichtig.«

Roger Wittewrongel reagierte zunächst nicht, gequält von unendlich vielen Fragen. Sie spukten ihm durch den

Kopf, brannten ihm auf der Zunge, doch er schwieg, machte eine einladende Geste und begleitete die Beamten ins Wohnzimmer, wo Veerle, seine Frau, das schlafende Baby in den Armen wiegte. Als sie aufschaute und den uniformierten Vanderkuylen sah, hob sie erschrocken eine Hand vor den Mund. »Was ist passiert?«

Wittewrongel ging zu seiner Frau und nahm ihre Hand. »Nichts, Schatz. Noch keine Neuigkeiten.« Er seufzte und streichelte ihr beruhigend über die Schulter. Mit der anderen Hand fuhr er behutsam durch Charlottes Locken. Doch als er aufschaute, waren in den Augen des abgebrühten Geschäftsmannes nur noch Hilflosigkeit und Angst zu sehen. Erst nach einer Weile kehrten Wittewrongels Gedanken wieder in die Gegenwart zurück: Die beiden Beamten hatten fachmännisch den Kinderwagen durchsucht, und der Jüngere der beiden, der Uniformierte mit den Hasenzähnen, deutete mit dem Kopf auf etwas. »Pierre, sieh dir das mal an.«

Der andere, ein nachlässig gekleideter Beamter – er erinnerte an Inspector Columbo, aber mit noch schlechterem Kleidergeschmack –, hielt einen durchsichtigen Kunststoffbeutel auf und nahm mit einer Pinzette einen Papierfetzen heraus. Sein Kollege zog vorsichtig die Matratze aus dem Kinderwagen und schüttelte dann die Daunendecke aus.

»Was ist das? Was ist los?« Die erschrockene Stimme von Veerle Wittewrongel drang durch das Wohnzimmer.

»Nichts Schlimmes. Machen Sie sich keine Sorgen. Das hat nichts mit der Kleinen zu tun. Hätten Sie etwas dagegen, wenn wir den Kinderwagen mitnehmen?«

»Wozu?«, fragte Wittewrongel. »Warum …?«

»Reine Routine«, unterbrach Pierre Vindevogel den Mann. »Fingerabdrücke, DNA. Wir wollen nichts dem Zufall überlassen.«

»Denken Sie, dass unsere Barbara …« Seine Stimme brach. »Dass sie … Sie hätte den Kinderwagen doch nie einfach so bei Dirk zurückgelassen. Niemals.«

Vindevogel zuckte die Achseln. »Vorläufig haben wir noch keine konkrete Spur, und ich möchte keine Mutmaßungen äußern. Wir müssen genau nach Vorschrift vorgehen, ehe wir uns ein fundiertes Urteil erlauben können. Daher muss ich Sie um etwas Geduld bitten.«

Als er den Kinderwagen vor sich herschob, ertönte es hinter ihm provozierend: »Reine Routine? Damit werden Sie nicht weit kommen, meine Herren. Dadurch sind schon Hunderte von Firmen pleitegegangen.«

Schroff fuhr Pierre herum. Aber als er den vernichtenden Blick der Dame des Hauses sah, presste er die Zähne zusammen, während Wittewrongel nervös auf seinem Stuhl hin und her rutschte.

»Wir halten Sie über alle weiteren Schritte bei unseren Ermittlungen auf dem Laufenden. Bitte bewahren Sie vor allem Ruhe. Und seien Sie versichert, dass wir alles in unserer Macht Stehende tun werden.«

»Ist Dirk … Ist der Mann meiner Tochter über alles informiert?«, fragte die Frau nun mit unsicherer Stimme.

Vanderkuylen nickte. Offenbar beruhigte das die alte Dame, denn sie ließ die Hände in den Schoß sinken. Deleus Schwiegervater schwieg und streichelte den Kopf des schlafenden Babys. Dann begann sein Kinn zu zittern, und Tränen schossen ihm in die Augen. »Bitte sagen Sie Dirk, dass er jederzeit vorbeikommen kann. Wenn er will.«

*

Das vergrößerte Foto klebte auf einem Flipchart-Blatt. Jos Bosmans nickte bestätigend. Dann drehte er sich zu Deleu um, der mit der Faust auf den Tisch schlug. »Beherman. *Shit!* Ich hätte es wissen müssen!«
Bosmans schaute ihn fragend an. »Wieso? Inwiefern?«
»Die seltsamen Telefonanrufe.«
Im nächsten Moment kam Pierre Vindevogel ins Büro und rollte die Flipchart-Tafel aus dem Raum, woraufhin Bosmans Deleu am Arm packte und mit sich zog.
Das Gemurmel im überfüllten Besprechungsraum verstummte, als Bosmans und Deleu hereinkamen. Doch die verstohlenen Blicke und das heisere Getuschel drangen nicht zu Deleu durch, der sich in der ersten Reihe auf einen freien Stuhl sinken ließ. Als ihm jemand ermutigend auf die Schulter klopfte, schaute er sich um.
Hinter ihm saß Jan Verstappen, sein ehemaliger Kollege und der Schwiegersohn des verstorbenen Claude Verspaille. Jan Verstappen, der während der Ermittlungen zu den Rassenunruhen in Mechelen seine Uniform an den Nagel gehängt hatte.
»Jan … Was machst du denn hier?«
»Es ist ein Virus, Dirk«, flüsterte Verstappen. »Ein hartnäckiger Virus.«
Deleu drückte Verstappens Hand und nickte dankbar.
»Ich werde alle Hebel in Bewegung setzen, Kollege. Wir

schnappen den Scheißkerl, Dirk. Jeder hier fühlt mit dir.«

Deleu nickte erneut und wollte sich gerade bedanken, als Bosmans das Wort ergriff. Verstappen zog die Hand von Deleus Schulter zurück.

»Kollegen: Bert Hermans. Die Bestie, die vor einiger Zeit, als Priester verkleidet, zwei Familien ermordet hat, lebt wahrscheinlich noch. Und damit nicht genug: Ich fürchte, er ist wieder aktiv. *Back in business.*«

Jemand schaltete das Licht aus, und das besagte Foto wurde an die Wand projiziert. Ein unterdrücktes Fluchen ging durch den Raum.

Jos Bosmans deutete mit einem Zeigestock auf das Bild und fuhr mit der Spitze über die Konturen von Hermans' Gesicht, der breitbeinig und mit erregtem Blick auf dem reglosen Körper der toten Frau kniete. Sein weißes Priestergewand war blutdurchtränkt. Im Unterleib der Frau erkannte man eine klaffende Wunde. Hervorquellende Eingeweide.

Hermans hielt ein Messer in der Hand, und mit der anderen Hand streckte er der Kamera triumphierend ein blutiges Stück Fleisch entgegen.

Bosmans tippte mit dem Zeigestock auf das violette Fleischstück. »Meine Herren, ein Fötus.« Trotz der enormen Anspannung klang Bosmans' Stimme ungerührt und emotionslos.

Plötzlich flog die Tür auf und knallte gegen die Wand. Wie auf Kommando drehten sich sämtliche Köpfe in Richtung des Geräuschs, und jemand schaltete das Licht ein.

In der Türöffnung saß Walter Vereecken in seinem Rollstuhl. Er war nassgeschwitzt und nickte Bosmans bestätigend zu.
Die Spannung war zum Schneiden. Bosmans wandte sich seinen Zuhörern zu und schaute langsam durch den Raum, als wollte er sich an jeden anwesenden Ermittler persönlich wenden. Im Raum war es totenstill. Dann sagte er mit klarer Stimme: »Die Fingerabdrücke stimmen überein, die Fingerabdrücke, die wir in Hilde Plaetincks Wagen und in der Praxis dieses Psychologen gefunden haben. Sie stammen von Beherman ... Bert Hermans.«
»Aber ist der nicht tot?«, fragte jemand aus den hinteren Reihen. »Der ist doch damals mit dem Wagen gegen den Betonpfeiler geknallt und im Willebroek-Kanal ersoffen!«
»Seine Leiche wurde nie gefunden«, erwiderte Bosmans. »Obwohl wir über einen Monat lang danach gesucht haben.«
»Aber das Auto, dieser Golf, sein Fluchtwagen ... der war doch ein Schrotthaufen, oder etwa nicht?« Eine rebellische Antwort.
»Seine sterblichen Überreste sind nie gefunden worden«, wiederholte Bosmans. »Sie können gleich so viele Fragen stellen, wie Sie wollen. Aber zuerst zu den Fakten.« Bosmans schwieg einen Moment und fuhr dann fort: »Ich nehme an, dass Hermans den Unfall überlebt hat und von John Mispelters aufgelesen wurde ... John Mispelters, ein Lastwagenfahrer, der zufällig zu diesem Zeitpunkt am Willebroek-Kanal entlangfuhr. Der Mann wird

gerade mit einem Foto von Hermans konfrontiert. Hermans hat Mispelters um Hilfe gebeten, und Mispelters, der Geld roch … viel Geld …, hat angebissen, ohne weitere Fragen zu stellen. Er hat Hermans zu sich nach Hause gebracht und im Schuppen medizinisch versorgen lassen. Laut Mispelters war Hermans mehr tot als lebendig und hatte starke Verbrennungen erlitten. Aber er war zäh – dieses Monster ist zäh. Nachdem Hermans wieder zu Kräften gekommen war, hat er die Rollen systematisch umgekehrt. Das alte Spiel, das bekannte Muster. Menschen manipulieren, Menschen aushorchen und die Informationen dann gegen sie verwenden, das Recht in die eigene Hand nehmen, die Welt von Unzucht und Sittenlosigkeit befreien. Sein Lebenswerk.«

Jos Bosmans' Tonfall verriet, dass ihn seine Gefühle zu übermannen drohten. Sofort versuchte er, seine Stimme wieder unter Kontrolle zu bekommen, indem er ein paar Mal tief ein- und ausatmete. »*Bon.* Muriel Vandergoten, die mit Jozef Van Cleynenbreughel ein Verhältnis hatte, wurde vor zwei Jahren im Mai ermordet. Trotz der zahlreichen Anhaltspunkte wurde die Akte drei Monate später von unseren Kollegen in der Hauptstadt geschlossen. Bedauerlich, aber nicht zu ändern. Inzwischen wissen wir, wie der Fall tatsächlich liegt: Hedwige, beruflich als Hexe tätig und Ehefrau von Van Cleynenbreughels Saufkumpel John Mispelters, hat beim Kartenlegen Van Cleynenbreughels Verhältnis mit Muriel Vandergoten ans Licht gebracht. Anschließend hat sie Van Cleynenbreughel, der wie vor den Kopf geschlagen war, einen derartigen Schreck eingejagt, dass der arme Mann voll-

kommen durchgedreht ist und schließlich wider besseres Wissen beschloss, bei seiner Frau zu bleiben.
Muriel Vandergoten, die damit überhaupt nicht einverstanden war, hat sich ein Herz gefasst und Hedwige zur Rede gestellt. Nach einem heftigen Wortwechsel ließ die Hexe das Mädchen vor die Tür setzen, und zwar von ihrem Mann John. Der wiederum hatte nichts Besseres zu tun, als das Mädchen zu vergewaltigen und bewusstlos zu schlagen – wovon seine Frau allerdings nichts wusste. Dessen sind wir ziemlich sicher: Hedwige wurde mehrfach vernommen. Trotz ihrer hellseherischen Fähigkeiten hat sie nicht gewusst, was mit Muriel Vandergoten geschehen war.
Muriel Vandergoten war bewusstlos, und daraufhin bekam John Mispelters es mit der Angst zu tun, denn nach einem früheren amourösen Fehltritt hielt seine Frau sämtliche finanziellen Mittel in der Hand.
Und dann erschien Hermans auf der Bildfläche, inzwischen wieder zu Kräften gekommen. Er spielte sein beliebtes Spielchen von früher – er musste nur den Faden wieder aufnehmen. Mit einem Fleischermesser hat er Muriel Vandergoten ermordet und anschließend enthauptet. Mispelters fand den Kopf am nächsten Morgen vor seiner Haustür. In aller Herrgottsfrühe, als er mit seinem Lastwagen Richtung Rijsel aufbrechen wollte. Wir haben inzwischen den Fahrtenschreiber kontrolliert. Er stimmt mit dem vermuteten Todeszeitpunkt überein. Der Leichnam war mit Spuren übersät. Dafür hatte Hermans gesorgt. Wicca-Elemente: Salz, Weihrauch … und so weiter. Aber bedauerlicherweise ist es

unseren Kollegen aus der Hauptstadt damals nicht gelungen, eine Verbindung herzustellen. Mispelters behauptet, dass Hermans ihn angerufen hat, in seinem Lastwagen auf dem Weg nach Rijsel, und ihm vorschlug, Hedwige die Schuld in die Schuhe zu schieben. *Mais bon.* Jedenfalls hat Mispelters – der derart unter Druck stand, dass ihm nichts anderes übrigblieb, als das Spiel mitzuspielen – den abgetrennten Kopf in Rijsel in die Böschung geworfen. Von seinem fahrenden Lastwagen aus.

Nach dem Mord ist Hermans verschwunden. Deshalb hat Mispelters ihn auch aus den Augen verloren. Wahrscheinlich tauchte er unter und ließ sich von einem plastischen Chirurgen operieren. Geld dafür hatte er genug, denn er hatte Mispelters angerufen und gezwungen, ihm das Geld zurückzugeben. Das haben wir anhand der Bankauszüge überprüft.

Nachdem er sich erholt hatte, hat Hermans sich als Psychotherapeut niedergelassen. Ein Beruf, der ihn in die Lage versetzte, die ihm anvertrauten Informationen zu missbrauchen. Genau wie früher, als er sich als Priester ausgab und die im Beichtstuhl erfahrenen, tiefsten Seelenregungen seiner Gemeindemitglieder gegen sie verwendete.

Bert Hermans wurde zu Beherman, und sein erstes Opfer, das zufällig auf der Bildfläche auftauchte, war Hilde Plaetinck. Damit begann alles.

Hilde Plaetinck hatte eine starke Ähnlichkeit mit Muriel Vandergoten und ein Verhältnis mit einem verheirateten Mann, dem Unternehmensberater Stefaan Vekenaars.

Aufgrund von Problemen in dieser Beziehung wandte Hilde Plaetinck sich an einen Psychologen – und landete durch Zufall bei Hermans. Bert Hermans, dem Moralapostel, dem Retter der Menschheit. Zumindest sieht er sich selbst so. Das Perverse an der Geschichte ist die Tatsache, dass Plaetinck in ihrem Wagen beinahe von einem als Frau vermummten Mann umgebracht worden wäre. Das war Bert Hermans. Die alte ›Frau‹ hatte Narben auf den Händen. Brandwunden.«

Bosmans schwieg einen Moment und ließ die Hände auf dem Rednerpult ruhen.

»Aber wir können Hilde Plaetinck nicht mehr befragen. Sie wurde zusammen mit ihrem Liebhaber im Carhotel in Duffel ermordet. Das ist gerade erst …« Bosmans' Stimme stockte, und er trank einen Schluck Wasser. »Wir haben keine Beweise finden können. Ihre Mutter wusste noch nicht einmal, dass ihre Tochter ein Verhältnis hatte. Erst nach Plaetincks Tod haben wir die Visitenkarte von ›Doktor Beherman‹ in ihren persönlichen Unterlagen entdeckt.«

Es klang fast entschuldigend. Bosmans wischte sich mit seinem Taschentuch den Schweiß von der Stirn. Dann leerte er das Glas Wasser und stellte es mit einem lauten Klirren wieder auf das Pult. »Bei der genauen zeitlichen Reihenfolge der Ereignisse sind wir uns noch nicht ganz sicher.«

Im Raum war es noch immer mucksmäuschenstill.

»Meine Damen und Herren, wir haben versagt! Wir haben wochenlang eine falsche Spur verfolgt. Wir dachten, dass Jozef Van Cleynenbreughel, der Psychotiker, der arme Schlucker, der nach seiner Affäre mit Muriel Vandergoten wider besseres Wissen bei seiner Frau geblieben ist, dass er der Täter war. Sämtliche Spuren deuteten in seine Richtung. Aber auch diese falsche Fährte war nur ein Teil des Spiels. Eines hübschen kleinen Spielchens, das Hermans sich ausgedacht und für das er Van Cleynenbreughel manipuliert hat. Wieso Van Cleynenbreughel ausgerechnet bei Hermans gelandet ist, bleibt vorläufig noch ein Rätsel. Wir versuchen im Moment, die Wahrheit aus seinem Freund Mispelters herauszukriegen. Der hat uns erzählt, dass Van Cleynenbreughel Hermans' Spielball war. Sie haben einander in Mispelters' Stammkneipe *Au point final* kennengelernt. Hermans hat Van Cleynenbreughel weisgemacht, Hilde Plaetinck wäre Muriel Vandergotens Halbschwester, und hat ihm ihre Adresse gegeben. Die hatte er von der Versicherungsbescheinigung, die er zusammen mit dem Führerschein aus Hilde Plaetincks Auto entwendet haben muss. Jedenfalls hat Van Cleynenbreughel versucht, sich an das Mädchen heranzumachen. Mit den bekannten fatalen Folgen.«

»Und Bieke de Prins?«, fragte jemand aus den hinteren Reihen des Besprechungsraums.

Bosmans schien einen Moment zu zögern. »Bieke de Prins hat mit der ganzen Sache überhaupt nichts zu tun«, sagte er schließlich. »Sie hatte einen verheirateten Liebhaber, einen Ecuadorianer, und diesen Mann haben wir mit Van Cleynenbreughel verwechselt. Belassen wir es erst einmal dabei, und konzentrieren wir uns auf die Gegenwart: Hermans hat unsere Kollegin Nadia Mendonck

in seiner Gewalt.« Bosmans warf einen Blick auf das Dia auf der Leinwand und schluckte. »Und Mendonck ist schwanger. Außerdem sind wir uns ziemlich sicher, dass er auch Barbara Wittewrongel, die, äh … die Frau des Kollegen Dirk Deleu gekidnappt hat. Dirk erhielt übrigens schon eine ganze Weile eigenartige Telefonanrufe.«
»Eigenartig?«, fragte jemand.
In dem Moment klingelte Deleus Mobiltelefon. Bosmans warf ihm einen ärgerlichen Blick zu, woraufhin Deleu aufsprang und nach draußen hastete.

»Dirk, geh nach Hause. Und mach schnell – das Ding beginnt langsam zu stinken. Und vergiss nicht: Ich bestimme die Spielregeln. Wenn du deine Kollegen einweihst, sind sie erledigt. Alle beide.«

Klick.

Deleu betrachtete sein Mobiltelefon und schüttelte es reflexartig. Aber es gab keinen weiteren Ton von sich. Fieberhaft drückte er auf die Funktionstasten. »Empfangene Anrufe …«, murmelte er.
Nichts. Keine Telefonnummer. Es gelang Deleu nicht, sich zu konzentrieren. Er schob die Tür zum Besprechungsraum auf und murmelte vor sich hin: »Das Ding beginnt langsam zu stinken …« Es schien, als würden sich seine Lippen ganz automatisch bewegen und nicht vom Gehirn gesteuert werden. Dirk Deleu ächzte, machte auf dem Absatz kehrt und lief keuchend nach draußen.

Bosmans sah, wie Deleu den Raum verließ, doch als er ihm nachgehen wollte, stellte jemand eine Frage: »Wie konnte Mispelters Hermans helfen? Der Kerl muss doch mehr tot als lebendig gewesen sein, als er ihn am Willebroek-Kanal aufgelesen hat …«

»Ein Hausarzt hat ihn versorgt. Er sitzt im Nebenraum. Wir vernehmen ihn gerade …«, erklärte Bosmans und setzte sich in Bewegung, um Deleu zu folgen. Doch ein weiterer Zwischenruf hielt ihn davon ab: »Und wie kommt es, dass wir diesen plastischen Chirurgen noch nicht gefunden haben? Von denen laufen hier doch nicht so viele herum, oder?« Die Frage klang aggressiv. Vorwurfsvoll.

»Weil wir erst jetzt dahintergekommen sind, um wen und worum es geht«, brummte Bosmans, bereits auf dem Weg zur Tür. Der Frager, ein Neuling, zog den Kopf ein, als der berühmt-berüchtigte Untersuchungsrichter direkt an ihm vorbeistürmte und die Tür aufstieß.

Der Flur war leer. Hastig lief Bosmans zum Empfang.

»Greetje, haben Sie …«

»Er hat das Gebäude gerade verlassen, Meneer Bosmans.«

»*Merde!*«

*

Auf dem Weg von der zweiten in die dritte Etage sah er ihn bereits. Er hing mit einer Kordel an seiner Türklinke.

Deleu hielt inne. Der schmierige Fleck auf dem Briefumschlag bereitete ihm Schwindelgefühle. Mit beiden Hän-

den drückte er gegen den Verband an seinem Kopf, was einen dumpfen Schmerz verursachte.
Mühsam hievte er sich am Geländer die Treppe hinauf. Stufe für Stufe, ein beklemmendes Gefühl in der Brust. Je mehr er sich dem Umschlag näherte, desto mehr beschleunigte er seine Schritte, bis er das Ding endlich in der Hand hielt. Der Umschlag war schwer.
Deleu schob den Schlüssel ins Schloss, ging ins Schlafzimmer, ließ sich auf den Bettrand sinken und schaute starr auf den Umschlag, der zwischen seinen Oberschenkeln lag. Dann nahm er ihn vorsichtig an einer Ecke. Am unteren Rand des Briefumschlags befand sich eine Verdickung. Weich. Elastisch.
Dirk Deleu hielt es nicht länger aus: Er riss eine Ecke des Umschlags auf, zwängte den Zeigefinger in die Öffnung und öffnete den Umschlag mit einem Ruck. Atemlos schob er seine Finger zwischen das Papier, als ihm ein übler Geruch entgegenschlug.
Im Umschlag steckte ein Brief, ein doppelt gefalteter DIN-A4-Bogen, genau wie der Umschlag aus handgeschöpftem Papier. Außerdem eine Kassette, eine Audiokassette der Marke Sony in einer transparenten Kunststoffhülle.
Und noch etwas steckte in dem Umschlag – eingewickelt in ein Küchenpapier, das mit gelblicher und rötlicher Flüssigkeit getränkt war.
O Gott, ein Finger!
Von Barbara. Oder Nadia. Nein … nein … das kann doch nicht wahr sein!
Der Umschlag fiel zu Boden, und das »Ding« rollte her-

aus. Deleu starrte darauf, stand auf, machte einen Bogen darum und setzte sich wieder. Er würgte und übergab sich.

An andere Sachen denken. Denk an etwas anderes.

Doch es gelang ihm nicht. Vor seinem inneren Auge sah er Barbaras angstverzerrtes Gesicht. Und dann Nadia – sie schaute zu, machtlos, angekettet. Oder war es genau umgekehrt? War das Nadias Finger?

Deleu übergab sich ein zweites Mal. Er schmeckte die bittere Gallenflüssigkeit im Mund, lief ins Bad und kniete sich vor die Toilettenschüssel. Allerdings kam aus seinem Magen nichts mehr heraus. Er stemmte sich hoch, nahm den Duschkopf von der Wand und hielt seinen Kopf unter den eiskalten Wasserstrahl.

Der Schrei, der tief aus seinem Inneren kam, hallte von den Wänden des kleinen Badezimmers wider und dröhnte in seinem Kopf.

Verzweifelt schaute Deleu sich um. Dann torkelte er zurück ins Schlafzimmer, und während er mit der Spitze seines Schuhs das Küchenpapier anstieß, schossen ihm die schrecklichsten Szenarien durch den Kopf.

Plötzlich beugte er sich nach unten, und seine gierigen Finger zerfetzten das Papier.

*

»Ich habe einfach nur meine Pflicht getan, meine Herren. Dieser Mann war ein Mitmensch in Not.« Obwohl die Worte empört klangen, verriet das Zittern der Stimme, dass der schmächtige Mann dennoch mit sich selbst zu kämpfen hatte.

Niemand sagte einen Ton.
Als ihm sein Anwalt ermutigend auf die Schulter klopfte, schien der Hausarzt sich wieder zu fangen. Mit einer herablassenden Geste wischte er einen Fussel von seinem Jackett.
Das war für Untersuchungsrichter Bosmans der Tropfen, der das Fass zum Überlaufen brachte. Er warf Staatsanwalt Bauwens einen Blick zu, der aber nach wie vor keine Regung zeigte.
»Wollen Sie uns gleich auch noch Ihre ärztliche Schweigepflicht auftischen, Doktor? Oder reicht es für heute an Späßen?«, fragte Bosmans.
Staatsanwalt Bauwens, der nur mühsam ein Grinsen unterdrücken konnte, schaute kurz auf.
»Es wäre nicht nur im Interesse der Ermittlungen, sondern auch im Interesse meines Mandanten und seiner Zigtausenden unbescholtenen Kollegen, wenn mit dem medizinischen Berufsethos kein Scherz getrieben würde, die Herren. Ich kann Ihnen versichern, die Presse wird hier …«
»Stopp. Halt!« Staatsanwalt Diederik Bauwens stützte sich mit beiden Händen auf den Schreibtisch, zog seine Krawatte gerade und warf einen Blick auf seine Armbanduhr. »Langsam reicht mir diese Schmierenkomödie: Sie, Doktor, haben einen Haufen Geld dafür bekommen, Hermans zu behandeln. Mispelters hat das eindeutig zu Protokoll gegeben.« Bauwens kratzte sich am Hals, streckte die Beine aus und musterte den Hausarzt mit unverhohlener Verachtung. »Sie wollen die Presse einschalten? Kein Problem! Mir reicht's jetzt. Ich werde

eine Pressekonferenz abhalten. Jetzt sofort. Hier im Flur. Journalisten sind ja genügend da.«

Rechtsanwalt Verwilghen schaute zu Bosmans, der ihn breit angrinste, während Bauwens zur Tür ging.

»Was?!«

»Im Interesse der Ermittlungen hat die Staatsanwaltschaft beschlossen, keine Informationen … und so weiter und so fort …«, brummte Bauwens, der mit der Türklinke spielte. »Aber dieses Mal nicht! Dieses Mal hat die Öffentlichkeit ein Recht auf die Wahrheit. Der Meinung bin ich zumindest. Was denkst du, Bosmans?«

»Das ist unerhört!«, tobte der Rechtsanwalt mit hochrotem Gesicht und stieß versehentlich gegen den Ellbogen seines Mandanten. Der Hausarzt wurde noch bleicher. Er verstand zwar kein Wort von diesem ganzen Geplänkel, aber er hatte Angst. Todesangst.

»Wie alt bist du, Jos?«

Die unerwartete Frage seines Kollegen und langjährigen Freundes schien Bosmans einen Moment zu verwirren. Bauwens kannte doch sein Alter. Sie hatten zusammen die Schulbank gedrückt, auf dem Sint-Michiels-Gymnasium. Doch dann fing sich der Untersuchungsrichter wieder und lächelte. »Kannst du Boule spielen, Diederik?«

»Nein. Noch nicht. Aber ich spiele ganz ordentlich Billard.«

»*Bon.* Dann werden wir uns also bestimmt nicht langweilen.«

»Nein, ich glaube nicht«, bestätigte Bauwens und öffnete die Tür.

»Warten Sie!«, rief der Rechtsanwalt, der trotz der lächerlichen Darbietung begriff, dass beide Juristen bereit waren, bis zum Äußersten zu gehen. »Geben Sie mir einen Moment Zeit. Ich möchte mit meinem Mandanten unter vier Augen …«
Bauwens' Geste unterbrach die aufkommende Wortflut, so wie Moses das Rote Meer geteilt hatte.

Bestürzt starrte Dirk Deleu auf das vergammelte Wurststück. Seine Hände zitterten, sein Kinn bebte, seine Knie zuckten.
Er wusste sich keinen Rat mehr. Wusste überhaupt nicht mehr weiter. Er hörte ein Geräusch, konnte es aber nicht zuordnen. Vollkommen desorientiert. Seine Hände schwitzten, als er den Brief auseinanderfaltete.

Lieber Dirk,
ich plane einen kleinen, aber effektiven operativen Eingriff. Und ich hätte gern, dass der Vater anwesend wäre.
Dein Freund Jozef

Die Kassette schlug gegen den Schacht, als Deleu sie in den Kassettenrekorder schob. Dieser Rekorder war eine Reliquie, ein Fossil, ein greifbares Andenken an seine Erstkommunion. Außerdem handelte es sich um eines der wenigen persönlichen Dinge, die er bei seinem Auszug mitgenommen hatte.
Barbara. Nadia. Wer? Was? Wen soll ich retten, wenn ich wählen müsste …
Deleu presste die Hand auf den Mund und summte eine

beliebige Melodie. Dann schloss er die Augen und trommelte mit den Fingern gegen die Schläfen, bis es schmerzte. Schließlich suchte er an der Rückenlehne eines Küchenstuhls Halt.
Das laute Klacken brachte ihn schlagartig zurück in die Wirklichkeit. Der Rekorder sprang an. Das Rauschen dauerte eine halbe Ewigkeit.
Nach einer Minute riss Dirk Deleu den Mund auf, brachte aber keinen Ton hervor – der Schrei blieb ihm im Hals stecken.
Er stand mühsam auf, verlor das Gleichgewicht, taumelte zur Seite, ruderte mit den Armen und stürzte zu Boden. Reglos blieb er liegen und starrte an die Decke. Minutenlang. Das Geräusch würde nie mehr verstummen. Nie mehr.

*

»Und warum haben Sie Hermans zu dem plastischen Chirurgen Harry de Coninck geschickt? Wahrscheinlich, weil er ein Freund war. Jemand, der sich denselben berufsethischen Prinzipien verpflichtet fühlt wie Sie.« Bosmans musterte den Hausarzt, der jedoch schwieg. Genau wie sein Anwalt. »*Bon*, dann will ich die Frage mal anders formulieren …«
»Mein Kollege will schlichtweg wissen, ob auch Harry de Coninck sämtliche Skrupel über Bord wirft, wenn genügend Geld im Spiel ist«, warf Bauwens trocken ein.
Die Augen des Anwalts flackerten kurz auf. Ein Automatismus drängte ihn, das Wort »auch« anzufechten, doch er hielt sich zurück.

»Wo können wir De Coninck finden?«, fragte Bosmans, der keine Zeit mehr verlieren wollte.
Der Hausarzt schaute ihn lange an. Zum ersten Mal zeigte er überhaupt eine Regung. »Harry ist tot.«
Bosmans und Bauwens schwiegen.
»Tot?«, fragte Rechtsanwalt Verwilghen überrascht.
»Er wurde mit dem Wagen seiner Frau überfahren. Als er eines Nachts das Penthouse seiner Geliebten verließ, wurde er über den Haufen gefahren. Auf dem Bürgersteig.«
Bauwens schlug sich auf den Oberschenkel und erinnerte sich wieder: »Die Frau hatte ein Alibi und beteuerte, dass ihr Auto, das später in Antwerpen aufgefunden wurde, gestohlen worden sei. Der Fall wurde zu den Akten gelegt. Man hat ihr keine Schuld nachweisen können.«
Der Hausarzt nickte und rührte gelassen in seinem Kaffee.

*

Nicht weit entfernt rührte ein anderer Mann im selben Moment in seinem Kaffee und hielt dann abrupt inne. Als der Löffel gegen den Tassenrand klirrte, strich er sich amüsiert über das Kinn.
Dies versprach, ein hervorragender Abend zu werden. Der Mann trank den Kaffee aus und wippte leicht mit dem Kopf.
Wie der Vater, so der Sohn. An den Reserveschlüssel hatte der Junge natürlich nicht gedacht. Ein Wirrkopf, genau wie sein Vater.

Reglos beobachtete er den blonden, jungen Mann – so wie ein Reptil seine Beute beobachtet. Der Junge stand auf der anderen Straßenseite und starrte auf ein altmodisches Damenrad. Eine Hand in der Gesäßtasche seiner ausgebleichten Jeans, fuhr er sich mit der anderen seufzend durch die Haare. Als er sich umdrehte und die vorbeifahrenden Autos betrachtete, kniff Bert Hermans seine Augen halb zusammen.

Das schmale Gesicht. Die melancholischen Augen. Die große, spitze Nase. Kein Zweifel möglich.

Als der junge Mann sich umdrehte, in die Hocke ging und das Fahrrad seufzend auf die Schultern hievte, stand Hermans auf und schlenderte nach draußen. Die Regenböen waren heftiger geworden. Die Schöße seines Trenchcoats flatterten, als er seine Schritte beschleunigte und, ohne sich umzuschauen, die Straße überquerte.

Vor dem Schaufenster eines Tabakgeschäfts blieb er stehen und studierte die Kollektion von Feuerzeugen in der Auslage. Beiläufig schaute er zur Seite. »Probleme?«

Der junge Mann wischte sich die nassen Haare aus dem Gesicht und sah ihn verwundert an. »Was?«

»Probleme?«

Der Junge hielt inne, warf einen Blick auf das verrostete Damenrad und musterte den Mann misstrauisch. »Wieso? Sind Sie bei der Polizei?«

Der Mann mit den kurzgeschnittenen Haaren lachte. »Ich? Polizei? Seh ich etwa so aus?«

Der Junge, dessen Pullover inzwischen klatschnass war, stellte das Rad auf dem Gehweg ab. »Irgendjemand hat sich mein Rad ›geborgt‹. Ich hab es zwar wiedergefunden, aber die Idioten haben das Schloss zugedrückt, und ich hab den Schlüssel nicht dabei.«

In Gedanken versunken, starrte der Mann auf seine Schuhspitzen. »Wohnst du hier in der Nähe?«

»Äh, eher nicht. Ich wohn in Kessel-Lo, in der Nähe des Bahnhofs. Aber noch auf der anderen Seite der Gleise.«

Der Mann kratzte sich am Hals und spitzte die Lippen. »Das ist wirklich eine ziemliche Strecke. Ach, was soll's. Komm mit … ich fahr dich schnell nach Hause.«

Der Junge schaute ihn verwundert an, sagte aber nichts.

»Komm. Ich muss sowieso in diese Richtung und hab noch etwas Zeit.« Er warf einen Blick auf seine Armbanduhr. »Ich muss erst um acht bei meinem Physiotherapeuten sein.«

Der Junge öffnete den Mund, doch der hilfsbereite Passant kam ihm zuvor: »Wenn ich mit meinem Rover unterwegs wäre, könntest du's jetzt vergessen. In den lade ich keine Rostmöhren. Aber du hast Glück: Ich bin mit dem Toyota meiner Frau hier. Ein Kombi.« Der Mann lachte verschwörerisch. »Na los, sonst werden wir noch klatschnass.« Er lief auf die andere Straßenseite und öffnete den Kofferraum eines grauen Toyota Corolla.

Der Junge legte das Rad auf die Ladefläche und schloss die Kofferraumklappe, so weit es ging, wobei ein Teil des Hinterrads über die Ladekante hing.

Der freundliche Passant schloss die Fahrertür auf, stieg ein und machte eine einladende Geste. Hastig lief der Junge zur Beifahrertür und zog am Griff, musste aber warten, bis sich der Mann herüberbeugte und die Tür für ihn öffnete. »Tut mir leid. Keine Zentralverriegelung. Ist schließlich kein Rover ... Ich heiße übrigens Albert. Albert Dehaene, nicht verwandt oder verschwägert mit unserem Ex-Premier.« Er grinste und drehte den Schlüssel im Zündschloss. »Mein Vater war ein ganz einfacher Metallarbeiter.« Dann schaute er wieder nach vorn und fuhr ruckartig aus der Parklücke.

Der Junge lachte verlegen und blickte über seine Schulter, besorgt, dass sein Rad durch das abrupte Fahrmanöver vielleicht nach hinten gerutscht sein könnte.

»Und wie heißt du?«

»Rob. Rob Deleu.«

»Hm ...«

»Und mein Vater ist ein Bulle, ein ziemlich guter sogar.«

19

Die Mailbox.
Mit einem Klicken fiel der Hörer auf die Gabel. Jos Bosmans schaute mit grimmiger Miene zu Walter Vereecken, der an seinem Oberhemd herumfummelte.
»Die verdammte Mailbox«, brummte Bosmans. »Wo steckt der Kerl? Haut mitten in einer Besprechung ab und verschwindet von der Erdoberfläche.« Er seufzte schwer und musterte Vereecken, der mutlos in seinem Rollstuhl hing. »Ich weiß auch nicht mehr weiter, Walter«, sagte er leise.
Als er bemerkte, wie Vereeckens Adamsapfel krampfhaft auf und ab zuckte, fiel Bosmans plötzlich wieder ein: Auch Walter gehörte zu den Opfern dieses Monsters. Sein feiger Überfall war der Auslöser dafür gewesen, dass Vereecken für den Rest seines Lebens an den Rollstuhl gefesselt sein würde. Drei Wochen im Koma, die mühevollen und sinnlosen Versuche der Reha … Schlagartig stand ihm all das wieder vor Augen.
»Wir kriegen ihn, Walter.« Dieses Mal klang seine Stimme fest. »Und wenn es das Letzte ist, was ich tue. Wir schnappen uns das Schwein. Und diesmal machen wir ihn kalt.«

Walter Vereecken schaute seinen Chef an, wollte antworten, brachte aber keinen Ton heraus.

Bosmans sprang auf und zog sich seinen Mantel an. »Ich fahre zu Deleus Wohnung. Und Sie koordinieren den Einsatz von hier aus, okay?«

Während Vereecken nickte, betrat Pierre Vindevogel das Büro. Seine vertraute Gestalt schenkte Walter Vereecken neuen Mut. Pierre setzte sich auf den Rand von Bosmans' Schreibtisch.

»Und?«

Pierre schüttelte den Kopf. »Immer noch nichts. Sie überprüfen gerade alle Fingerabdrücke. Und sie werden seine finden … irgendwann.« Es klang mutlos.

Bosmans' fragende Augen forderten ihn zum Weiterreden auf.

»Und was dann? Wo versteckt das Schwein sich? Mispelters bringt uns nicht weiter. Seit dem letzten Treffen im Café mit Van Cleynenbreughel hat er Hermans nicht mehr gesehen, und er hat nicht den leisesten Schimmer, wo der Kerl seinen Unterschlupf haben könnte. Er wusste zwar von der Praxis in der Ridder Dessainlaan, aber damit hat es sich auch schon.« Pierre tippte sich mit dem Zeigefinger an die Schläfe. »Wo kann sich so ein Monster verstecken?«

»Und wo hält er die beiden Frauen gefangen?«, ergänzte Bosmans.

»Der Arzt, der Hermans medizinisch versorgt hat, sagt vermutlich die Wahrheit«, meinte Vereecken. »Hermans dürfte sich danach von Harry de Coninck, dem plastischen Chirurgen, behandelt haben lassen.«

»Haben wir noch irgendwelche Aufzeichnungen von dem Mann, Patientenlisten oder so etwas? Ich will da absolut sichergehen.«
»Wir haben nichts gefunden«, antwortete Vereecken. »Vielleicht sollten wir der Witwe noch mal auf den Zahn fühlen, aber soweit ich weiß, sind wir alle Beteiligten durchgegangen. Keiner von denen hat Hermans jemals als Patienten gehabt. Ich weiß wirklich nicht, wo wir jetzt noch suchen könnten.«
»Wo steckt eigentlich Deleu?«, fragte Bosmans.
Pierre Vindevogel schüttelte den Kopf und zuckte die Achseln.
»Sie haben ihn auch nicht wegfahren sehen?«
Vindevogel machte ein besorgtes Gesicht. »Greet am Empfang hat gesehen, wie er das Gebäude verließ. Sie hat ihm noch nachgerufen und gefragt, ob die Besprechung schon vorbei sei, aber Dirk hat nicht geantwortet.«
Auch Bosmans verließ ohne ein Wort den Raum.

*

Dirk Deleu erschauderte, als ihm ein kalter Windstoß durch das Sakko fuhr. Sein Mantel hing noch in Bosmans' Büro. Unschlüssig schaute er sich um, dann schaltete er sein Mobiltelefon aus. Mit Sicherheit lag Hermans hier irgendwo auf der Lauer. Vielleicht auf der anderen Straßenseite, in einem unauffälligen Wagen, schön warm.
Deleu ließ die Schultern kreisen und rieb sich die Hände, um die Kälte aus seinem Körper zu vertreiben, aber ohne

jeden Erfolg. Dann blickte er erneut auf den toten Gegenstand in seiner Hand. Sein Telefon – die einzige Verbindung zwischen ihm und seinen Kollegen. Er schob sich das Handy in die Hosentasche.

Schachmatt. Ich kann nichts tun, darf nichts tun. Selbst wenn ich ihn erwische. Er wird mir nie verraten, wo er Barbara und Nadia gefangen hält. Sie werden verhungern. Jos? Jos, wie kann ich dich benachrichtigen?

Deleu blickte sich suchend um. Weit und breit keine Telefonzelle.

Ich such mir einfach die nächste Telefonzelle und … Nein. Nein, das geht nicht, dann bringt er sie um. Ohne Mitleid, ohne Skrupel. Ich muss das Spiel mitspielen. Wenn es nicht schon zu spät ist … Sie sind tot. Alle beide.

Der letzte Gedanke schnürte ihm vor Angst fast die Kehle zu. Er presste die Handflächen auf die Augen und versuchte nachzudenken. Die Fotos – das Bild konnte er einfach nicht verdrängen. Es flatterte in seinem Kopf herum wie ein Nachtfalter um eine Lampe. Hermans im Priestergewand auf dem aufgeschlitzten Körper der toten Frau. Der reine Irrsinn.

Dann erinnerte er sich an Hermans' letzte Sätze am Telefon: »Du und ich. Ein altmodisches Duell. Der Gewinner bekommt die beiden Huren.«

Nein. Sie leben noch. Er will mit mir spielen.

»Alles in Ordnung mit Ihnen?«

Deleu zuckte überrascht zusammen, und als er in das mitleidige Gesicht schaute, das ihm aus dem hochge-

schlagenen Kragen des zu großen Trenchcoats entgegenblickte, hätte er den älteren Herrn am liebsten umarmen und sich unter dessen Mantelschößen vor dem ganzen Wahnsinn verstecken wollen. Schlafen wollte er. Nur noch schlafen. Und träumen, von früher. Damals, mit Barbara und Rob, gemeinsam in ihrem gemieteten Wochenendhaus an der Semois. Durch die Wälder wandern. Oder morgens eine duftende Tasse Kaffee trinken und dann zur Arbeit, mit dem Fahrrad, wenn das Wetter es zuließ. Zu den Kollegen. Mit neuen Bewerbern sprechen. Betriebspsychologe. Einfach leben. Er seufzte schwer.
Jos. Jos, wo steckst du? Was soll ich, um Himmels willen, tun? Was?
Der Alte deutete besorgt auf den regennassen Verband. »Ist wirklich alles in Ordnung, junger Mann?«
»Ja, vielen Dank. Es geht schon wieder«, antwortete Deleu heiser. Dann lief er hastig weiter, quer über die Straße, wo ein etwa zwölfjähriger Junge an einer Mauer lehnte, in einer grünen Windjacke und Springerstiefeln, genau wie Hermans gesagt hatte. Neben ihm stand ein rotes Mountainbike.
Der Junge verzog keine Miene, als Deleu vor ihm auftauchte, doch in seinen Augen blitzte ein Glitzern auf und er verlagerte sein Gewicht von einem Fuß auf den anderen.
»Was hat er dir gesagt?«, fragte Deleu und legte dem Jungen eine Hand auf die Schulter. Doch der entzog sich seinem Griff und nestelte an seinem Ohrring.
»Erst müssen Sie mir Ihr Handy geben.«
Deleu warf einen Blick auf den gierig fordernden Zeige-

finger, und seine Miene verdüsterte sich. »Was sollst du für ihn tun? Was hat er dir gesagt oder versprochen?«

»Erst das Handy.« Die Worte klangen ungemein aggressiv für einen Jugendlichen.

Deleu zögerte. Dann schoss seine Hand vor und packte das Kerlchen an der Schulter. »Wo ist er? Wo steckt der Mann? Was sollst du für ihn tun? Hat er dir Geld gegeben?«

Der Junge schaute stur geradeaus, doch bei der letzten Frage presste er die Lippen aufeinander.

Deleu wusste, dass er ins Schwarze getroffen hatte. *Money makes the world go round.* Wie alt war der Junge? Langsam stieg Wut in ihm auf. Seine nächsten Sätze kamen wie eine Maschinengewehrsalve: »Was hat der Mann getan? Wohin ist er gegangen? Hatte er ein Auto?« Er packte den Jungen vorn an der Jacke, verpasste ihm eine Ohrfeige und schüttelte ihn grob. Ein kräftiger Mittdreißiger blieb stehen und kam dann auf die beiden zu, doch als er Deleus wütenden Blick sah, machte er sich rasch wieder aus dem Staub.

»Der Kerl ist ein eiskalter Mörder!«, brüllte Deleu. »Ein erbarmungsloser Psychopath. Und er will zwei Frauen ermorden. Schwanger und …« Deleus Griff lockerte sich. Das hier hatte keinen Sinn. Der Junge reagierte kaum. Er wirkte zwar etwas ängstlich, aber immer noch unbeirrt. »Er hat dir noch viel mehr Geld versprochen.«

Plötzlich warf der Junge nervös einen Blick über die Schulter. Deleu spürte, wie ihm das Blut in den Adern gefror. Er folgte dem Blick des Jungen, doch da war nichts – nur das Klappern eines losgerissenen Fensterladens. Ruckartig ließ er den Jungen los, aus Angst vor Vergeltungsmaßnahmen. »Wo ist er?«

Der Junge wich einen Schritt zurück. Ein vorsichtiger, prüfender Blick.

»Willst du mit auf die Wache? Das liegt ganz bei dir. Wie heißt du? Zeig mir deinen Ausweis.«

Der Junge schaute sich ein weiteres Mal um und blickte dann Deleu an. Er fuhr sich mit der Hand durchs Haar und spielte anschließend wieder an seinem Ohrring herum.

»Was machst du da? Ist das das verabredete Zeichen? Wie heißt du?«

Der Junge schob das Kinn vor. »Ich hab nichts getan. Lassen Sie mich in Ruhe. Sie sind ja verrückt!« Damit drehte er sich um und sprang auf sein Mountainbike.

Obwohl der Junge kräftig in die Pedale trat, hatte Deleu ihn innerhalb kürzester Zeit wieder am Kragen. »Du bleibst hier, verdammt noch mal!«

Zappelnd versuchte der Junge, sich loszureißen. Deleu schaute sich um; er hatte alle Mühe, den Jungen im Griff zu behalten.

Er muss hier irgendwo sein. Er sieht mich.

»Lassen Sie mich los!«

Der Ellbogenstoß prallte an Deleus Schulter ab, und er zerrte den Jungen von seinem Mountainbike und nahm ihn in den Schwitzkasten. »Hey! Schön ruhig, hörst du? Wir fangen noch mal von vorn an. Aber du bleibst ruhig, verstanden?«

Das Keuchen ging in ein Zischen über wie bei einem Reifen, aus dem langsam Luft entwich. Als der Junge mühsam nickte, lockerte Deleu seinen Griff. Der stoppelhaarige Kopf drehte sich ein wenig in seine Richtung, und zwei Augen funkelten ihn zornig an. Obwohl sein Kinn vor unterdrückter Wut zitterte, hob Deleu beschwörend die Hände, bereit für jede Art von Zugeständnis – egal, worum es sich dabei handeln sollte. »Wie lautet dein Auftrag? Was soll ich tun?«

»Erst das Handy.«

Deleu holte das Handy aus der Hosentasche, warf einen Blick darauf und legte es in die geöffnete Handfläche. Ehe er begriff, was geschah, knallte der Apparat auf das Pflaster und wurde von einem schweren Springerstiefel zertrampelt. Deleu blieb vor Verblüffung der Mund offen stehen. Reglos starrte er auf das zerbrochene Handy.

Der Umschlag berührte seine Schuhspitze, drehte sich einmal um die eigene Achse und rutschte in eine schlammige Pfütze. Das Papier verfärbte sich, musste aber recht wasserbeständig sein, denn als der Kripobeamte sich endlich danach bückte, war er noch nicht durchweicht. Deleu presste den Umschlag mit beiden Händen gegen die Brust, schloss die Augen und ließ langsam alle Luft aus seinen Lungen entweichen. In der Zwischenzeit hatte sich der Junge schnell wie der Blitz aus dem Staub gemacht. Als Deleu aufschaute, war er schon längst um die Straßenecke verschwunden. Doch Deleu nahm das alles gar nicht mehr wahr: Er rieb den Umschlag sorgfältig trocken und riss ihn dann langsam und zögerlich auf.

*

Die Finger schlossen sich um die Türklinke und drückten sie langsam und vorsichtig hinunter. Doch das erwartete Knarren blieb aus, und zu Bosmans' Überraschung schwang die Tür zu Deleus Wohnung weit auf. Der Untersuchungsrichter war verblüfft: Das stand nicht im Drehbuch. Bosmans wusste zwar aus Erfahrung, dass sein Freund die Zerstreutheit in Person sein konnte, aber er hätte nie erwartet, dass Deleu unter diesen Umständen seine Haustür nicht abschloss.

Unmöglich. Ist Dirks Sohn in der Wohnung? Sucht er vielleicht seinen Vater?

Sie hatten versucht, Deleus Sohn aufzuspüren, aber in seiner Studentenbude in Leuven hatte sich niemand gemeldet, und auf Nachfrage stellte sich heraus, dass Rob am Tag zuvor die Vorlesung versäumt hatte. Aber bis auf das Damenfahrrad, mit dem er immer zur Uni fuhr, war nichts von seinen Sachen verschwunden. Seitdem wurde die Villa von Deleus Schwiegereltern Tag und Nacht bewacht. Rund um die Uhr. Aber es war zu spät – ihre Maßnahmen kamen immer zu spät.

Der Vibrationsalarm ließ Bosmans erschreckt zusammenfahren. Er fluchte und holte sein Handy aus der Tasche. Es war Staatsanwalt Bauwens. Bosmans schaltete den Apparat ab.

Er warf einen Blick über die Schulter. Hatte er nicht gerade ein Schleifen gehört? Doch da war nichts – im kahlen Treppenhaus herrschte Totenstille.

Der Untersuchungsrichter spähte vorsichtig in die Wohnung, aber im Inneren war alles so dunkel, dass er noch nicht einmal die Umrisse von Möbeln erkennen konnte.

Mit der Schuhspitze stieß er die Tür weiter auf. Er erwartete ein Knarren, doch das blieb auch dieses Mal aus. Auch kein Quietschen der Türangeln – nur tödliche Stille. Bosmans spürte, wie der Kragen seines Lodenmantels ihn am Hals kratzte. Das Jucken wurde immer stärker. Seine Schulter, sein Arm, alles juckte.

Während die Spitze seines Zeigefingers die Oberfläche des Lichtschalters suchte, umklammerten die Finger seiner anderen Hand den Kolben der Pistole, die in einem Halfter unter seinem Mantel steckte.

Mein Gott. Dirk.

Als er es schließlich nicht mehr aushielt, dröhnten die schlammigen Sohlen seiner Schuhe über den Linoleumboden. Von der Küche aus ging es ins Schlafzimmer, danach ins Bad. Keuchend zurück ins Schlafzimmer. Ein ungemachtes Bett. Zerknüllte Bettwäsche. Eine Jeans, zu einem Ball zusammengerollt, zwei getragene Unterhemden. Wieder in die Küche, mit hastigen Schritten. Nichts. Leer. Die Wohnung war leer.

Während er keuchend an der Wand lehnte und seine Lungen gierig voll Sauerstoff sog, hörte er das Geräusch. Bosmans griff unter seinen Mantel, zog seine Pistole, einen altmodischen Colt, und hielt ihn am gestreckten Arm vor sich.

Während er mit der freien Hand das Handgelenk mit der Waffe abstützte, schaute er in alle Ecken des Raumes. Er blickte nach oben. Es gab keinen Dachboden, nur drei winzige Zimmer. Sie waren leer gewesen.

Unter dem Bett. Irgendwas ist unter dem Bett.

Ruckartig fuhr sein Kopf um eine Vierteldrehung zur

Seite, und während seine halb zusammengekniffenen Augen den Kassettenrekorder fixierten, verschwand der Colt langsam wieder unter seinem Mantel. Bosmans machte einen Schritt auf den prähistorischen Apparat zu. Schon der Anblick ließ ihm die Haare zu Berge stehen, ohne dass er genau gewusst hätte, warum. Er spulte das Band zurück.

»Die Intimität und das Zusammensein. Das habe ich nach Dirks Weggang am meisten vermisst.«

»Barbara. Barbara Wittewrongel«, sagte Bosmans in einem Ton, als ob er routinemäßig die alltägliche Frage eines Kollegen beantwortete.

»Aber ich ... ich verstehe, dass er mich verlassen musste. Dirk konnte damit nicht leben. Dirk ist ein Gefühlsmensch. Immer ... ehrlich. Es ist meine Schuld, ich hätte die Signale besser deuten müssen, ich ...«

Die Worte brachen ab; dann hörte man ein unterdrücktes Schniefen. Und dann kamen die Tränen. Die bitteren Schluchzer gingen Bosmans durch Mark und Bein. Seine Kopfhaut begann zu prickeln. Sein ganzer Körper juckte.

»Ich habe nie aufgehört zu hoffen. Zu hoffen, dass er seine Arme um mich legt ... und ... und mir sagt, dass alles gut wird. Ich werde ihn immer lieben. Ich kann nichts dagegen tun.«

»Ich auch ... Ich auch. Es tut mir leid. Es tut mir so leid, Barbara.«

Jos Bosmans brauchte einen Moment, bis er begriff, was er da hörte. Erst als er instinktiv in seiner Manteltasche nach den Zigaretten suchte, die nicht mehr dort waren, wurde ihm klar, dass Barbara Wittewrongel mit Nadia Mendonck sprach.

»Ihr beide, nackt in einem Bett. Du mit meinem Mann. Hast du seine Brust gestreichelt? Seinen Hintern? Weißt du, was ihn erregt? Und was nicht? Er hat mich kaputt gemacht, ich sehe keine Zukunft mehr. Und jetzt ist er weg. Für immer. Und ich kann mich nicht daran gewöhnen. Ich schaff's einfach nicht. Ich will zwar, aber ich kann nicht. Sein Stuhl, sein Platz am Küchentisch. Er steht heute noch da. Leer. Ich habe es nicht übers Herz gebracht. Ihn wegzustellen, meine ich. Doch es musste sein … Im Moment wohne ich wieder bei meinen Eltern. Die Leere in unserem Riesenhaus war zu erdrückend. Manchmal frage ich mich, welche Sachen er mittlerweile kauft. Und ob sie ihm gut stehen. Kleidungsstücke, die ich nie gewaschen habe. Nicht mal angefasst habe. Nie anfassen werde. Und wenn ich ihn sehe, soll ich ihm dann die Wahrheit sagen? Oder soll ich den Mund halten, wenn mir auffällt, dass auf seinem Hemdkragen ein Fleck ist?«

Ein nervöses Lachen.

»Eigentlich ziemlich dumm.«

Es folgte eine kurze Pause. Jos Bosmans spielte unbehaglich mit den Knöpfen seines Mantels. Er kam sich vor wie ein Eindringling, ein dreister Voyeur.

»Er ist der Mann meines Lebens, Nadia. Ich liebe ihn. Immer noch. Und das ist eine Qual. Also warte ich … warte darauf, dass der Schmerz nachlässt. Es heißt, dass er mit der Zeit verschwindet. Also warte ich.«

»Was soll ich darauf antworten?«

»War es die Sache wert? War es gut? Wie fühlte es sich an? Was habt ihr beide gefühlt? Es macht mich verrückt, Nadia. Verrückt.«
»Es tut mir leid. Wirklich. Er war einsam, Barbara. Genau wie ich. Wir haben nicht nachgedacht. Wir sind darin ertrunken. Es war animalische Anziehung.«
»Das ist alles meine Schuld, ich weiß es. Jetzt weiß ich es. Liebst du ihn? Ich liebe ihn. Mit jeder Faser meines Körpers.«
»Damals noch nicht. Heute schon. Ich will nicht lügen.«
»Was hat er dir über mich erzählt? Über uns?«
Die Worte klangen gepresst – als ob Barbara sich bewusst war, dass sie diese Frage nicht hätte stellen dürfen.
»Nichts.«
»Aber du hast gesagt, dass er einsam war.«
»Ja.«
»Sorry, ich hätte nicht fragen dürfen. Wie läuft es mit ... mit der Schwangerschaft?«
»Ich fühle mich eigenartig, Barbara. Glücklich. Zumindest manchmal. Aber auch ängstlich. Und jetzt ... jetzt ... o mein Gott.«
»Gib mir deine Hand.«
Obwohl es nichts zu sehen gab, wandte Bosmans den Blick vom Kassettenrekorder ab. Plötzlich jagte ihm ein Schauer über den Rücken. Die folgenden Worte kamen schleppend, mit einer sonoren Bassstimme:
»Wie rührend, meine Damen. Mir kommen gleich die Tränen. Zwei Mütter. Das glückliche Kindchen hat zwei Mütter. Bleibt mir nur noch die schwere Aufgabe, das Würmchen der legitimen Mutter unterzuschieben.«

Ein hechelndes Kichern folgte, und Jos Bosmans schmeckte plötzlich Blut im Mund und stellte fest, dass er sich auf die Lippe gebissen hatte. Er schaute aus dem Fenster, hinaus in die Dunkelheit der Nacht.

»Dirk. Mein Gott, Dirk, wo steckst du?«

*

Dirk Deleu hockte zusammengekrümmt in seinem Golf; ihm war schwindlig und speiübel. Er griff nach dem Lenkrad, ließ seine pochende Stirn auf den Rücken der rechten Hand sinken und sog zischend die Luft ein. Der Sauerstoff machte ihn nur noch benommener. Seine andere Hand umklammerte ein zerknittertes Stück Papier. Er warf einen Blick auf den Brief. Es sah aus, als würde er die Wörter lesen, doch das war unmöglich – dafür war es viel zu dunkel. Außerdem kannte er sie auswendig. Deleu hob den Kopf und starrte hinaus auf die dunkel dahinplätschernden Wellen, auf denen ab und zu ein Lichtreflex aufblitzte. Der Golf stand direkt am Ufer des Willebroek-Kanals, die Motorhaube zum Wasser ausgerichtet.

Geräuschlos murmelten seine Lippen die Worte vor sich hin. Sie waren in sein Gedächtnis eingebrannt. Dann musste er plötzlich lächeln – müde, gequält, ohne zu wissen, warum. Bilder aus der Vergangenheit tauchten auf, einfach so, aus dem Nichts. Sie überfluteten sein erschöpftes Gehirn, und er ließ sich bereitwillig von ihnen fortspülen. Dieses Spiel, damals mit seinen Freunden, wie hieß es noch gleich? Es war ein Spiel gewesen, bei dem man Pfeilen folgen und alle möglichen Aufträge

ausführen musste. Die Pfeile wurden damals mit Kreide auf den Bürgersteig gekritzelt. Sie führten in regelmäßigen Abständen zu Kreidekreisen auf dem Boden, und dort musste man dann Aufgaben lösen, die einen wieder auf die nächste Spur brachten.
Deleu fragte sich, ob Hermans in seiner Jugend auch solche Spielchen gespielt hatte. Ob er einen Vater und eine Mutter gehabt hatte. Ob er jemals Kind gewesen war.
Zum zigsten Mal murmelte er die Worte. *»Fahr zum Willebroek-Kanal. Schieb dein Auto ins Wasser. Geh zur Telefonzelle an der Ecke unter der Brücke. Ich rufe um 22 Uhr 15 an. P. S.: Wenn du mit dem Auto vor der Telefonzelle erscheinst, werde ich jemandem einen Finger abhacken, und zwar … hm … Manchmal bin ich einfach so sprunghaft.«*

Deleu schaute auf seine Uhr. Fünf nach zehn. Wütend schlug er mit der Faust auf das Armaturenbrett. »Du Dreckskerl! Du mieser, verdammter Dreckskerl!«
Er löste die Handbremse, trat einen Schritt zurück, und während der Golf langsam im Wasser verschwand, setzte er sich in Bewegung – am Kanal entlang in Richtung Brücke, zu den Lichtern, zum Telefon.
Als er noch zehn Meter entfernt war, hörte er das Telefon schon klingeln. Die Klapptür der Zelle knallte gegen die Wand. Der Hörer rutschte ihm aus den Händen und schlug gegen die Glaswand der Kabine. Hektisch griff er danach.
»Ja? Hallo? Hallo!«
Stille.

»Hallo!«

»Ich hatte dir doch gesagt, du solltest zu Fuß kommen und dein Auto ...«

»Mein Auto liegt im Kanal. Ich bin zu Fuß«, keuchte Deleu. »Ich ... ich ...«

Das heisere Kichern auf der anderen Seite brachte seinen Wortschwall ins Stocken.

»Hast du schon dein neues Fahrrad gesehen?«

Deleu schluckte. Sein Gehirn hielt dem Druck nicht mehr stand. Er blieb stumm.

»Der Ersatzschlüssel für das Fahrradschloss liegt in der Telefonzelle. Er steckte in seiner Brieftasche.« Wieder ein Kichern. »Genauso vergesslich wie du.« Plötzlich wurde der Ton beißend: »Fahr über den Kanal zur Verbrande Brug. Dann weiter nach Eppegem. Vor der Fortis Bank ist eine Telefonzelle. Um ... hm ... halb elf klingelt dort das Telefon. Bist du müde?«

Die letzte Frage überraschte Deleu völlig – so viel Mitleid lag in diesen Worten.

Ein Bonbonpapierchen. Zwei Zigarettenstummel auf dem Boden. Seine Augen suchten weiter. Seine Finger glitten suchend über das kalte Metall des Telefonapparats, stießen auf etwas Hartes, oben auf dem Kasten. Dirk Deleu blickte auf seine Faust und öffnete langsam die Finger. In seiner Handfläche lag ein Schlüssel.

»Also nicht. Sei pünktlich. Ich hab hier zwanzig Finger zum Spielen. Jede Minute einer – was hältst du davon? Oder sagen wir: Alle fünf Minuten einer. Ich bin kein Unmensch.«

Klick.

Es war ein Damenrad. Völlig verrostet. Deleu glitt mit den Fingern über die Blase am abgefahrenen Hinterreifen. Wieder einmal hatte jemand seinen Rat in den Wind geschlagen. Der Reifen war noch immer nicht ausgetauscht.
Deleu rüttelte an der Kette. Kräftige Glieder, mit blauem Kunststoff ummantelt. Es war das Schloss, das er im letzten Monat gekauft hatte, bei Dockx am Brusselse Poort. Gekauft für Rob, seinen Sohn.
Dirk Deleu stöhnte auf wie ein verwundetes Tier. Er musste sich mit den Händen auf den Knien abstützen, die vom nassen Gras völlig durchweicht waren.
Das Schloss sprang mit einem Klicken auf.

*

»Der Verrückte hat behauptet, dass er von der Polizei wäre?«
In der Stimme von Brice Verschaeren schwang ein unerwünschtes Zittern mit, das nicht recht zu seinem Designer-Look passen wollte. Der Achtzehnjährige wirkte nicht so cool, wie er gern erschienen wäre. Er schob den Ärmel seines Pullovers hoch und präsentierte die Abschürfungen auf seinem Ellbogen. »Und mein neuer Pulli ist auch hinüber. Der Irre war so zugedröhnt wie ein Streifenhörnchen.«
Wachtmeister Jean Vervecke, dessen rundes Gesicht ständig zu lachen schien, schaute den jungen Mann zweifelnd an. »Und damit kennst du dich natürlich aus.« Missmutig warf Vervecke einen Blick auf den Aktenberg auf seinem Schreibtisch und rückte sein ausladendes

Hinterteil auf dem Bürostuhl zurecht. Er unterdrückte ein Seufzen, zog eine Schublade auf und holte ein leeres Anzeigenformular hervor, das er sorgsam in die alte Remington-Schreibmaschine einspannte. »Also gut, dann woll'n wir mal.«

Doch als Vervecke von seiner Maschine aufschaute, starrte Brice Verschaeren ihn ungläubig mit offenem Mund an, den Ärmel seines Markenpullovers noch immer hochgeschoben. Er spielte an seiner Gürtelschnalle.

»Aber … aber … er kann noch nicht weit sein! Sie können ihn doch … Er hat mein Moped geklaut … Sie müssen …«

»Tut mir leid, aber Bush hat alle Sondereinsatzkommandos für die Jagd auf Bin Laden abkommandiert«, erwiderte Vervecke trocken. »Also bin ich hier allein. Da kann man nichts machen.«

Der junge Mann murmelte etwas Unverständliches, wobei es sich aber zweifellos um einen Fluch handelte.

»Und außerdem ist dein Rasenmäher doch garantiert frisiert, oder?« Vervecke streute noch mehr Salz in die Wunde. »Also komm, schieß los. Und beruhig dich erst mal. Wir kriegen den Kerl schon.«

Der Junge zog den Pulloverärmel hinunter und legte ergeben die Handflächen auf die Oberschenkel. »Ich bin über den Grimbergsesteenweg gefahren, und plötzlich stand der Kerl vor mir. Mitten auf der Straße. Wahrscheinlich hatte er sich in den Büschen versteckt. Auf dem Bürgersteig lag so ein Alt-Frauen-Fahrrad. Also hab ich angehalten.«

»Warum?«

»Hab ich doch gerade gesagt: Der Kerl stand mitten auf der Straße und winkte.«
»Hm … und woher bist du gekommen?«
»Aus dem ›Jeppe‹ … dem Jugendzentrum.«
Vervecke schaute auf seine Uhr.
»Ehrlich. Joeri war auch noch da.« Der Junge grinste.
»Hm … Kannst du ihn beschreiben?«
»Wen? Joeri?«
Vervecke schaute ungehalten hoch. Er schnalzte mit der Zunge und schüttelte den Kopf. »Nein, nein. Doch nicht meinen Sohn. Den Kerl, der dich angegriffen hat!«
»Ja, ich glaub schon.« Der Junge rieb sich die Augen. Der massive Silberring an seinem Daumen glitzerte. »Er war irgendwie beängstigend. Und mager. Und er hatte eine Art Sakko an, so eine altmodische Pinguinjacke mit großem Kragen.«
»Das ist alles?«
Der Junge zuckte mit den Achseln.
»Okay. Schon gut. Was ist dann passiert?«
»Er rief, dass er von der Polizei wäre und mein Moped beschlagnahmen müsste. Und dann fragte er mich, ob ich ein Handy dabeihätte.«
Der Wachtmeister hörte auf zu schreiben und schaute den Jungen erwartungsvoll an.
Brice Verschaeren tippte sich mit dem Zeigefinger gegen die Schläfe. »Ich hab ihn gefragt, ob er noch ganz dicht sei.«
»Und dann?«
»Dann hat er mich von meinem Moped gezerrt, und ich bin hingefallen und weggelaufen.«

»Hm … Wohin ist er gefahren?«
»In Richtung Eppegem.«
»Und dein Handy?«
»Das dürfte total im Eimer sein.«
Der Junge griff in seine Innentasche, holte sein Mobiltelefon hervor und untersuchte es sorgfältig.
Der Apparat erinnerte Vervecke an einen Formel-1-Boliden. Er fuhr sich durch seine schütteren Haare und tippte mit der freien Hand verbissen auf die Schreibmaschinentasten ein. Dann fluchte er, zog ein Stückchen Papier aus dem Aschenbecher und korrigierte einen Fehler, die Zunge zwischen die Lippen geklemmt.
»Um wie viel Uhr haben sich die Ereignisse abgespielt?«
»Wie spät ist es jetzt?«
Der Wachtmeister schaute erneut auf seine Uhr. »Halb zwölf.«
»Dann muss das so um elf gewesen sein.«
»Hat unser Joeri sein Handy dabei?«
»Ja, ich glaub schon. Aber das ist ausgeschaltet.«
Vervecke schaute den Freund seines Sohnes verblüfft an.
»Ausgeschaltet?«
»Ja – er war doch mit Katrien zusammen, und dann will er lieber nicht gestört werden.«
»Katrien? Welche Katrien?«

*

Fünf Straßen weiter lag die Honda knatternd und mit durchdrehendem Hinterrad auf dem Bürgersteig. Eppegem-Centrum, eine Kreuzung von fünf Straßen mit genau so vielen Geschäften, lag einsam und verlassen da. Und wenn jemand um diese Uhrzeit noch unterwegs gewesen wäre, hätte er einen großen Bogen um die Telefonzelle gemacht.

Dirk Deleu kratzte mit dem Fingernagel über den Hörer, als ob das Telefon jeden Augenblick zu sprechen beginnen könnte. Dann trat er gegen die Zellentür. »*Mist.* Zu spät. *Mist! Mist! Mist!*«

Was jetzt? Nachdenken. Nachdenken. Du musst nachdenken!

Er wandte sich um und starrte auf das stumme Telefon. Dann hob sich sein Blick langsam und streifte über die Wand der Telefonzelle. Über dem rechteckigen Apparat hatte jemand einen Pfeil auf die Wand gekritzelt – kindlich, krumm, mit seitwärts führenden Strichen an beiden Seiten des Schafts. Vier auf einer Seite, drei auf der anderen.

Deleus Finger tasteten suchend umher. Oben auf dem Apparat klebte ein Stück Papier.

Familie Poulders lädt Sie herzlichst zu einem geselligen Beisammensein ein. Die Festlichkeiten beginnen um Mitternacht. Bitte kommen Sie zu Fuß.

Ein Freund der Familie

Deleu konnte seinen Augen kaum glauben. Seine Finger kneteten den Papierfetzen zu einem winzigen Kügelchen zusammen. »Jos. Ich muss Jos benachrichtigen«, murmelte Deleu. Er drehte sich um und suchte in seinen Hosentaschen nach einer Münze.

Doch es gab keinen Münzschlitz – die Belgacom hatte sich nicht die Mühe gemacht, den Apparat damit auszustatten. Er fand nur zwei Schlitze, einen mit dem Etikett »Maestro« und den anderen mit einem Telefonkartensymbol der Belgacom. Deleu zog seine Brieftasche hervor, steckte seine Kreditkarte in den oberen Schlitz und wählte die Nummer von Bosmans. Beim ersten Freizeichen legte er wieder auf. »Nein. Er beobachtet mich. Er sieht alles.«

Das geht nicht. Das kannst du nicht machen. Sie können sonst wo eingesperrt sein. Sie werden verhungern, wenn ich … wenn ich … Und Rob. Er hat Rob.

Die Klapptüren der Telefonzelle schwangen auf. Das warme Gummi des Hinterreifens hinterließ einen Streifen auf dem Asphalt.

Deleu wischte sich den Schweiß von der Stirn. Er fühlte keine Schmerzen. Keine Trauer. Kein Mitleid. Keinen Hass. Er war gefühllos geworden.

*

Dirk Deleu stand unschlüssig vor der Tür der Villa der Familie Poulders. Hager und bleich. Sein Adamsapfel zuckte unruhig auf und ab. Es schien, als ob jede Faser seines Körpers unter Spannung stand. Unvermittelt lief ihm eine Träne über die Wange. Er wischte sie mit einer schnellen Bewegung seines Ärmels weg.

Plötzlich drehte er sich um. Ein Rascheln. Dort irgendwo in den Büschen. Er hielt den Atem an und kniff die Augen zu Schlitzen zusammen, aber in dem überwucherten Garten war nichts zu erkennen. Deleu wandte

sich wieder dem Haus zu. Überall waren Spuren des Verfalls zu sehen; wahrscheinlich war es noch immer unbewohnt. Kein Makler würde diese Immobilie je verkaufen können – nicht nach dem fürchterlichen Blutbad, das hier vor zwei Jahren stattgefunden hatte. Genau hier in diesem Haus, mitten in dieser ruhigen Wohnsiedlung.
»Oder ist es noch länger her?«, murmelte Deleu und schaute hinüber zur Nachbarvilla. Dieses Mal brannte dort kein Licht. Er erinnerte sich an den kalten Dezemberabend, als er zum ersten Mal hier gewesen war. Allein. Um sich den Tatort einmal in Ruhe anzusehen. Um sich einzuleben. Um sich eins zu fühlen mit den Tätern, um den verschlungenen Wegen ihrer deformierten Psyche zu folgen. Um den Tod zu riechen.
Angst. Schmerz, Kummer, aber vor allem Angst. Er wollte nur noch weg. Sich einfach umdrehen und weglaufen. Irgendwohin, wo er in Sicherheit war.
»Warum? Warum hier?«
Deleu warf den Kopf in den Nacken und schloss die Augen. Ein monotones Dröhnen drängte sich in seine Gedanken: die Eisenbahnlinie Brüssel–Antwerpen. Der herannahende Zug schien ihn aus seinem Zustand der Unschlüssigkeit zu reißen. Die Pflastersteine vor der imposanten Eingangstür glänzten nicht mehr; sie waren stumpf und teils von Unkraut und Grasbüscheln überwuchert. Deleu fuhr mit der Schuhspitze über die Steine. Sie wirkten fast schwarz. Moos und getrockneter Schlamm. Fäulnis. Verfall. An manchen Stellen waren die Fugen aufgeplatzt.
Zehn nach zwölf. Der letzte Zug von Brüssel nach Ant-

werpen. Was willst du von mir, du Schwein? Was soll ich für dich tun? Was soll ich denken?

Deleu schaute auf. Die Fensterläden des umgebauten Bauernhofs waren geschlossen. Er trat einen Schritt zurück. Auf den Fenstern im Obergeschoss lag eine dicke Schmutzschicht.

Deleu sog die kühle Nachtluft ein. »Ich mach dich fertig, du Stück Scheiße.« Er zog seine Pistole aus dem Speedholster, griff nach dem Türöffner und stemmte die Schulter gegen das Türblatt. Die Tür bewegte sich keinen Zentimeter. »Wie komme ich hier rein? Wo steckt der Dreckskerl? Er muss doch wissen, dass ich eine Waffe habe. Er sitzt in den Büschen. Er schießt mir in den Rücken.«

Deleu ging in die Hocke, die Pistole im Anschlag, während er versuchte, mit einem Blick die Umgebung zu erfassen. Dann richtete er sich wieder auf und schlich an der Hauswand entlang über den Pfad, der zum Garten hinter dem Haus führte. Die rauhen Mauersteine scheuerten über sein Sakko.

Die Koniferen standen noch immer dort. Ungestutzt. Sie hatten ihre perfekte, spießbürgerliche Form verloren und bildeten inzwischen eine undurchdringliche Hecke mit bizarren, in alle Richtungen abstehenden Zweigen – Zweigen, die ein Eigenleben zu führen schienen und im Halbdunkel nach seiner Kehle griffen.

Deleu schlich hastig weiter. Er wollte so schnell wie möglich ins Hausinnere. Hier draußen war er so gut wie wehrlos – das Schwein konnte überall stecken. Bevor er um die Hausecke bog, machte er einen Umweg über den Rasen.

Vor der Garagentür hatte jemand einen Pfeil in den Boden gekratzt und mit einer kindlichen Handschrift das Wort »Willkommen« daruntergekritzelt.
Dirk Deleu warf einen misstrauischen Blick auf das Schloss. Er erinnerte sich daran, wie er vor zwei Jahren das Absperrband mit seinem Taschenmesser durchgeschnitten hatte. Seine Hand verschwand in der Hosentasche. Kein Messer. Er hatte es zu Hause liegen lassen.
Deleu verdrängte die Erinnerung an die Vergangenheit. Er musste konzentriert bleiben, bereit zum Angriff. Und dann hart und erbarmungslos zuschlagen. Brutal und berechnend. Schonungslos. Wie sein Gegner.
Das rotweiß-gestreifte Absperrband war verschwunden. Alles war verschwunden. Zwei Jahre nach ihrem Tod waren diese Menschen vergessen. Altmüll. Kein Kinderspielzeug, kein Auto, keine Möbel, keine Fotos, nur verblasste Erinnerungen. Unbegreiflich und doch verständlich.
Das Garagentor war nicht verschlossen. Deleu warf erneut einen Blick über die Schulter. Der große Garten hatte sich in eine Art Wüstenlandschaft verwandelt. Die bogenförmige Pergola stand krumm und schief da; ein Bogen war sogar in zwei Teile zerbrochen. Der Gartenteich mit der Brücke, in dem früher wogendes Schilf gestanden hatte, war zugeschüttet worden. Aus der lockeren Erde ragten spitze Steinbrocken hervor. Nur die Kinderschaukel schien unversehrt zu sein – was für eine Ironie.
Mit der Schuhspitze stieß Deleu das Garagentor auf. Als er auf den Schalter drückte, erstrahlte die Garage zu seiner Verblüffung in hellem Licht.

Spielchen, schoss es ihm durch den Kopf. Und während er seine Pistole von links nach rechts schwenkte, erinnerte er sich an Maggie Uyttebroeck, das Mädchen, das Hermans in ihrer Wohnung ermordet hatte. Erst über Stunden gequält und dann ermordet. Psychologisch vernichtet.

Bis auf einen kleinen Haufen Unrat war die Garage leer. *Froggy – so hieß die Marke. Das gleiche Fahrrad, das auch unser Rob hatte.* Deleu erinnerte sich an den Aufkleber, den er damals auf dem Rahmen gesehen hatte – »Herzliche Geburtstagswünsche« hatte darauf gestanden.

Wie alt war das Mädchen, als es ermordet wurde? Ich hab's vergessen, ich hab's, verdammt noch mal, vergessen.

Deleu drehte sich um und schaute zu der Tür, die von der Garage in die Wohnräume führte. Und dann tat er etwas Unerwartetes: Anstatt die Tür vorsichtig aufzudrücken, machte er einen Schritt nach vorn und trat mit voller Wucht gegen das Holz. Die Scharniere brachen auf, und die Tür knallte gegen die Wand. Die Waffe im Anschlag, stürmte Deleu ins Hausinnere.

Drinnen war es dunkel. Dunkler als in der Hölle.

Deleu wirbelte um die eigene Achse. Immer wieder. Zwei blutunterlaufene Augen starrten ihn an. Beinahe hätte er den Abzug betätigt.

Dirk Deleu konnte seine eigene Angst riechen. Die beleuchteten Zahlen über der Dunstabzugshaube gab es noch immer – doch dieses Mal bildeten sie keine Ziffern mit der Uhrzeit, sondern nur eine Reihe schräger und waagerechter Streifen mit undefinierbaren Zeichen.

Er blieb stehen und lauschte. Erinnerungen huschten durch seinen Kopf wie Schemen, die aus dem Nichts auftauchten. Sie glitten geräuschlos aus ihren Verstecken hervor, tief verborgen in den Windungen seines Gehirns.

Der Lichtschalter gab ein Klicken von sich, doch die Küche blieb in pechschwarze Finsternis gehüllt. Deleu presste seine Schultern gegen die Wand und hörte, wie er stoßweise atmete. Seine Augen gewöhnten sich langsam an die Dunkelheit, sehr langsam, genau wie damals. Doch diesmal konnte er keine Umrisse von Möbeln erkennen – das Haus war komplett leergeräumt. Er erinnerte sich an den Küchentisch. Außerdem war da ein Schneidebrett gewesen, ein Küchenmesser, ein Brotbeutel und noch etwas, das ihm aber nicht einfiel. All diese Gegenstände waren verschwunden. Plötzlich musste er an die Brotkrümel in den Kehlen der Mordopfer denken. Und dann stürmten sämtliche Erinnerungen wieder auf ihn ein. Lebensecht, zum Greifen nahe.

»Wo steckst du, du Schwein? Ich schieß dir den Kopf weg! Wenn du Barbara oder Nadia auch nur anrührst, foltere ich dich zu Tode! Hörst du mich? Ich reiß dir die Gedärme aus dem Leib.« Die letzten Worte stieß er heiser hervor – es schien, als hätte auch das letzte Notventil versagt. Seine ganze aufgestaute Frustration brach sich Bahn.

Doch plötzlich wurde Deleu bewusst, wie dumm er sich verhielt: Inzwischen musste Hermans genau wissen, wo er sich befand – ganz gleich, wo er selbst sich in diesem Haus versteckte.

Jedenfalls nicht in der Küche, so viel war klar.

Oder hockt er in einem der Küchenschränke? Mit angezogenen Knien, den Wahnsinn in den Augen? Vielleicht mit einem scharfen Fleischermesser in der Hand. Oder einem Hackbeil.

Deleu drehte sich um – einmal und noch einmal. Dann lief er zu dem großen amerikanischen Kühlschrank und presste den Rücken gegen die Tür. Die Tür gab ein Knarren von sich. Rasch machte er einen Schritt vorwärts, wirbelte herum und musterte den Kühlschrank. Dann drückte er die Türklinke vorsichtig nach unten. Die Tür öffnete sich mit einem leisen »Plopp«. Der Eisschrank war leer – aber beleuchtet.

Dirk Deleu blickte auf den schwachen Lichtschein vor seinen Füßen. Die großen weißen Bodenkacheln lösten eine weitere Kette von Erinnerungen in ihm aus. Er dachte daran, wie ihn damals Panik erfasst hatte, als er die braunen Flecken auf dem Boden bemerkte. Er war mitten hineingetreten. Doch dieses Mal gab es keine Blutspuren, nur eine dicke Schicht aus Staub und Schmutz.

Staub. Fußspuren.

Er zog die Maglite aus der Sakkotasche und richtete den Strahl der Taschenlampe auf den Boden. Fußspuren. Überall Fußspuren.

Aber welche sind von mir?

Er erkannte Abdrücke mit Profil und schaute dann auf die stumpfen Spitzen seiner eigenen Halbstiefel. Vorsichtig, den Körper leicht nach vorn gebeugt, folgte er seinen eigenen Fußabdrücken, die kreuz und quer durch-

einandergingen, als ob er ziellos Runde um Runde gedreht hätte.
Plötzlich blieb er stehen. Diese Abdrücke stammten nicht von ihm. Eine glatte Sohle, ohne Profil. Der Lichtstrahl folgte der Spur. Die Abdrücke verliefen eng nebeneinander, als ob jemand nur kleine Schritte gemacht hätte. Dann hörte die Spur auf, und im Strahl der Taschenlampe tauchte eine weiße Oberfläche auf.
Die Anrichte. Er hockt tatsächlich im Schrank.
Deleu machte einen Schritt auf die Anrichte zu. Dann suchte er mit der Lampe Wände und Decke ab.
Vampire können fliegen.
Die Einbauküche erstreckte sich über die gesamte Wand, eine Batterie von Schränken mit Türen und Schubladen. Ein Geschirrspüler. Ein Gefrierschrank. Noch ein Haushaltsgerät. Der Lichtstrahl schwenkte nach links.
Der Vorratsschrank – er hockt im Vorratsschrank. Er hat sich hochgezogen und ist über die Anrichte in diesen Schrank geklettert. Ich schieß ihn über den Haufen. Jetzt sofort.
Deleu richtete seine Pistole auf die weißlackierte Tür.
Nein! Vielleicht steckt Barbara in diesem Schrank. Eingesperrt. Bewusstlos. Oder Nadia. Spielchen. Mein Gott. Warum zuerst Barbara? Warum denke ich zuerst an Barbara? Und Rob? Wo steckst du, Rob? Wo bist du, mein Junge? Ich muss … ich muss Jos anrufen. Nein, das geht nicht.
Deleus Finger umklammerten den Kolben seiner Pistole so fest, dass die Knöchel weiß hervortraten. Auf der Anrichte stand eine Schale. Das Mondlicht beleuchtete sein

Gesicht, während der Lichtkegel der Lampe über die Anrichte glitt.
In der Küchenspüle lag ein Messer. Ein langes, scharfes Fleischermesser. An der Klinge klebte Blut. Deleu warf einen Blick in die Porzellanschale. Ein kleiner Rest Blut glitzerte ihm entgegen.
Plötzlich raschelte es hinter seinem Rücken. Blitzschnell ging Deleu in die Knie und feuerte aus der Drehung in die Richtung, aus der das Geräusch gekommen war. Zwei Geschosse bohrten sich in die Wand. Große Kalksteinbrocken flogen durch die Gegend. Eine Katze sprang jaulend auf und floh mit eingeklemmtem Schwanz ins Wohnzimmer.
Keuchend starrte Deleu auf den Lauf seiner Pistole, aus dem Rauchkringel aufstiegen. »Eine Katze. Fast hätte ich eine Katze erschossen.«
Warmes Licht durchflutete das große, leere Wohnzimmer, als Deleus Finger den Lichtschalter ertasteten. Es verwunderte ihn kein bisschen. Denn er erinnerte sich an die Spielchen, die Hermans mit Maggie Uyttebroeck getrieben hatte. Damals hatten sie Hermans' Fingerabdrücke sogar im Keller gefunden. Am Sicherungskasten.
Hastig betrat Deleu das Wohnzimmer. Zwei, drei Katzen ergriffen die Flucht – eine versteckte sich im offenen Kamin, und die beiden anderen liefen in den Flur. Vor dem offenen Kamin stand eine Schüssel desselben Porzellanservice wie in der Küche, nur etwas größer und runder.
Als Deleu näher herantrat und mit Grauen auf das braune Blut starrte, schoss plötzlich der Kater aus der Ka-

minöffnung hervor. Reflexartig machte Deleu einen Satz nach hinten und konnte so verhindern, dass die scharfen Krallen sein Gesicht zerkratzten. Allerdings trafen sie seinen Handrücken, und eine Pfote verfing sich in seinem Sakko. Blindlings schlug er mit dem Kolben der Pistole um sich. Als die Krallen des Katers ihm die Haut am Hals aufrissen, schrie er wütend auf und fiel der Länge nach auf den Rücken, während sich der Kater fauchend aus dem Staub machte.
Hektisch sah Deleu sich um. Niemand im Wohnzimmer. Er stützte sich auf die Ellbogen und fuhr sich mit den Fingern über den Hals, der sich feucht und warm anfühlte. Verärgert betrachtete er das schimmernde Blut an seiner Hand. Dann setzte er sich auf, holte sein Taschentuch aus der Hosentasche und blieb minutenlang so sitzen, den Rücken an die Wand gedrückt, als bildeten die massiven Steine den einzigen, noch verbliebenen Halt. Der scharfe, stechende Schmerz ebbte langsam ab, doch das Blut rann weiter aus der Wunde. Schon bald war das Taschentuch blutgetränkt.
Deleu rappelte sich auf, ging in die Küche und hielt seinen Kopf unter den Wasserhahn. Doch außer einem heiseren Gurgeln kam nichts. Kein Tropfen Wasser. Er schaute sich um. Die Katzen waren verschwunden. Während er sich bemühte, seine Atmung wieder unter Kontrolle zu bekommen, fragte er sich, was die Katzen so aggressiv gemacht hatte. Vielleicht das Blut? Ein Menschenhai, der Blut gerochen hat, wird zu einer gnadenlosen Killermaschine. Und wenn bestimmte Hunderassen erst einmal Blut gekostet haben, bleibt nichts anderes

mehr übrig, als die Tiere zu töten. Deleu zermarterte sich das Hirn, konnte sich aber nicht mehr erinnern, welche Hunderassen davon betroffen waren. Und galt dasselbe auch für Katzen? Schließlich waren auch sie Raubtiere. Oder waren die Tiere einfach nur ausgehungert gewesen? Oder vielleicht eine Kombination von beidem?

Plötzlich richtete Deleu sich kerzengerade auf. »Hermans!«

Angenommen, er hat diese Katzen zu Nadia und Barbara gesteckt. Ausgehungert. Wo? Im Keller. Hier gibt es keinen Keller.

»Oben … sie liegen oben. Aufgerissen und zerfetzt. Er hat sie gefesselt und verwundet. Und die Tiere haben dann den Rest erledigt.«

Ehe er begriff, was er tat, lief er bereits über die Treppenstufen zum oberen Stockwerk. Ohne jede Vorsichtsmaßnahme. Ohne jede Deckung.

Nach oben.

Rauf.

Die Tür des Badezimmers quietschte leise. Deleu warf einen Blick in die Wanne. Sie war leer.

Das Schlafzimmer. Zwei aufflackernde Augen und ein Zischen, das in ein drohendes Fauchen überging. Deleu presste den Rücken gegen den Einbauschrank und schob sich Schritt für Schritt weiter. Fort von der Bedrohung. In Richtung Zimmermitte. Die Waffe auf das Tier gerichtet. Plötzlich sauste der Kater haarscharf an ihm vorbei aus dem Raum, dicht gefolgt von zwei Artgenossen, die sich unter dem Bett versteckt hatten.

Keuchend schaute Deleu sich um und begriff erst in diesem Moment, dass das Obergeschoss noch vollständig möbliert war. Außer dem Wandschrank und dem Bett entdeckte er eine Frisierkommode, zwei Nachttischchen und ein Bügelbrett.

Plötzlich bebte die Tür des Einbauschranks. Sofort richtete Deleu seine Waffe darauf.

Irgendjemand hockt im Schrank. Irgendjemand oder irgendetwas!

Dirk Deleu fuhr sich mit der Zunge über die ausgetrockneten Lippen und wischte sich rasch die Hand an seiner Jeans ab.

Das Blut, das in großen Mengen durch sein Gehirn pumpte, bereitete ihm rasende Kopfschmerzen.

Katzen. Zwei, drei … eine ganze Horde. Ausgehungerte, blutrünstige Katzen. Oder Ratten. Dazu wäre Hermans imstande.

Deleu wich einen Schritt zurück, zog ein Handtuch vom Bügelbrett und rieb sich damit den Hals ab. Ohne auch nur einen Blick an das Blut zu verschwenden, steckte er sich einen Handtuchzipfel in den Mund und wickelte den Stoff um den linken Arm. Dann klemmte er sich die Taschenlampe zwischen die Zähne, hielt die Waffe nach vorn gerichtet und bewegte sich langsam und geräuschlos auf den Wandschrank zu.

Barbara. Oder Nadia. Oder alle beide. Aber dann … dann … dann leben sie noch …

Erst jetzt bemerkte er, dass jemand einen Pfeil in die dicke Staubschicht auf dem Fußboden gezeichnet hatte. Einen Pfeil, der durch seine eigenen Fußabdrücke bereits zur Hälfte verwischt war. Drei Striche auf der linken

Schaftseite. Vier auf der rechten. Der Pfeil zeigte auf die Tür, vor der er gestanden hatte.
Mit einem Ruck riss Dirk Deleu die Schranktür auf und schrie auf. Doch der Anblick ließ den Schrei in seiner Kehle erstarren. Er verwandelte sich in leises Ächzen und dann in Röcheln.
Rob stöhnte und schlug die Augen auf. Er war nackt. Seine Oberarme waren um die Kleiderstange geschlungen und seine Handgelenke auf Höhe der Brust gefesselt. In seinem Mund steckte ein Handtuch, dessen Enden auf der Rückseite des Kopfes straff zusammengeknotet waren.
Langsam streckte Deleu eine Hand aus, hielt dann aber inne. Er konnte es einfach nicht glauben. Er wollte es einfach nicht glauben. Reglos stand er da und starrte wie ein Außenstehender in den Schrank. Wie ein Katastrophentourist, der einen Verkehrsunfall mit Toten begafft. Selbst als Rob laut stöhnte, rührte Deleu keinen Finger. Sein Sohn, sein Junge. Er hatte Haare auf der Brust. Blonde Locken. Deleus Blick wanderte über den nackten Jungenkörper. An Robs Penis hing eine Kordel mit einem Zettel. Deleu sah es, doch es drang nicht zu ihm durch.
Dieser Körper – erwachsen und dann auch wieder nicht. Deleus Gedanken schweiften in die Vergangenheit. Zum Biologieunterricht, als er selbst noch ein Kind gewesen war. Ein Jugendlicher. Das Biologiebuch mit Abbildungen: »Vom Kind bis zum Erwachsenen«. Besonders die Form des Oberkörpers verriet das wahre Alter eines Menschen. Deleu begriff, dass seine Erinnerungen an

dieser Stelle vollkommen sinnlos und unpassend waren, doch er konnte nichts dagegen machen. Windeln. Rob auf dem Motorrad, zwischen den Beinen seines Vaters. Eine Triumph war das damals gewesen. Robs mollige Händchen um den Chopperlenker geklammert. Funkelnde Augen.

Erst als Rob zum zweiten Mal die Augen öffnete und seinen Vater flehentlich ansah, erwachte dieser endlich aus seiner Starre.

»Junge … ach, Junge. Was haben sie mit dir gemacht?« Seine Hand streichelte eine feuchte Locke. Es schien, als würden Robs Augen klarer.

Deleu stützte den Körper seines Sohns ab und blickte sich hektisch um.

Mein Taschenmesser. Verdammt.

Erst in diesem Moment drang die Realität tatsächlich bis zu ihm durch: Sein Sohn hing in einem Kleiderschrank. Gefesselt und nackt. Erschöpft und zitternd vor Schmerzen. Aber er lebte. Er lebte!

Ein kräftiger Stoß gegen die Unterseite der Kleiderstange genügte, um das ganze Ding aus der halb geöffneten Befestigungsklemme zu hebeln. Rob lastete schwer auf den Schultern seines Vaters, der die Stange vorsichtig zwischen dessen Armen hervorzog und seinen Sohn behutsam aufs Bett legte.

Rob murmelte ein paar Worte. Sein Vater kam näher, strich ihm durch die feuchten Haare und brachte sein Ohr dichter an die trockenen Lippen des Jungen.

»Wasser.«

Sein Junge bat um Wasser.

Deleu hastete ins Bad. Doch aus dem Wasserhahn kam nicht ein Tropfen.

*

Bert Spoelstra, der sich nach seiner Pensionierung in Belgien niedergelassen hatte, wusste nicht, wie ihm geschah. Der Niederländer traute kaum seinen Augen.

Der heruntergekommene Mann auf der Türschwelle starrte ihn keuchend an. Er stank nach Urin und Kot. Über der Schulter trug er eine schmutzige Decke mit großen Blutflecken.

Als Spoelstra den herabbaumelnden Fuß sah, versuchte er, die Haustür zuzudrücken, aber es war bereits zu spät. Ein schwerer Stiefel steckte in der Tür. Der Niederländer wich erschrocken zurück und riss abwehrend die Arme vor die Brust.

Doch der Landstreicher schien ihn gar nicht wahrzunehmen. Er lief einfach geradeaus und stieß mit dem Fuß die Wohnzimmertür auf. Die betagte Dame auf dem Sofa zuckte erschrocken zusammen, und ihre Teetasse fiel klirrend zu Boden. Als der Mann direkt auf sie zukam, sprang sie hastig auf.

»Mein Sohn. Wasser. Wasser, bitte!« Der Mann hob das Bündel von seiner Schulter und legte es vorsichtig auf das Sofa. Die Decke war aufgegangen, und der nackte, junge Mann bewegte mühsam den Arm, der steif neben seinem Kopf lag, als könnte er ihn nicht mehr nach unten nehmen. Der heruntergekommene Mann hockte sich vor den Jungen und drückte ein Ohr an dessen murmelnde Lippen.

»Danke, Pa. Pass auf dich auf.«

»Rob, hast du irgendetwas von deiner Ma gehört? Hast du sie gesehen? Was ist passiert? Junge, was ist passiert?«

»Ich weiß es nicht, Pa. Ich kann mich an nichts erinnern. Und ich hab Ma nicht gesehen.« Der Junge stöhnte und bewegte mühsam die Oberarme.

Die ältere Dame, die noch immer wie angewurzelt dastand, bemerkte breite Schürfwunden an den Handgelenken des Jungen. An beiden Handgelenken. Hässliche rote Striemen. Blutrot und tief in die Haut geschnitten.

»Wasser! Und ein Telefon. Wo ist das Telefon?«, schrie der Mann.

Wortlos zeigte die Frau auf einen Beistelltisch in einer Ecke des Wohnzimmers.

»Wasser, bitte. Mein Sohn hat Durst.« Die letzten Worte klangen nicht mehr aggressiv, sondern flehentlich.

Widerstrebend lief die Frau in die Küche, dicht gefolgt von ihrem Mann.

Als Deleu das Leitungswasser rauschen hörte, hastete er zum Telefon und wählte den Notruf. Während er händeringend – den Hörer zwischen Wange und Schulter geklemmt – auf das Zustandekommen der Verbindung wartete, fiel sein Blick auf den Zettel, der an Robs Penis gebunden war.

Dieselbe kindliche Handschrift.

Hast du Jesus gefunden? Prima. Dann darfst du nun zur Eucharistiefeier kommen. Dieser besondere Gottesdienst beginnt um ein Uhr. Sei pünktlich.

Dein Freund Jozef

20

Jos Bosmans unterbrach seine rastlose Wanderung, blieb vor Behermans Schreibtisch stehen und versuchte, seine Gedanken zu ordnen.

Dirk Deleu war unauffindbar. Der Scanner hatte kein Lebenszeichen von sich gegeben, als man ihn mit den Daten von Deleus Mobiltelefon gefüttert hatte. Das konnte nur bedeuten, dass das Handy, welches mit GPS ausgestattet war, vernichtet worden war.

In der Zwischenzeit hatte die Spurensicherung das Haus der Familie Poulders gründlich auf den Kopf gestellt.

Blut in Schalen, streunende Katzen und eine Reihe bizarrer Pfeile und Symbole auf dem Boden.

Das Blut war tierischen Ursprungs – die Bestätigung dafür hatte Bosmans auf dem Weg zur Praxis von Beherman erhalten. Nun galt es nur noch, die Analyse der Fingerabdrücke abzuwarten.

Der Untersuchungsrichter fuhr sich erschöpft durch die Haare. Diese Analyse war eigentlich überflüssig: Es lag auf der Hand, dass Hermans dort seinen Plan durchgeführt hatte. Offenbar hatte er in dem Haus ein perfides Spiel getrieben. Mit Deleu und seinem Sohn in den Hauptrollen. Rob lag im Krankenhaus, mit Anzeichen von Austrocknung. Der Junge musste Stunden in diesem Schrank gehangen haben.

Von Mendonck und Barbara fehlte dagegen jede Spur.

Jos Bosmans war von Spoelstra direkt zur Praxis gefahren. Spoelstra hatte nicht viel zu erzählen gehabt. Das Einzige, woran der Niederländer sich erinnerte, war die Tatsache, dass Deleu wie ein Irrer mit dem Moped davongerast war. Mit offenem Sakko. Nach rechts. Er war nach rechts abgebogen.

Mit seiner Weisheit am Ende, war Bosmans schließlich zu Behermans Praxis gefahren. Allein. In der Hoffnung, hier doch noch irgendeinen nützlichen Hinweis zu finden. Alle beide waren hier gewesen: Nadia und Dirk. Sie waren hier gewesen und kurz darauf verschwunden.

*

Bis auf einen einsamen Bulldozer, der inmitten des Abraums verloren herumstand, hatte der Bauunternehmer sämtliches schwere Gerät von der Baustelle geholt. Ein schwarz-gelb-gestreiftes Band flatterte im Wind, und das losgerissene Ende klatschte gegen einen Haufen ordentlich gestapelter Steine. Ansonsten lag das Gelände verlassen da. Unordentlich, trostlos und mit riesigen Wasserpfützen.

Dirk Deleu richtete seine Taschenlampe auf den Boden und arbeitete sich beständig vorwärts, Schritt für Schritt, durch die zentimeterdicke Schlammschicht, die im tanzenden Lichtkegel feucht glänzte. Schließlich schaltete er die Taschenlampe aus, tastete durch den Riss in seiner Jeans nach seinem geschwollenen Knie und gönnte seinen Augen die Zeit, sich an die Dunkelheit zu gewöhnen. Er wollte seine Position nicht verraten, und außerdem war es zwecklos, die halb verfallene Kirche Sint Jozef von der Straße aus betreten zu wollen. Das massive Eichenportal war zwar noch intakt, aber der Kirchturm und das gesamte linke Kirchenschiff waren eingestürzt und bildeten eine undurchdringliche Sperre aus Balken und Steinen. Deleu hatte versucht, über den Trümmerhaufen zu klettern, aber zwei Mal das Gleichgewicht verloren. Es grenzte an ein Wunder, dass er sich nichts gebrochen hatte; er war mit ein paar Schürfwunden an Ellbogen und Knien davongekommen. Langsam drehte er sein Handgelenk und strich über die aufgescheuerte Haut.

Mit klappernden Zähnen bemühte er sich, seinen Körper warm zu reiben. Doch die Kälte war schon zu tief in seine Glieder gekrochen.

Dirk Deleu spannte die Brustmuskulatur an und blies sich in die klammen Hände. Das half immer. Etwa sechs Sekunden lang.

Komm, Deleu. Nicht aufgeben. Nicht jetzt!

Nur mit Hilfe seiner Willenskraft stapfte er zum Tervuursesteenweg. Ein einsamer Radfahrer, der tief über den Lenker gebeugt gegen die heftigen Böen ankämpfte, bemerkte den umherirrenden Schatten nicht.

Wo steckst du, du Bastard? Über diesen Trümmerhaufen kannst du es mit Barbara und Nadia unmöglich geschafft haben.

Deleu zögerte.

Angenommen, dass er falschlag. Angenommen, dass Bar-

bara und Nadia gar nicht hier waren. Angenommen, dass sie bereits tot waren. Angenommen, dass …
Er glitt über den Schlamm, bis seine Schuhsohlen endlich Halt fanden. Stoßweiser Atem. Brennende Lungen. Einen Moment lang rutschte er aus, konnte sich aber gerade noch fangen. Mit offenem Mund und rudernden Armen kämpfte er sich weiter vor. Geballte Wut in den Augen.
Auf dem Gehweg hielt er inne, stützte sich mit den Händen auf den Knien ab und versuchte keuchend, wieder zu Atem zu kommen. Dann warf er plötzlich den Kopf in den Nacken und starrte zu den kalten Sternen hinauf. »Das Pfarrhaus! Verdammt noch mal, das Pfarrhaus!«

*

Jos Bosmans hatte die Praxis gründlich durchsucht. In ohnmächtiger Wut hatte er sogar die Jalousien von den Fenstern gerissen und dem Archivschrank einen mächtigen Tritt versetzt. Mutlos ließ er den Oberkörper nach vorn sinken und schlug wütend auf den Schreibtisch.
Plötzlich klingelte es an der Tür.
Bosmans warf einen Blick auf die Sprechanlage, als hätte er ein Ufo vor sich. Hastig riss er den Hörer von der Gabel. »Hallo?«
»Guten Tag, spreche ich mit Meneer Beherman?« Eine freundliche Stimme.
»Ja. Am Apparat.«
»Ah, guten Tag, Meneer Beherman. Darf ich kurz heraufkommen? Ich habe eine wichtige Botschaft für Sie.«
Bosmans spürte, wie sich ihm die Nackenhaare aufrich-

teten, und es kostete ihn enorme Selbstbeherrschung, seine Stimme weiterhin neutral klingen zu lassen. »Worum geht es …«

»Nun ja, Meneer Beherman. Kennen Sie die Bibel? Wir würden uns gern einmal mit Ihnen über die Botschaft …«

Den Rest des Satzes hörte Bosmans nicht mehr. Er betrachtete den Hörer, als hielte er einen frischen Hundehaufen in der Hand, legte dann entnervt wieder auf und stützte sich Halt suchend an der Wand ab.

Als er sich langsam aufrichtete und umdrehte, sah er es. Das Gemälde schien den ganzen Raum zu beherrschen. Die imposante gotische Kirche verdrängte jeden anderen Gedanken. Bosmans starrte auf das Bild und murmelte: »Ein Verbrecher kehrt immer an den Ort des Verbrechens zurück.«

Im nächsten Moment stöhnte der Untersuchungsrichter laut auf: »In Muizen an der Ampel rechts. Über den Leuvensesteenweg. Am Kanal entlang. Über die Coloma-Brücke in den Tervuursesteenweg. Die Kirche! Sint Jozef! Jeden Tag … Jeden gottverdammten Tag fahre ich daran vorbei.«

Während Bosmans zur Treppe lief, erinnerte er sich daran, dass die Kirche heute, zwei Jahre nach dem verheerenden Brand, noch immer in Trümmern lag. Eine Ruine. Nach der Ausschreibung hatte ein Bauunternehmer den Zuschlag erhalten, aber als es der Gemeinde endlich gelungen war, die benötigten Subventionen bewilligt zu bekommen, waren die Arbeiten eingestellt worden – Belgien, wie es leibt und lebt. Und danach hatte sich die Ruine zu einem Zankapfel im Gemeinderat entwickelt.

Die Grünen hatten dafür plädiert, das Bauwerk vollständig abzureißen und durch ein kleineres, modernes Gebäude zu ersetzen. Aber die Katholiken wollten die alte Kirche restaurieren lassen, da große Teile des Gotteshauses noch intakt waren. Während der ganzen Zeit hatten die braven Kirchgänger ihren Gottesdienst in der Turnhalle der Grundschule abhalten müssen – und inzwischen wurde die Sint-Jozef-Kirche mit keinem Wort mehr erwähnt.

Bosmans stürmte zu seinem Wagen und stieg hastig ein. »Noch intakt! Verdammt noch mal. Bosmans, du Idiot!«

Während der Mercedes, dessen Dieselmotor wie üblich keine Gelegenheit zum Vorglühen erhielt, losraste, drückte sich der Untersuchungsrichter bereits das Mobiltelefon ans Ohr.

Walter Vereecken, der einzige Beamte, der in der verlassenen Polizeiwache die Stellung hielt, lauschte angespannt Bosmans' Bericht und stieß einen unterdrückten Schrei aus. Damit jagte er seinem hereinkommenden Kollegen Pierre einen solchen Schrecken ein, dass der seinen heißen Kaffee verschüttete.

*

Dirk Deleu kauerte geduckt im Gebüsch und warf einen Blick auf die alte Holzpforte, die Zugang zu der ummauerten Pfarrei bot. Nachdem der Kripobeamte sich mühsam einen Weg durch den mit Unkraut überwucherten Park gebahnt hatte, stellte er überrascht fest, dass die Pforte, bis auf die abblätternde Farbe, intakt schien. Schließlich war der Brand, der die Kirche zwei Jahre zuvor zerstört hatte, in der angrenzenden Pfarrei ausgebrochen. Deleu schauderte und schlug den Kragen seines Sakkos hoch, als ihm ein eisiger Windstoß entgegenblies. *Wahrscheinlich wehte der Wind damals aus derselben Richtung.*

Mit seiner Vermutung lag Deleu richtig: Die Flammen hatten damals tatsächlich vom Pfarrhaus auf die Kirche übergegriffen, wo sich das Feuer gierig durch das Gebälk des linken Kirchenschiffs gefressen hatte, bis schließlich der Kirchturm eingestürzt war. Und nur dank dieses Einsturzes, der das Flammenmeer größtenteils gelöscht hatte, war es der Feuerwehr überhaupt gelungen, die andere Hälfte des Kirchengebäudes zu retten.

Deleu erinnerte sich, dass die Pfarrei an das Gotteshaus angrenzte, und sah vor seinem inneren Auge wieder, wie Hermans ihn durch die Kirche zum Pfarrhaus begleitet hatte. Der breite Rücken des Mannes. Sein würdevoller, selbstbewusster Gang. Der moderne Rollkragenpullover. Der breite Nacken.

Ein Knacken riss Deleu aus seinen Erinnerungen und ließ ihn blitzschnell herumwirbeln. Angespannt starrte er in die Dunkelheit. Seine Gedanken wanderten zu seinem Kollegen, Walter Vereecken. Dieser hatte hier stundenlang auf der Lauer gelegen. Vielleicht sogar genau an dieser Stelle. Wahrscheinlich ganz steif vor Kälte, genau wie er jetzt. Bis Hermans sich von hinten angeschlichen und Walter eine Weinflasche auf den Schädel geschlagen hatte.

Deleu drehte sich um und arbeitete sich durch die dichten Brombeersträucher vor, die ihm die Hände und das

Gesicht zerkratzten – was ihn jedoch nicht kümmerte. Mit gezückter Waffe drückte er die Schulter gegen die schwere Pforte. Sie war verschlossen. Deleu schaute zu der mit alten Dachpfannen bedeckten Mauerkrone, die deutlich höher war als erwartet. Er schob die Pistole in den Hosenbund und stellte einen Fuß auf die Bronzetürklinke. Doch erst als er dabei zufällig nach unten blickte, sah er ihn: Der Pfeil war in den matschigen Erdboden geritzt. Darunter stand das Wort »Willkommen«.

Deleu stieß sich ab und streckte eine Hand nach der nächsten Dachpfanne aus. Als seine Finger endlich Halt fanden, löste sich die Dachpfanne, so dass der Kripobeamte seine Finger um die darunterliegenden Mauersteine krümmen musste, sich mit dem Fußballen abdrückte und sich dann über die Mauer hievte. Mit einem leisen Aufschlag landete er auf der anderen Seite im dichten Moos.

Als Erstes bemerkte er einen schwachen Lichtschein. Sofort zückte er die Waffe.

Woher kommt das Licht? Wohl kaum aus der Steckdose. Hier gibt's doch keinen Strom mehr … Oder hat der Bauunternehmer ein Notstromaggregat aufstellen lassen?

Deleu huschte durch den Garten zum Pfarrhaus, das vollständig zerstört war. Vor dem gewaltigen Trümmerhaufen blieb er stehen und suchte auf dem Boden nach weiteren Hinweisen. Doch weit und breit war kein Pfeil zu sehen. Das leise Klicken, das das Entsichern der Waffe verursachte, kam ihm vor wie ein lauter Pistolenknall.

Es blieb ihm nichts anderes übrig, als über den Trümmerhaufen zu klettern. Offen und ohne jede Deckung. Vorsichtig erklomm er den Berg, darauf bedacht, keine Steine oder größeren Brocken loszutreten. Und je höher er kam, desto heller wurde das Licht. Als Deleu einen riesigen Quaderstein erreicht hatte, hielt er keuchend inne, um sich zu orientieren. Inmitten des Trümmerhaufens öffnete sich eine Art beleuchteter Tunnel wie ein Kaninchenbau. Links vom Eingang stand eine Betonplatte. Anhand der aufgeworfenen Erde konnte Deleu erkennen, dass die Platte wahrscheinlich den Zugang zur dahinterliegenden Passage versperrt hatte. Die umliegende Erde war trocken – also musste irgendjemand sie vor nicht allzu langer Zeit verschoben haben.
Widerstrebend folgte Deleu dem Tunnelverlauf, wobei der Lichtschein mit jedem Schritt heller wurde. Plötzlich bog der Gang scharf nach links ab. In Richtung Kirche. Doch ein massiver Steinbrocken versperrte den Zugang – die Büste einer riesigen Marienstatue. Deleu schaute nach oben. Das Haupt der Statue ragte zwei Meter über ihm aus dem Trümmerhaufen heraus.
Während er über den glatten Stein rutschte, erblickte er vor sich plötzlich einen offenen Bereich. Anscheinend war ein Teil des hinteren Kirchengebäudes unversehrt geblieben. Dort erzeugten Hunderte Kerzen einen derart intensiven Lichtschein, dass Deleu einen Moment lang seine Augen abschirmen musste. Das durch die Ruinen fallende Mondlicht machte die Szenerie noch unwirklicher.
Vorsichtig ließ Deleu sich von dem Steinquader herab,

ging zwei Schritte vorwärts und dann noch zwei. Seine Pistole auf den Boden gerichtet. Seine Augen folgten der Lichterspur: Die Kerzen schienen einen feurigen Pfeil zu bilden, der ihn direkt zum Altar führte.

Barbara und Nadia lagen nebeneinander. Nackt. Die Hände mit Seilen gefesselt und einen Knebel im Mund. Zwischen ihnen stand ein Kelch, und auf einer Ecke des Altars glänzte ein breites Messer. Nadia regte sich nicht, während Barbara ihn mit großen Augen anstarrte und mühsam den Kopf zu bewegen versuchte. Sie zitterte.

»Barbara …«

Plötzlich ertönte ein schleifendes Geräusch. Als Deleu sich umschaute, sauste etwas Schwarzes auf ihn zu. Schwarz und weiß. Ruckartig riss er die Arme hoch, doch es war bereits zu spät.

Die Schuhe von Bert Hermans, der sich hinter dem Glorienschein der Marienstatue verborgen hatte, trafen Deleu mitten ins Gesicht.

*

Das eiskalte Wasser traf Deleu wie eine Faust. Nach Luft schnappend, riss er die Augen auf. Die ersten Bilder, die seine Netzhaut zum Gehirn schickte, waren verschwommen, als wäre die gesamte Umgebung in einen feinen Nebelschleier gehüllt. Deleu zitterte. Er wollte sich bewegen … zu Barbara … zu Nadia. Doch seine Gliedmaßen verweigerten den Dienst. Benommen schaute er zur Seite und dann an sich herab: Seine Hände und Beine waren mit Seilen gefesselt.

Ein Kreuz! O Gott.

Er war an ein steinernes Kreuz gebunden. Mit gespreizten Armen, so wie Jesus Christus. Und dann sah er ihn. Bert Hermans schritt würdevoll zum Altar. Er trug ein weißes Priestergewand und schien Deleu nicht einmal wahrzunehmen, als wäre dieser nur ein Teil des früheren Kunstschatzes der Kirche.

Barbara und Nadia lagen nebeneinander. Nackt. Als Deleus Blick Barbaras fand, beruhigte ihn der Ausdruck in ihren Augen – Wiedererkennen lag darin. Auch Nadia sah ihn an. Starr. Ihre Augen wirkten glasig und matt. Ohne jeden Funken Hoffnung. Ohne jede Regung, als stünde sie unter starken Beruhigungsmitteln.

»Willkommen, Dirk.«

Ein eisiger Schauer jagte Deleu über den Rücken. Hermans schien auf einem anderen Planeten zu sein. In einem anderen Universum. Er schaute direkt durch Deleu hindurch. Klopfte mit der Spitze des Messers auf den Marmoraltar.

»Für diese Hure gibt es keine Hoffnung mehr. Und auch keine Läuterung. Nur noch ewige Leere.« Aufreizend träge strich die Klinge über Nadias Wange, wanderte zu ihrer Kehle.

Dann hob Hermans das Messer langsam über den Kopf.

»Ehebruch ist die schlimmste Sünde!« Die Worte hallten durch die Kirche.

Deleu zerrte verzweifelt an seinen Fesseln. Und Barbara schüttelte wild den Kopf.

Diese Bewegung schien Hermans einen Augenblick aus seinem Rausch zu reißen. Er zögerte und beugte sich zu ihr hinab. »Möchtest du mir etwas mitteilen?«

Als Barbara heftig nickte, schaute Hermans gen Himmel. Er schien nachzudenken. »Gut. Du hast das Recht, einen letzten Wunsch zu äußern. Du schon.« Im nächsten Moment sauste das Messer auf Barbaras Kopf herab. Deleu schloss die Augen. Erst als er ein Murmeln hörte, riss er sie wieder auf.

Hermans hatte den Knebel in Barbaras Mund mit einem Streich durchtrennt.

»Du bist nie Kind gewesen.« Barbaras Stimme klang schwach. Fast wie ein Röcheln. »Wo ist deine Mutter?«

Hermans erstarrte. Er wirkte wie eine Statue. Nur seine Augen schienen noch lebendig. Ein irres Glitzern funkelte darin. Barbaras Worte hatten ihn offenbar aus der Fassung gebracht. Plötzlich gellte ein durchdringender Schrei durch den Kirchenbau. Hermans' Hände schossen nach vorn, legten sich um Barbaras Hals und drückten ihr die Kehle zu. Der Schrei verwandelte sich in ein dumpfes Röcheln.

Deleu riss wie ein Verrückter an den Seilen, die ihm tief in die Haut schnitten.

Ein unmenschlicher Schrei entrang sich Hermans' Kehle, als Barbara ihm in den Handballen biss. Die Messerklinge glitzerte im Kerzenschein. Der Kelch schlug auf dem Altar auf. Die Kugel prallte vom Marmor ab und bohrte sich in das Holz des Lettners.

Jos Bosmans schoss ein zweites Mal. Und schoss erneut daneben. Das flatternde Priestergewand verschwand hinter dem Altar. Bosmans stürmte darauf zu. Im nächsten Moment rutschte er aus, fiel flach auf den Bauch, rappelte sich auf und lief um den Altar herum. Sein Blick fiel in einen gähnenden, schwarzen Abgrund … der Hermans verschluckt zu haben schien.

*

In der Jubellaan, auf der Rückseite des Parks, standen nur zwei Wagen. Einer davon war ein Ford Mondeo, der Dienstwagen von Pierre Vindevogel, der trotz Bosmans' Befehl wie ein kopfloses Huhn in den Park gestürmt war, als der erste Schuss fiel. Jos Bosmans' Auto stand ein Stück weiter, am Leuven-Kanal.

Walter Vereecken, der mit den Fingern nachdenklich über das Kennzeichen des Toyota Corolla strich, warf einen Blick zum dunklen Himmel und zog die Decke etwas höher. Die graue Decke, die der schielende Pierre in aller Eile aus dem Kofferraum geholt hatte, als Walter sich weigerte, im Wagen zu bleiben, bot kaum Schutz vor den peitschenden Regenböen.

Ein Kombi.

Als Vereecken den Rollstuhl seitlich neben den Toyota manövrierte und durch die Scheibe spähte, hörte er einen Knall. Und dann noch einen. Unverkennbar Pistolenschüsse.

Reflexartig griff Vereecken nach seinem Schulterhalfter, musste aber feststellen, dass er keine Dienstwaffe bei sich hatte. Schließlich trug er seit seiner Ernennung zum Leiter des Innendienstes keine Waffe mehr. Vereecken schluckte. Er war auf sich allein gestellt. Es gab niemanden, der ihn beschützen konnte.

Glücklicherweise war der Mondeo nicht verschlossen. Zwei weitere Schüsse peitschten durch die Nacht. Dieses

Mal näher als vorhin. Vereecken wackelte mit dem Rollstuhl und griff nach der Kopfstütze des Beifahrersitzes, woraufhin der Rollstuhl nach vorn kippte. Hastig öffnete der Beamte das Handschuhfach. Drei zerknitterte Straßenkarten flogen in Richtung Lenkrad, gefolgt von ein paar Musikkassetten, einer Schachtel Zigaretten, zwei zerknautschten Einkaufstüten … Da war er. Er schimmerte matt im Mondlicht. Ein Colt. Pierres Reservewaffe. Nervös überprüfte Vereecken die Pistole. Das Magazin rutschte aus dem Kolben. Leer!

*

Deleus Körper sackte zusammen, als Bosmans, der sich gehetzt umschaute, endlich den Knoten an seinem rechten Handgelenk gelöst hatte. Deleu schlang den Arm um seinen Freund, und Bosmans hatte größte Mühe, das Gleichgewicht zu halten.
»Jos. Jos, pass gut auf dich auf.«
»Er kann nirgends mehr hin. Ich schnapp ihn mir.«
»Unter dem Pfarrhaus gibt es einen Keller. Geh nicht allein, Jos. Geh auf keinen Fall allein …«
Im nächsten Moment hörten sie ein Geräusch. Bosmans wirbelte herum und hätte fast geschossen. Doch es war nur Pierre Vindevogel, der mit gezückter Walther PPK auf sie zugerannt kam.
»Sie bleiben hier, Pierre. Sie gehen hier nicht weg. Unter keinen Umständen. Helfen Sie Dirk. Und dann den Frauen.«
Bevor Pierre Vindevogel auch nur reagieren konnte, war der Untersuchungsrichter bereits verschwunden. Das

schwarze Loch hinter dem Altar leuchtete im Schein seiner Maglite auf. Bosmans bog um eine Ecke. In gebückter Haltung, eine Schulter dicht an der Wand, schlich er durch den Tunnel. Der Gang war kaum einen Meter breit und endete ein kurzes Stück weiter abrupt. Eine Sackgasse. Als Bosmans einen Schritt darauf zumachte, dröhnte es unter seinen Füßen hohl.

Holz. Ein Keller. Deleu hat recht.

Der Untersuchungsrichter bückte sich, packte den Metallring und zog daran. Die schwarze Holzluke schwang nach oben. Bosmans lehnte sich leicht zurück und leuchtete in den Schacht. Herabrieselnder Schutt und Staubpartikel tanzten im Schein der Taschenlampe. Vorsichtig stieg Bosmans die steile Kellertreppe hinunter. Frische Fußabdrücke auf den Stufen. Es roch feucht und muffig. Der Gewölbekeller war bis zur Decke mit Krempel vollgestellt. Bosmans arbeitete sich wachsam vorwärts, bis in die Mitte des Kellers. Ein Gitter. Zwei Feldbetten. Plötzlich spürte Bosmans einen Windzug an der Wange. Hastig lief er zum hinteren Bereich des Kellers und fluchte. Der Kellereingang stand sperrangelweit offen.

*

Die Bilder waren so lebendig, dass Vereecken fast glaubte, sie berühren zu können: Bert Hermans' hassverzerrtes Gesicht. Der erhobene Arm. Ein Sausen und dann ein Klirren. Jede Nacht … jede gottverdammte Nacht sah er diese Bilder wieder vor sich.

Vereecken streckte den Arm aus, konnte den Knopf zum Öffnen des Kofferraums aber nicht erreichen. Dann tasteten seine Hände über die dreckige Fußmatte. Und seine Finger fanden die Brechstange, die Pierre dort immer aufbewahrte. Für alle Fälle.

Während der Regen ihm ins Gesicht peitschte, schob Walter Vereecken die Brechstange unter den Kofferraumdeckel des Mondeo. Mit einem Ruck sprang der Kofferraum auf. Das Knacken der Zweige auf der anderen Straßenseite hörte Vereecken nicht. Als er den Reservereifen zur Seite schob, leuchteten seine Augen auf.

Ab dem Moment geschah alles Schlag auf Schlag: Bert Hermans schaute zu seinem Wagen. Einen Sekundenbruchteil hielt er inne. Dann überquerte er mit großen Schritten die Jubellaan. Vereecken drehte sich um und hatte das Gefühl, als würde sein Herz einen Schlag aussetzen. Der Mann im Priestergewand kam direkt auf ihn zu. In seiner rechten Hand blitzte ein Messer. Hastig rollte Vereecken seinen Rollstuhl vor die Fahrertür des Corolla.

»Bleib stehen, du Dreckskerl.« Die Worte dröhnten durch die kalte Nachtluft und schienen Hermans einen Moment aus der Fassung zu bringen. Er hielt inne. Die beiden Männer starrten einander an. In Bert Hermans' Augen zeichnete sich ein Hauch von Erkennen ab.

»Ja, ganz richtig: Ich bin's. Ich lebe noch«, stieß Vereecken hervor.

Das Messer bewegte sich hin und her. Hermans neigte den Kopf zur Seite. Ein abstoßendes Grinsen umspielte seine Lippen. Sein Kopf sank auf die andere Seite. Spähende Augen. Hermans' Blick wanderte über den Rollstuhl. Rauf und wieder runter.

»Das hast du mir angetan«, sagte Vereecken leise, und dann fest entschlossen: »Zeit, um abzurechnen. Du bist verhaftet.« Walter Vereecken lächelte grimmig.

Hermans' schallendes Lachen schien das gesamte pechschwarze Universum zu füllen. Das Messer bewegte sich als Erstes. Dann setzte sich sein Körper in Bewegung. Hermans riss den Arm hoch, bereit, zuzustechen. Doch als die nasse Decke wie eine riesige Fledermaus auf ihn zuflog und sich um seinen Körper wickelte, stürzte Hermans rücklings auf die Straße. Den rechten Arm noch immer hoch erhoben, zerrte er an der Decke. Sein Kinn sank auf seine Brust, und verwundert starrte er auf den blutroten Fleck, der sich auf dem Gewand rasch ausbreitete. Und erst in diesem Moment spürte er den Schmerz. Der kurze, kräftige Pfeil der Armbrust hatte sein Brustbein durchbohrt. Mit der linken Hand packte Hermans den Schaft und riss daran. Dann stürzte er auf Vereecken zu, der reglos in seinem Rollstuhl saß, Pierres Wettkampf-Armbrust in den Händen.

Reflexartig drehte Vereecken sich zur Seite, doch durch die abrupte Bewegung kippte der Rollstuhl um. Als Vereecken sich keuchend auf den Rücken rollte, sah er, wie das Messer auf ihn herabsauste. Sofort packte er mit beiden Händen das Handgelenk seines Gegners. Das hassverzerrte Gesicht kam immer näher. Hermans drückte mit aller Kraft, aber Vereecken umklammerte sein Handgelenk wie ein Schraubstock. Das Messer bewegte sich keinen Millimeter. Vereecken war stärker. Seine Oberarmmuskulatur war hart wie Beton, gestählt durch zwei Jahre im Rollstuhl.

Plötzlich schrie Vereecken laut auf, als sich Hermans' Zähne tief in seine Wange bohrten. Der Beamte wollte die Knie anziehen und mit den Füßen um sich treten, aber seine Muskeln gehorchten ihm nicht. Verzweifelt spannte er die Nackenmuskulatur an und drehte ruckartig den Kopf, so dass Hermans' Gesicht über den Asphalt schürfte.

Knurrend ließ dieser seine Beute los. Vereecken riss den Kopf herum und schüttelte ihn wie wild hin und her. Weg von den zuschnappenden blutigen Zähnen.

Plötzlich ertönte ein Krachen. Hermans' Körper zuckte zusammen. Der Druck auf Vereeckens Brust ließ schlagartig nach, und er starrte keuchend in den schwarzen Himmel.

Der erste Tritt hatte Hermans das Nasenbein zertrümmert. Jos Bosmans trat ein zweites Mal zu. Mit aller Kraft.

Hermans' Kopf knallte auf den Asphalt. Das Messer fiel klirrend zu Boden. Mit beiden Händen griff Hermans sich an den gebrochenen Kieferknochen, während Bosmans sich breitbeinig über ihn stellte.

»Noch eine Bewegung, und ich schieß dir den Kopf weg. Und zwar mit dem größten Vergnügen.« Im nächsten Moment hörte Bosmans ein Rascheln und drehte sich um: Walter Vereecken kroch über die Straße, schleppte sich zu seinem Rollstuhl. Der Untersuchungsrichter schluckte, lief zu ihm, hievte ihn hoch und setzte seinen Kollegen in den Rollstuhl. Vereecken zitterte am ganzen Körper. Er schien unter Schock zu stehen. Bosmans zog seinen Regenmantel aus, legte ihn über den zusammengesackten Körper und versuchte, Vereecken warm zu reiben.

Vereecken drückte Bosmans' Hand. Seine Stimme klang schwach: »Es ist endlich …«

»Vorbei. Es ist vorbei, Walter«, bestätigte Bosmans. Dann ging er zum Mondeo, um Verstärkung anzufordern. Als er gerade die Tür öffnen wollte, ließ eine Stimme ihn mitten in der Bewegung erstarren. Hastig schaute er über die Schulter.

Hermans fixierte Walter Vereecken. »Es ist noch nicht vorbei – es fängt gerade erst an.« Das widerwärtige Grinsen ging in ein heiseres Röcheln über.

Vereecken saß wie versteinert in seinem Rollstuhl. Mit offenem Mund. Ohnmächtig und hilflos. Keuchend schnappte er nach Luft.

»Ich geh nicht ins Gefängnis. Höchstens in eine psychiatrische Einrichtung. So um die drei … maximal vier Jahre. Dann lässt die Aufmerksamkeit nach. Und dann bin ich weg.«

Jos Bosmans spürte, wie ihm ein eisiger Schauer über den Rücken jagte.

»Und dann werde ich dich finden. Ich werde dich finden, Krüppel. Zuerst mach ich deine Familie kalt. Vor deinen Augen. Und dann dich. Dann erlös ich dich von deinem Leid.«

Hermans' Körper zuckte, als sein wahnsinniges Lachen durch die Nachtluft schallte. In seinen Mundwinkeln bildete sich blutiger Schaum.

Das Klicken veranlasste ihn, die Augen ruckartig zu öffnen. Er starrte direkt in die schwarze Mündung von

Bosmans' klobigem Revolver. Dann schluckte er. Unglauben und Bestürzung zeichneten sich in seinen Augen ab, als er sah, wie der Zeigefinger sich krümmte.
Die beiden Schüsse und die vernichtende Wirkung der Kaliber-.44-Kugeln registrierten seine Sinne schon nicht mehr.

Atemlose Spannung bis zur letzten Seite

Luc Deflo

NACKTE SEELEN

Thriller

»Was war mit dem Blut im Flur? Hatte er es aufgewischt und den Putzlappen mitgenommen? War das durchtränkte Tuch seine Beute? Saß er jetzt in einem dunklen Winkel und roch oder leckte daran?«
Fieberhaft versucht Polizeipsychologe Dirk Deleu, sich in die kranke Gedankenwelt jenes brutalen Killers hineinzuversetzen, der in Mechelen ganze Familien auslöscht. So sehr vergräbt er sich in den Fall, dass er die Parallelen zwischen seinem eigenen Leben und dem der Opfer übersieht. Dabei plant der Täter, den sein hohes Amt vor Entdeckung schützt, bereits sein nächstes blutiges Ritual …

»Luc Deflo schafft es, in hoher sprachlicher Qualität und durch den Einsatz eines verschrobenen Ermittlerduos, die Spannung bis zum Schluss zu halten.«
Die Welt

Knaur Taschenbuch Verlag